浮华

可汗 著

人民东方出版传媒
东方出版社

目 录

第一章　惊变　/ 001

第二章　远走　/ 018

第三章　困境　/ 031

第四章　满福　/ 048

第五章　钱潮　/ 064

第六章　行长　/ 080

第七章　基金　/ 097

第八章　配资　/ 112

第九章　警示　/ 128

第十章　上市　/ 146

第十一章　夭折　/ 163

第十二章　转机　/ 179

第十三章　谋皮　/ 196

第十四章　鲸吞　/ 212

第十五章　真面　/ 228

第十六章　邓爷　/ 243

第十七章　窦艳　/ 258

第十八章　衙内　/ 274

第十九章　效颦　/ 291

第二十章　大火　/ 306

第二十一章　干爹　/ 323

第二十二章　探底　/ 339

第二十三章　高论　/ 355

第二十四章　夜宴　/ 371

第二十五章　惶恐　/ 387

第二十六章　别姬　/ 403

第二十七章　浮华　/ 418

第一章
惊变

1

庄琪快步走出裕金花园小区，穿过一条不大不小的街道，就到了正在施工的工地。

"姑娘，你要干什么？"保安看到工地里不声不响地闯进来一个女人，不免紧张而又好奇地问。

"大叔，我就住在隔壁小区。你们在建的是裕金花园三期，我们是一期的。"

"我不知道这是一期还是三期，我是问你，你跑到我们工地来干什么？"

"是这样的，我有急事要赶到我们公司去。"庄琪指着不远处的高楼说，"我们公司就在前面的如意岛上，我想从这里抄个近道。"

"你有急事，好好地走大道或者打个车去就行了，为啥偏偏要从俺们工地抄近道？这里'兵荒马乱'的，磕着碰着砸着你就麻烦了，俺可负不起这个责任。"大叔把乱糟糟的工地形容为"兵荒马乱"，真是有趣。

"没事的，大叔。我很快就跑过去了，这一带我很熟。"

"再熟也不行，你赶紧出去，这里是工地。没看见牌子上写着'施工重地，闲人免进'吗？赶紧出去。"

"大叔，你就通融一下吧，我是你们经理的表妹。"

"经理的表妹？"保安显然被这个突如其来的经理表妹弄糊涂了，"你是经理的表妹？俺咋不知道经理有你这么个表妹？"

"经理家的事儿你当然不知道了，不信你问问他去。"庄琪指了指工地指挥部的方向，把保安的视线引了过去，趁此机会迅速向她所谓的近道跑了过去。当保安回过神来的时候，她已经跑远了。

"二叔，刚才从工地上跑过去的女人是谁？"不知何时，工程项目经理已经来到了保安身后。

"她说是你表妹，要从这里抄个近道到对面的如意岛上去。"

"俺有没有表妹，难道你不清楚吗？施工重地，闲人免进！跟你说过多少遍了，你就记不住吗？二叔，现在咱们是保证安全施工无事故的关键时期，对影响施工安全的任何因素都不能有丝毫的放松。咱们还要接很多活儿呢，不能被一些不必要的事情砸了咱们的饭碗吧？如果你连工地的大门都看不好，就干脆回周口收麦子去吧。"

"大侄子，不，是经理！俺一定好好看，决不再让任何闲杂人等混进俺们工地。"

"你记住，别说是俺表妹，就是俺姥姥来了也给俺撵出去！"

出了工地就到了金豫路，再往前走不到两公里就到公司了。"哼！不走寻常路。这些傻子就知道这也不行那也不行，等到行的时候早就没你的份儿了，活该你们一辈子在工地上干苦力。"此刻，庄琪放缓了脚步，一边腹诽那些人墨守成规，一边打量四周。

这是一个阳光明媚的5月的午后，从节气上看——因为从小在农村长大，所以庄琪对节气的变化非常敏感——现在正好是小满前后。庄琪知道这个时期对夏收的农作物来说，如小麦，正是灌浆的

第一章　惊变

关键期。再过半个多月就到了收割期,一年收成的好坏就看这个时候了。虽然庄琪的身体里流淌着农民的血液,但是她一点儿都不喜欢农村,更不喜欢干农活儿——太辛苦了。所以,很多农民的子女一旦离开了农村,就再也不愿回去了。庄琪也一样,她和丈夫一起创办了一家投资公司后,已经摇身一变,成了金融白领。

这里是中原省中州市的东部——郑东新区。近年来,随着中国城镇化步伐的加快,像中州这样的中心城市,其原有的城市空间已经很难满足城市扩张的需要。中州的东边与黄河之间有一片开阔之地,这里地势平缓、交通便利,是承接城市扩张的不二之选。开发之初,地方建设者根据高起点、高标准、国际化的要求规划设计,希望把它建设成为更加开放和包容的新兴国际化大都市,为此还面向全球招标设计和规划方案。而中标的设计者也不负众望,匠心独运、因势利导地将流经老城的金水河、熊儿河、贾鲁河、东风渠等用运河串联起来,一边疏浚河道,一边将低洼处的湖面拓宽,形成一个如意状的湖泊,将之命名为"龙湖",又围绕着龙湖设计规划了国际会展中心、艺术中心、会展宾馆、金融和企业总部等业态。

经过十多年的发展和建设,这里已经成为名副其实的城市副中心,气势恢宏的国际会展中心也已成为中州市新的亮丽名片。

近年来,特别是在2008年北京成功举办了奥运会并有效抵御了美国次贷危机引发的全球金融危机后,国际资本将中国视为最好、最安全的投资地之一,资金和产业纷纷向中国内地转移,传统产业不断更新,新兴产业不断崛起,到处一派欣欣向荣的景象。

这是庄琪大半年来第一次独自一人上街。因为在临产前发现腹中的婴儿胎位不正,所以她半年前就停止上班,在家和医院之间往来调整胎位。在医生专业的指导和家人的悉心照料下，庄琪到了预产期便顺利产下一个可爱的女儿，之后又经历了坐月子、摆满月酒、奶孩子等一系列的繁杂过程。虽然过程很辛苦、很漫长，但是庄琪不在乎，反而乐在其中。一想起跟自己一样可爱的小公主，庄琪的脸上就洋溢出幸福而甜美的笑容。

今天吃过午饭，庄琪把孩子喂好、哄睡，交给婆婆和保姆照看后，就想出门去公司看看，毕竟有一段时间没有去过公司了，那里也有值得她挂念的东西。这是她和丈夫联手创办的公司，在某种程度上也像他们的孩子一样需要用心呵护。为此，她特地挑选了一件红色的公主裙。这件红色的公主裙只在领子上绣了一圈黑色的花边，腰部配了一条细细的小皮带，穿在身上显得她更加娇小玲珑和光彩照人。因此，工地的保安还误以为她是个年轻未婚的小姑娘呢。她的脚上是一双黑色牛皮绳编织的半高跟凉鞋，与腰上的小皮带相得益彰，越发显得她跟邻家女孩一样年轻漂亮。

庄琪虽然从旁边的工地抄了个近道，但是并没有急于赶路，而是慢悠悠地溜达着往前走，尽情享受初夏的阳光给人的温暖。在暖洋洋的阳光下，她有一种如释重负、飘飘欲仙的轻松感。她不知道这种轻松感是因为生了孩子，完成了生育任务才有的，还是出于其他的原因。总之，这种梦寐以求的轻松感只有在夏收以后，躺在高高的麦秸垛上才能体验得到。"可惜城里没有麦秸垛，如果有的话，我宁愿躺在上面昏睡过去。"她一边四处张望，一边信马由缰地胡思乱想，不知不觉地来到了运河边。

这条运河是为沟通几条河流而挖掘的，三四公里长，像一条发带环绕着龙湖。过了运河桥，就是直通如意岛的通泰路。如意岛上百米多高的香格里拉大厦巍然耸立，在阳光的映照下熠熠生

第一章 惊变

辉。这里是郑东新区乃至中州市最繁华的中央商务区,商贾云集。庄琪站在运河桥上,望着前方繁华的酒店、写字楼、商场,以及各式各样的餐饮店、酒吧、咖啡馆,心潮澎湃,不能自已。"这才是城市该有的样子嘛!"她的内心在呼唤、在渴望,眼里流露出如梦似幻的神色,就像拿着万花筒,百看不厌。

正当她在美景当中流连忘返之时,心头突然涌上一种失落感,让她生出"我是谁?我在哪里?"的终极之问。现在的她还不想思考和回答这个问题,对于这个一闪而过的问题,她直接选择了无视,或者说逃避。世上之人有几个能回答这个既无趣又无聊的问题呢?与其绞尽脑汁地提问题、想问题,不如抓紧时间挣点钱呢,有钱就有一切,钱是有钱人的势。这是她一直以来坚持的信条。她似乎从迷幻中觉悟了什么,把目光转向一河之隔的万顺期货大厦。这是一栋很新的27层高的银色写字楼。虽然没有不远处的香格里拉大厦高大气派,但是在她看来也不遑多让。在这栋大厦的顶层——更准确地说,是27层,有她自己的公司。那是她站在这里笑看世界最大的依仗。她长长地吐了一口气,满怀自豪。不知有多少次,就像今天一样,她站在桥上眺望着楼顶的办公室,久久不愿离去。

"奇怪了,办公室的房顶上怎么有一只乌鸦?"实际上,相隔那么远的距离,她根本看不清楚落在大厦房顶上的东西究竟是乌鸦还是其他什么东西,但她本能地感觉那个黑乎乎的东西就是乌鸦,这让她心里泛起一种不祥之兆。正当她纠结乌鸦是如何落在大厦房顶上时,从高高的香格里拉大厦顶上飞过一大群鸽子。这些鸽子在高楼大厦之间穿梭飞舞,犹如翩翩起舞的小精灵,引得众人驻足观看,直至这些可爱的小家伙飞到白云深处,人们才纷纷散去。此刻,庄琪才注意到落在大厦楼顶的乌鸦早已不知去向,这让她心头的阴霾也随之一扫而光。她高举双臂，原地转了一个圈，情不自禁地高呼："太美了！"

2

庄琪的公司在大厦的顶层27楼，占了1/4的面积，呈L形，有大面积的采光和绝佳的视野。整体结构宽敞明亮，给人一种高瞻远瞩、心旷神怡的感觉。她丈夫邹俊是一个炒股能手，他们是在证券公司认识的。她是学计算机的，大学毕业后分配到一家证券公司做技术后台。邹俊是公司负责自营业务的经理。所谓的自营业务，就是证券公司用自有资金买卖股票。由于邹俊投资水平高，在这个行当颇有名气，因此，一些有钱人就把资金账户委托给他做，但是这违反了竞业限制，是法律所不容许的。两人索性双双辞职，创办了这家投资公司，专门替有钱人炒股，赚取佣金和投资收益分成。

其实这是一家私募证券投资基金公司。在公司里，庄琪是董事长，负责技术支持和对外联系客户等；邹俊是公司总经理，专注于证券交易。公司主要依托股票市场买卖股票，因此，从事这一行的人都希望股市永远飘红——只涨不跌，那么股市的幸运色自然就是红色。这就是庄琪选择穿一件红色衣服上班的原因。她希望公司红红火火、财源滚滚。

走进电梯的时候，庄琪突然既有些心潮澎湃，又有些忐忑不安：大半年不来公司了，会不会有陌生感？小伙伴们还好吗？会不会笑话她？她的脸上泛起红晕，呼吸急促，浑身是劲儿，恨不得立刻冲进公司，给大家一个惊喜——她没有告诉任何人她今天来公司就是为此。电梯很快就到了27楼，在即将迈出电梯的那一刻，她有些犹豫，她没想好应该像往常一样风风火火地冲进公司，还是蹑

第一章 惊变

手蹑脚、轻轻地走进去。见了同事们要说什么呢？大家会不会欢迎她回来呢？

但是，在她走出电梯的那一刻，那些乱七八糟的想法突然消失不见，就像被人抽走了一样。当她看到公司的两扇玻璃门关着的时候，她的心往下一沉。她在的时候，她要求上班时间公司大门必须开着，敞开大门做生意，生意才能红火。门关着让她心里很不爽，更不爽的是，前台去哪儿了？现在是下午2点，正经的上班时间，这丫头片子跑哪儿去了？这邹俊是怎么管公司的？难道这就放了羊了？还有，前台旁边发财树的叶子怎么黄了？花盆里的土也是干的，而且都已经裂开了，显然很久没浇水了。庄琪感到很生气。她抬头看向前台后面的背景墙，好在"金丰投资"几个硕大的文字和麦穗形状的公司标志还光亮如新，这让她的心情稍微平复了一些。推门进去以后，偌大的办公室里只有柳青一个人在戴着耳机看电脑，前台背后财务室的灯亮着，却没有人。

庄琪走到柳青身后，拍了一下她的肩膀："邹俊呢？"

柳青被她吓了一跳，回头一看："老板！"她急忙摘下耳机，"你怎么来了？"

"我不能来吗？"庄琪没好气地问，她心里感觉不妙，"邹俊呢？"

柳青先是一愣，然后神色慌张地说："老板？"她们俩不约而同地看了财务室一眼，然后又看向邹俊的总经理办公室。柳青犹豫了一下说："在办公室。"

邹俊的办公室是全公司最重要，也是最私密的地方。为了保证邹俊有一个良好的交易环境，不被外人打扰，庄琪在公司装修的时候就把他的办公室做了隔音处理，门板还包裹了一层厚厚的牛皮。

庄琪从柳青的神色中察觉到了什么，她看着她，厉声说道："你别吭声，不许叫！"然后快步走到邹俊的办公室门口，将耳朵贴上去听了一下，又拧了一下门把手，没有拧开——门显然是反锁着的。庄琪回过头，狠狠地瞪了柳青一眼，伸出右胳膊，拿手指遥遥地指了她一下，又迅疾地跑进自己的办公室，找出邹俊办公室的钥匙，蹑手蹑脚地走到他办公室门前，轻轻地插进去。她左手握住门把手，右手转动钥匙，在确定门锁已经被打开的时候，她又犹豫了。要不要推门进去呢？谨慎起见，还是慢慢打开门吧，万一他正忙着下单做交易呢？就这样，她慢慢地推开了那扇厚重的皮质门，没有弄出一点儿响动。在房门打开的那一刻，她看到了一辈子都不想看到，却注定要折磨她一辈子的场景。

邹俊的办公室是公司里最敞亮、最方正、视野最好的地方，门的左右两边是承重墙，对面是两面硕大的落地窗，视野开阔，直通天际。在落地窗的夹角处，放着一个宽大厚实的拐角沙发，那是邹俊平时休息或招待重要客户和合作伙伴的地方。此时此刻，会计张晓丽和邹俊正在沙发上奋力地干着苟且之事。他们一边做爱一边欣赏无边的风景，就像两只粘连在一起的狗。庄琪从来没有见过如此香艳而又不堪的场景，只觉得脑海里轰然一响，一片空白。她傻呆呆地站在门口，肢体冰凉，手脚麻木，哆哆嗦嗦地说："你们、你们……"

觉察到有人进来了，两个偷情的人被吓得赶紧分开。

"老婆？！"

"表、表姐！"

"老婆，你怎么来了？"邹俊一边佯装镇定地问，一边着急忙慌地提裤子。庄琪的脑子还在嗡嗡作响，根本不知道该如何应对，但是她本能地、死死地盯住张晓丽，满眼的仇恨。

张晓丽也被突如其来的变故吓坏了，但是看清楚来人是庄琪时，反而最先镇静下来。与邹俊的惊慌失措不同，她慢悠悠地拿起

第一章　惊变

丢在沙发一角的粉色三角内裤，整理好，从容不迫地穿在身上。张晓丽皮肤白皙，身材窈窕，比庄琪高出近十厘米。她整理衣服的动作带着十足的挑衅，这让庄琪像一头发疯的母兽瞬间冲了过去。"贱人！不要脸！"庄琪张牙舞爪、歇斯底里地对她发动攻击。"你要干什么？"张晓丽毕竟做贼心虚，被她凶神恶煞的样子吓坏了，抱着头往邹俊身后躲。邹俊见这俩女人率先打起来了，怕把事情闹大不好收拾，急忙张开双臂抱住庄琪。

"老婆，别打了，我错了！"

庄琪看他护着她，更加怒不可遏，抡起拳头对他拳打脚踢，嘴里喊着："你们这对奸夫淫妇，我要杀了你们！"

邹俊一看事态有些失控，一时半会儿难以善了，便紧紧抱着庄琪，不让她挣脱伤人，掩护张晓丽先走，然后一个转身把庄琪摔倒在沙发上，也紧跟着跑了。

庄琪被重重地摔倒在沙发上，只觉得天旋地转，头昏眼花，四肢发麻，连起来追击的力气都没有，只能眼睁睁地看他们逃跑。她的头还在嗡嗡作响，胸口上就像压了一块石头喘不上气来。她大口大口地喘气，试图让气息顺畅过来，可是收效甚微，只能坐起来弯着腰，尽量缩短鼻孔和肺部的距离，让呼吸不要那么费力。事实上，邹俊并没有把她摔得很重，仅是顺势把她放倒在沙发上而已。因为他觉察到她肉乎乎的身体早就没有了力气，软绵绵的——完全是被气的。庄琪异常地难受，想嘶吼又发不出声，像被堵住了的风箱，拉都拉不动。她口渴难耐，又找不到水喝，只好努力让自己冷静舒缓下来。

"柳青、柳青！"她想叫柳青过来给她倒杯水喝，可是叫了几遍都不见应答，就知道她肯定是在她推门的时候，见势不妙溜之大吉了。"看来他们干这事儿绝对不是一天两天了。这大半年来，他

009

哄我在家喂孩子、带孩子，自己却在这里搞女人。"庄琪的脑海里不时浮现出刚才那一幕，胸口的气就又往上顶。"张晓丽这个贱人，当初毕业时可怜巴巴的，找不到工作，是我好心收留她，让她做了公司会计。把这么重要的工作交给她是对她的信任，她怎么能够辜负我，还抢我的男人？邹俊这个挨千刀的，自己公司的员工都不放过！俗话说，兔子不吃窝边草，她还是我表妹啊！"自己的表妹和自己的丈夫搞在一起，这让她在亲戚朋友面前情何以堪？有些事情发生在别人身上是笑话，发生在自己身上就是天大的笑话。庄琪欲哭无泪，气往上冲，只觉得嗓子一甜，吐出一口血来。

这下，庄琪真正地体验到被气出血的滋味了。说真的，吐了一口血之后，心情舒缓了很多，压力获得了释放，人也轻松了。她从旁边的茶几上抽了几张纸巾，擦去嘴角的血迹，又顺手向下擦衣服。当她注意到她坐着的正是那两人刚才做爱的地方时，就像被人踩了尾巴似的跳了起来。"真恶心。"她抬脚踹了一下沙发，结果反作用力又把她摔进身后邹俊办公桌前的老板椅上。邹俊办公桌上摆放着两台电脑，是交易用的。对面墙上有四块硕大的显示屏，是看行情的。电脑都开着，红红绿绿的，闪烁不停。庄琪以前最喜欢站在邹俊的身后，看他专注地盯着荧屏交易股票的样子。虽然她不知道他为什么买卖那些股票，但是她知道，只要他出手某只股票，就一定能给她带来收益。而她最热衷的就是为他算收益，像小时候在田间地头数玉米，这让她既兴奋又踏实。可是这一切对于现在的她而言却索然无味，她都懒得回头看一眼。她看着窗外，美丽的龙湖一览无余，可是又仿佛失去了光彩，她提不起任何欣赏的兴致。她的脑海里一遍遍地回放着刚才的"小电影"，心像被针扎一样疼。

她如一具木偶坐在窗前，神色黯然又欲哭无泪，偶尔会发出一

第一章　惊变

声干号，想把心中的积怨吐出来。不知过了多久，她感觉天色暗了下来，定睛一看，此前晴空万里，现在却阴云密布。初夏的天气就是多变，就像变化无常的生活。费心费力创造的美好生活，就这样轻而易举地被弄得支离破碎。庄琪感觉乳房胀痛，自言自语道："该喂孩子了。"就要起身回家，刚挪动了一下身体，又跌坐了回去。"家？还有家吗？谁的家？"一念及此，眼泪便流了出来。先是涓涓细流，然后就涕泗滂沱，痛彻心扉。

3

庄琪走到裕金花园小区门口的时候，停下脚步，回头看了对面马路的工地一眼，突然想知道那个保安大叔在干什么。在从公司回家的一路上，她头痛欲裂，脑海里嗡嗡声不断。她感觉大街上所有的人都对她不怀好意地指手画脚，肆意嘲笑。她现在可能是世界上的头号傻瓜，她忽然觉得此前自以为是地经过工地抄近路是多么幼稚可笑。她想知道被她戏耍了的保安是否一如众人一般嘲笑她，也许这能让她有所释然，反正都是被人看笑话，多一个也无所谓。可是工地上除了不断扭动的塔吊和进出的车辆，根本不见保安的影子。"也许是吃饭去了。"她又有了一丝逃过被嘲笑的侥幸，似乎又在那个倒霉蛋身上赚了点什么。带着些许的幸福感她走进了小区，可是家却变得越来越虚幻。

裕金花园一期被开发商标榜为中州市最好的花园式洋房，由十几栋六层或七层高的矮板楼组成。楼间距大，私密性好。楼宇间设置了水系、花园、亭台、儿童乐园、小广场、短塑胶跑道、网球场等。房子的户型宽大方正，南北通透。精装修，带电梯，一梯两户。庄琪的家在5号楼3单元707A，也就是在楼的顶层。房子是邹俊结婚前拿自己炒股赚的钱买的，这让他引以为豪。邹俊的父亲邹鹏是省商务厅厅长,母亲李桂兰是省电视台主管人事的副台长,他们家在当地称得上上流社会家庭。邹俊眉清目秀,一米八三的身高,看着俊朗不凡。由于家庭条件优渥,而且只有一个孩子,父母对邹俊从小就娇生惯养,使其养成了一种放浪不羁的性格。他聪明好学,平时除了喜欢打电子游戏,还喜欢研究股票,而且琢磨出了一些门道,这让他成为炒股圈里的明星人物,一些有钱人把钱委托给他做投资。当然,这样的人不可能不招蜂引蝶,因此有女人围着他打转也就不足为奇。

邹俊比庄琪大五岁。她被招聘到公司的第一天就弄清楚了公司里有他这么一号"大人物",当她看见他的第一眼就喜欢上了他。这不仅仅是因为他又高又帅又有钱,还因为他放荡不羁地掠过她头顶看向其他女孩那一刻的风骚。她虽然很恼火,但是从他不安分的眼神里看到自己有机可乘。那时候,她听说他有女朋友,而且要准备结婚了。可她不管不顾,借修电脑的机会、借改造系统的机会、借升级软件的机会,总之借各种各样的机会跟他黏在一起。不久,公司里所有的人都知道新来的小姑娘天天跟邹俊泡在一起。公司领导找她谈话,要她做好自己的工作,不要经常往邹俊的办公室跑,免得影响交易。而她却说她在那里是为了保证交易时间计算机不出问题,是为了公司利益。终于有一天,他按捺不住了,在交易室的沙发上跟她发生了关系,一如她后来撞见他跟张晓丽那样。那是她的第一次。她达成所愿,要死要活地以此威逼,要他对她负责任,否则就让他身败名裂。

庄琪板着脸走进家门,看见婆婆李桂兰在逗孩子玩。女婴很乖、很可爱,躺在婴儿车里咯咯地笑着,手舞足蹈。看见庄琪进来,平时对她爱答不理的李桂兰显得异常好气性。

"你去哪儿了?怎么这么长时间?孩子找妈妈呢!"

第一章　惊变

　　看见孩子，庄琪僵硬的脸马上变得柔情似水。她可不想将心里的不快传递给孩子。她没有说话，默默地抱起孩子，转身走进卧室喂奶去了。看着天使般可爱的孩子，庄琪强忍着内心的痛苦，装出极尽温柔的样子，尽可能地让孩子感受到母爱的温暖。可是，眼中的泪水依旧止不住地往下流。

　　大约一刻钟的时间，孩子吃饱就睡着了。庄琪拍拍孩子后背，听到孩子打了一个嗝后才放好，轻轻带上门走出卧室。这个家是250平方米四室两厅的大户型，非常宽敞明亮，就是三代同堂再加一个保姆住也不拥挤。她出来的时候，保姆已将晚饭做好端上了桌，李桂兰和邹俊已经坐上桌，等她过来吃饭。最近一段时间因为省里招商引资的任务重，公公邹鹏经常加班工作，不常回来吃晚饭。因此，饭桌上也就他们三人外加保姆。饭菜的数量不多，种类倒不少，鸡鸭鱼虾样样都有，还有一锅浓浓的猪脚汤。这对哺乳期的妈妈十分重要。

　　庄琪刚进屋的时候没有看见邹俊，知道他躲进了书房，要么打游戏，要么复盘股票走势。现在看他若无其事地坐在饭桌上等待吃饭，就气不打一处来。

　　"你跟她多久了？"

　　"什么呀？"邹俊佯装镇定地反问。

　　"我问你跟她多久了？"看他装糊涂，气得庄琪再次厉声质问。

　　"哎哟，怎么了？有话好好说嘛！饭菜都已经做好了，先吃饭。吃完饭，再说事儿！"李桂兰看她一副凶神恶煞的样子，急忙开口打圆场缓和气氛。

　　"我今天撞见他在办公室里和晓丽乱搞！"庄琪指着邹俊对李桂兰说，再次质问，"办公室是给你做交易用的，还是给你乱搞女人用的？你说，你跟她在一起多久了？"

邹俊两手趴在饭桌上,低头不说话。这个惯犯对此种场景早有心理准备,任凭女人的咆哮响彻天地,他都一副死猪不怕开水烫的样子,反正天大的事儿都有过去的时候,一切都会风平浪静的,然后他依然可以我行我素。

"不会吧?"李桂兰故作吃惊地说,"邹俊不会干出这么荒唐的事情吧?我不相信他是乱来的人。"

"怎么不会?我亲自撞见的。你问他是不是。"

"不会是真的乱搞吧?"李桂兰还是一副不可置信的样子,"年轻人嘛,在办公室里搂搂抱抱很正常。再说了,晓丽那孩子平时就爱搔首弄姿的,不检点、爱招惹人。你们下寺那地方的女人都水性杨花。"

"你怎么这样说话呢?你儿子乱搞女人,你不批评管教自己的孩子,反而责怪别人勾引你儿子。有你这样教育孩子的吗?我们下寺的女人水性杨花,你们上寺的女人就是大家闺秀吗?不一样是农民出身吗?"

李桂兰一直以来都不喜欢这个儿媳妇,嫌她家是农村的,土里土气的。可是她总是忘了自己也是从农村出来的,彼此的村子还隔河相望。

"不是这样的。"李桂兰被庄琪怼得有些张嘴结舌。自从当了领导后,养尊处优惯了,别人巴结她尚且来不及呢,哪有被人怼的份儿。她为儿子辩解道:"我是说邹俊也是一时糊涂,没有把持住,就跟别的女人搞上了。反正都已经这样了,以后别再乱搞了,好好地过日子。"

庄琪见李桂兰这样袒护儿子,想轻描淡写地大事化小小事化了,顿时气得火冒三丈。

"老婆我错了,我保证从今以后再也不干对不起你的事情了,

第一章 惊变

跟你好好过日子,绝不招惹其他女人。我的心里永远只有你一人,你是我唯一的女神!"邹俊见母亲帮他开脱,急忙直起身体,不失时机地说些甜言蜜语,希望早点息事宁人,赶紧把饭吃了。

庄琪被他这副死性不改的模样彻底激怒了,嘶吼着说:"你就是这样跟我过日子的吗?我在家里给你辛辛苦苦地生孩子、带孩子,你却在办公室搞女人,而且搞的还是我表妹。你觉得你对得起我吗?你让我以后如何面对同事和亲戚朋友?你让我的脸往哪里放?办公室是你搞女人的地方吗?你干坏事的时候想到过我的感受吗?想到过这个家吗?想到过我们的孩子吗?"

说到孩子的时候,庄琪突然生出一股力量,仿佛有了依仗似的,跳将起来,对着邹俊就啪啪两记耳光,迅疾得犹如猎豹。

邹俊母子被这突如其来的两巴掌惊呆了,屋子里安静得跟墓地一样。邹俊木然地用手揉搓着脸,神情恍惚。李桂兰看着儿子逐渐肿胀的脸,豆大的眼泪滴答滴答地往下掉。

"你这个农村出来的小贱人,为什么打邹俊?"母子连心,李桂兰见邹俊挨打,心疼得要命。她对这儿子真的是"捧在手里怕摔了,含在嘴里怕化了",从小到大就没有让他挨过一顿打。如今看着儿媳妇当面打儿子,简直气疯了,对她所有的不满倾泻而出:"你算什么东西?你这个臭不要脸的小骚货、'会下蛋的小母鸡',当初是谁把邹俊和王艺霏拆散的?他们好好的就要结婚了,是被你这个小三插足搅黄的。我的儿媳妇是王艺霏不是你。你这个小矮锉怎么跟高挑的王艺霏比?你们家就没一个好人,当初你勾引邹俊,现在你表妹勾引他。这是报应,活该!"

庄琪最忌讳别人用"会下蛋的小母鸡"骂她。这句话在她们当地是指矮个子的女人能生会养且比较淫荡,是拿来侮辱人的。庄琪身高一米五六,胖嘟嘟圆鼓鼓的,连她自己都感到自卑,更何况别人以此生事？再者，自从嫁进邹家以来，她们婆媳关系并不和睦，客客气气得像走亲戚。让她想象不到的是，平日里装得高雅娴静、高高在上的李桂兰，拉下脸来竟然如此泼辣彪悍，纯粹就是一个骂街的泼妇，哪有一点儿文化人的样子？揭人的短，稳、准、狠；骂人的话，句句扎心、刀刀致命。

"你这个臭婆娘，这次明明是你儿子的错，你却处处庇护他，为他开脱，把错都推在别人身上。别人是贱人、淫妇，他就是好人？不也是臭婊子养的坏种吗？"庄琪毫不示弱，针尖对麦芒地骂了起来。

李桂兰从来没有被人如此毫无顾忌地羞辱过，今天却被自己的儿媳妇左一个"臭婆娘"、右一个"臭婊子"地骂，气得一口气喘不上来，直接昏了过去。

"妈！"邹俊看见母亲从椅子上往下滑，急忙起来一把抱住她，掐她的人中。庄琪幸灾乐祸地看着邹俊忙着救护，没有一点儿施以援手的意思。

李桂兰很快缓了过来，有气无力地指着庄琪说："滚出去！我们家没有你这样的人。"

"要滚的人是你，这是我们的家。你在这里，他永远都成熟不起来！"庄琪摆出一副挑衅的样子，针锋相对。

"你……"李桂兰一口气还没接上，又昏了过去。

"啪！"邹俊反手给了庄琪一巴掌，愤怒地大吼："滚！"

庄琪跌跌撞撞地走出了小区，一会儿哭一会儿笑，失魂落魄、漫无目的。她深一脚浅一脚，不知不觉中又来到了运河桥上。熙熙攘攘的人群，车水马龙的街道，闪烁不止的霓虹灯，把龙湖装点得异常美丽。庄琪看得见却听不见，仿佛失去了听力，安静得很。天气异常沉闷，压得人喘不过气来，似乎正在酝酿一场暴风雨。她无

第一章　惊变

助的眼神投向湖面,湖面不断地被放大,变得漆黑一片。周围的一切如梦幻泡影,消散在层层叠叠的黑暗里。她抬起头看了一眼办公室楼顶的方向,在黑漆漆的密云里,似乎掩藏着一头巨兽,择人而噬。她闭上眼睛,一头栽进了河里。

第二章
远走

1

"他爸，你把电视的声音调小一点儿。这雷打得我心颤，电视吵得我心烦，还要不要人活了？"吃罢晚饭，赵冬菊收拾完桌子，拿拖把擦地，对正在看电视的柳轻尘说。随后又自言自语："这是天要收人还是神仙渡劫？活了几十年了，从来没见过打这么大的雷，下这么大的雨。"

"原来是这样，原来是这样啊！"柳轻尘对她的话置若罔闻，认真地看着电视上的天气预报，一副恍然大悟的样子。

"怎么了？跟你说话听不见啊？看你的样子，都要钻进电视里去了。"赵冬菊颇为不满地说道。

"在太平洋上形成了今年最大的台风，台风的中心正在靠近我们的台湾地区。受台风的影响，我们这里电闪雷鸣、大雨瓢泼。"

"你净胡说。台湾离我们几千里远，那里的台风怎么会影响到我们这里呢？"

"你这女人不看电视不看报，平时不学习。别看台风是在太平洋上形成的，但是它的影响范围覆盖几千公里。我们这里虽然是台风覆盖的边缘，但恰好是冷湿气流的交汇点，因此就形成了强降雨。你看这卫星云图上显示得明明白白。听电视这么一解释我才明

第二章 远走

白,我们中原大地下大雨,原来是太平洋上的台风在作怪。"柳轻尘指着电视解释道。

"原来这样啊!"赵冬菊似懂非懂地说,"那你把电视声音调小一点儿,吵得人心烦。"

"柳青、柳青!"赵冬菊又对在厨房里刷碗的柳青说,"你去开一下门,我怎么听到有人在敲门?"

这是一套20世纪60年代建造的旧房子,属于中州市第一纺织厂家属院,是在前不久的企业改制中分配给柳轻尘的。虽然这楼房年代久远,看上去摇摇欲坠,但是能从原来的平房搬到楼房,柳轻尘一家已经心满意足了。

厨房里的柳青听到母亲赵冬菊的声音,放下手里的碗,擦干手,走出来开门。开门的瞬间突然打了一个响雷,吓得她一缩手,等雷声响过以后拧开门时,她看见一个浑身湿透、披头散发的女人,叫了一声:"柳青!"就倒进她怀里。

"妈呀!鬼呀!"吓得柳青一声惨叫。

庄琪跳进河里的一刹那就清醒过来了,她的手不自觉地开始划水。要论水性的好坏,可能没有人能超越她。对于一个泡在小河沟里长大的人,想通过跳河的方式寻短见,那简直就是个笑话。所以,庄琪觉得自己很可笑,又干了一件傻事。她在水里扑腾了一会儿就浮上岸,对围上来的人莞尔一笑:"没事儿、没事儿!我是不小心掉进去的。谢谢你们的关心!"人群散去,她坐在那里想了一会儿。孩子还小,在这个节骨眼上寻死觅活显然不是时候。家肯定是回不去了,去哪里躲几天让大家冷静下来呢?恰在此时,一阵瓢泼大雨降下来,她就跑柳青家来了。

2

那场激烈的家庭冲突不仅让庄琪跳了河,而且还把李桂兰送进了医院。李桂兰本来就是场面上的人,经常交际应酬,吃香喝辣,把自己养得白白胖胖的,人送外号"贵妃娘娘"。在吵架前,李桂兰就因为血压高、身体不适在家休息,被庄琪这么一气,导致脑出血进医院紧急抢救。所幸送得及时,加上现代高超的医疗技术,人无大碍,略有遗憾的是,在跟人说话的时候会不经意地口歪眼斜。

这事把这个自认为人前人后有头有脸的女强人气得要死。她掉着眼泪,哆哆嗦嗦地拉着邹俊的手说:"儿啊,庄琪这个女人咱们不能要啊,心机深心眼坏。以前,在明知你跟王艺霏好的时候横插一杠子,要死要活的,闹得满城风雨,不但拆散了你们,而且还害得你从公司辞了职。如果不是她瞎胡闹,你早就升职成了证券公司的总经理,比现在开公司体面多了。自从嫁进咱们家以后,她表面上装得很乖巧、很温柔、很孝顺,实际上家里就像多了一个间谍,什么事情都要问、什么事情都想知道、什么事情都想拿主意,也不想想自己是什么东西。她在家里盯着你,在公司里防着你,跟这样的女人生活在一起,还有什么幸福可言?"

李桂兰喘着粗气继续说道:"我怀疑那天她肯定是听到了什么风声,才悄没声儿地跑到你公司去的,否则正在给孩子喂奶的她怎么一声招呼不打就走了呢?我当时不同意你们结婚,就是看到这女人心眼坏,绝不是省油的灯。你想想,一个从农村出来的女人要在我们大城市生活,没家没势的,可不就算计这算计那吗?她算计你的人,算计你的钱,现在算计上了咱们的房子。你看她那天凶神恶煞地要赶我出去的样子,是不是要图谋我们的房子?"

第二章 远走

邹俊经过母亲的提点，回忆起那天庄琪眼神里表露出来的意思，禁不住后背一阵发凉。

"儿啊！我长这么大，从来没有受过如此大的羞辱，我实在是咽不下这口气。"李桂兰愤恨地说，"这个女人有什么好？要身材没身材，要长相没长相。放眼周围，哪个女人都比她强。我今天给你把话放这儿，我再也不想看到这个女人了。一想到她我就天旋地转。你自己决定吧，有她没我，有我没她。离开了她，好女人多的是。不行，就给你找个我们电视台的女主持人！"

邹俊虽然放浪好色，但对母亲颇为孝顺，而且言听计从。

"什么？你要跟我离婚？"庄琪显然对邹俊提出的离婚要求没有思想准备。

"你把我妈都气成那样子了，这日子还能过下去吗？"

"吵架还能有什么好话啊？气头上谁还顾得上谁？再说了，明明是你的错，她却明目张胆地袒护你，让谁受得了？"

"那我不管，我不能让一个不尊重我母亲、不懂得孝顺的人跟我们生活在一起。"

"你有没有搞错？跟你生活、要携手到老的人是我，不是你妈！我嫁的人是你，不是你们家。"

"你错了。娶媳妇不仅仅是为自己，更是为一个大家庭、大家族。只有让大家满意了，家庭关系才能和睦，夫妻关系才能和谐。结婚的时候你说得好好的，要尊重长辈、孝顺父母，这没过几年你的想法就全变了，要自立门户闹独立，这是我难以容忍的。"

"邹俊，你父母不搬出去也行，咱们搬出去，到你们以前住的老房子过吧。就你、我跟孩子三人。在这里有你父母袒护你、溺爱你，你始终感觉自己是个孩子，长不大。只有离开了父母的庇护,离开了限制你独立成长的舒适区,你才能像一个男人一样有责任心。在这里,我看他们还像小孩子一样处处惯着你、迁就你,就憋屈得要命。你已经是有孩子的人了,怎么还像孩子似的让人哄着、逗着?我需要一个真正的男人,孩子需要有责任心的父亲。"

"我怎么就不是男人了?怎么就没有责任心了?那我赚钱买房孝敬父母不算责任心算什么?不是男人还能是女人?难道丢弃父母就是成熟,独自生活就是成长?谁这么规定的?"

庄琪没料到邹俊如此强硬,一点儿不给她缓和的机会,顿时语塞,憋得说不出话来,开始抹眼泪。邹俊铁了心地要离婚,对她的表现一概视而不见。

庄琪自从上次在办公室里捉奸以后,内心受了伤害,死活不愿再踏进公司半步,有事情都在大厦一楼的咖啡厅处理。而此刻,邹俊正旁若无人地躺在沙发里,跷着二郎腿,嘴里叼着烟,不时地吹出一个烟圈,摆出一副吊儿郎当的样子。

"我哪里对你不好了,你要这样对待我?难道你让我对你做的一切荒唐事都忍气吞声吗?"庄琪流着眼泪说道。真的闹到离婚的时候,她才觉得自己可怜。

"你对我好不好,我心里自然有数。可是你对我妈不好,就是对我不好——再好也没有用。"邹俊说,"我是家里的独生子,当年我妈生我的时候因为难产,差点儿没命了。生我养我者父母,唯舍命可报。如今,你把我妈气偏瘫了,我怎么还能跟你生活在一个屋檐下?"

"是不是因为王艺霏?你妈一直都不喜欢我,喜欢王艺霏,你是不是还跟她藕断丝连,等跟我离了婚后再和她鸳梦重温?"庄琪似乎抓到什么证据,厉声质问。

第二章　远走

"你这个自以为是的女人！"邹俊说，"当一个男人决定跟你结婚的时候，他肯定已经忘掉了前任。只有你还拿以前的事情叨叨个没完。不是我放不下她，而是你放不下。"

"我不相信你说的这些事情就是我们离婚的理由，一定还有其他原因。"

"主要的原因就是这些，要说还有其他原因的话，"邹俊停了一下说，"那就是杜国强。"

一提起杜国强，庄琪的脸一下变得僵硬起来，半天说不出话来。

"你知道，杜国强是我最好的朋友，"邹俊说，"我们一起长大，不是兄弟胜似兄弟。我们性情相近，趣味相投，都醉心于股票投资的研究。而他对股票走势的技术研究更加痴迷，希望开发一款适合大多数散户投资者的'傻瓜型'炒股软件。这你不是不知道吧？在我们一起搞研究开发的时候，你主动要求参与进来，说你是学计算机的，能帮上忙。谁知道，等我们的软件开发出来了，你却偷偷拿去申请了专利。这不是偷窃是什么？我倒是无所谓，可是你让我怎么跟朋友交代？"

"这事不是过去了吗？不是说好不提了吗？"

"有些事情可以不提，也可以装作不知道，但是永远都不可能过去。我为此失去了一个最好的朋友！"

"在你心里，难道我没有你的朋友重要吗？"

"老婆是老婆，朋友是朋友，一码归一码，没有可比性。你不要混为一谈。"邹俊正色道，"你不该逼迫一个男人在他的母亲和你之间做选择，也不能让他在朋友面前丢尽颜面——特别是他最好的朋友。这是男人的底线，你让我走投无路！"

"你让我有路可走吗？我给你生孩子、带孩子，你在办公室里和我表妹乱搞,我就有面子吗?我就那么不要脸吗?你怎么那么自私呢?"

庄琪忍不住,又发火了。但是这样的谈判没有任何意义,出现裂痕的婚姻里一旦双方各持己见,就没有重归于好的可能。

经过半年多的拉锯,庄琪和邹俊终于离婚了。在他们还没有弄清楚结婚的意义的时候,就以分手而告终。庄琪本来想争取孩子的抚养权,但是一想,自己在中州没家没业的,抚养孩子也困难。如果带到农村给母亲带,那么孩子的教育和生活都成问题,思来想去,还是把孩子给了邹俊。公司那边,邹俊给了她200万元就让她和公司撇清关系了。不过那也是公司赚的大头,给了她以后,邹俊口袋里就所剩无几了。这下他再也不敢乱来,只能一门心思地赚钱养女儿养家了。

3

"怎么就你一个人回来了?"听到狗的叫声,木桂英手里拿着针线,急忙从屋子里出来,看到院子里大黄摇着尾巴亲昵地往庄琪身上扑腾,她好奇地问,"邹俊和孩子呢?"

"我离婚了,孩子给了邹俊。"

"啊?!什么?我没有听错吧?你离婚了?"

"是的,离了!"庄琪深吸一口气,挺直腰板,如释重负。

"老天啊!这才过了几年?怎么说离就离了呢?"木桂英似乎不相信庄琪说的是真的,或者说她根本不愿意相信事实就是如此。

"就在我生孩子、带孩子,顾不上管理公司的那段时间,他把我们公司的女的都睡了。"

"不会那么夸张吧?"木桂英感到十分震惊,"这个浑蛋!他不会把晓丽也睡了吧?"

第二章　远走

"就是他跟晓丽在办公室里乱搞的时候被我发现了。是可忍孰不可忍？"庄琪愤恨道。

"老天啊！这可怎么办呢？"木桂英说着就哭了起来，"晓丽这孩子也太不自重了，这让我今后在亲戚面前怎么抬得起头啊！"

"妈！您也别难过，我就是怕您丢脸，咽不下这口气才跟他离婚的。"

"孩子，给我争气、争面子都不重要，重要的是你的日子能不能过下去。能忍着过就忍着过。男人嘛，哪个男人不好色？年轻的时候爱玩，等年纪大了，玩不动了就消停了、收心了。大多数人不都是这么过来的。"木桂英拉着庄琪的手，苦口婆心地传授过来人的经验。

"这是你们老一辈人的思想观念，我可受不了这口气。"

"你这么刚强是要吃亏的，很多事情忍忍就过去了。"

"他那父母也看不起咱，总觉得咱们是农村的，嫁到他们家是攀高枝，经常不给我好脸色。"庄琪想起李桂兰龇牙咧嘴、颐指气使的样子就火冒三丈。

"多年的媳妇熬成婆！"木桂英语重心长地拉着庄琪的手说，"嫁入婆家的女人，免不了要遭受婆婆的刁难，这是我们女人的命。你又有什么办法呢？日子就是这么熬一天过一天，等你习惯了也就熬过去了。"

"现在都是21世纪了，追求的是自由快乐的生活方式，您那些三从四德的观念早就不合时宜了。妈，我们这一代人的生活方式跟你们完全不一样，那些束缚你们的观念在我们这一代身上不存在，我们就是要追求独立自主的生活方式。不自由，毋宁死！您别为我惋惜了，一个不自由的婚姻和一个成天让人提心吊胆的男人不值得珍惜。离就离了，还有更好的等着咱呢。"

"唉！只好如此。那你把孩子要过来咱们带，给大男人带哪能行？"

"我也想带回来让您带来着，可是后来想想，咱们的生活条件，带大孩子没问题，可是要找一个好的教育环境却不行。这里的幼儿园、小学离咱家十万八千里呢，到时候送孩子上学，天天都把时间浪费在路上了。现在邹俊所在的那个小区，幼儿园、小学、中学一应俱全，学校离家就几步路的事情，根本不用咱操心。"

"那也对。"木桂英见木已成舟，就不在孩子的事情上操心了，"你离婚后住哪里？公司怎么办呢？"

"我现在住在邹俊他们家的老房子里，等我找到合适的房子再搬出来。"庄琪说，"公司给了邹俊，我从里头出来了。"

"那你的生活怎么办啊？在大城市生活需要很多钱呢。"木桂英一听庄琪失去了生活来源，顿时着急起来。

"您别着急，"庄琪宽慰道，"我离开公司的时候，邹俊给了我200万元的生活费。我想拿这些钱把咱们老家的房子重新修缮一下。另外，我想在邹俊他们家旁边在建的新小区再买套房子，到时候把您接过去，您替我经常去他们家看看孩子。把孩子给他们我还是放心不下。"

"老家这房子倒不着急修，要修的话，有你大哥、二哥呢。你把你自己照顾好就行了。"木桂英接着说，"你把我接过去看孩子，你要去哪里？"

"我要去京城。我要开始新的生活，我要挣好多好多钱。我要光宗耀祖，我要报复那些嘲笑我的人、羞辱我的人。我决不甘心做一个普普通通的人，也不愿浑浑噩噩地跟什么人过一辈子。"庄琪紧握拳头，神色坚定，目光熠熠。

"我的老天！京城那么大，不把你丢了就不错了，还从哪里挣

第二章 远走

大钱？要我说，你在省城找份儿好工作，过个踏踏实实的日子就得了。我都过了大半辈子的人了，也不是没想过要赚大钱，可是钱是那么好赚的吗？我跟你爸一辈子费尽九牛二虎之力都没刨出几个钱来，更别说光宗耀祖了，能把你们几个兄弟姊妹拉扯大就已经阿弥陀佛了。"老母亲显然被庄琪的决定惊呆了。

"我意已决！"庄琪说，"我就是要争一口气，赚到大钱，让自己扬眉吐气。这次邹俊和晓丽给我的屈辱太大了，人前人后难以抬头。现在国家鼓励全民创业，万众创新，这正是我们创业的好机会。您放心吧，等我赚了大钱再好好孝敬您。"

木桂英见她主意已定，多说无益，便长叹一声："我常听老人们说，'钱是有钱人的势'。人有了钱底气就足了，腰板也就硬了，不是你求人而是人求你，社会地位自然也就高了。可是钱是那么好赚的吗？"一想到女儿即将踏上不可预知的未来，她就忧心忡忡。她抹了一把眼泪，说："你看还能不能跟那个浑蛋复合？日子嘛，就是推着、忍着也就过去了。创啥业啊？还要去那么远的地方。我不需要你给我赚大钱，就希望你好好地过日子，一辈子都踏踏实实、安安稳稳、平平安安的。"

"您怎么又绕回来了呢？覆水难收——破碎的婚姻就像泼出去的水，想要收回来可就难了。再说了，一旦下定了决心，就义无反顾地走下去，绝不后悔。"

"唉！我总是后悔。后悔了一辈子！后悔不该投胎在这个阳世上，后悔不该嫁给你爸，后悔不该生了你们——让你们跟我一样在世上受苦。"

庄琪自从到省城读书以后，就从内心深处把自己和农村划开了，她打心眼里排斥农村，能不回来就不回来。回来一趟，总觉得沾了一身的土味儿，洗也洗不掉。这次离婚后，她很难得地在老家待了好长一段时间,这让她感到身心放松,以前那种对土地的排斥,渐渐地变淡了。原来的一切并不是不可接受。万事都在一念间,只是情随事迁,飘忽不定。

在老家休息了一段时间后,她还是毅然决然地告别母亲,踏上新征途。

4

"柳青,咱们俩一起结伴去京城闯荡一番吧。"

这天,庄琪把柳青约出来,向她发出邀请。

"啊!这个事情太突然了,我根本没有思想准备。"柳青说,"可是去京城能干什么呢?那里那么大,咱们人生地不熟的,去了恐怕连个立足的地方都找不到。"

"这个你不用担心。我以前不是跟邹俊他们开发过一款炒股软件吗,现在股市行情还不错,进入股市的投资者也越来越多。前几天我看媒体报道说中国的股民人数都突破1亿了,人们进入股市的目的无非就是希望让资产快速增值。你想,他们投资股票是不是要到证券公司开户?是不是要用电脑下载股票实时行情软件和交易软件?选择一款好用的炒股软件是不是对他们的投资收益有帮助?只要咱们抓住这些人的需求,不愁赚不到钱。你再想想,中国有1亿股民,只要1000人用咱的软件,在1个人身上赚1万,就是1000万;如果1万人用,就能赚1亿元。这还不算每年的服务费什么的。你还愁没事情可干,发不了财吗?"

"确实是件好事,"柳青说,"但我不知道我去了能干啥。城市那么大,人又那么多,举目无亲的,想想都让人心里发慌。"

"怕什么呢?"庄琪说,"人挪活树挪死,什么事情不都是闯出来的?你在这里就认识这么点人,赚这么点钱。到了大城市才能认

第二章 远走

识更多的人，赚更多的钱。赚钱就像钓鱼，小河沟里能钓到鲨鱼吗？只有到了大海上，才能钓到大鲨鱼、大鲸鱼。"

"你说得没错，投资风险越大收益越高。"柳青说，"可是你也知道，我的孩子跟你的孩子前后脚出生，他们都还很小。这个时候让我丢下孩子去一个陌生的大城市创业，我可真没这个勇气。"

"舍不得孩子套不住狼。"庄琪一咬牙，满不在乎地说，"我孩子比你孩子小两岁，我都舍得，你有啥舍不得的？你看，现在你们一家三代五口人挤在一套60平方米的两居室里，虽然比以前住平房时的条件好多了，但还是挤啊！以后孩子长大了岂不更挤？你妈没有工作，一直靠你爸养活，你丈夫顶替你爸进了工厂，你爸就没有工资，也没有退休金。除了你在我们这里赚点钱，你们家庭总的收入没有增加，而人却多了两个。如果一直这么紧巴巴地过日子，一辈子只能待在那又破又旧的老楼房里。"

说到这里，庄琪变换了一下口气，以一副替她着想的口吻说："不如这样，我们那个小区旁边正在进行三期开发建设，到年底就能交房入住了，目前的价格是每平方米5000多元。老业主买的话还能找人打折。如果按每平方米5000元的价格算，100平方米的房子也就50万元。要是做按揭贷款的话，首付10万元就能把房子买下。我帮你们把房子的首付款交了，你跟我去京城创业交房贷，让你丈夫在新房里照顾老人孩子。你觉得如何？"

柳青见庄琪开出如此优厚的条件，激动得一时喘不过气来。她用手在胸口上来回揉搓了好几下，才涨红着脸说："谢谢你，庄琪。我没想到你对我这么好，安排得这么周到。我这就回去跟家里人商量一下。"

庄琪心中窃喜，知道柳青一定抗拒不了这巨大的诱惑，会死心塌地地跟她走。可是想到要为此付出10万元，她就感到一阵肉疼。

庄琪不禁哀叹：美好的愿景，远远抵不上眼前的利益。

柳青兴冲冲地赶回家里，想跟父母商量一下，可是当她看到嗷嗷待哺的孩子的那一刻，又犹豫了。于是又开始反复权衡事情的利弊。然而，她终究是个没有主意之人，越想越乱，谁都看出她一副心事重重的样子。好不容易等到一家人吃完晚饭，收拾好碗筷的时候，她才吞吞吐吐地把庄琪说的话说了。赵冬菊听说有人给她出钱买新房子，把手里的拖把往地上一扔，激动地说："这天大的好事你还有什么好犹豫的？赶紧跟她去吧。家里的事情你不要担心，我和你爸还年轻，三下两下就给你把孩子带大了。现在孩子也大了，早该断奶了。"

柳轻尘也接着说："趁年轻出去闯闯，见见世面，没坏处。"

只有柳青的丈夫衰大力似有不舍，上下打量了一眼，咽了口口水，把头一偏，默不作声。

赵冬菊捡起拖把，三下五除二地拖完地，给柳轻尘使了个眼色，抱起孩子就要出去遛弯儿。临走时，对着柳青说："你出去了也好，这房子又旧又破还不隔音，吵得我和你爸晚上睡不好觉。你走了，我们也能睡个安稳觉了。"然后，她便自顾自地带上门，留下这对尴尬的小夫妻，任他们随意折腾。就是把这房子弄塌了，她也不再觉得心疼。

第三章
困境

1

2013年初夏的一天,庄琪和柳青坐上去北京的"和谐号"动车,开始了他们的寻梦之旅。柳青在宽敞舒适的车厢里兴奋不已,时而起来时而坐下,东张张西望望,哼着列车里播放的小曲,还不时地手舞足蹈。

"庄琪,这跟以前的绿皮车完全不一样啊,坐着舒服,速度又快,简直太完美了。"

"傻不傻?矜持一点儿,别让人看我们的笑话,还以为我们没有出过门、见过世面呢。"

"噢!知道了。"柳青对庄琪的冷嘲热讽不以为意,依然我行我素,快乐得跟个孩子似的。

庄琪可没有她那么轻松自在。前方完全是一个未知的旅程。此刻,她坐在宽大舒适的座椅上,胖乎乎的两条大腿上搁着一台沉甸甸的笔记本电脑,失神地望着窗外,心乱如麻。这是她第二次去北京,第一次是几年前跟邹俊度蜜月,而这一次是去闯荡,要在那里立足。在一个陌生的地方玩和生存是完全不一样的心理体会。一想起邹俊,就勾起了她的仇恨。对曾经的亲密爱人,她恨得咬牙切齿。办公室里那不堪的一幕,时不时地就会闪现在她的脑海里,让她心如刀割，痛不欲生。庄琪显然还是没有走出婚姻失败的阴影。这场刻骨铭心的婚姻不但让她遭受了巨大的屈辱，而且逼得她远走他乡。

"如果当初跟他好了呢？"

人总是被逼到绝路的时候，才后悔当初的选择。

庄琪的初恋情人其实正是杜国强，是大河证券技术部的经理。当初，刚到证券公司的她对于股票交易和计算机之间的关系的理解，仅限于知道计算机系统的正常运行是保障证券交易的基础，是不容有失的。她每天的工作除实时检查计算机的运行情况外，就是帮股民开设证券账户。这种简单重复的工作没干多久她就感到厌倦了。股市到下午3点就停止交易休市了，因此证券公司的普通部门一般下班都比较早。忙碌一天的庄琪跟其他同事一样，恨不得股市早点结束，她好出去玩。但是与其他部门不同的是，股市休市后，各证券公司技术部与证券交易所之间要交换大量的交易数据、股民开户信息等，繁忙的工作不仅没有因为股市闭市而结束，反而使人更加忙碌和疲惫。这对于刚刚参加工作的人来说，是一种严苛的考验。

当时，成为证券公司的员工是不可多得的工作机会，一般人连一窥门径的机会都没有，而庄琪幸运地得到了这个机会。这得益于她所学的计算机专业和日益壮大的市场规模，尽管此前她对证券一无所知。

就在庄琪感到工作日渐乏味的时候，她逐渐对部门经理杜国强产生了兴趣。这个木讷少言、一丝不苟的年轻经理，不但是个计算机高手，而且他的脑子里还有不少稀奇古怪的想法。杜国强中等身材，面容白皙，普普通通，好像永远都活在自己的世界里。但是，只要他的手放在计算机的键盘上，整个人就焕发出迷人的光彩。他

第三章　困境

的手似乎被赋予了魔性,像一个小精灵一样在键盘上上下翻飞,让人眼花缭乱。庄琪从来没有见过一个人把计算机玩得如此娴熟。"这哪里是敲键盘?这是在弹钢琴!"她由衷地赞叹。"这个男人认真工作的样子真令人着迷!"她有时候会坐在他身边痴痴地看着他。"你在忙什么呢?"大多数情况下,他对这么无聊的问题都置之不理。这让她有一种挫败感。"这个榆木疙瘩真是不解风情,就知道工作、工作,难怪连个女朋友都没有!"她越想越生气。

人真的好奇怪,你越不搭理她,她就越容易上钩,何况像庄琪这样情窦初开的女孩。不知道是杜国强有意为之,还是无心插柳,总之,庄琪很快就喜欢上了他并和他在一起了,俩人出双入对、形影不离。

一天,股市收盘后,杜国强带着电脑去找邹俊,庄琪也前后脚地跟了过去。邹俊的投资部是证券公司最重要的核心部门,用公司自有资金投资股票市场、债券市场以及期货市场。他们部门的软硬件都是全公司最好的,交易设备的技术服务也是技术总监亲自负责的。对庄琪这种新人来说,这里是禁区。若非杜国强带着,她连门都进不来,哪怕是休市期间。

当她推开投资部厚重的大门,看见里面的陈设时,庄琪被眼前的一切震撼了。她做梦也没想到,跟她们部门一墙之隔的投资部竟然如此奢华,给人走进五星级酒店的感觉。墙上挂着好几块硕大的平板液晶显示器,屏幕上显示的是大盘走势、个股行情、涨跌幅排名、K线图,等等,一目了然。在平板液晶显示器尚未普及的当时,这种显示器都需要进口,价格不菲。红色实木的大办公桌上也摆放着三四台交易用的台式电脑,显示器也是大尺寸平板的。邹俊坐在厚实的牛皮包裹的老板椅里,在电脑上敲敲打打,对股票的走势进行复盘。办公室的一角还设置了休息区,茶台、咖啡机、水果、饮料等，一应俱全。旁边还放着一张打了菱形格的宽大的酒红色皮沙发，是那种无论躺或坐都很舒服的沙发。

"邹总，你真会享受啊！"庄琪讨好地说，"我要是在这里，就是每天不回家也愿意。"

邹俊对她谄媚的表现不置可否，把头一偏，看着旁边的杜国强，意味深长地一笑。庄琪第一次见邹俊就碰了他一颗软钉子，顿时把脸涨得通红。

"邹俊，"杜国强直来直去，对他们的反应视而不见，"我正在开发一款简易版的股票技术分析和交易软件，目的是方便投资者更快捷地运用股票投资技巧。你知道，现在股市的开户人数已经超过8000万，随着中国经济的快速增长，可以预计，在未来的几年内数量会迅速突破1亿。如此庞大的股民群体，势必会促进市场对股票投资技巧和软硬件设备的需求。目前我们证券公司使用的和大多数股民使用的股票投资技术和行情软件就那么一两款，形式、内容大同小异。这些软件的开发者为了尽可能地吸引投资人使用，把几乎所有能用到的股票分析技术都囊括了进去，导致软件内容十分庞杂。提供这么多的股票技术分析方法就能提高投资者的投资技巧了吗？我看未必！我的看法是，90%以上的现有股民不会用那些技术分析方法，也许他们根本就不需要，因为绝大多数人的投资是盲目跟风的，是听了他人的鼓动而进场的。他们把股市当成了发横财的赌场，而不是严谨的投资市场。大多数情况下，他们不会或者没有时间学习和应用那些投资技术，这些技术分析手段对他们而言形同虚设。

"你是公司的投资专家，就是放眼整个中州市也无人能比得过你。我想跟你探讨一下，就目前所有的这些技术分析方法，哪几种是最常用、最有效，也最容易掌握的。我的想法是，把那些纷繁复杂的技术分析方法简单化，就像自动挡汽车和傻瓜相机一样，方便大多数人掌握和使用。有了这种软件，就能在一定程度上提高股民的投资技巧，降低冲动、减少投资的盲目性，方便股民寻找最佳的投资机会和买卖点。此外，随着移动通信技术的发展和智能手机的普及，人们买卖股票不再局限在证券公司及电脑前，而是通过手机端随时随地地进行买卖交易。那么，现在也迫切需要一种能安装在移动端设备上的便捷的交易软件，满足广大投资者的需求。"

"行啊！哥们儿。"邹俊素来都是以玩世不恭示人，只有说到正事的时候才严肃认真，他显然被杜国强的新奇想法震撼到了，"看不出来，你还是一个有理想、有抱负的有志青年。在技术手段的应用和普及方面我没有你那么高的前瞻性，但是我对你的想法百分之百地支持，并尽可能地帮你实现。至于你说的最好用、最简单、最常用的技术分析方法，有 KDJ 指标分析法、MACD 指标分析法。这也是你所熟悉同时也被投资人普遍掌握和应用的。"

"什么是 KDJ 和 MACD？"庄琪一脸茫然地问。

"KDJ 是随机指标的简称，是一种相当新颖实用的股票中短期趋势分析技术；MACD 是异同移动平均线的简称，是对买进、卖出时机做出研判的技术指标。"杜国强解释道。

"原来股市里还有这么多花样呢。"庄琪说。

"除了以上两种指标，"邹俊说，"我更关注 OBV 指标的变化。"

"那什么是 OBV 呢？"庄琪急忙插嘴问道。

"OBV 是指通过统计成交量变动的趋势来推测股价的趋势，寻找股票最佳的买卖点。"邹俊解释道，"它跟 MACD 有一定的相似性，但是因为其中增加了成交量这一重要参考指标，所以它的真实性更高。通过它可以看出资金主力在何时建仓、洗盘、拉升和出货。"

邹俊一边说，一边从电脑里调出各种股票的 K 线图，指着其中的一种趋势线，逐个加以分析。庄琪被显示屏上花里胡哨的股票走势弄得眼花缭乱，不知不觉中将手搭在了邹俊坐的椅背上。

"这条黑线代表OBV指标，成交量在OBV上方，说明量能活跃；在下方则表示量能不足。"邹俊说，"股价上升、OBV下降，要卖出，这是因为买盘无力，股价很可能要跌；股价上升、OBV不断创新高，要买入，这说明资金在持续买入股票，后市依然看涨；OBV走平超过3个月的时间，说明资金在悄悄地吸纳股票，随时有大行情出现；股价下跌、OBV横移，这表明有资金进场，逢低吸筹。"

邹俊转动着手指的同时，显示屏上就切换着不同的股票走势图。他一本正经的样子就像一个围棋高手，从容淡定，魅力无穷。庄琪被他此刻展现出来的气质吸引，暗自思忖：怪不得听同事们说他是公司里最能挣钱也最会挣钱的人，如今一见，果然有一套啊！不禁芳心萌动，生出移情别恋之意。真正掳获庄琪芳心的，是下一刻邹俊看着屏幕，神道道地念口诀的样子："新量新价有新高，缩量回调不必逃；放量滞涨就要逃，无量上涨必须逃。"庄琪觉得，邹俊在股票投资方面比她们农村跳大神的神婆还要神秘莫测、道法高明，跟着他肯定能挣到数不清的钱，他就是一棵现成的摇钱树。

把初吻给了他，把初夜给了他。庄琪想，要是当初跟杜国强在一起，日子过得是不是像妈妈期待的那样，安安稳稳、波澜不惊，而不像现在这样大开大合，把自己逼得远走他乡？唉！天下没有后悔药，生活也不可能有太多的假设，既然已经落到如此地步，就只能咬牙坚持往前走。

庄琪抚摸着腿上的电脑，一会儿打开一会儿合上，焦躁不安。一想到邹俊她就恨意滔天。她一直尝试忘记他，可无论想尽何种办

第三章　困境

法，这个男人就如同电脑里的漏洞，始终清除不掉。他就是她凌乱的生活，附着在身上，让她痛苦不堪。过黄河的时候，她望着滔滔的河水，默默发誓："让以前的一切不幸、不快、不如意都随这浊浪东流而去吧！此番进京，我庄琪一定要飞黄腾达、扬名立万！"

2

"你傻了吗？你在想啥呢？赶紧干活儿——把床单铺好、桌子擦一下。"庄琪见柳青还沉浸在刚才看到天安门城楼的震撼当中，就催促道。

"庄琪，北京真的好大、好威严啊！金碧辉煌的天安门城楼、庄严肃穆的人民英雄纪念碑、宽阔无比的天安门广场以及鳞次栉比的高楼大厦，太震撼了。就连长安街两旁的松树都散发着帝王的气息。"柳青两手拿着床单，绯红的脸颊上露出幸福的微笑，站在床前目光炯炯地看着庄琪。

"还有什么形容词？全都说出来。被伟大首都的气势震撼了吧？"庄琪不忘调侃一下跟她一样的外来妹，"来北京没有错吧？我们既然来了，就要想办法在这里立足，要干出一番事业来，才不辜负家人对我们的期望。知道你是第一次来北京，我才选择从北京站直接坐1路公交车，这趟公交车贯穿长安街，我们也能看到天安门。先感受一下北京的氛围，为你我在这里打天下树立信心。想当年黄光裕初来乍到，身无分文，在北京站看着熙来攘往的人群，茫然不知所措。一开始，他蹬着三轮车给人走街串巷地送电器，起早贪黑、不辞辛劳，经过几年的打拼，把电器城开到全国各地。从一无所有到中国首富，这是多么励志的故事啊！我们现在比他当时的处境强多了吧？这是我二叔管理的酒店，虽然我们住的是个半地下标准间，可是这每月500元的房费你就是走遍北京城也找不到第二家。这为我们节省了多少开支啊！你赶紧用我们自己的床单把床铺好，房间再收拾得干净点，好好休息，从明天开始认真干活儿。"

"好的，我听你的。"柳青说，"我记得咱们刚才下车的地方是石景山古城站，这里离天安门远不远？算不算乡下？"

"石景山是北京的一个区，离天安门很近。北京大得很，你今天走过的只不过是其中的一小段，等你把北京跑遍了，这点儿距离对你来说就根本不算什么了。"

"你第一次来北京的时候也住这里吗？你们把故宫、颐和园、圆明园、天坛、长城、鸟巢、水立方都逛了吗？"

"你以后别再提跟他有关的事。对我来说他已经死了，世界上再没有他这个人。在这里，我们要开启新生活。"

"知道了，下次我会注意的。"

柳青手脚很麻利，不一会儿就铺好了新床单，房间也收拾得干干净净。庄琪盘坐在她的那张床上，左右手揉搓着肿胀的双脚，说："我让你从公司里拷贝的客户名单拿来了没有？"

"拿来了，存在我电脑里。"

"打开让我看看。"

柳青打开电脑，调出客户文档，把电脑递给庄琪。庄琪看了一会儿客户名单，确认信息无误后，对她说："这些客户，有的在中州、上海、深圳，也有在北京的。你现在就把北京的这些客户拎出来，另存一张表格。咱们从明天开始，按上面的姓名、地址逐一拜访，争取从他们身上取得突破，把业务开展起来。这些人在北京混迹这么多年，人脉非常广，仅借助他们的资源，咱们就能在北京站稳脚跟。"

第二天，庄琪带着柳青开始拜访邹俊在北京的客户。为了给这

第三章　困境

些客户更好地演示她们的产品,她们每人背着一台硕大、笨重的电脑,就像背着一块大石行走在大街上。

所有的开始都是痛苦的。当走访了一遍客户后,庄琪沮丧地发现,这些客户对邹俊和他们滑稽的婚姻比对她带来的产品更感兴趣。她想给他们展示产品的功能,都被他们非常礼貌、客气地拒绝了。这种无奈感就像人兴冲冲地撞在棉花包上一样,有力使不上。

"这样下去不行。"庄琪又盘坐在床上,用手捏着被磨出茧子的双脚,"咱们拜访的这些老客户是有身份地位、有一定经济实力的人,他们以前看重咱是因为邹俊会炒股票,能帮他们赚钱。他们缺股票软件吗?根本就不缺。证券公司给他们安装了最好、最完备的软件,还有专业的操盘手帮他们投资。我们这种简易版的股票投资分析软件的客户不是他们,而是广大的股民,也就是成天待在证券营业部,盯着大显示屏的那些人。等以后电脑普及了——就像家家有电视一样,这些人都会在家里炒股,就不会按时按点地跑到证券营业部看行情做交易了。咱们的软件对他们这些人可谓适销对路。因此,咱们的策略必须调整,从明天开始,咱们一家家地走访北京的证券营业部,从那里找客户。"

"北京有那么多证券营业部,从哪家开始走?咱们人生地不熟的,怎么进去啊?"柳青一听又要走访营业部,头都大了。这几天跟着她东跑西颠,苦活儿、累活儿都是她干的,肩膀被电脑包磨得紫一块红一块,连颈椎都酸痛不已。

"你怕啥呀?找关系啊!咱以前不是大河证券的吗?咱们就从大河证券北京营业部开始。"庄琪信心十足地说。

庄琪很快找到了在大河证券北京七里河证券营业部当副经理的老乡吴小莉。吴小莉以普及证券投资知识的名义,在营业大厅紧挨新股民开户的一隅，给她们设置了一个摊位。

"你们不要一上来就推销你们的软件，"吴小莉说，"一来我们跟大的股票软件公司签订了协议，我们所有的交易软件都要用他们的，我们签过排他协议。如果在这里大张旗鼓地推广你们的软件，显然是有违协议规定的。二来这里本来就是方便投资者交易的地儿，人多眼杂，闹哄哄的。因为都是些散户，看热闹的多，做交易的少，越有新鲜的东西就越爱凑热闹。如果你们演示的时候控制不好，现场容易失控，影响交易。以证券投资知识普及为由头，不但可以帮助我们完成投资者教育的任务，而且还能让我们在潜移默化中得到一些投资者的认可，从中发展客户。这是我能帮你们想到的最好的办法了。"

"真是太谢谢你了，"庄琪说，"我们一定规规矩矩地做事，绝不给你添麻烦！桌上除了我们的两台笔记本电脑，所有摆放的宣传资料都是你们的。发展客户就是先从提升客户体验开始，我们会耐心细致地帮你们把投资者入门的培训工作做好，让投资者满意并留住他们。这些工作我以前干过，有经验。我们的业务也是刚刚起步，需要时间让人们认可。心急吃不了热豆腐，我们有分寸，请放心。"

从此，庄琪就在证券营业部干起了义务培训工作。

"庄琪，那些股民好烦啊。"工作了一段时间后，柳青有些受不了了。她说："那些家伙不知道从哪里学来的一知半解的技术分析知识，整天围着我讨论股票走势，弄得跟个专家似的。一会儿说我们选择的指标不对，一会儿说我们的买卖点有问题。你跟他辩论，他说得比你还头头是道。最可恨的是那些满嘴京腔的中年人，时不时地蹭你一下、摸你一下。再这样下去，这软件还没有卖出去一套，人已经被摸遍了。"

第三章　困境

"摸一下又咋样嘛！"庄琪被她气笑了，"男人嘛，哪个不好色？他们摸你蹭你不就是喜欢你吗？说明你有魅力嘛！你就让他们买咱的软件。"

"我觉得恶心！"

"你恶心我就不恶心了？"庄琪一时怒了，"他们只摸你就不摸我了？我能忍你就不能忍？谁不是吃苦忍耐长大的？没有前面的苦，哪来以后的甜？人们常说，守得云开见月明，这只是一个过程，一咬牙就过去了。"

"可是那些家伙既好色又没钱，这要忍到何时啊？"

庄琪顿时语塞，找不到回应之词。半晌后，庄琪开口说："明天起，咱俩分开行动。你一天、我一天地出去拜访别的证券营业部，不能在这一个地方吊死。没有业务进账，都是义务劳动总不是办法，他们是有工资的，咱们可耗不起！"

一天傍晚，柳青从外面回到住处，看见庄琪坐在床上，正拿着手机声嘶力竭地跟人吵架。听了几句，柳青猜测对方可能是邹俊，就去卫生间洗漱。柳青知道她说起家务事就没完没了，于是慢条斯理地洗澡、洗衣服。过了一个多小时，柳青感觉她的电话应该打完了，就拎着洗好的衣服出来晾，没想到她还拿着电话叽歪，反而弄得柳青不知所措，只好硬着头皮把衣服挂在屋里的晾衣架上，躺在床上休息。又不知过了多久，柳青快要坚持不住睁睁着了的时候，庄琪才放下手机。

"那个死人是怎么带孩子的，孩子病了都不知道送医院，还在家里硬扛。如果孩子有个三长两短，我就跟他同归于尽。"庄琪气急败坏地说。

"孩子病了？严重吗？"柳青听说她的孩子病了，不觉想到了自己的孩子，感同身受，顿时困意全无。

041

"高烧到40多摄氏度了还不着急,用物理降温。不去医院能降得下来吗?"

"小孩子发高烧很正常,用物理方法能降下来的。"柳青宽慰道。

"降你个大头鬼,不是你的孩子你不心疼,万一有个好歹怎么办?"庄琪恼羞成怒地说,"今天你去拜访新大陆证券三里屯营业部的情况如何?"

"他们的要求跟大河证券一样,先做义务培训,不能直接推广我们的软件。"

"他们经理的态度如何?我可是托人找她的。"

"经理很热情,人也很帅!"

"我的天!"庄琪大声道,"你今天到底去哪儿啦?那个营业部的经理是个女的,啥时候变成男的了?你是去工作了还是去玩了?"

似乎找到了一个发泄口,庄琪把所有的情绪全都倾泻到柳青身上了。柳青自觉理亏,敢怒不敢言,只能默默流泪。

3

翌日早上,吴小莉上班的时候看见柳青捂着红肿的双眼,无精打采地坐在那里,不知道发生了什么事儿,就把她叫进了自己的办公室。

"你怎么了?一大早的,谁招惹你了?"吴小莉关切地问。

吴小莉善意的关爱顿时让柳青郁积已久的怨气找到了宣泄口,眼泪扑簌簌地流个不停。吴小莉一看这种状况,知道劝也没用,索性就让她哭个痛快,等这口气缓过去了,再问原委。毕竟都是女人,柳青哭得难过,也让她的心里没着没落的,不觉心头一酸,急忙背过身去,红着眼睛,打开咖啡机给她冲了一杯咖啡。

过了一会儿,柳青终于舒缓过来了,长出一口气,一把抹干眼

第三章　困境

泪，喝了口咖啡，说："还不是她嘛！"

"庄琪？"

"嗯。"

"她怎么你了？"

"她总是哄骗我到其他的证券营业部推销，说跟那里的经理说好了，让我到那里跟股民们做演示，推广我们的炒股软件。"柳青说，"当我背着电脑兴冲冲地冲进那些证券营业部的时候，他们却把我当成疯子给撵出来了，说根本就没有这回事，也没听谁安排过这件事。我不信，就出来给她打电话，说这里的人根本不知道有这回事。她就说营业部底下的人还没有接到经理的通知，让我去找营业部经理。我好说歹说，终于让他们引荐了经理，可是经理也是丈二和尚摸不着头脑，不相信世界上还有如此奇葩的事情。好在证券行业的从业者素质还比较高，没怎么难为我，客客气气地把我打发出来了。这种事情，一次两次也就罢了，可是她三番五次地让我去干，即使我的脸皮比城墙厚，也架不住被她这么使唤。"说到这里，柳青又开始流泪了："昨天，她又让我去一家营业部，我觉得实在丢不起这个人，就在外面转悠了一天，晚上回去的时候编了个谎骗她，不想被她识破了，她劈头盖脸地骂了我一通。"

"真是难为你了。"

"可不是嘛，她自己怕难为情、怕丢人现眼就指使别人去蹚路。"柳青说，"我也不是怕跑腿蹚路。既然出来闯荡，知道走出一条道很不容易，早有吃苦受累的心理准备。可是做什么事情都得交代个明明白白，好让我失败了也痛痛快快吧？但她不是，她是把根本没有的事情说得天花乱坠，然后让你兴冲冲地栽进深坑里。这哪里是做事，分明是坑人，而且是不厌其烦地坑人。"

浮华

　　吴小莉听了柳青的话，明白了事情的来龙去脉，低头沉思了一会儿说："你们这样广种薄收也不是个办法，必须想法儿找到有效客户。这样吧，从今天起，你经常往我们的大户室走走，给那些客户端个茶，倒个水，打扫个卫生什么的，趁机给他们推销你们的软件。他们都是有钱人，根本不在乎那点钱，跟底下的那些散户不一样。关键是要让他们认可你。但是，切记，千万不要大张旗鼓地干这件事，而是悄悄地寻找你们的客户。否则，我也无法向公司交代。"

　　"谢谢你，小莉！"柳青流出了感激的泪水。

　　"老板，要给您换一壶开水吗？咳咳咳！"柳青推开5号大户室的一刹那，就被里头弥漫出来的烟味、酒味、汗味熏得晕头转向，她克制着想要呕吐的冲动，努力睁大酸痛的眼睛，往里面张望。只见一个光头、满脸络腮胡，上身穿白衬衫的中年壮汉，嘴里叼根烟，跷着二郎腿，大大咧咧地坐在老板椅上左右摇晃。他的前面靠墙的桌子上摆着三台20多英寸的电脑，上面显示的是大盘走势和个股信息。他的衬衫穿得相当随意，除了下面的衣襟扎进圆鼓鼓的腰身，一排扣子全部敞开着，露出毛茸茸的前胸。他肤色黝黑，那件白衬衫穿在身上，就像一条白布裹在煤堆上。

　　"你不是底下大厅做科普的吗？怎么到这里来了？"

　　"老板，我是做投资者教育和推广股票软件的。这几天公司业务忙，人手不够，我就抽空上来给老板们添茶倒水，算是帮忙吧。"

　　"你叫什么名字？"

　　"柳青。杨柳的柳。老板，您怎么称呼？"

　　"李满福。"

第三章　困境

"原来是李老板，很荣幸为您服务！"

"别客气，"李满福说，"你是哪儿的人？今年多大了？"

"我是中州人，今年二十八岁。"柳青在回答年龄的时候有些犹豫。一是觉得李老板问这个问题有些突兀，还有些不礼貌——哪有一上来就问女人年龄的？二是想隐瞒实际年龄，但转念一想，觉得没有必要，就实话实说。柳青反问："老板您呢？听口音好像不是北京人。"

"哦，"李满福听了她的年龄，瞬间有些失神，"鄂尔多斯！听说过吗？"

"鄂尔多斯啊！当然听说过。现在鄂尔多斯经济繁荣，俨然是另一个深圳特区了。"

"差不多吧，以前是倒腾煤矿，现在倒腾钱了。"李满福把胖嘟嘟的手上夹着的香烟随意往地上一扔，张嘴打了一个哈欠，一只手在键盘上敲了几下，说："你说你在推销软件？什么软件？"

"是我们自己开发的一套股票分析软件，能够更好地帮助投资者寻找股票的买卖点。就像傻瓜相机一样，简单好用。"

"你这套软件卖多少钱？在这儿这么长时间卖掉一套了没有？"

"还没有。"柳青想撒谎，可是又开不了口，还得说实话，"一套5万元。"

李满福坐起身子，双臂伸直，两手撑在桌子上，十根香肠一样的指头敲打着桌面，好像在弹钢琴。

"我买一套吧，算是帮你一把。"

"真的？"幸福来得太突然，柳青有些不敢相信，"真不知道怎么感谢您，太谢谢了！"她情不自禁地抓着李满福的左臂，眼睛有些湿润。

"知道我为什么帮你吗？"李满福问。

045

"不知道!"柳青有些忐忑,怕李满福随时改变主意。

李满福深情地望了她一眼,又别过脸去,眼眶里有些许的泪花:"你很像我妹妹!"

"啊!您妹妹?她还好吗?现在在哪儿?"

"死了,"李满福的眼睛里饱含泪水,"好几年了。其实,你一来坐在那里的时候,我就注意到你了。你不仅长得跟她很像,而且同岁……看来这是缘分。"

"我……"柳青不知道说什么好,"既然如您所说,咱们有缘,那我就叫您李大哥吧。"

"好啊!"

"有人要买我们的软件?真的吗?太好了!"庄琪不相信自己的第一套软件被柳青卖掉了,又是嫉妒又是高兴。她认为她遇到的一定是个傻瓜,又接着问:"他怎么就买了一套?你怎么不多卖几套给他?"

"嗯?"正在兴头上的柳青被她问傻了,像是被人迎面泼了一盆冷水,"这东西又不能当饭吃,买一套足够了,买多了有啥用?"

"你不懂,我明天给他装软件的时候再卖给他一套!"

柳青对她的话将信将疑的同时,觉得她太贪心了,弄不好会搞砸了这笔买卖。柳青表面上默不作声,心里却七上八下。

"你知道他为什么要买咱们的软件吗?"庄琪还是不死心,继续追问。

"他觉得我像他死去的妹妹,有心帮我,所以才买了咱们的软件。"

"他是不是看上你了?你怎么勾引他的?"

"没有的事儿,"柳青气恼地说,"不是你想的那样。看他认真的样子,绝没有那种心思!"

"你知道他是干什么的吗?"

"我没好意思问。不过,听小莉说他是个煤老板,家里有好几个矿。"

"柳青啊,柳青!"庄琪狂喜道,"你可傍上大款了。"

第四章
满福

1

第二天一早，庄琪就迫不及待地带着柳青冲进了李满福的大户室。很显然，李满福是不会这么早来的，因为离股市开盘还早得很呢。即便是股市开盘了，这些大户也都不一定准时准点地来。炒股并不是他们的主业，他们有的是赚钱的渠道，能否坐进证券公司的大户室，跟他们投入股市的资金相关。比如，一般的散户可能就投了几万块，而大户们的资金都是几百万起。这种资金量带来的待遇差异，最直接的体现就是前者只能在闹哄哄的交易大厅看大屏幕，而后者则在条件优越的独立空间里享受自己的快乐或焦躁。

"趁着李总还没来，咱们把房间收拾收拾，"庄琪对柳青说，"你看这里乱糟糟的。桌子上、电脑上的灰尘这么厚，东西还摆放得歪歪扭扭的，键盘上还有烟灰；地上都是烟头、纸屑，垃圾桶也没倒；空气里还弥漫着烟味、馊味，臭烘烘的。"庄琪双手叉腰在房间里转了一圈，说："小莉她们公司怎么搞的，也不让人帮他们把房间收拾得整洁一点儿、舒心一点儿，这样才能让他们更加专注地交易。你把窗户打开换换空气，再把这屋里屋外拾掇干净。我去找地方买些香水和鲜花，把这里整得干干净净、漂漂亮亮的，给李总一个大大的惊喜。"

第四章 满福

  柳青正不知道这么早来干什么，听她布置完工作，欣然接受，撸起袖子就干。尽管李老板嘴上说拿她当妹妹，要帮她做成一单生意，但实际怎样她也没把握。只有真正掏钱买了她们的软件，才能确定他是否言行一致。总之，无论真假，她都想做成他这单生意，也算为她们的事业开一个好头。所以，庄琪支使她干这干那，她非但没有任何抵触，反而觉得理所应当。"这是为了拉近跟客户的距离。"她这么想。

  柳青还在打扫房间的时候，庄琪抱着一大束鲜花进来了。

  "你怎么还没收拾好？我的花都买来了。"

  "啊！"柳青非常吃惊，"你怎么这么快就买回来了？我们刚才进来的时候，大街上除了卖煎饼的小摊儿，其他店铺都还没开呢。"

  "我自然有办法，"庄琪不无得意地说，"我早就注意到离这儿不远的一条巷子里有家花店。花店的旁边是一家河南烩面馆，我还带你进去吃过一回。我刚才过去敲了半天门才把老板叫醒，那老板还以为是城管过来搞拆迁，吓了一跳。一听说我要买花，气呼呼地把门甩上，说：'觉都没睡醒还卖花呢，不卖！'我说：'是城管队的队长让我过来的，他有急事要用花，你卖不卖吧！'他一听是城管队的，吓得屁滚尿流，赶紧给我剪了一束花。你看，百合、康乃馨、玫瑰、唐菖蒲、向日葵、太阳菊，多好看哪！我出来的时候还要了他一个玻璃花瓶，他想跟我要钱，我说：'你这玻璃瓶不值钱，就做个人情送给我，我回头给队长说说，不拆你这小店！'那傻瓜还信以为真，说：'妹子，哥哥就靠你了。'我呸，谁是他妹子啊！"庄琪说着就哈哈大笑起来："你赶紧给花瓶灌上水，把花插进去，摆桌子上。我给屋子里喷点香水，祛祛异味。"

  在庄琪的监督下，柳青很快就把李满福的这间大户室弄得窗明几净，焕然一新。欣赏了一会儿她们的劳动成果后，她俩就坐在大户室里大眼瞪小眼地等人。没有什么比坐在别人的地方等人更让人忐忑不安的了。

"他会不会不来?"庄琪沉不住气,率先发问。

"我不知道。"

"他是不是不想买咱的软件,躲了?"

"我不知道。"

"他是不是开玩笑的——拿你当妹妹?调戏你呢吧?"

"我哪里知道啊!"柳青有些恼怒。

"你怎么一问三不知啊!"

柳青正要跟她争辩,恰巧墙上的挂钟响了几下,她抬头一看:"现在才8点,谁这么早跑过来呀!"

庄琪转眼一想,也对,谁这么早跑这里来?可是接下来该干些什么事儿呢?总不能就这么干坐着吧?

"我有个想法,与其这样坐着干瞪眼,不如咱们把这一层的大户室都打扫一遍。一来给小莉的公司留下个好印象,二来说不定又能碰上一个像李总这样愿意买咱们软件的客户呢!"

"我没意见!"

为了干活儿而干活儿,活儿总是干不完,而且还很累;靠干活儿打发时间,活儿很快就干完了,而时间还有的是。

到了9点钟,吴小莉来上班了。

"我听楼下的保安说你们给我们打扫卫生呢,真是太感谢了!这本是我们的工作。不是我们的员工却干我们保洁的活儿,真是委屈你们了。"吴小莉略有歉意地说。

"没事儿的,小莉!"庄琪高兴地拉着吴小莉的手说,"你给我们介绍了客户,我们要感谢你还来不及呢,帮你们做点力所能及的事儿算什么呢?再说了,"她指着柳青说,"她有一把好力气,干活

第四章 满福

儿又麻利,以后有什么活儿,你就叫她干。"

"那怎么好意思呢,"吴小莉对庄琪说出来的话感到很吃惊,看了一眼柳青说,"该我们做的事情就由我们来做,你们替我们做了我们该做的事情,这是不合适的,久而久之,我们的员工就会依赖外人,做事情偷工减料、不认真,这不利于管理。此外,有客户买你们的东西是他们的选择,跟我们没多大关系。这种事情你们心知肚明即可,千万不要声张,弄得路人皆知。"

"我知道了,"庄琪急忙表态,"请你放心,我们会把握好分寸,不会给你添麻烦的。"

临近中午,李满福才满身酒气,姗姗来迟。他推开门的瞬间就愣住了,跟以往大不同,房间不但被收拾得整洁明亮,而且里面坐着两位姑娘。"李总好!""李总好!"这两声异口同声的问候把他吓了一跳,下意识地往后一退,等抬头看清了房号,才敢迈步进来。

"房间是你们打扫的?"李满福说,"我说怎么这么干净呢。还有你们两个,吓我一跳,我还以为走错地方,进了夜总会呢。"

"李总,您真会开玩笑,"庄琪急忙起身迎上去,"我们等了一上午了,等着给您装软件呢。"

"昨晚酒喝多了,起来晚了。"李满福疑惑地问,"装什么软件?"

"您不会是忘了吧?"庄琪急切地说,"昨天您跟您这妹妹说要买一套我们的炒股软件的。"

柳青也眨巴着眼睛,随之重重地点头。

"我还真忘了,"李满福说,"我不知道你们今天就来,没有思想准备。不过你们放心,我李满福向来说话算话,绝不食言。"

"太好了,"庄琪长舒了一口气,"我们担心您这样的大老板贵人多忘事,所以就早早过来等您。"

"我眼前这三台电脑,中间这台是做交易的,左右那两台是看行情的。要装的话,只能或左或右选一个。"李满福挠挠头,"稍等片刻,让我想想。"随后,他看了一眼庄琪说:"这样吧,你在你的电脑上把你的这套软件的功能用法给我演示一遍,让我学会了它的操作方法后再决定装哪边。"

庄琪没料到李满福如此小心谨慎,要在使用之前先验货,不免有些尴尬:"李总,我们的电脑没有跟证券公司的行情系统联网,不能看到实时行情,只能在过往的行情数据上演示,请您理解。"

"这倒没什么问题,"李满福说,"问题是,你的这套软件在这家证券公司的系统上是否兼容?我是担心系统不匹配,显示的数据都是错误的,影响我的交易。"

"您不用为这个问题烦恼,"庄琪说,"我以前是大河证券的技术后台,对证券交易系统门儿清,我们的软件就是根据证券交易所的交易系统开发的,只要跟交易所的交易系统链接上,所有数据就会自动更新了。"

"你可以给我演示了吗?"李满福听得有些不耐烦了,催促道,"我看你能给我变出什么花活儿来。"

"我们根据人们常用的几种股票走势分析技术,比如 KDJ 分析技术、MACD 分析技术及 OBV 分析技术等,经过大量的交易数据分析、验证,总结出一套股票涨跌买卖点决策分析技术。"庄琪让柳青打开她厚重的 21 英寸笔记本电脑,调出一只股票的 K 线图,一边移动鼠标,一边给李满福演示,"我们以这只股票 5 日均线、10 日均线、20 日均线、60 日均线为轴心,上下波动在 ±20 的区间里,这条蓝色的趋势线如果在上区的 18—20 区间,就会显示'-'

第四章　满福

号，意思就是卖出；反之，蓝线在下区的18—20区间，就会显示'+'号，表示买入。为什么要以5日均线、10日均线、20日均线及60日均线为轴心呢？"庄琪有意停顿了一下，转头对着李满福说，"您是老股民了，自然知道5日均线为攻击线，用来判断股票短线走势；10日均线为主力控盘线，用来掌握主力资金的动向；20日均线是股价的生命线，是涨是跌完全依靠它做判断；60日均线是股票的决策线，买入还是卖出，时机就在这里了。总之，我们的这套买卖点分析技术软件，依据的就是海量的交易数据分析，判断股票的涨跌趋势，寻找最佳买卖点。它优化了技术分析，简化了投资决策流程，不仅适用于长线投资者，也适用于普通人炒短线。长短结合，无往不利！"

"你这一通神吹，听着还有那么点意思。"李满福说，"你这套东西的有效性按时下的流行用语叫什么来着？噢，是大数据分析。你有多少人在收集数据做分析呢？"

"根本不需要专门的人收集数据，交易所每天的行情数据都是现成的，只要跟交易所的系统联网就行了。"庄琪不想在数据的准确性上跟他过多地纠缠，这东西越解释越麻烦，容易露马脚，"李总，我们的这套软件用的人都说好，炒股很方便。有的客户拿这套软件炒股票，都翻了好几倍。不如您多买几套吧，这里装一套，家里装一套，公司里再装一套，保证您的炒股资金翻几番。"

"这么好的东西你就不应该卖，真是可惜了！"李满福十分惋惜地说。

"为什么？"庄琪不明就里地问道。

"既然你的东西这么好，动不动就能翻几倍，你干吗不自己留着用，非要卖给别人呢？"李满福说，"你是软件的开发者吧？用你自己的软件，你早应该赚得盆满钵满、身家上亿了，怎么还出来卖呢？那不应该啊！"

庄琪被李满福讽刺得满脸通红，羞愧得一句话也说不出来。她这才意识到这些煤老板绝对不是酒囊饭袋，个个粗中有细、绵里藏针。哼哼唧唧了半天，她这才挤出一句话来："李总，炒股我不擅长，我就是一个卖软件的。"

"看把你能的，"李满福继续讥讽道，"你的确是个做销售的——挺会吹牛！"李满福随即看了一眼柳青，说："我之所以买你的软件，完全是因为她。看着她像我妹妹，我就帮你们一把，你以后可别亏待她。"

柳青听李满福这么一说，感动得眼泪都流出来了。而庄琪终于得到片刻的喘息，想办法化解尴尬。

"我们情同姐妹，一起出来闯天下，有难同当、有福共享，怎么会亏待她呢？"

"你这人心眼多，而她又老实本分，"李满福说，"我怕你把她卖了，她还帮你数钱呢。"

"那怎么可能？"庄琪说，"她家买房子的首付款还是我帮她交的，不信你问问她。"

"哦？是吗？"李满福满脸不信。在得到柳青肯定的答复后，才对庄琪说："这倒让我对你刮目相看了，你并不是那种无情无义之辈。你把你的软件装我左边这台电脑上，我先看看这东西好不好用，如果不好用你再给我卸载下来，钱照付。你给个账号，我给你转过去。"

2

自此以后，李满福的大户室就成了庄琪经常光顾的地方。她不管炒股软件对他的股票投资是否有帮助，也不惧李满福经常冷嘲热

第四章　满福

讽地拿她寻开心，坚持以服务客户的由头黏在那里，从不把自己当外人。逐渐地，她发现看似憨厚粗犷的煤老板，根本不像表面看起来那么简单，而是处处透着神秘。在证券公司大户室里炒股票仅仅是他的副业，是他消磨时间的方式。他最主要的任务和目标是找有关部门为他的煤化工项目立项。这就是他经常喝得醉醺醺的，出入各种场所的原因。别看他出手阔绰、慷慨大方，实际上鬼精鬼精的。对什么人使什么招，他心里早有盘算。想从他身上骗钱难比登天，除非你对他有用。他买她们的软件完全是因为看到柳青长得像他妹妹，起了恻隐之心，否则根本就不会搭理她们。摸清了李满福的基本情况后，庄琪就极力撺掇他们认了兄妹，她也跟着柳青"李大哥长李大哥短"地叫了起来。李满福对她这种厚脸皮的人早已司空见惯——煤矿上什么人没见过，还怕她的这些花花肠子？因此，他也经常跟她插科打诨，落得个逍遥快活。

当然，庄琪并没有把自己局限在李满福一个大户室里，而是以此为中心，不断向外围拓展。虽然软件没有卖出几套，人却认识了不少。没多久，整个营业部大户室的情况她便了如指掌。这里不但有李满福这样的煤老板，还有暴发户、包工头、倒卖电脑的、批发衣服的、开超市的，甚至还有演员、运动员等。有趣的是，大户室里业余的多，专业的少——这里的业余是指这些大户的主业在其他地方，比如开商场、超市，卖电器等，有了闲钱在证券公司开个股票账户，行情好了，或者听到什么内幕消息了就跑过来盯盘操作。真正整天盯在这里，把投资股票当作职业的，占比不到三分之一。而这些都不是她的目标客户，很快被她过滤掉。她想的是如何在这些业余人员身上挣钱。她发现这些大户对投资的输赢不像专业人士那么敏感，因为有别的来钱路径，这些人投资股市的唯一目的就是赚快钱，让本金翻倍。因此，用"炒"来形容他们的投资行为一点儿都不过分。

　　一天，李满福对垂头丧气走进他大户室的庄琪扔过来一张证券报纸："瞧瞧人家，都是做股票软件的，人家是怎么推广自己、提高知名度的？看你，成天东跑西颠的，一点儿进展都没有。"

　　庄琪接过报纸快速浏览了起来。很快她就在头版的右下角看到了一则某软件公司跟某证券公司联合举办线上模拟炒股的广告。这则广告的目的非常清晰，就是证券公司和软件公司通过炒股比赛的方式，收获潜在客户。这真是一个绝妙的方法。庄琪一边看活动细则，一边开动脑筋想办法。半响后，她的两眼泛着幽幽绿光，喃喃自语："他们只是搞模拟，我就不能做实盘吗？"

　　"唉！你回家慢慢想去吧。"李满福看她一副若有所思的样子说，"我在鄂尔多斯的几个兄弟嚷嚷着要跟我炒股票。我现在的事情多着呢，哪有闲心教他们？你们要是有时间，就过去几天给他们培训一下，那些家伙在股票投资方面完全是小白，有了几个钱就想往里冲。交通、食宿他们全包，你们顺便把炒股软件推销给他们，他们挺适合用你们的东西。咋样？"

　　"太好了，李大哥！"庄琪激动地说，"我们有时间，今晚就可以动身。"

　　"不着急，我安排好了你们再去。"

　　"谢谢、谢谢、太感谢啦。"

　　过了几天，李满福把庄琪和柳青叫到他的大户室。

　　"我已经跟那边说好了，"李满福揉着惺忪的睡眼说，"你们这两天就过去。到了就跟我兄弟巴特尔联系，他会安排和接待你们。你们是乘火车还是坐飞机呢？"

　　庄琪本来还想弄清楚此次的交通费由谁出，谁知道柳青听到

第四章 满福

"飞机"二字就脱口而出:"我还没坐过飞机呢!"

"哦?那就坐飞机去。"李满福说。

庄琪还在犹豫,没有表态。李满福看了她一眼,就明白了她的心思。

"不是说好了吗?这次的交通、食宿都由那边负责,你们只管去就是了。"李满福说。

庄琪见他看穿了她的心思,有些难为情地说:"我是想乘火车给你们省点路费,可你这妹妹没坐过飞机,我想我还是陪她坐一次吧。"

"你少来这一套!"李满福笑骂道,"那点路费是可有可无、芝麻点的事儿。你去了以后可别瞎忽悠,让他们觉得股市好赚钱,拿了钱就往里冲。要教会他们如何选股、看盘、控制风险。那些家伙还以为买股票就像买彩票,想一夜暴富。世界上哪有这样的事情?你们的主要任务就是知识普及和风险提示。投资者教育这事不难吧?前一阵你们不是在帮楼下做吗?"

"李大哥,投资者教育这事儿我们最拿手,您就放心吧!"庄琪忙不迭地说。

巴特尔身材高大,体形肥硕,庄琪一眼就从接机的人群中找到了他。他穿着白衬衫,套着黑色的皮夹克,像一座小山矗立在那里。因为很好找,所以不用找。

"您是巴总吧?我是李满福李大哥的朋友庄琪,她是柳青。"

"欢迎来到鄂尔多斯,你们辛苦了。"巴特尔瓮声瓮气地说,"你们就叫我巴特尔吧,这样习惯些。"

"那怎么好意思,"庄琪急忙说,"直呼其名总不大好吧。"

"没关系,"巴特尔说,"我们蒙古族人更习惯这样。"

"那好吧。"

"你们两个就带这点行李？太轻了。"巴特尔说着话，就已经把她们的行李箱一左一右拉到手里，"走吧，车在停车场，不远，几步路。"

巴特尔从来就没有谦让女士的习惯，拉起箱子就呼哧呼哧地走了，庄琪和柳青紧紧跟上。别看这家伙走起来像移动的小山，可是步频还挺快的。当然，他还很年轻，才三十来岁，有强烈的蒙古族汉子的气势——只是胖了一点儿而已。庄琪暗自打量。

"这个机场好新、好漂亮啊，比我们来时的北京南苑机场好多了。"柳青对庄琪小声嘀咕道。

"那是当然！"巴特尔接过话茬儿说。庄琪和柳青被他吓了一跳，她们的悄悄话竟然被他听了去，这听力着实了得，不愧是草原上长大的。"我们的机场完全是按照国际化大都市的规模设计和投资建造的，你们现在看到的只是一期，设计中还有二期。这里除了机场、跑道、候机楼，还有国际港、物流中心，等等。"巴特尔神气十足地说。

跑了一小段路后，终于到了巴特尔的丰田霸道跟前。他打开了车尾门，说："你们先上车，我把后备箱的东西调整一下，把你们的行李放好。"

庄琪和柳青不好意思先上，站在车后面看他怎么收拾东西。后备箱的空间被两个硕大的红白条的塑料编织袋占着，里面似乎装着好几捆书，但又不像是书，看起来硬邦邦的，搬着很费力的样子。这种塑料编织带是庄琪她们在火车站见过的农民工进城干活儿时背的。巴特尔把两个编织袋擦在一起，腾出一半的地方，把她们俩的行李箱放进去，然后关上尾门，上了车。巴特尔随便从扶手箱里抽出一张纸巾，擦了一把汗，将纸巾捏成一团，发动汽车后，打开车

第四章　满福

窗将纸团扔了出去。庄琪一直对那两个编织袋里的东西很好奇,但是又不好意思问,就用别的话题转移注意力。

"巴总,您这么壮实,挺能吃羊肉的吧?"

"怎么说呢,"说到吃,巴特尔显得很得意,"一年至少吃掉1000斤吧!"

"天哪!"庄琪和柳青同时惊呼,"这得多少只羊啊!"

"你们算吧,"巴特尔哈哈大笑,"一头羊出三四十斤肉。总共有多少只?"

太残忍了!这俩女人一想到有那么多可爱的羊被他吃掉,不愿给他算细账,扭头看向窗外,欣赏风景。

不得不赞叹,鄂尔多斯的秋天简直太美了。大自然似乎想把这里的一切都染上金色、黄色。宽阔的道路两旁的杨树、柳树,以及掉落的树叶,都是金黄色的。远处的田野是金黄的,金黄当中又泛出一抹绿,黄绿在不同的光线下自由变换深浅,和谐融洽,在蓝色苍穹的掩映下,给人一种如梦似幻的迷醉感。这是塞上独有的苍茫寥廓之美。

"这里真是太美了!"这俩女人被眼前的景致震撼到了,很快就忘了替巴特尔数羊的事情。

"那是自然。"巴特尔的嘴里不是"当然"就是"自然",这里的一切在他那里都是理所当然的,"鄂尔多斯的蒙古语意思是'宫帐',也就是众多宫殿的意思。要不是这里水草茂密,自然条件得天独厚,成吉思汗怎么可能把他的陵寝选在这里?"

"啊?这里有成吉思汗陵?"

"是的,"巴特尔说,"虽然只是他的衣冠冢,但是这里在他眼里的重要性绝不是其他地方可比的。"他又指着远处一片建设工地说:"看到前面那些弯弯曲曲的管道搭建起来的建筑群了吗?那是投资几百亿的煤制油工程，国家级项目。周边在建的都是一些配套项目。再远处，看见了吗？左边那些立着密密麻麻的塔吊的地方，就是一些新开的楼盘。"

巴特尔一边开车一边给两个外来客介绍情况。汽车在下了高速，快要进入城区的时候，突然方向一打，拐上一条土路，颠簸得庄琪有些想吐。她想，他不会是把她们安排在城乡接合部住下吧？不一会儿，他的车就停在一家人的院子门前。这种院子庄琪再熟悉不过了，她从小就在这种院子里长大。院子不大，六七百平方米的样子，有七八间摇摇欲坠的北房，还有羊圈、鸡舍、狗窝等，被破烂不堪的土坯墙围了一圈。土坯墙已经被雨水冲刷得塌成半截。两扇老旧的院门敞开着，一地的鸡屎。门口停放着一辆崭新的五菱宏光面包车，车里座椅的塑料布还没有撕掉。庄琪对眼前所见很抵触，一颗心往下一沉，暗骂了一声：什么破地方！

巴特尔熄了火，侧过他肥胖的脑袋对她们说了声"你们等我一下"，然后就开门下车了。他刚下车，一条老黄狗就跑过来，冲他直摇尾巴。他抬脚踢了一脚黄狗："滚！"狗嗷嗷叫着跑远了。他对着院子粗声大嗓子地喊："老来，来俊成！""哎！来了！"一间北房里出来一个身穿深蓝色中山装的瘦骨嶙峋的中年人，他头戴一顶洗得皱皱巴巴的跟衣服一样颜色的鸭舌帽，手里夹着半支烟，一路小跑地过来了。到了巴特尔跟前，他急忙解开左上衣口袋的纽扣，从里面掏出一包中华香烟，打开塑料包装，撕开一个小口，从中抽出一支，递到巴特尔面前："吃烟，你吃烟。"巴特尔一挥手："不吃了，我车上还有人呢。"然后带他走到车后，打开了车尾门，指着那两包编织袋，说："这是200万。这100万把你订的那套房的房款交了。用另外100万把你亲家的那块宅基地买下来……回头再商量！""好的、好的，太谢谢了！你吃根烟。""不吃了，"巴

第四章 满福

特尔不耐烦地说,"你赶紧把钱拿走,我还有事呢。""那怎么好意思?"老来见巴特尔不接他让的烟,觉得过意不去,就把拿出来的那支烟又小心地插了回去,整包塞进他的皮夹克口袋里,腾出的手一把抓起一个塑料袋就往肩上扛。"你要搬哪儿去?"巴特尔问。"我车上。"老来指着旁边停放的面包车说。巴特尔看这段路没多远,就抓起另一包,转移到他车上了。"钱都给你了,接下来就是你的事情了。""我知道的,你放心吧!"

"巴总,"等巴特尔重新上了车,庄琪就迫不及待地问,"刚才那两个编织袋里装的是人民币?"坐在车里的庄琪把他跟来俊成的对话一字不漏地听进耳朵里,但是她仍然不敢相信他们把钱这么随意地装着拎来拎去。"200万?"

"对啊。"巴特尔漫不经心地说。他把车从原路上倒了一段距离,找到土路边一块连着的平整的菜地,一脚油门、一把方向盘就把车掉过头来了。

看着一些蔬菜被轧进两道深深的车辙里,庄琪心疼地说:"你把人家吃的菜轧坏了。"

"老来家的,"巴特尔说,"他现在有钱了,无所谓了。"

"你们鄂尔多斯人怎么这么有钱,把钱不当钱?"庄琪问。

"不是我们有钱了,而是国家有钱了。大河流水小河满。国家有钱了,我们就有钱了。"

"啥意思?我怎么听不明白。"

"你知道我们这里有'羊、煤、土、气'这四样东西吗?"巴特尔反问道。

"扬眉吐气?"庄琪一头雾水,摇了摇头,"不知道。扬眉吐气不是一句成语吗?"

"这'羊'嘛,就是漫山遍野吃草的羊,代表我们当地传统的畜牧养殖业、纺织业——我们鄂尔多斯的羊绒制品很出名的！"巴特尔说，"'煤'就是煤炭、煤矿。感谢上天，整个鄂尔多斯就坐在煤矿上，地下全是煤。这对我们这里的人来说是不是天大的福气？"

"那'土'又是什么？"庄琪指着车窗外，"我实在看不出这里的土跟其他地方的土有什么不同。"

"稀土，听说过吗？"巴特尔故作神秘地说，"我们这里就有其他地方没有的稀土。至于它的重要性、稀缺性，我就不给你解释了，如果你感兴趣就自己去查。'气'就是天然气，有煤就有气。想不到吧，这'羊、煤、土、气'就是我们的四大资源产业。由于有这些丰富的自然资源，近年来国家在这里不断地投资建设。媒体也在报道，自2008年北京成功举办奥运会以来，我国的国际声誉空前高涨，国际资本纷纷进入中国寻找投资机会，'煤制油'等国家重点项目也就落到我们这里来了。国家投资带动了地方自治区政府投资，也带动了民间及个人投资。这么多的项目要建设、要投资，难道不会吸引更多的钱吗？这几天带你们去看看我们的康巴斯新城，那纯粹就是在老城边缘的荒地上拔地而起的新城。那里有新的政务大楼、市民中心、图书馆、体育馆、音乐厅，等等，从规划到建设都是高标准的。我们的经济定位是以煤化工为中心，发展金融业、畜牧养殖及加工业、航空物流业、文化艺术及体育产业，把鄂尔多斯打造成塞上'香港'。"

"巴总，您是干什么的？"庄琪听了巴特尔的一番介绍，对他肃然起敬，"您说得头头是道，政策敏感性又这么强，我怎么觉得您是鄂尔多斯市市长呢？"

"我呀，"巴特尔憨憨地笑着说，"我以前当过兵，退役后给领导当过几年司机，再加上我是本地人，对这里的一切了如指掌。你

第四章　满福

说这里还有我不知道的事情吗?"

"佩服佩服！我还是第一次见到您这样既博学、像领导，又会赚钱的人。"庄琪说，"刚才您给老来的钱，是他的还是您的？"

"既是他的，也是我的。说白了，是我借给他的。"

"您说话怎么这么绕啊？我听不太明白。"

"老来要买房、做生意，没钱，然后就找我借。"

"你就这样借给他？"庄琪吃惊道，"连借条都不打？"

"打什么借条啊，"巴特尔说，"就刚才他们家院子和我车子轧过的地，都在政府规划用地里，过一年半载的就要被拆迁征用，等拆迁款下来了，钱不就还我了吗？另外，他那个亲家也有一块地在规划里，但是他亲家不知道。我让他先把地买下来，等拆迁补偿的时候卖个好价钱。"

庄琪听巴特尔这么一说，顿觉脊背发凉，直冒冷汗。自此以后，她再也不敢轻视与煤和拆迁相关的人了。

第五章
钱潮

1

说话间，巴特尔的车就停在了伊盟宾馆的门口。下了车，打开车尾门，拿下行李，巴特尔对庄琪和柳青说："房间已经给你们开好了，你们现在去前台拿身份证登记一下就妥了。这几天在这里的用度记房间上就行，回头我们结。你们是要一间房还是两间房？"

庄琪跟柳青互视一眼，庄琪对巴特尔说："我们女孩子出门在外，还是两人住一间的好。"

"那好吧，"巴特尔说，"你们登记的时候跟前台说吧。现在才4点钟，离晚饭时间还早。你们登记好房间上去洗漱、休息一下，6点钟左右下到三楼的黄沙厅，我们一起吃晚饭。"他指了指前面停车场三辆停靠在一起的墨绿色路虎说："我们的几个朋友都到了，我先跟他们说点事儿，晚上一起吃饭。"

庄琪顺着他手指的方向看了过去，随后又扫视了一眼停车场，说："人们都说进口到中国的路虎一半被鄂尔多斯人买走了，此言果然不虚啊！"

巴特尔笑了笑说："有矿嘛。"

等到6点钟，庄琪、柳青洗漱打扮好下来，推开餐厅门的时候，里面早已烟雾弥漫。只见巴特尔正跟另外三个年纪相仿的人围

第五章　钱潮

坐在棋牌桌旁，热火朝天地打麻将。他们每个人的右手边都放着一杯用一升大小的啤酒杯泡的八宝茶，身前的牌桌边上放着一沓百元钞票，嘴里叼着或手指夹着一支香烟，脚下是一地的瓜子皮、水果皮、烟蒂和被捏成一团的空了的烟盒。庄琪注意到，老来给巴特尔的那包大中华烟盒就扔在地上——显然，他们已经把它抽完了。房间里唯一整齐的地方就是摆放餐桌的这一半空间。十人座的餐桌上已经架起了一口铜锅——看来是安排了火锅，周边摆放了凉拌沙葱、洋葱木耳、萝卜皮、凤爪、羊蹄等凉菜，以及奶酪皮、炒米、炸油果等内蒙古小食。

看见她们进来了，巴特尔招招手说："过来过来，给你们介绍一下，这位是祁凌风。"他先指着左手边的人说。然后指着对面："这位是任晓东。还有这位——"他又指着右手边，"吴昕建。"介绍完他们自己人，然后对他们说："这两位是满福哥的朋友，她们是来给咱们推荐股票的，能让咱们的股票翻几番。一个是庄琪一个是柳青，等一会儿吃饭、喝开了的时候你们再确认谁是谁。"他猥琐地笑了笑。他一笑，那三个也不怀好意地笑了笑，笑得像饿狼。庄琪从他们的笑意中看到她们就像待宰的羔羊，如果他们愿意，火锅里涮的可能就是她们，不觉两腿发软。柳青也紧张地抓起庄琪的胳膊。"你们稍等一会儿，"巴特尔看见她们有些紧张，稍微正经了一些，"我们把这一圈打完，咱们就吃饭。如果你们饿了，就先吃口桌上的凉菜垫一垫。"庄琪说："不饿，你们先打牌，我们看看。"

很快这手牌就打完了，巴特尔输了。他拿起面前的一沓钞票，从中抽出十来张放回原处，骂骂咧咧地把剩下的扔给对面的任晓东。庄琪看见钱眼睛都亮了，刚才的恐惧感早丢到九霄云外了，目光在他们牌桌上摆放的钱上扫来扫去，估摸着每人跟前有多少钱。

巴特尔看她跃跃欲试的样子，就说："来来来，你坐我这里打几把。""我不会、我不会！"庄琪忸忸怩怩地说。巴特尔一把拉过她，按进座椅说："你替我打，输了算我的，赢了算你的。"庄琪摸了一把前面的钱，拿起来掂掂，捋顺放好，不再推辞，就打了起来。

"越想赢就越输，"一圈打完，庄琪拿着剩下的钱对巴特尔说，"不好意思，快把你的钱输光了！"

"无所谓！"巴特尔接过钱塞进口袋里说，"来，上桌吃饭，吃完饭再玩。服务员，起菜！"

巴特尔很绅士地把两位女士安排到上座，他们几个兄弟围坐在两边。不一会儿，餐桌上摆了几十盘切成各种形状和不同肉色的羊肉。

"这吃得了吗？"庄琪一看摆上来这么多羊肉，还没等主人开口，她先说话了。

"没事儿，吃得了！"祁凌风看了一眼巴特尔，又对她挤挤眼睛。

"来、来、来，"巴特尔举起一碗五粮液，"欢迎两位从北京来的尊贵的女士，你们一路舟车劳顿、不远千里地来到苦寒之地塞上，给我们推荐股票，让我们有钱赚，真的是万分感谢！时值金秋，按我们北方人的习俗，是贴秋膘的时候了。今晚就给我们两位尊贵的女士准备了我们这里最好的羊肉和最好的吃法。我们这里的羊吃的是中草药，喝的是矿泉水，膘肥体壮、肉质肥嫩，没有一点儿膻味。希望你们吃得开心、过得愉快。"

巴特尔说完，一口气就把一大碗酒干了，把两个女士吓得花容失色。"我们不会喝酒，"庄琪说，"起初，李大哥让我们来的时候，听说你们这里喝酒很凶，我们还不敢来。李大哥说没事儿，你们对女士很宽容、很绅士，所以我们才敢来。请你们千万不要勉强我们喝酒。"

第五章　钱潮

巴特尔他们一听她搬出了李满福，就不好意思灌她们喝酒了，叫服务员给她们倒了沙棘汁喝。

酒过三巡，祁凌风端起一碗酒说："庄小姐、柳小姐，你们有什么内幕？跟我们说几只股票，赚了钱四六开。咋样？"

"翻倍五五。"任晓东补充道。

"啊？我们……"柳青大吃一惊，正要说话，被庄琪从桌子底下踢了一脚。

"好啊、好啊！"庄琪说，"咱们这里有证券营业部吗？"

"没有，"祁凌风说，"倒是有三家上市公司。"

"那你们的证券交易账户在哪里开的？"庄琪问。

"最近的是包头，"任晓东说，"呼市（呼和浩特）也可以。"

"那你们买卖股票岂不是很麻烦？"

"还好，现在有了互联网，网上交易、手机交易也很方便。"祁凌风举了举价值万元的智能手机说，"最近听说天河证券正在这里筹备开一家营业部呢。"

"那就好、那就好！"庄琪想到她的软件有了应用场景，松了一口气，急忙说道。

几碗酒下肚后，场面就活跃了起来，这些塞上的粗犷汉子实际上根本就没有营业大厅里那些股民的臭毛病，不会对女士上下其手。虽然他们嘴里的话粗俗不堪，但是行为上很克制，让柳青悬着的一颗心放了下来。

庄琪很快发现了一个奇怪的事情，就是在他们吃饭的时候，巴特尔好像早已吃饱的样子，只是偶尔拿起筷子夹点东西放进嘴里嚼嚼。可是肉点了这么多，他们几个根本吃不完。不应该啊！

"你咋只喝酒不吃饭呢？"庄琪好奇地问。

坐在她旁边的祁凌风拿胳膊肘碰碰她的胳膊，抿嘴笑着说：

"你吃你的,别管他。饿不着的。"

庄琪不明所以,又是客人,不好劝,就将注意力转向别处。谈笑间肚子就填饱了。巴特尔看到他们差不多都吃好了,就说:"你们都吃饱了吧?"柳青急忙说:"吃好了。都吃撑了!"那几个哥们儿一听她说这话,心领神会地笑着说:"好了,就这样吧。"巴特尔对他们说:"你们在那儿玩会儿,我吃点儿。"庄琪站起身,看到饭桌上还有十几盘羊肉,心想他能吃多少呢?剩下的羊肉又怎么处理呢?还在犹豫的时候,她就被一旁的祁凌风拉到了牌桌前。

因为刚才输钱的时候有巴特尔的钱垫着,现在巴特尔在吃饭,没人帮她垫钱,她怕输自己的钱,就不愿坐上牌桌。任晓东见三缺一凑不齐,就从一个古驰手提包里拿出一沓钱塞到柳青手里说:"妹子,你来。赢了算你的,输了算我的。"柳青不好推辞,就上了桌。庄琪见状,暗自后悔,跺了一脚,偏过头看了一眼巴特尔。这不看不知道,一看吓一跳。只见巴特尔把那十几盘羊肉和各种蔬菜一股脑儿地煮进铜锅里,拿筷子一边捞一边呼噜呼噜地吃,就像饿了许久的野兽在进食。庄琪这才相信他一年吃1000斤羊肉的说法绝不是吹牛。

不一会儿,巴特尔就把那些吃的风卷残云般地扫荡干净了。他摸着滚圆的肚子,脸上洋溢出满足的微笑。"怎么样?"他看了一眼柳青,"你赢了?"柳青顾不上说话,兴奋地直点头。一直沉默寡言的吴昕建看见巴特尔吃完走过来,早已按捺不住,一把推倒麻将说:"赶紧下去吧,一会儿他们把好的都挑走了!"庄琪好奇地问:"你们要去哪儿?""玩会儿去。"巴特尔含糊其词地说。"我们有点事儿,就不陪你们了。你们早点休息,或者在周围转转,但是不要走远了,不安全。明天下午2点我来接你们,咱们到他公司,"他指着吴昕建说,"你们给我们说说股票的事情。"

第五章 钱潮

柳青赢了4000多块钱,有些意犹未尽,站起来要把钱还给任晓东。任晓东大手一挥:"那是你的了!"柳青高兴坏了,急忙装在口袋里。庄琪不高兴了,但是忍住没吭声。

因为吃得太饱了,庄琪和柳青不想早早睡觉,想到外面遛遛弯、消消食,就跟着他们一起下来了。巴特尔又交代了她们几句,就带着兄弟们闪身进了旁边的"纸醉金迷"夜总会。

"这些家伙,没一个好人。"庄琪嘴一撇,不屑地说。说罢又对着柳青说:"赢钱了,高兴了吧!"

柳青喜不自禁地将头扭向一边。

庄琪夜里睡觉浅,感觉睡着没多久就被一阵吵闹声惊醒了。

"这谁啊?才几点?"她打开床灯,拿起手表,"还不到3点啊!"

这时,她听到对面房间有敲门声。"巴特尔,时间到了,该换人了!"好像是吴昕建的声音。

然后,她就听到一连串的开门声、脚步声和关门声。似乎有人走进了她们隔壁的房间。

不久之后,从隔壁房间里传出了女人的尖叫声、呻吟声。夜里,呻吟声的穿透力太强,不用想就知道里面在干什么。柳青不堪其扰,蒙上被子接着睡觉。庄琪却很好奇,兴致勃勃地把耳朵贴在床头的墙上偷听。没听几下,脑海里突然闪现出一帧邹俊和张晓丽交媾的画面,感觉心口一疼,跌倒在床上。她抓着被子,用力一撕——刺啦,被套被撕开了一道三尺长的大口子。"不要脸的臭流氓!"她恶狠狠地骂道。

吴昕建的公司在当地很有名,也很气派。实际上,公司不是他

069

的，是他爸的。他是吴氏煤业集团的少东家。这家伙平时少言寡语，一副睡不醒的样子，对煤矿及公司管理兴致寥寥，只对花钱在行，经常名牌傍身，豪车常换常新。因为他爸自觉还年富力强，不需要依靠他管理公司，经常在几个矿上亲力亲为地抓管理，疏于对他的监督教育，只是让他干一些接待的活儿和对外投资的业务。说是让他搞投资，实际上并不尽然。他爸知道他是什么货色，从来不会拿大钱让他去冒险。况且，独裁惯了的人对谁也不放心，哪怕是自己的儿子，让他们分权或授权给别人始终是一个社会和家庭的难题。所以，这父子俩关系并不融洽，经常摽着劲儿。

有时候，他爸为了缓和关系，甩给他三五百万，让他拿去做投资，他却对此嗤之以鼻，认为拿这点钱做投资简直是开玩笑。的确是开玩笑，因为他爸也很清楚，那仨瓜俩枣除了拿去炒股，确实做不了任何像样的投资。一开始，他还挺珍惜那三五百万的，跑去包头开了一个证券账户。可是那时候互联网太不发达，鄂尔多斯又没有证券营业部，买卖股票还得经常跑去包头。跑来跑去太麻烦，还不如泡夜总会呢。在那里，他终于找到了用武之地，就像鱼儿游进大海，一到晚上就两眼放光。

"庄小姐、柳小姐啊，你们能不能给我们推荐几只能够翻番的股票，赚了钱咱们直接分就完了。"吴昕建无精打采地坐在他爸的办公室里说，巴特尔那几个弟兄也昏昏欲睡。"按你们说的，这要如何选股，如何分析基本面，如何看K线图、成交量、买卖点，听着都很好，都很对。可是我们哪有那么多时间坐在这里盯盘、复盘呢？太麻烦！你们要是有内幕消息什么的，告诉咱们一声，赚了钱，利利落落地分不好吗？"

"各位老大，如果我有那渠道早就发了，哪还需要辛辛苦苦地跑来给你们做培训？李大哥知道你们有投资的冲动，临来之际还特

第五章　钱潮

别叮嘱我们,一定要给你们提示风险。翻番的股票有没有?有!但那绝对是可遇不可求的事。我丈夫是证券公司的,"说到邹俊,庄琪心里一酸,咽了口口水,"在我们那里是个优秀的操盘手,他天天泡在股市里,一年到头也很难找到几只翻番的股票。"

"我有一个朋友,"祁凌风说,"前一阵跟人炒了一只科技股,翻了一番。"

"老大,这样的故事在股市里层出不穷,"庄琪说,"你听到的永远是别人'过五关斩六将'的高光时刻,可曾听过有谁说自己'败走麦城'的事儿?"

大家一想,还真是这么个道理,便沉默不语,从股市里捞快钱的冲动就没那么强烈了。

"给你们每人装一套我们的软件吧!刚才我们演示的时候你们都说好,买卖点的提示不但能帮你们选股票、炒短线,还能警示风险。况且,李大哥也装了一套,说是对他的投资帮助很大。"庄琪适时地开始推销她的软件,"买了我们的软件,还能得到我丈夫的技术指导。跟着他炒股,虽说不能翻番,但是包赚不赔还是能够做得到的。这也是我们的服务之一。"

她为了卖东西,真是豁得出去,把视如寇仇的前夫也挂在嘴上,连同软件打包卖了。

事情进展到这个份儿上,巴特尔就感觉有些骑虎难下了。虽然预期不甚理想,但是好歹还能傍上一个证券公司的操盘手,也可聊以自慰了。说不定跟着他真能赚到大钱呢。况且那个软件也没几个钱,装一个也算对李满福有个交代,毕竟人是他支使来的。

"行啊,那就明天装吧。饭点到了,咱们吃饭去。"巴特尔大手一挥说,"今晚我给咱们安排了烧烤。"

这次,巴特尔把她们带到老城边上的一家农家乐。因为他们答应了买她们的软件,所以庄琪和柳青都非常高兴,跟他们的关系也就熟络起来,不再那么生分了。都是同龄人嘛,只要放下防备,一切都很融洽,还能勾肩搭背地开开玩笑。

说实话,这里的东西的确好吃,老板照顾老顾客,各种食材都是经过精心调制的。羊肉串、黄喉、板筋、鸡翅、鸡心、鸽子、鹌鹑等,用当地做法烤制,口味真的别具一格。心情好,自然吃得好。庄琪和柳青没有拘谨,跟着这帮吃货胡吃海塞。只是,到了差不多7点的时候,吴昕建又开始催促了:"赶紧走,好的又要被他们挑走了!"

庄琪和柳青想到昨晚他们干的事,顿时羞红了脸,不自觉地跟他们拉开了距离,以免他们酒后乱性,那就得不偿失了。但是,那又怎样呢?庄琪有时候也会往那方面瞎想。

到了酒店,巴特尔从汽车后备箱里拿下一个黑色塑料袋,里面用报纸包着一捆东西,递给庄琪:"你们拿上去吧,早点休息!"便转身进了夜总会。

庄琪接过塑料袋的时候,只觉得血流加速,心脏突突直跳。不明就里的柳青被她强拽着拉进了房间。一进房间,她就赶紧把门关上,迫不及待地撕开报纸。

"钱啊! 20万啊!"她高兴得手舞足蹈。

柳青可能是第一次看见这么多钱,紧张得语无伦次。"这、这……"她都快哭了,"这是真的吗?我们卖软件的钱?"

"当然!"庄琪激动地说,"我们有钱了!"她看着柳青因兴奋而涨红的脸,突然冷静下来,急忙又把钱装回塑料袋。

"怎么了?"柳青满脸的不可思议。

庄琪没有回答,两只眼睛在钱和柳青之间转来转去,略有犹豫后,还是取出其中一捆,扯断扎紧的细纸条,拿出一沓递给她。

第五章　钱潮

"这是你的。"

柳青的脸色一下子就阴沉了下来,既没要她的钱,也没说话,坐在床上掉眼泪。

"你嫌少啊?"

这不是明知故问吗?

柳青终于忍无可忍,怒上心头:"以前不是说好给销售收入的20%吗?现在怎么就变卦了?拿1万块钱打发人。而且这次赚的20万还是依赖我跟李大哥的关系。"

庄琪知道柳青见钱起了贪心。她常听老人们说,人可共患难,不可共富贵。如果这次不杀杀她的贪欲,降低她的期望值,以后有了更多的钱就很难控制了。

"咱们从5月份到北京的这四五个月里,所有的吃喝拉撒是不是都是我出的?你不但不用掏一块钱,而且每个月还从我这里领5000块钱的工资。你知道,这几个月我们可是一分钱都没有赚到,花的都是我的本钱。那还是我离婚的补偿款。那些钱在中州给我妈买了房子,好让她帮我看着点孩子,也让我跟你放心出来创业。另外,我还从那笔钱里给了你10万块,帮你家买了房子。你每个月从我这里领工资还房贷,实际上是我在给你还房贷。我给你既买房子又还房贷,你还不知足吗?要多少钱你才满足?现在虽然有了这20万,看似很多,实际上还是不经花。你想想,这每个月的吃穿用度都是死的,不花还得花。如果咱们再筹划一些项目,搞些公关,算下来,这点钱根本就支撑不了多久。不当家不知柴米贵,你旱涝保收还想多拿点,我是倒贴本钱朝不保夕。柳青,你要懂得感恩,不要以为什么事情都是理所应当的。没有我,你们买得起房子吗?还得了房贷吗?"

"可是上次李大哥那5万块的提成你还没给我呢,你说手头紧,等下次有了钱再一起给。现在有了20万,你才给我1万。"柳青依然不甘心地说。

"你那天不是赢了4000多吗?你一点儿都不亏!"庄琪恼羞成怒地吼了起来。

2

这次的鄂尔多斯之行让庄琪收获满满。回到北京的第二天,她就很大方地花了500元买了一个档次很高的水果篮,让柳青提着,跑到李满福的大户室。

临进门的时候,她突然停下脚步,差点儿让跟在后面的柳青撞个满怀。

"要是李总问起来,你可别跟他说我欺负你,我们之间的事情不要让外人知道。"交代好了这句话,她才转身敲门进去。

"李总,我们顺利完成了您交办的任务,给您复命来了!"庄琪换上一副娇滴滴的语调,"您的那几个兄弟很崇拜您,对我们照顾得也很好。"她接过柳青手里的果篮,往茶几上一放,又说:"我们刚才路过水果店的时候,给您精心挑选了一些水果。"

"哦,你们帮了我的忙,给我那些兄弟进行了风险教育,应该是我谢谢你们,给你们送果篮,你怎么倒过来了呢?"李满福戏谑道。

"啊?"庄琪没想到李满福直接就是将她一军,叫她乱了方寸。好在她反应快,知道他是在开玩笑,故意刁难她。于是笑着说道:"不是托您的福,到鄂尔多斯见世面去了吗?而且柳青还实现了坐飞机的愿望。"

"让你们从北京这个大都市到鄂尔多斯那个小地方,肯定是委屈你们了。"

第五章　钱潮

"不委屈、不委屈,只有亲身体验了,才了解鄂尔多斯的神秘和繁华。"庄琪说,"那儿真是个好地方,山川秀美,经济繁荣,人民生活蒸蒸日上。"

"你是被巴特尔洗脑了吧?还一套一套的。"李满福笑着说。

"那倒没有,我是真心诚意的,"庄琪说,"巴特尔他们对我们挺好的,带我们吃了好些好吃的东西,现在想起来还直流口水呢。"

"你是不是可劲儿忽悠他们买股票,把风险控制的事情忘记了?"

"绝对没有!"庄琪认真地说,"那几个弟兄的确比较冲动,以为投资股票就能翻几倍,还让我们推荐翻番的股票,跟我们利润分成。股市里,谁敢拍胸脯打包票,说自己的股票包赚不赔,能翻番?股神也不行。再说了,股市里压根就没有股神。所以,我和柳青对他们的培训重点是投资者的风险教育。股市有风险,投资须谨慎!把冲进股市赚大钱的期望值控制住。"

"听上去是不错,"李满福点点头,"把你们的软件给他们演示了没有?他们有没有装?"

"托您的福!"说到这里,庄琪终于有些不好意思了,"给他们演示了以后,他们说我的软件很好用,就一人买了一套。"

"看来你们这次没白跑,赚了大钱了。送果篮是出于这个原因吧!"李满福哈哈大笑。

庄琪红着脸说:"那是什么大钱呀,一二十万在您眼里还是钱吗?"说完这话,她不想在这个话题上纠缠,急忙把话题岔开,"李总,我知道吴昕建、祁凌风、任晓东他们几个家里有矿,是妥妥的富家子弟。可是我始终没有弄清楚巴特尔是干什么的。"

"他是怎么说的?"

"他说他以前是给领导当司机、开车的,现在干什么却死活不说。"

"那我也不知道。"李满福同样跟她打马虎眼,"你看上他了?他可是妻妾成群啊。"

"不可能吧,"庄琪说,"我国婚姻法规定实行一夫一妻制。"

"他是少数民族。"李满福说,"你要是看上他了,我去跟他说说,让他把你娶了,反正多一个少一个也没关系。"

"您就别拿我开涮、寻开心了。"庄琪从果篮里拿出一个黄金梨,又从随身的包包里掏出一把水果刀说,"我给您削个梨吃。"

在她削梨的时候,李满福问柳青:"妹妹,你在我们那里还习惯吗?没有水土不服的情况吧?"

"没有,我们俩的感观是一样的,那真是个好地方,我喜欢那里。"柳青说。

"那就好。"

这时,庄琪已经把梨削好,递了过来。"这梨削得好啊,白白嫩嫩的,没有浪费一点儿肉。看样子你刀工不错,是个持家的好手。"李满福接过梨说。他又指着庄琪问柳青:"这次出去她有没有刁难你?"

没等柳青开言,庄琪一把抓住她的手,对李满福说:"看您说的,我们不是亲人胜似亲人。出来创业就要互帮互助、相互体谅,怎么可能互相刁难,窝里斗呢?"

"算你明事理!"李满福一边嚼着梨,一边在她们的脸上扫来扫去,不相信她说的是真心话。

"李总,最近我一直在筹划一件事情。"庄琪故意引起李满福的注意力,话说了一半就不说了。"哦?啥事?"李满福说,"跟我有关吗?跟我有关就说,跟我无关就不要说。""您上次不是塞给我一张报纸吗?看了金龙股票软件跟大业证券联合举办股票模拟投资擂台赛的那则广告后,我一直在想,我可不可以搞一个?"

第五章　钱潮

"这么说你动心了？"李满福说，"可是搞一个同样的活动有什么意义呢？弄个跟别人不一样的，才说明你比别人有本事。"

"您说得太对啦，我也是这么想的，"庄琪说，"我要搞的话就搞股票实盘操作擂台赛。"

"听上去还挺吸引人的，可是具体怎么操作呢？"

"我先广而告之，尽可能地让更多的人知道有这么个实盘操作大赛，然后给出报名时间和截止日期，这是第一阶段。第二阶段，我规定从某个起始时间到某个截止时间里，所有报名参加比赛的人，将上周个人账户的投资收益进行排名对比，比如投资收益超过3%的选手，进入下一周的排名对比；而这一周公布的投资收益超过5%的，进入下一周的排名比赛；往后以此类推。我尽量拉长这个阶段的时间长度，这样做的好处是这个阶段的参与者会增加，容易做出成交量。因为他们为了好的业绩表现，会频繁地买卖股票。股票的成交量高了，交易的手续费也就相应地增加，咱们就可以跟合作的券商协商手续费分成。比如，参加我们大赛的投资者在半年的时间里做了100亿元的成交额，券商的交易佣金按千分之二收，大约是2000万元，如果分一半的话，就是1000万元。关键是，这个阶段的参赛者用的都是自己账户里的资金，我们根本不用掏一分钱，只是统计他们的收益情况。第三阶段，我们通过调整投资收益率，从第二阶段的参赛者中挑选出100人进入复赛阶段的比赛。比如先设定这个阶段的比赛期限为两个月，两个月后根据收益情况筛选出10名投资者进入最后的决赛。而在这期间的佣金收入咱们还可以跟券商分成。"

只要沾上钱字，庄琪总是眉飞色舞、忘乎所以。她甩掉鞋子，双腿一盘，毫无顾忌地坐在李满福对面的沙发上，根本不在乎裙底是否走光。

"可以肯定的是，最后进入总决赛的 10 名投资者无疑是这次大赛中的佼佼者，他们的投资水平、操盘技巧完全是经得起检验的。这时候，我们分别给这 10 个总决赛选手每人一个账户，每个户头里有 100 万——当然，有钱的话，多多益善！让他们用这 100 万的初始资金进行投资，为期一个月。在这个过程中，我们对他们的投资实施监控。买了哪些股票，动用了多少资金，盈亏多少，我们都了如指掌。我们不参与买卖，只是做好风控——这在券商的技术后台完全可以实现。决赛选手如果亏损达到 10% 就直接淘汰，赢利了就五五分成。你想想，好多民间的投资高手苦于手里没钱，现在我们给他们提供了这么优厚的条件，谁不上赶着参加啊！"

庄琪越说越兴奋，完全进入了自己的状态。那把水果刀此时成了她的道具，滴溜溜地在右手的五根指头间转来转去，吓得坐在旁边的柳青直着身子，一动不动，生怕她一失手扎进她肉里。

"通过这些账户，一来我们可以掌握他们的投资情况，二来还能翻看他们的底牌。你想想，这些决赛的参与者，到了这个份儿上，谁愿甘居于人后？还不得使出浑身解数把市值做上去？要把市值做大，必须买到好的股票、涨幅大的股票。至于买了什么股票，参赛者之间是不清楚的，但我们是一清二楚的。告诉你吧，到了这个阶段，市场上最好的股票都在他们的股票池里。这时，我们可以再设一个账户，买卖这些股票，炒作赚钱，岂不轻而易举？这样，通过这场大赛，我们不但能筛选出最有投资价值的股票，还让最好的投资人帮我们操盘，最后还让别人给我们的老鼠仓抬轿子。这不是一石三鸟吗？"庄琪毫无顾忌地哈哈大笑，好像她偷到了世界上最好的东西，"哦！再加上券商分佣，应该是一石四鸟。"

"这决赛阶段的操作资金要我来提供呗？"李满福问。

"对啊！"庄琪一跃而起，两条小短腿跪在冰冷的地面上，双手

第五章　钱潮

紧紧地抓住李满福的胳膊，激动地说，"李总，您真是太聪明了！"

李满福一甩胳膊，振开她的双手，笑骂道："我说你今天刻意把自己打扮得这么性感，又是公主服、黑丝袜、红皮鞋，又是提果篮，无事献殷勤，非奸即盗——算计我来了。你真有本事，像是个做大事的人！"李满福一边说一边竖起大拇指。

"反正你自己炒股票也是炒，还不如借助他人的大脑帮你炒。咱们控制风险就可以了。"庄琪也不在意自己的这点小心思被别人看穿，没羞没臊地说。

"你总是把手伸进别人的口袋，帮他人数钱。"李满福讥笑说。

"这不是整合资源嘛！"

"说实话，你的策划既大胆又新颖，很有吸引力。"李满福说，"至于能不能实现，还需要进一步细化，最起码要弄出一个像样的实施方案吧。如果你的计划在合法合规、风险可控的情况下实行，那么，决赛阶段的实盘资金我可以提供。"他思索了一下，又说道："巴特尔他们几个的账户也可以用。"

"太好了，我就等您这句话呢，"庄琪如获至宝，"有了您的支持，此事就成功了一大半！"

"你不要高兴得太早，"李满福严肃地说，"你的愿望有多大，实现的难度就有多大。整个计划当中，你的决策影响力实际上是很小的。比如，大赛在什么平台上举行、有没有券商跟你合作形成战略同盟、合作的媒体等，这些更重要。最关键的是，最后阶段的实盘大赛，会不会有操纵股价的嫌疑，从而引发监管部门的干预。一旦这种行为被认定为操纵股价、误导投资者，那么你前面所有的努力不但白费，而且会被处罚。这些你都要认真落实清楚。"

"我知道了，李总！"庄琪极为认真地说，"您的提示非常重要，我要周密策划、认真落实，争取风险最小化，收益最大化。"

第六章
行长

1

有了李满福的兜底承诺，庄琪顿时信心满满、豪情万丈，通过炒股大赛实现捞大钱的目标似乎指日可待。一想到大把大把的钞票在眼前飞舞，她便心花怒放，早把李满福的善意提醒丢进爪哇国了。她一把拉起还在发蒙的柳青就往酒店跑。到了酒店，庄琪顾不上疲惫，一屁股坐在床上，就给柳青布置工作。

"我刚才跟李总的谈话内容你都听清楚了吧？"

"听清楚了！"

"你赶紧根据我们刚才的谈话内容，再结合别人发的那个股票大赛的广告，把咱们的股票实盘大赛的计划书写出来。我要拿着这份计划书找券商、媒体谈合作，找有钱人拉赞助。"

"咱们还要拉赞助？"柳青不解地问。

"你傻呀！"庄琪怒其不争，"启动大赛要不要托人找关系？托关系找人要不要请客送礼？让人参赛要不要花钱在媒体上打广告宣传？不打广告宣传有人知道吗？有人参与吗？这些不都要花钱吗？而且还要花大钱。就我们目前挣的那仨瓜俩枣根本就不够塞牙缝的。当时，给你点钱你还不高兴、嫌少！现在知道钱到用时方恨少了吧？咱们要把眼光放长远一点儿，不要在小钱上斤斤计较，要想办法赚大钱。你刚才听到我说的通过这个炒股大赛实现一石四鸟的目的了吧？"

"听到了。"柳青整理了一下思绪说。

"告诉你吧，我的真实意图是一石五鸟！"

"一石五鸟？"

"对！"庄琪严肃地说，"我最主要的目的是通过此次活动把咱们金凤凰股票软件的知名度和影响力打出来，拓展证券市场交易软件领域的市场占有率，靠技术和服务吃饭，不能光卖软件。现在我们有个致命的缺陷是，我们的软件没有自己的服务器、平台，要挂在别人的平台上。这种行为要是被别的软件公司发现了，肯定会告我们的，因为这是一种侵权行为。你可能不知道，你在前面卖软件，开开心心收钱的时候，我在后面提心吊胆、战战兢兢，生怕被别人举报了。为了摆脱这种困境，弥补这方面的漏洞，就必须尽快找到钱、赚到钱，把咱们的平台搭建起来，这样才能解决这些后顾之忧。"

"我明白了，"柳青说，"可是我做不出这么重要的策划书，这需要干过类似事情的专业人士操作。"

"你有那么笨吗？"庄琪声色俱厉地说，"我刚才说的话你一句都没听进去是不是？现在哪有钱请专业人士帮咱们做策划、拿方案？人哪有什么事生来就会的？你就是懒，好吃懒做。你就不会去学吗？学不会就去抄吗？你出来干什么来了？创业不就是要亲力亲为吗？如果什么事情都是现成做好的，还需要你吗？"

柳青了解庄琪的脾气，只要她说谁懒，就是要想方设法地拿话攻击人、侮辱人。为了不给她再次开口的机会，柳青急忙服软说："我也是怕弄不出称心如意的方案，让人笑话，误了大事。"

庄琪摆了摆手："你先弄吧，抓紧点，晚上就给我弄出来。"

庄琪威逼柳青给她做方案，她则跑到吴小莉跟前探讨炒股大赛的可行性。

"小莉，为了推广我们的股票软件，我也打算举办一场股票投资竞技大赛。"庄琪说，"别人搞模拟，我就弄实盘。在最后的选拔阶段，我可以为参赛选手们提供1000万左右的资金，每人一个账户，用真金白银实枪实弹地操作，以验证他们的实际投资水平。钱，我已经落实了。我想问问你，如果我要跟你们公司联合搞这场活动，他们会同意吗？"

"这可不好说，"吴小莉快人快语，"你的想法很新颖、很大胆，但是风险很大。"有趣的是，她的认识与李满福一样，"首先，这件事情一般需要总公司主管经纪业务的老总才能拍板决定。我们只是他手底下的一个营业部，没有这个决定权。其次，炒股大赛这个活动比较敏感，控制得好是活跃市场气氛，引导投资者入市，控制不好就是误导投资人，很容易被监管部门叫停，影响活动的举行。第三，尤其是实盘操作阶段，你提供的账户是个人账户还是公司账户？无论是个人账户还是公司账户，理论上都是一人一户，不可能是一人多户。无论是八个还是十个账户，如果这些个人账户的所有者跟你或参赛者起了冲突怎么办？也就是说这个阶段的风险怎么控制？举一个极端的例子，假如最后的决赛者中有一个人是某证券公司的操盘手或某基金公司的基金经理，他为了赢得比赛，用手中掌握的资金，拉升参赛账户里的那几只股票，做大市值和收益，相当于建了一个'老鼠仓'。这种行为就是操纵股市，是被严令禁止的。从以上几个方面来说，炒股大赛这种活动就是我们主管老总也不敢擅自决定，很可能需要总公司办公会议决策通过。这还不一定算完呢。"

吴小莉故意卖了一个关子，急得庄琪抓耳挠腮。

第六章　行长

"还有什么？"

"可能还要到证监会市场监管部备案。"吴小莉说，"如果把这一套审批流程走下来，需要三到六个月。你等得及吗？"

听吴小莉这么一说，庄琪登时头昏脑涨，浑身虚汗。难道就没有其他更快捷的办法了吗？要放弃不办吗？可是接下来又能干什么呢？她快速地思量，希望找到一个切实可行的办法，尽可能地简化流程，减少中间环节。

"没有更好的办法了吗？"她也知道这是多此一问。

"据我所知，跟证券公司合作就是这么一个程序。"吴小莉说，"具体怎样，我也说不好，毕竟我也没有办过这些事。有些事情可能并不像我们想象的那么复杂，也许很简单、很容易。只有干过了才知道。"

"对啊！"庄琪一拍大腿，"事情还没有办呢，怎么就知道行不行呢？事在人为。首先投入战斗，然后决定胜负！"她为自己打气道。接着又说："柳青正在做炒股大赛的活动方案，等她把方案弄好了，麻烦你给你们公司的主管领导引荐一下，看看能不能得到他的认可，跟我们联合举办这次活动。"

"我尽力而为。"

在庄琪的不断催促下，柳青足足憋了三天才把方案拿出来，而且已经累得筋疲力尽了。

"哎哟，叫你弄个比赛方案就像小母鸡下蛋似的——半天憋不出来。"庄琪讽刺道，"如果你的办事效率就这样，那咱们啥活儿都别干了，等着喝西北风吧！"

"我尽力了，"柳青委屈地说，"我也是第一次在没有人指导的情况下写难度这么大的策划方案。我要是胡乱拼凑一个糊弄你，你愿意吗？都是为了我们自己，做事可不得认真一点儿？"

083

"算你识时务。"庄琪见她说得在理,就不为难她了,开始仔细检查她的方案。之后,她指出几个需要修改的地方让她完善,便盘腿坐在床上陷入沉思。

柳青改好方案,一扭头看见庄琪屈膝而坐,一手托着腮帮子,两只眼睛贼溜溜地在她身上扫来扫去,怕她有什么邪念,就去卫生间洗把脸想睡觉。等她从卫生间出来的时候,庄琪已经削好了一个苹果,笑眯眯地等着她。

"来,吃苹果。"

"说吧,啥事?"柳青不相信她会对自己这么好,并且想到了李满福说的,无事献殷勤——非奸即盗。

庄琪没有立刻说出心里话,而是不动声色地也给自己削了一个苹果,还自顾自地吃了起来。这把柳青弄得心里七上八下的,生怕她提出什么非分之想,让自己难堪。

庄琪一边吃苹果,一边玩水果刀。只要庄琪一耍刀,柳青就紧张得要命,生怕她的刀脱手而出,奔自己扎来。

"你说咱们这次举办炒股大赛,谁跟咱们是一伙儿的呢?"庄琪问柳青。

"那自然是跟我们联合举办的券商和媒体,"柳青说,"一是我们需要券商的平台和通道,吸引参赛者在他们的平台上开户做交易;二是通过媒体的宣传途径广而告之,为我们的活动造势,借此提高我们金凤凰股票软件的知名度和影响力。"

"再没有其他的战略合作者了?"

"没有!"柳青斩钉截铁地回答道。

"不对!还有一个人。"庄琪说,"你忘了李满福李总。"

"啊!"柳青十分吃惊,"他答应给大赛的最后阶段提供实盘资金和账户,可没有说一开始就参与到我们的活动策划中来啊?"

第六章　行长

"你又犯傻了吧?"庄琪说,"如果我们的炒股大赛完美收官,最大的受益者是谁?"

"不就是我们吗?"柳青不解地问,"你不是这么策划的吗?"

"错!最终获益最大的是李满福。"庄琪说,"你想想看,我们从一开始打广告做宣传,让许许多多的股民来参与,然后经过一轮又一轮的选拔,是不是筛选出了最好的投资高手和投资标的?这是不是我们大赛的精华部分?李满福在决赛阶段提供的实盘资金固然重要,可是他也不傻,知道到了这个阶段人人都会争先恐后,非常努力地选出最具投资价值的股票和最安全稳妥的操作策略来赢得最后的胜利。这可以说是稳赚不赔的买卖,所以他才敢开大门任人操作。何况他自己的账户,他能实时掌握交易情况,一有风吹草动就能关闭账号,控制风险。这对他而言是一本万利的大好事。但是对我们发起者未必有利,能不能分得好处还得仰人鼻息。因此,我们从一开始策划到行动结束都要绑定他,把他拉上我们的战车。"

柳青吃力地咽了一口水果,问道:"怎么绑?"

"你明天就去跟他说,"庄琪支使她说,"我们这次策划的炒股大赛,最终的获益者是他。弄得好的话,他决赛阶段提供的实盘操作资金能翻5倍。天下没有免费的午餐,为了取得高额的收益,他必须不遗余力地支持我们把这个活动办成。"

"怎么支持呢?"

"让他给我们500万的启动经费。"

"500万?我没听错吧?庄琪。"柳青吃惊得下巴都要掉地上了,"跟他要500万?"

"对,你去跟他说吧。"

"我不好意思说,张不开这个嘴。"

"有什么不好意思说的?"庄琪恼怒了,"这就是谈生意嘛,不把你的想法说出来，别人怎么能知道你的诉求？怎么跟你合作？你要面子不开口，事情就办不成，生意就不做了。肚子饿的时候面子能当饭吃吗？如果你能跟他要来500万，我立刻给你100万。"

"我可不敢拿。"

2

"今天怎么有时间过来？不忙吗？"柳青进了李满福的大户室就忙这忙那地收拾东西，打扫卫生，把一切都收拾得整整齐齐、井井有条，让李满福很是诧异。

"不忙，没啥事！"

柳青说话吞吞吐吐、欲言又止，不禁让李满福心存疑虑，知道她有话说。

"是不是庄琪让你带话，要跟我说什么事情？"

"李大哥，怎么什么事都瞒不过你的眼睛？你真是太聪明了。"柳青由衷地感叹道。

"就洞察人而言，我是老手。"听她说话的口气，李满福知道没什么大事，遂放下心来开玩笑。

"你怎么和她一样，都喜欢把名人名言挂嘴上呀？"柳青微笑着说。

"庄琪？她喜欢谁？崇拜谁？"李满福好奇地问。

"拿破仑呗！"柳青没好气地说，"她最常念叨的就是什么'首先投入战斗，然后决定胜负''生意（战争），第一是钱，第二是钱，第三还是钱''虽然你比我高，但是你不听我的命令，我会把你高出我的部分砍下来'，一套一套的。简直烦死了。"

"她可真有意思！"李满福听完哈哈大笑，"她让你跟我说什么？"

第六章　行长

"她说我们举办的炒股大赛,最终的最大受益者是你。因此,我们从开始的策划到行动直至大赛结束,都要利益绑定,共同进退。"

"要我做什么呢?"

"她要你给我们500万的启动经费!"说完这句话后,柳青如释重负闭上眼睛,等待李满福狂风暴雨般的咒骂,然后被扫地出门。

然而,出乎意料的是,李满福并没有如她想象般那么狂躁,而是微微一笑:"这女人好算计。"

"李大哥,"柳青好奇地问,"她这样算计你,你不生气吗?"

"为什么生气?"李满福不以为然地说,"在社会上做生意,不怕被人算计,就怕你没价值。别人越是处心积虑地算计你,越说明你对于她来说很重要。你要知道,生意是在双方有利可图的基础上进行的,不是你死我活,而是以共同取利为目的,只不过是分多分少的问题。她敢让你把这话说出来,说明她确实动脑筋权衡了各方面的利益,然后才提出了这样的要求。这无可厚非。至于她的要求合不合理,需要双方沟通解决。这里,最关键的一点是,你必须表明你的诉求是什么,而且要清清楚楚地说出来。不要觉得难为情,抹不开面子,吞吞吐吐,这都于事无补,反而阻碍事情的发展。这一点你要向她学习。"

"她也是不敢向你当面说才把我推前头嘛。"柳青委屈地说。

"这就是她精明的地方了。如果她直接跟我说而被拒绝了,这事儿还有回旋的余地吗?现在恰好有你这么一个中间人带话,她就可以游刃有余地操作这件事了。可谓进可攻退可守。"

"原来社会是如此复杂啊,我不喜欢。"柳青捂着脑袋说,"那么你会答应她的要求,给她500万吗?"

"给钱也是有条件的,她先拿来跟券商、媒体的合作协议,再商量给多少钱的事情。"

柳青原本以为庄琪的无理要求会被李满福无情地拒绝,因此失去一个并无亲缘关系的大哥,这无疑会让她感到无比伤心。因为,出门在外,能结识一个认可你的人实属不易,这是超越金钱、物质方面的精神层面的慰藉。所以,一直以来她都小心翼翼地维护她与李满福之间的关系,尽管只是口头上以兄妹相称。她不想跟他裹挟得太深,特别是在经济利益方面。虽然他在有些时候帮了她,比如买她们的软件,还介绍她们认识巴特尔等,但她认为有这些就足够了,他们毕竟不是一家人,也不是同路人,她不想欠他太多的人情。大家既然是萍水相逢,何不保持好君子之交的关系呢?她知道他很有钱,但是他有钱跟她没有半点儿关系,尽管现阶段她很缺钱。她没有一点儿企图心、贪心,为了避嫌她甚至刻意远离他,不希望让人觉得她攀上他是图谋他的钱。她不这么想这么做,并不代表别人不这么想这么做。她知道庄琪蓄谋已久,想通过她连通他的钱袋子。

"李总怎么说?你有没有被回绝?"在酒店里忐忑不安等待消息的庄琪一见她进来就迫不及待地问。

"没有。"柳青不咸不淡地说。

"那他怎么说呀?"庄琪一听她的诉求没有被李满福拒绝,心里一喜,坐在床上,也许是觉得床不够高不够稳,就拉起右腿,把脚和小腿塞屁股底下,左腿搁在床边一荡一荡的,像极了在麦秸垛上簸粮食的农妇。

"哈哈哈!你真好玩儿。"柳青存心想报复,故意不回正题,"你真像我农村的二姨!"

"你快说正事儿。"庄琪气急败坏地说,"他是怎么说的?"

"他说给钱不是不行,但是要有条件。"

第六章　行长

"什么条件？"

"就是要咱们先拿到跟券商、媒体的合作协议，再谈启动资金的事情。"柳青说。

庄琪低头沉思了一会儿，抬头对柳青说："你一开始跟他说要500万的启动资金的时候，他有什么反应？你仔细想一想，实话实说，把各种细节都说清楚。"

"他听我转述你的话，说这次活动的最大受益者是他，所以我们都是一伙儿的，要共同举办这个活动，我们出力他出钱，"柳青看着她说，"他就说你这个女人真会算计，算来算去又算他头上来了。"

庄琪开心大笑："他有没有恼羞成怒？有没有骂你？"

"骂我？你也知道他会骂我？"柳青没好气地说，"你知道这事儿会挨骂，所以让我去？"

"你们不是兄妹嘛！"庄琪自知理亏，脸一红，讪讪地说，"就因为有你们这层关系，我才觉得你是最好的说客。你也别生气，事成之后必定有你的好处。快说，他是什么表情？"

"他很淡然，"柳青说，"他是经过大风大浪的人，对我们的算计根本就不在乎。按他的话说，'不怕被人算计，就怕你没价值'。"

"那你赶紧跟他签个合同，把这事儿敲定了。"

"我当时也跟他提出要签订合同，可是他说这事不着急，既然他答应了，一定不会反悔。"柳青看着庄琪说，"他说我们现在最主要的工作是先搞定跟券商和媒体合作的事情，这是整个活动的重中之重。我想他说得有道理，就没有逼他。万一他被逼急了，不搭理我们了，岂不是鸡飞蛋打了。"

"不对，"庄琪摇摇头，"你肯定没有说这话。"

"你怎么知道的？"

"就洞察人而言,我是老手。"

"他也是这么说的。"

3

庄琪没有再逼柳青跟李满福先签合同,是因为她知道李满福说得没错,跟券商和媒体签订战略合作协议才是举办这次活动的重中之重。没有券商的交易平台,参赛者的交易数据就无法收集和确认,大赛就是"空中楼阁"而已。可是全国有近百家券商,究竟跟哪家合作才最容易成功、最能产生轰动效应呢?还是找头部券商一家一家地试吧。

"你找吴小莉认真商量一下,"庄琪盘算了一下,给柳青分派任务,"看以什么样的方式、语气给他们公司的主管领导打个报告,把我们联合他们一起举办炒股大赛的目的、方法、步骤、目标、效果及风险控制等呈报上去,看看能不能引起他们的重视,跟咱们合作。另外,跟媒体的合作也要同时展开,我现在就联系这方面的朋友,尽快敲定一家。"

打发走柳青后,她就给她客户名单上的一个朋友打电话。

"喂!心刚总好!"庄琪嗲声嗲气地说。

"你好!近来可好?有什么需要效劳的?"刘心刚快人快语,知道她这样的人无事不登三宝殿,一定是有什么事情求他,所以才直截了当、开门见山地问。

"是这样的,"庄琪说,"我正在跟一家知名的证券公司谈合作,要在全国范围内举办一场股票实盘操作竞技大赛,目的是打响我们金凤凰股票操作软件的知名度和影响力,扩大市场占有率。目前跟券商的合作已经基本敲定了,正在起草合作协议。等这个合作协议签订完成,我就告诉你券商的名字。现在我需要找一家证券类的媒

第六章 行长

体搞合作，但是我又不认识他们。我突然想到你是财经报业集团的人，有广泛的媒体资源，你能不能帮我引荐一家这样的媒体？"

"这你就找对人了，"刘心刚说，"《股市资讯报》就是我们集团出版发行的、证监会指定的上市公司信息披露报纸，我跟他们总编辑很熟，我帮你联系一下。你等我消息！"

还没等庄琪的"谢"字说出口，刘心刚就已经把电话挂了。他怎么比我还着急呢？庄琪暗自思忖，随即放下手机等回音。

刘心刚为人活泛，心直口快，无论是媒体圈还是经济界都有广泛的人脉资源，三十多岁已然是《财富周刊》的副总编辑了。他也是被媒体圈认定的少有的几个最会做投资的人之一。当然，他的投资策略靠的是信息差，也就是所谓的内幕消息。他放下庄琪的电话，想要拨打《股市资讯报》周杰龙的电话的时候，助理敲门进来通知他要开编委会了。他一看时间，现在恰好是各媒体在出版流程上集中开会的时间，电话打过去恐怕也没人接。于是就放下电话，到会议室开会去了。

自己觉得很重要的事情，在别人眼里可能无足轻重。庄琪左等不来、右等不来刘心刚的电话，急得像热锅上的蚂蚁，坐卧不宁。她一会儿发短信、一会儿发微信、一会儿语音留言、一会儿打电话，催促刘心刚尽快给她回复消息。哪知道刘心刚因为自己的事情忙得不亦乐乎，哪还记得她的这件小事？眼见发出去的消息石沉大海，不见回音，气得庄琪心里不断咒骂此人不是个男人，连个话都不回。等刘心刚开完会回来看手机的时候，光庄琪的信息、留言就有好几十条，未接电话十多个，让他很恼火，心想我跟你很熟吗？大家都很忙，你的事儿是事儿，别人就没事儿？就得先办你的事儿？他暂时不想搭理这女人，打算先不回复，磨磨她的性子，让她识趣一点儿。可是这样也不太好吧？怎么办呢？

"哎，庄琪！"刘心刚打通庄琪的电话，"你赶紧到白纸坊桥这边来，在桥的西北边有一家洋坊涮肉馆，晚上我请周杰龙吃饭，顺便说说你的事儿。"

庄琪一听他请周杰伦吃饭，还说她的事儿，这八竿子打不着的事儿搁一起，分明是要宰她嘛！便气不打一处来："你请歌手吃饭，跟说我的事儿有什么关系？"

"你误会了，"刘心刚说，"此周杰龙非彼周杰伦，他是《股市资讯报》的总编辑。"

"这样啊，"庄琪恍然大悟，"你等着，我马上到！"

北京的晚高峰总是车水马龙、熙熙攘攘，到处都是摩肩接踵的人。等庄琪挤地铁乘公交，还一路小跑赶到涮肉馆的时候，大街上已经灯火通明，各家饭馆人满为患。她穿过拥挤不堪的食客通道，在大堂往里靠窗的边上找到了刘心刚。此时他正跟另外两个男人围坐在一口铜锅前，吃着油炸花生米、拍黄瓜、腌萝卜皮，喝二锅头。

"就等你来开涮了。"刘心刚看见她到了，就把铜锅顶上的罩子拿掉，让底下的木炭烧旺，把锅里的水煮沸，"你先坐下，我给你介绍一下。"他指着右首的空位让庄琪坐下，然后指着左首的一个四十岁左右、微瘦、戴眼镜、烟不离嘴的男人说："这位就是你要找的《股市资讯报》的总编辑周杰龙。"

"您好！"庄琪站起身想把手递过去握手，刚伸出去就被铜锅上冒出的热气烫回来了，只好微微鞠躬代替握手。

周杰龙两杯酒下肚脸就红了，他坐直上身，右手两指夹住燃了一半的香烟，对庄琪说："你别客气，边吃边聊吧。"他说话的时候温文尔雅，让庄琪如沐春风，放下戒心。

"你旁边这位是屈嗣火，"刘心刚抬抬头，用眼神介绍坐在他对

第六章　行长

面,油头粉面、西装革履,看起来也是四十岁上下的男人,"大众银行东四营业部的总经理。"

"我们认识。"庄琪笑着对刘心刚说。然后她又转过头对屈嗣火说:"前一阵联系你,想去拜访你,恰好赶上你出差,没见成。想不到今天在这里遇见你,真是托了刘心刚总的福。"

"原来你们早就认识啊!"刘心刚开心一笑,"那就不要见怪了,开吃!"他夹了一筷子眼前盘子里的羊肉,率先往锅里涮了起来。"要见到屈行长可不容易了,他现在是大忙人!"

屈嗣火微微一笑,也不言语,夹起羊肉跟着涮起来。

世界上唯一让人消除隔阂的方式恐怕就是在同一口锅里吃饭了吧?况且再加上酒的催化。庄琪不喝酒,但是她很会劝酒,她劝着酒就把炒股大赛的想法说完了。

"现在进展到哪一步了?找我们做什么?"周杰龙又燃起一支烟,吸了一口,边吐边问。

"当务之急是先把合作的券商敲定了,"庄琪文绉绉地说,"只有借助券商的交易平台,我们的活动才能搞下去。"

"券商的事儿你可以找他帮忙。"刘心刚借着酒劲儿指着屈嗣火说,"他跟券商、基金、信托打得火热。大时代证券的老总还是他同学呢,本来今晚也要来涮肉的,临时有事不来了。"

"噢!是吗?"庄琪把刘心刚的话记在心上后,别过头看着屈嗣火。

"再说吧,"屈嗣火模棱两可地回答,"先把你的事情跟周总编说完。"

"跟券商的合作马上就要定下来,要签合作协议了,"庄琪接着说,"接下来我就想找你们证券媒体合作——作为主办方之一,把这场大赛宣传推广出去,吸引更多的人参与。"

"你这可是大手笔啊！"周杰龙倒吸一口气说，"这实盘大赛的风险可不好控制，弄不好会被主管部门认定为操纵股市啊！"

"所以我们才要找券商搞合作，"庄琪一副胸有成竹的样子，"利用他们的平台搞活动不但风险可控，而且能吸引新股民在他们那里开户。另外，跟你们媒体合作，遵循'公开、公平、公正'的三公原则，不但增加了活动的透明度，而且能给你们提供更多的信息量，让更多的投资者关注你们的报纸。这不都是双赢吗？"

"你这哪里是双赢啊，简直就是多赢。"周杰龙说，"你们的实盘资金从哪里来？"

在这个问题上，庄琪想卖个关子，不想太快露底牌。可是转头一想，在座的这几位都是市场人士，各自行业的大拿，如今不将他们镇住，让他们高看一眼，以后不好找他们办事，于是她故意说多了金额："我有一个合作伙伴，愿意提供5000万的实盘资金！"

话音刚落，她敏锐地感觉到，屈嗣火的手肘微不可察地抖动了一下，然后若无其事地端杯喝酒。

"你可真是有备而来。"周杰龙说，"你这事情我明天回去跟我们社长汇报一下，也许还要社委会讨论。你给我一份活动策划方案，我拿去研究一下。"

"太好了，谢谢您！"

庄琪嘴上对着周杰龙道谢，心里却在琢磨屈嗣火听到5000万时为何有那样的反应。

《股市资讯报》的社长解风华是一根老油条，越是到了退休年龄越显油滑。他的嘴上永远挂着奉如圭臬的"三要原则"——既要守住新闻行业的道德底线，又要不断扩大媒体的影响力，还要争取获得良好的经济效益，心里却一刻不停地琢磨如何快速实现落袋为安的事情。当他听说有人策划了一个大型活动,要找他投放广告的时候,两只眼睛都绷直了,就像一个老色坯看见了翩翩少女,垂涎欲滴。

"你估计整个活动下来,能给我们投放多少广告?"

"得100多万,"周杰龙说,"因为活动的周期长、不确定性多,活动的热度会忽高忽低,对方就会加大广告的投入力度。我预计最终会再加一倍。"

"那么这个活动的风险在哪里呢?会不会传导到我们身上?"解风华混迹江湖这么多年,风险意识还是有的。百万资金在股市上可能是浪花一朵,但是对于一份报纸而言,却是一张不折不扣的大单子。既要吃得舒心,还要规避风险。

"还是政策性风险!"周杰龙说,"如果这个活动一开始就吸引了很多人参与——投放广告的目的就是如此,那么必然会引起监管部门的重视。如果活动的策划者控制得好,既活跃了市场的投资氛围,又吸引了更多的投资者入市,那么监管部门是乐见其成的。如果活动的声势很大,参与的人很多,市场上形成了跟风炒作的声浪——特别是实盘操作阶段,那么各种质疑声必然接踵而至。一旦她的实盘操作被认定为操纵股价,不但会被叫停比赛,还要被处罚。连带地,会导致我们报纸在一段时间内不能刊登广告。"

"这样啊!"解风华说,"那你为什么要接这个活动呢?"

"我很好奇,"周杰龙笑着解释,"这个活动的策划者是一个三十多岁的'80后'小女人,她思维活跃、行动大胆。别人搞模拟炒股大赛,她就弄实盘,而且还找到合伙人提供5000万的操作资金。说实话,这种规模的活动我们这些做媒体的都不一定能操作得了。她一个小女子就敢毫不畏惧地往前推。我就是想看看她究竟能不能干成功。"

"我们以何种方式参与呢?"解风华问。

"协办。"周杰龙说,"或者淡化一点儿——媒体支持。"

"你让她去找甬泉。"解风华说,"他不是正在建我们的官网吗?官网是报纸的网络化延伸,既能代替报纸又不是报纸,而且还是独立的公司化运营。你让她跟我们的网络公司签合作协议,媒体宣传上把报纸弄成'支持媒体';广告在报纸上照样刊登,签广告的主体却是网络公司。这等于把报纸的风险隔离开了,有什么风吹草动,推给网络公司。这样,我们既能保证这个广告大单,又隔离了风险,还能参与到整个活动当中。另外,你再跟她谈谈,最后实盘操作的利润分成,要给我们切一块!"

第七章
基金

1

庄琪很生气，非常非常生气。本以为抛出百万元的广告大单，那些媒体会趋之若鹜地跟她谈合作、签合同，谁知竟被那个老奸巨猾的解社长打发到他的网络公司签协议。

"我是跟你的报社谈合作，又不是跟网站谈，何况网站还不算新闻主体，没有新闻发布权。"

"不影响、不影响。"解风华边忙手里的东西边哄她说，"网络是报纸的延伸，是一种新媒体形式，要不怎么被称为'官方门户网站'呢？这'官方'二字就代表了你中有我、我中有你，妥妥的一家人。你跟网络公司签协议，我们再授予网络公司报纸的广告代理权，而报纸作为你这次活动的媒体支持，岂不是两全其美？再说了，现在已经是网络媒体时代，你要善于利用互联网做宣传。"解风华见她不吭声了，话锋一转："这次你的活动要是搞成功了，我们媒体宣传造势的作用可是不小的。那么，在最后阶段的实盘操作的利益分配方面，我们要占一块，无论如何得给我们一份儿。"

我呸！庄琪差点儿要将一口吐沫喷在解风华的老脸上。这个老皮老脸的家伙居然算得比她还精，给她的感觉是刚穿了一件花衣裳，就被一个糟老头偷了钱包——恶心！

更可气的是眼前这位甫泉，打一开始就一副无精打采、心事重重的样子，对她不冷不热。她猜不透他一贯如此，还是对她"特殊关照"、有意为之，难道是欲擒故纵？看他昏昏欲睡的眼神似乎又不是。她最讨厌跟这种橡皮糖打交道，就像抓了一只鳖，无从下手。

"甫泉总，给我一根线，把我电脑上的PPT投放在你的大屏幕上，让柳青给你讲解我们的活动策划。"庄琪被甫泉带进网站的路演中心，看见眼前的大屏幕，心里又有了不同的想法。

"不用了，"甫泉摆了摆手说，显然他还舍不得让人率先使用他的新设备，"你们讲吧，我听得懂。"

再次被拒后，庄琪对媒体人大为反感。

趁柳青讲解炒股大赛方案的时候，她的眼睛四处打量这个新建的演播厅。演播厅不大，大约30平方米。中间——也就是他们坐的地方摆了一圈U形桌椅，是用于开会讨论事情的。在前面贴墙的大屏幕前搭了一个小台子，高出其他地方大约10厘米。台子上放了一个演讲台，是请嘉宾录制视频节目用的。制作视频、音频用的摄像机、录音机、照相机、混音器、投影机等一应俱全，整齐地摆放在一边。演播室旁边的隔间是一个10平方米左右的机房，透过大玻璃，她看见架子上的服务器一闪一闪的，直把她的心都看化了。她正想打断柳青的讲解，却被甫泉抢先一步叫停了。

"你别说了，我听明白了，"甫泉把手一挥，不屑一顾地说，"这个活动需要用券商的交易平台进行，无论参赛者开户、结果统计还是最后的实盘操作，都离不开券商的交易系统。他们才是重点，我们不过是摇旗呐喊、制造氛围、煽动情绪的。只要你们跟券商把合作协议签了，我们怎么配合都行。"

柳青没料到自己辛辛苦苦地费了半天口舌，却换来这么一个结

第七章 基金

果,脸都气红了。庄琪却没在意,急切地说:"甭总,我要跟你们深度合作!"

甭泉被她吓了一跳,他已经把她们推给了券商,怎么还要深度合作?问道:"你什么意思?"

"我想在你们的网站上开一个股票频道,"庄琪说,"软件用我的。"

"我们的服务器不够,"甭泉回头看了一眼机房说,"我们的服务器目前只能满足出报的需求,再设频道就处理不过来了。"

"那你们得买,"庄琪一本正经地说,"我相信你们网站的关注度会越来越高,流量会越来越大,势必需要更多的服务器。"

"另外,我们没有实时行情,你的股票软件没有用。"甭泉说。

"为什么不接通呢?"庄琪不可置信地说,"股市新闻的网站看不到实时行情,就像人跛了一条腿。"

"你说得没错,"甭泉说,"可你知道接通两个交易所的行情需要多少钱吗?"

"不知道,多少?"

"至少100万!"

"那也值得,"庄琪大叫一声,"你们这么大的报纸,这点钱该花。"

甭泉冷冷地看了她一眼:"我发现你不是卖软件的,而是干投行的。"

"为什么这样说?"庄琪不明所以地问。

"因为你想让羊毛出在猪身上。"

庄琪在媒体这里连番受挫,自信心受到了极大的打击。她想率先从媒体这块拿到合作协议,这样便可到李满福那里邀功,趁机先诈一笔钱出来花花。可是她万万没想到,现在的媒体竟然如此难缠，有些文化人也如此势利——贪财好色，毫无体面。

"这些人怎么回事儿啊，把我们推来推去的，难道非要送钱给他们才会做吗？"柳青也被折腾得够呛，忍不住发起牢骚来了。柳青的牢骚话正合她意，庄琪忍不住想要附和几句，转念一想，不行啊，如果她也跟着发牢骚，这股劲儿不就散了吗？还能干成事儿吗？

"万事开头难！"庄琪说，"你要是觉得被轻视了，就把事情干起来。只要把活动启动起来，他们就被我们牵着鼻子走了。虽然他们态度傲慢，说话难听，但是也帮我们厘清了一件事情，那就是跟券商的合作先谈妥。券商的确是整个活动中最重要的一环。"

"小莉已经约好她公司的老总跟我们面谈。"柳青说。

"哪天？"庄琪问。

"明天。"

也许是跟媒体的接触受到的打击太大，她们跟券商的谈判一点儿自信都没有，整个过程就像是走过场。实际上，庄琪走进大河证券副总裁陆大勇办公室的瞬间，就被这里高大奢华的装修震惊到了。真是太气派了，这才是证券公司实力的体现，我什么时候能坐上这样的办公室呢？她这样一想，便乱了方寸，支支吾吾地不知道要说什么。她掏出手机摆弄了几下，希望能缓和一下紧张的心情，但是又觉得这样不合适，很失礼，便硬着头皮往前凑。

"陆总，说起来我还是咱们大河证券的人呢，"她用这句话拉近跟陆大勇的关系，然后紧盯着他的眼睛说，"我以前是大河证券中州营业部的，是技术后台。"

"哦，你怎么离开我们公司的？"陆大勇好奇地问。

"被骗了，"庄琪说，"那一阵，我丈夫不听劝，仗着自己股票做得好，非要出来自己做，就把我拉出来一起开公司。我丈夫也是

第七章 基金

咱们公司的，当时负责营业部的自营业务。也许您知道他呢！"

"谁啊？"陆大勇快速在脑海里扫了一圈，想知道有哪个做自营的正是她说的人。

"邹俊，知道吗？"

"知道，太知道了。"陆大勇看着她，意味深长地怪笑道。

庄琪的脸一下子就红到了耳根处，这才意识到套近乎过猛，把底裤都露出来了。

好在陆大勇并没有穷追猛打地追问，免得让她下不来台，对她说："把你们的想法说说吧！"

庄琪这才松了一口气，急忙叫柳青汇报策划方案。

"停一下！"还没等柳青讲完，陆大勇就叫停了，神态跟甬泉极其相似，这让庄琪感觉不妙，"你们的这个策划是自己弄的，还是得到了会里（证监会）或协会（证券业协会）某领导的指示？"

"自己弄的。"庄琪揣摩不透陆大勇问话的意思，只能实话实说。

"是这样啊！"他低头思考了一下说，"你们实盘操作的想法根本就行不通。现在都是专人专户，不可能一人多户，你怎么能分出十个比赛账户呢？再者，监管部门严禁用他人账户买卖股票，你提供十个个人账户炒股比赛，显然是既违法又违规。另外，如果你把5000万操盘资金——这里先不说你有没有，分配给十个决赛者的账户，风险如何控制？万一他们把钱转走怎么办？曾经也有你这样的人，他还是通过会里的人打招呼找过来要谈合作，但是都出于这些原因，计划付诸东流。你的想法很好、很大胆，但是在我们这里实现不了，你再去其他券商那里看看吧！"

陆大勇很礼貌地把庄琪送出去，临了还不忘加上一句："带问邹俊好！"恰到好处地在她的刀口处又添了一道新伤。等她们好不容易挤上电梯，出了金融大厦的大门，庄琪抱着柳青，在北京萧瑟的秋风里伤心地哭了起来。

2

"庄琪，咱们回家吧，这里的事情太难办了，求人看脸色的，也太难了。"柳青抱着庄琪，拍着她的后背，也是两行清泪。

庄琪点点头，没有搭话。虽然她憋屈地掉眼泪，脑子却一刻不停地盘算得失。回家？你有家可回，有父母、有丈夫、有孩子，我呢？也都有，也都没有。父亲去世早，母亲在老家。跟丈夫离了婚变成了陌路人，连孩子也成了别人的。怎么回去？当初就是为了一口气出来闯荡的，不弄出点名头、响动，灰溜溜地回去，还不让人耻笑？想到遭人耻笑，心一揪，眼泪也没有了。

"跟我走！"她拽着柳青的胳膊，就找地铁口。

"去哪儿？"柳青被她搞蒙了，怎么说变就变，反复无常。

"你别问了，去了就知道了。"庄琪也不解释，拉着她就走。

直到她跟着庄琪七拐八拐地来到股市资讯网站的演播厅的时候，她才知道她又来找甬泉了。而前不久甬泉才把她们打发走，现在又掉过头来找这个榆木疙瘩干什么？柳青百思不得其解。因为她的花花肠子实在太多了。

"泉总啊，今天我们给大河证券的老总做汇报，你猜怎么着？"庄琪说。她一会儿甬泉总、一会儿甬总、一会儿又泉总的，弄得甬泉都不知道自己到底有几个分身。

"不知道，怎么了？"这女人净说些没头没脑的话，甬泉想。

"他听汇报时的表现跟你一模一样，"庄琪说，"我还对柳青说呢，'你看他像不像泉总？'"

柳青忙不迭地点头："是的、是的，他确实是那样子的。"

甬泉被她俩逗乐了："但凡在这个市场上混久了，都知道你那

第七章 基金

方案不可行，或者说难度极大。"

"我知道有难度。"庄琪说，"我想跟你的网站合作，先做模拟炒股大赛，然后根据情况再决定搞不搞后面的实盘比赛。"

"你想怎么操作呢？"

"首先在你们网站打广告，把炒股大赛的消息散播出去，"庄琪说，"然后在你们网站页面上开个报名窗口，好让他们报名参与。最后，还是开设一个大赛专用频道，页面我来设计，内容包括参赛者的人名、账号、资金额、股票行情等，当然这些都是虚拟的，主要是把人气聚起来。这样你们网站的知名度就起来了。影响力有了，广告也就跟着进来了，何乐而不为呢？"

"你可真聪明，"甬泉又是高深莫测地一笑，"你的意思是在我们网站挂一个虚拟外盘呗！"

"是的，就这意思！"庄琪狠狠地点头。

"我们是正规的媒体官网，"甬泉气愤地说，"怎么可能挂一个虚拟外盘让你玩？你是想让监管部门把我们直接取缔了吧？你是何居心？"

庄琪这次彻底被甬泉扫地出门了。她和柳青垂头丧气地回到住处，躺在床上一动不动。柳青还想着回家，心想这回她应该死心了吧？该回去了。

"现在怎么办呢？"柳青问。

"明天去找他。"庄琪失神地仰望天花板，小声说道。

"谁？"

"屈嗣火。"

3

屈嗣火的大众银行东四营业部在东二环中船国际大厦，占了大

103

厦左边地上部分的三层。第一、二层各占1000平方米，分别是营业大厅和机构、大客户业务办理中心。显然，第二层的环境条件、服务水平等，要比楼下的营业大厅好多了。第三层是办公区域，占地小了一半，大约有500平方米，环境静谧、低调、奢华，体现了银行业应有的特点。如果说证券行业是张扬、锐气、朝气蓬勃的，那么银行业就是低调、内敛、不动如山的。屈嗣火的办公室在这层风水最好的东南方向，旁边就是贵宾接待室。这两块加起来就占了100平方米，其他还有大小会议室、财务室、办公室，甚至工会等。由于三层的四周隔了多个房间，房间的隔墙挡住了阳光，因此三层的大厅和走廊显得有些阴暗。虽然透过房间的毛玻璃和遍布各处的装饰灯已经尽可能地给予光线补偿，但这一层仍然还是不那么敞亮。加上摆放的高大的绿植的遮挡，更让这里显得昏暗和神秘。当然，三层不是说进就能进的，等前台和保安确认了身份才能进去。

庄琪和柳青进到三楼的时候，正好看见屈嗣火跟走在她们前面的客人打招呼。这位客人年轻俊朗，好像是个演员，庄琪记不清是在哪部电视剧里见过他。屈嗣火把她们和这位客人一起请进贵宾接待室说道："请你们稍等一下，我办公室里还有个客户，马上就谈完了。等他走了，我就接待你们。抱歉、抱歉！"说完就带上门出去了。

那个演员的头发梳得油光锃亮，一身灰西装线条笔直，外面披了一件藏青色的羊绒大衣，大衣上还搭了一条长长的白围巾，像极了电视剧《上海滩》里周润发的扮相，风流倜傥。难道他是要翻拍《上海滩》吗？庄琪和柳青互视一眼，想凑上去跟他套近乎，可是又不知道如何开口，痴痴地看着他傻笑。不知为何，他刚才见到屈嗣火的时候有些紧张，因此不愿搭理她们，于是礼貌地点点头，选择了离她们较远靠窗的沙发坐下，从大衣口袋里掏出一支长长的雪茄，慢慢地点燃，优雅地吸了起来。

第七章 基金

"太帅了!"柳青已经不能自已,"我今天终于见着他了。"

"花痴!"庄琪小声地骂了一句,不无嫉妒地说,"谁呀?"

"阳子,"柳青说,"既是企业家又是演员。他有一家上市公司,还扮演过《坐花轿》里的秀才张。"

"那你去找他签个名呗!好歹也是你的偶像。"

"那怎么好意思呢。"柳青红着脸,像怀春的少女。

正当她们窃窃私语、品头论足地谈论阳子的时候,屈嗣火送走客户进来了,对她们说:"你们再等一会儿,我先跟他办点事儿。抱歉!"然后带阳子去了他办公室。

当房间里只剩下她们两个的时候,刚才的冲动瞬间消失无踪,尽管柳青的脸上还挂着一丝丝的留恋,庄琪早已掏出手机百无聊赖地翻来翻去。她最讨厌被人晾在一边。

不知等了多久,柳青已经靠在沙发上睡着了,庄琪也将要昏昏欲睡的时候,屈嗣火终于推门进来了。

"不好意思,让你们久等了。"屈嗣火也不将她们请进自己的办公室,而是往就近的沙发上一坐,有些快事快办的意思,"你们的实盘炒股大赛进展如何?"

"屈经理,我都快急哭了。"庄琪说,"本来跟券商已经谈得好好的,马上就要签合同了,不知道是谁听了(证监)会里还是(证券业)协会的人说实盘操作属于违法违规,他们就不敢跟我们合作了。媒体也打起了退堂鼓。屈行长,你人脉广关系硬,帮我想想办法。我好不容易说服别人赞助我们的活动,现在如果办不成,前面的努力和投入就都白搭了。"庄琪说着说着还真哭了,一把鼻涕一把泪的,哭得很认真。

"那天我听了你的策划后,就意识到这里面有很多问题,不是那么容易干成的。"屈嗣火看见她掉出眼泪,起了恻隐之心,"再说

105

了,策划如此大型的活动,不但需要一支专业的团队,而且还需要方方面面的资源关系,正如你前面提到的会里的、协会的。没有这两方面的助力,就你们区区两人是远远不行的,况且你们还从来没有干过类似的事情。说实话,我一听就知道不可行。至于你说的,有人愿意出资赞助你的活动,我也觉得半真半假。"他说完之后,觉得语气可能强硬了一点儿,让女性难以接受,于是补充道:"我实话实说,你不要觉得我说话难听啊。"

"我也知道策划这场活动会困难重重,但是我别无选择。"庄琪擦了一把眼泪说,"我是想先把活动启动起来,再招兵买马。至于赞助的事情倒是有些眉目。"庄琪指着旁边的柳青说:"我们在大河证券营业部的大户室认识一个煤老板,他跟她有缘,说她像他死了的亲妹妹,因此就认她做干妹妹。他对我们的策划感兴趣,答应后面的实盘资金由他来提供。"

"原来如此!"屈嗣火摸了摸下巴,看了看柳青,对庄琪说,"如果是这样,那比办炒股大赛投资少、见效快的事情多了去了,何必把资源、精力浪费在那些不确定的事情上去呢?"

"这不是初来乍到,人生地不熟嘛!"庄琪听出他话里的弦外之音,"屈行长,您在这么重要的岗位上,一定是眼观六路、耳听八方,见多识广的人。请您给我们指一条明路吧,我们会记住您的大恩大德的。"

"什么'大恩大德',谈不上。赚钱的路子倒是有一条。"屈嗣火说,"现在我们银行的理财产品异常火爆,如果你们的客户愿意买,你们可以帮我们做销售。"

"什么理财产品?我们不懂啊。"庄琪看了一眼柳青,她也一脸的迷惑。

"你们知道伞形基金或者伞形信托吗?"屈嗣火问。

第七章 基金

"伞形基金是基金公司发行的证券类或债券类的投资基金,一般是一只母基金下设立多只子基金。"柳青说,"伞形信托跟伞形基金类似,是由信托公司发行的信托产品,除了投资证券、债券外,还投资一些其他信托产品。"

"你说得对,"屈嗣火说,"你们都有证券从业资格证吧?"

"有,"庄琪笑了,"跟驾照一样,早考了。"

"那就好。"屈嗣火会心一笑,"现在的基金公司、信托公司,为了迅速做大规模,在一只母基金下设立十几二十个子基金,这些子基金规模大小不一,但是最小的门槛也要500万起步。你们猜怎么着吧,"屈嗣火看了她们一眼,也不等她们答话,自顾自地说,"在实际的操作过程中,他们把这些子基金分包给一些私募基金,利用私募基金的渠道去筹钱。私募基金不但要募集资金,而且还负责投资,盈亏自担。基金公司和信托公司只管收取通道费、管理费,控制风险就行了。"

"这不就乱了吗?"庄琪说,"一只母基金账户下有那么多子基金,怎么区分你是你、我是我?光对账单就得打多少啊!"说到这里,庄琪的头皮都发麻了。

"你问了个好问题。"屈嗣火赞许地说,"伞形信托或伞形基金可以在一只基金底下设立多个账户,基本上是一个子基金一个账户,各管各的,互不干扰。这是伞形基金的优势之一。但是投资者可以在这些基金之间任意选择。"

"这跟你们银行的理财有什么关系?"庄琪的双眼渐渐释放出兴奋的光彩。

"大有关系。"屈嗣火说,"一般这些基金都是分层的,比如分为优先级和劣后级。优先级享受固定收益,无论盈亏;劣后级承担风险,亏了赔它的。赢利了,享受扣除固定收益的那部分收益。"

"银行理财就是基金的固定收益这部分呗。"庄琪说。

"对!"屈嗣火说,"我们追求风险小、收益稳定。"

"如果我有 500 万,具体怎么操作呢?"庄琪已经急切地想了解操作方法。

"你拿这 500 万在基金公司或信托公司的某只母基金下设立一个子基金,"屈嗣火说,"你的这 500 万可以作为劣后级。在此基础上,我给你配 500 万,共同成立规模 1000 万的股票投资基金或其他类型的基金。我的这 500 万是固定收益,比如以年化 10% 的利率销售给我的理财客户。你的那 500 万,可以是你的,也可以是你募集来的,没有限制。"

"这不就是股票配资嘛,"庄琪有些明悟,"银行能配多少?"

"一般是 1∶1、1∶1.5 或 1∶2。"屈嗣火说,"银行配资没有超过 1∶2 的。"

"银行为什么会卖这些基金或信托产品?"庄琪打破砂锅问到底,越问越起劲。

"说来话长。"屈嗣火显然被她问累了,但还是耐住性子讲下去,"现在不是给你分析前因后果的时候。你只要记住两点就可以了。一是自 2008 年,为了应对美国次贷危机引发的全球金融危机,我国政府出台了 4 万亿的经济刺激计划。这 4 万亿砸下去,我们的人民生活水平、基础设施建设、对外贸易、新科技、新技术等,都有了质的飞跃。相应地,银行的理财资金也由当初的几千亿,增长到了 10 万亿多,翻了 10 倍多。池子里的水多了,必然要寻找突破口。二是,近年来国家对房地产实施调控,抑制投资过热,收紧了信贷。在银行方面,对房地产的贷款实施追责制,就是谁贷的款谁负责。在此环境下,部分资金选择投资高流动性资产就成了必然选择。"

屈嗣火拿起茶几上的一瓶矿泉水一饮而尽,接着说:"刚才那人你们认识吗？"

庄琪指着柳青说："听她说是个演员，拍电视剧的。"

"何止！"屈嗣火说，"拍戏只是他的业余爱好。他还是一家上市公司的实际控制人，同时也投资房地产。多么牛气的人！平时都是我们追着给他放贷，现在房地产一调控，他的项目也受影响，反过来求我们来了。"

"我说他怎么心事重重的样子，还对你那么谦卑，"庄琪恍然大悟，"原来是有求于您啊。"庄琪接着说："屈行长，谢谢您，我知道该怎么做了。听君一席话，胜读十年书。我不但能帮你们销售基金，还要搞个私募基金，往大里做。"

"你是个聪明人，一点就透。"屈嗣火说，"现在股市这么好——自年初以来已经涨了快千点了，一些题材股、科技股都翻了好几倍了。加之市场上资金那么多，股市不继续上涨才怪呢。只要你找来资金，在我们这里再配点，把投资交给邹俊，你控制风险，很快就起来了。不管你们俩关系怎么样，现在你这么困难，前期他得帮你。他股票做得那么好，我们同学里没人超过他的。"

"原来他们是同学啊！"柳青惊叫道。

"有什么大惊小怪的？"庄琪说，"我们结婚的时候他还来过呢。"

4

一语惊醒梦中人。屈嗣火醍醐灌顶般的教诲，瞬间拨正了庄琪在苦海里寻找方向的船头，人生轨迹随之而变。

"咱们还是要跟行业内的专业人士多沟通交流，"庄琪和柳青走出银行的大门，指着四处张贴的股票配资小广告说，"这不说不知道，说了才恍然大悟，原来银行的理财也有很多都是给股票做配资的。以前我还以为这是民间放高利贷的做法，现在才知道银行也这么干。从这些小广告上可以看出，参与这个业务的人一定不少，咱们要抓紧行动，迅速切进这个市场。比起这个事情来，炒股大赛简直就是个笑话，咱们不能再玩那些虚的了，马上就去落实如何注册私募基金公司，迅速拿到执业牌照。"

"注册私募基金公司并不难，"柳青说，"有1000万的注册资金就行了。问题是我们现在没有这么多的钱。"

"钱的事我来想办法，"庄琪说，"你先申请注册，等需要验资的时候我就把钱筹备好了。还有什么问题？"

"还有就是在申请私募基金牌照的时候，需要至少5名有证券从业资格证书的公司成员。"柳青道。

"这有困难吗？"庄琪把眼一瞪，"借几个咱们认识的朋友的证书，把名单报上去不就行了吗？走个过场的事，需要这么提心吊胆吗？你赶紧去办，我找钱去。"

既然目标已经明确，接下来就是顺理成章地走程序而已。但是，庄琪还是在拉谁入伙当股东上踌躇彷徨、举棋不定。拉谁好呢？邹俊？他当然是最理想的。因为他是最好的操盘手，基金投资最需要他这种人。但是破镜难再圆。当个救火队长，临时应急还可以，时间长了肯定有矛盾，不好控制。而且……想到这里，他出轨的画面又映入她脑海，挑动了她那根最敏感的神经。她拿起喝了一半的矿泉水瓶，死命地往地上一扔："决不用他！"瓶子砸在地上，水花四溅，激起的泥水把她刚买的鞋子都弄脏了。

还有谁？屈嗣火？很好的战略合作伙伴，她第一时间想到的也是他。可是她在征求他意见的时候，就被他婉拒了。理由当然很充分，他一个银行的职业经理，怎么能跟别人成立私人公司呢？

李满福？当然不可以！他滑得跟条泥鳅似的，跟他搭伙做生意，肯定得不到什么好处，反而还会被控制，得不偿失。说起李满福，她心里其实很害怕。她想算计他的钱，他也知道她要算计他的钱，他明着让她算计，她就不敢胡乱算计。先放着，等用到钱的时候再开口对他讲。

找谁好呢？她费尽思量。在选谁当她的第一合伙人的时候，她第一时间过滤掉了柳青，虽然柳青跟了她很长时间，而且是她拉出来共同创业的。当然，原因也很简单，就是因为她没钱。人这种动物势利起来太可怕，你有她觊觎的东西，你便是人；没有，狗都不是。

就在她迷茫的时候，突然电光石火般地想到一个人，他就是邹俊和屈嗣火的同学穆星。穆星是大时代证券的副总裁。找到他不就解决了基金今后的通道问题了吗？庄琪终于摆脱了烦恼，高兴地跳了起来。

穆星跟甬泉一样，有些装腔作势，较难亲近。他喜欢与任何人都保持一定的距离，既不亲热也不冷淡、不紧又不慢，让你看得见摸不着，更别想琢磨他怀揣什么样的心思。当庄琪把一起做股东创办公司的想法告诉他以后，他沉默了半天。在庄琪已经对他不抱希望，琢磨下一个人的时候，只听他说："这个事情还是可以做的。我可以当你的小股东，因为工作的关系，我还是低调一点儿的好，不想在别的地方抛头露面。恰好我手头上有20万闲钱，就拿来参股你的公司。至于占股比例，你看着办吧！"

庄琪从来没有想到，这个看似不通人情的家伙居然这么爽快，一口价都没还就拍出20万。"穆总，在我最需要帮助的时候你帮了我，我非常感激！"庄琪动情地说，"你的这份恩德我铭记在心，无论以后风云如何变幻，我都不会干对不起你的事情。"庄琪信誓旦旦地赌誓。"我拿80万，加上你的20万，共100万，就当作公司的启动资金。在股份比例上，我占80%，你占20%。但是你放心，我的这80%以后增资扩股引进新股东会稀释，而你20%的比例始终不变。除非你自己不想要了。"

第八章
配资

1

"你不是策划炒股大赛呢吗？怎么又要搞私募基金了？这好像是两件八竿子打不着的事啊？这变化也未免太大了吧？"当李满福知道庄琪改弦更张做私募时，故作吃惊地拿她的随意任性调侃。

庄琪知道他是讽刺她不能自始至终地干成一件事，故意要她难堪，只好讪讪地说："这不是有更好的机会吗？比起做私募，炒股大赛的周期长、不可控因素多、投入也不少，最关键的是我们策划的实盘资金操作部分还有违法违规的风险，弄不好就是鸡飞蛋打。"

"我真佩服你，总能不动声色地把坏事推给别人。"李满福对她的借口不屑一顾，"什么'我们策划的'，不都是你自己瞎折腾吗？怎么赖到我身上来了？看你当时踌躇满志的样子，目空一切、自我感觉宇宙第一，都快要飞出地球了。"

"您就别取笑我了。"被李满福这么一讥讽，庄琪的脸上有些挂不住了，只能低头认输，"还不是人穷志短、兜里没钱。想到不知道要砸多少钱到一个不确定的事情上，难免让人打退堂鼓。但是，刚才跟你说的这件事确实是可靠的。"

"我看见满大街的电线杆上、台阶上、栏杆上，甚至是停车场的锥形筒上，都贴着股票配资的小广告，"李满福说，"你干的跟他

第八章　配资

们有啥不一样？"

庄琪见他把自己将要从事的事业比作街头巷尾的小买卖，心里很不服气："他们怎么做的我不太清楚，但是我做的伞形基金完全是跟大的基金公司、信托公司合作发行的，而且有银行做夹层，提供配资服务。撇去其他的不说，银行要是不能确认安全性，他敢随便给人配资吗？"

"你发行的基金的投资谁来做？你会投资股票吗？"李满福问。

"当然不是我。"庄琪胸有成竹地说，"我老公——邹俊！他是最好的操盘手！"

"你们不是离婚了吗？而且还视若寇仇，对吧？"李满福问庄琪。他又狐疑地看了一眼旁边的柳青，故作吃惊地问柳青："世界上有这个人吗？"

"世界上就没有这个人！"柳青干净利落地说。

"啥意思？"这次轮到庄琪丈二和尚摸不着头脑。

"来北京的路上，你不是不让我提这个人吗？是你说世界上根本就没这个人嘛。"柳青气呼呼地说。

庄琪被柳青气笑了，没料到她在这儿拿话等话，笑骂道："这个死女人，少拿我开涮。我跟李总说正经事呢！"然后她又对李满福说："一日夫妻百日恩嘛。他听说我和柳青创业很艰难，主动提出要帮我们。只要我们筹备好资金，投资就交给他负责。"

"嗯，你的鬼点子还真多！"李满福说，"虽然说现在的手机、互联网都已经很发达了，随时随地都能异地沟通，但是投资这种事情还是要控制好风险。募资、异地管投资，短期可以凑合，长期肯定不行。你是怎么打算的？"

"我的想法跟您一样。"庄琪说，"只要咱们的第一只基金发了，我就着手组建投资团队。我要把市场上最好的操盘手都找来。"

"你看你看！你怎么说着说着就往上贴。"李满福耻笑她道，"这么一会儿就又'咱们的'，我什么时候说要跟你一起发基金了？"

庄琪任其数落也不害臊。她知道，现在只有傍上李满福，她的第一只私募基金才能发出来。有了第一只，就有第二只，才能忽悠更多的人买第三只、第四只。"我永远都把您当靠山，您是柳青的大哥，也是我的大哥，我们不分彼此，因此您是我们俩的好大哥。"庄琪决心死缠烂打，不可能轻易撒手，李满福就是她的救命稻草，"最重要的是，现在我们做的事情合理合法，银行还很支持咱们，这是我好不容易争取来的机会。现在股市这么好——这你知道，在股市大盘趋势明显看好的情况下，顺势而为，适当地加大杠杆，是实现财富快速增长的不二法门。你只要从你的盘子里分出一部分，比如500万，再配500万，成立1000万的股票投资基金，运气好的话，股价翻番，1000万就能变成2000万。除去银行的固定收益100万，剩下的900万全是你的。500万变900万，还有比这更赚钱的方法吗？"

"那是运气好的话，运气不好呢？"李满福愠怒地说，"亏了的话还不是亏我的？净赚900万是全归我吗？我看你的募集说明书里说，投资收益超过原始本金的30%以上就二八开；50%以上三七开。你净瞎忽悠我。"

庄琪脸一红心一慌，生怕李满福翻脸，赶紧抓住他的胳膊，故作镇定地说："所有的招募书都是这么写的嘛，我不过是照抄了一下而已。再说，这不是重点。重点是咱们赶快把基金募集起来。赚了钱，怎么分都可以。"

"你的这第一只基金，你自己打算出多少？"

庄琪还从来没有想到需要自己出资的事情，她的如意算盘是拿李满福的500万去银行配500万，成立1000万规模的基金投资股

第八章　配资

票。她不但没有想要出资，还盘算着从中收取两个点的管理费。现在，李满福抛出这个问题，显然是将了她一军，如果她说她不出，只收管理费的话，李满福接一句'你不出我也不出'，这件事就将死了。

"我的李哥哥哟，我不是没钱才找你来募的嘛。"庄琪动情地说，"我要是跟你一样有钱，早就配资炒股了，到现在不知道翻了多少倍了！"

"好！"李满福果然说道，"我出你也出。不管你有没有钱，多少都要出一点儿。这样吧，你出50万，我出450万，我们这边500万，你再去银行配500万，先把这只基金设起来。"

"太好了！"庄琪兴奋地跳了起来，一把抱住李满福的脖子，"李大哥，您真是我的大恩人。"

李满福被她突如其来的动作吓了一跳，身体一晃，椅子一滑，俩人双双摔倒在地。把一旁的柳青看得笑弯了腰。

在李满福的支持下，庄琪的"琪玉一号"私募证券投资基金迅速发行成功，而且在邹俊的操作下，实现了浮动盈利。有了一个良好的开端，接下来的事情就简单多了，因为银行理财产品的净值是公开披露的，投资人看到这只基金的净值高，有赚头，就蜂拥而至，追逐高收益。庄琪瞅准机会又一连发了三期，使得基金管理规模迅速超过一亿元的大关。庄琪光管理费就收了几百万，相比于之前简直不可同日而语。庄琪狂喜不迭。

人一旦找到赚钱的门道，便会专注在这件事情上。庄琪现在一门心思地想把基金规模做大，只有做大规模，才能收取更多的管理费和分红收益。她现在尽可能地避免跟投资人对赌，而是跟他们签一个保本协议，然后乖乖地把他们拉上贼船。当然，贼船上的人不都是傻子，他们有自己明确的利益诉求，要不是能从她这里配资加

115

杠杆，谁会让她从身上薅羊毛？所以，让庄琪沾沾自喜的是，只要她把各方面的资源整合好、关系协调好，空手也能套白狼。虽然她发着私募基金，实际上是依附金融机构的中介，是真正意义上的金融掮客。而这一行当的人的最大特点就是虚张声势、真假难辨，尽可能地把自己伪装成气定神闲、很有钱的样子。

2

随着基金规模的不断增加，庄琪要为公司寻找一处安身之所。经过一番寻找和对比，丰台区靠近世界公园的基金小镇引起了她的注意。这个小镇的开发商开发了许多个高档写字楼，但是因为房地产调控，楼不好卖了，资金眼见告罄的时候，做配资业务的私募基金突然火了起来。这些私募基金规模小、人员流动快、工作没有规律性，但是发展势头很猛，有点像中关村倒腾电脑的。开发商灵光一闪，何不针对他们推出一款亦商亦住、商住两用的产品呢？于是将一栋建成的宽敞无比的写字楼，隔成一小间一小间的，配上洗手间和简易的橱柜，起了一个"基金小镇"的名字，再推向市场。这种适销对路的产品一经推出，便大受欢迎，吸引私募基金和一些金融中介蜂拥而至，在这里安家落户。庄琪选这个地方的原因，一是图便宜，二是能扎堆儿。她不怕同行之间的竞争，反倒觉得扎堆儿的地方交流起来更方便，安全性更高。她经过反复地挑选，终于选定位于7楼的一间60多平方米的隔间作为公司的办公室，买了简单的家具后就入驻办公了。

一天下午，庄琪和柳青从大唐基金办完清算回到公司。打开门的一刹那，看见屋子里黑压压的都是人，俩人当即吓得心头怦怦乱跳。定睛一看，原来是李满福带着巴特尔、祁凌风、任晓东、吴昕建几个兄弟在里面喝茶。由于他们几个身强体健，再加上公司的几

第八章 配资

个同事忙前忙后地沏茶招呼，弄得房间里几乎没有站脚的地方。

"庄老板，你这地方可是寸土寸金啊，我们一占，你就进不来了。"李满福还是那么一副桀骜不驯的样子，说话带刺，"这地方好像跟你的远大理想不匹配。"

"李总、巴总、祁总、任总、吴总，你们几个大汉往这一坐，我还以为是执法大队过来搞拆迁呢，吓得我和柳青就想跑。"庄琪边说边揉胸口，让心跳快点平复下来，"欢迎你们！今天是怎么了？什么风一下子把你们这些贵客刮来了？"庄琪笑着进了门。

"知道你生意做大了，这帮兄弟就想跑过来跟你混。"李满福说，"你愿不愿意？"

庄琪欣喜若狂，知道大生意上门了，急忙说："李大哥又拿小妹我寻开心呢，我的这摊子跟你们比，算个啥？你们都是家里有矿的人。"

一贯沉默寡言的吴昕建不待他们客套完，便直截了当地说："我们几个凑了5000万，想在你这里配资做股票，不知道你最高能配到多少？"

"一般银行理财的方式可以配到1:1或1:1.5，最多1:2。"庄琪说，"我一般给客户都是配1:1，这样的比例最好控制风险。"

"我们想配到1:5，你能做到吗？"吴昕建说。

庄琪惊异至极，没想到这个蔫了吧唧的人野心这么大。她回道："吴总，这个我做不到。除非是地下钱庄。我们是依托于银行的，做不了这么高比例的配资。"庄琪郑重其事地说："从风险控制的角度看，这么大的杠杆风险很大，很容易出事。你想想，5000万的5倍是2.5亿，加上本金就是3亿。一只规模3亿的基金算是中大型基金，投资建仓、交易、风控，都有一套严格的流程，不是你想象的那么简单。"庄琪指着刚才给他们沏茶的年轻小伙子又说：

"这是我从阳光公募基金挖来的风控总监胡算子,他可是美国纽约大学金融系毕业的高才生、精算师。不信你问问他。"

此时,一心想放大杠杆的吴昕建,哪是想听人建议的人?他急切地说:"我是觉得这个比例有点小,要干就干一票大的。"

"吴总,无论你是买股票还是买基金,千万不要有这种一票干个大的这种想法。"庄琪正色直言,"很多有你这种想法的人,都赔得倾家荡产。我觉得,时下的这种股市行情,发七八千万规模的基金最好,不建议超过1亿。你们这5000万可以分设两只基金。"

"吴总,5000万加5倍杠杆,按每天10%的涨跌停板限制,在极端情况下,不到两天就跌没了。"胡算子想要表现出自己的专业,不失时机地插话说。

"我有个朋友,前一阵拿2000万加5倍的杠杆,翻了一倍,赚了1亿。"吴昕建还是不甘心,坚持他的主张。

"那都是神话。"庄琪刚说了一半儿就被李满福打断了。"你只看见贼吃肉,没看见贼挨打,"李满福总是满嘴的俗语,"神话传说哪里都有,你都能相信吗?你要有'博'的想法,但不能有赌的心态。冲动是魔鬼,咱们还是要把风险的思想准备做充分一点儿。尽管市场上涨的氛围很浓,大家投身股市的积极性很高,保不齐出现个什么'黑天鹅'事件,把本儿都亏没了。就加两倍的杠杆,细水长流。"

胡算子心说,这还细水长流呢,放大两倍还不够?有钱真是有底气。唉!

庄琪看他们统一了意见,急忙催促柳青道:"赶紧出合同、签合同,明天就申请发行。"

巴特尔见这边的事情办完了,就想走了,说:"天黑了,出去吃饭吧!"

第八章 配资

祁凌风抬起手腕，看了看金色的百达斐丽，有点抱怨地说："才5点多一点儿，北京的天黑得真早。"

"这里比鄂尔多斯早一个时差。"李满福解释说，"大冬天的，这附近有什么热乎点儿的吃的？"

"隔一条马路就有一家东来顺涮肉，吃火锅肯定热乎一点儿。"庄琪说了一半，突然想起了巴特尔吃饭的场景，生生地就把要脱口而出的下半句话憋了回去，讪笑地看着李满福。

李满福看她的表现，心甚不喜，朋友跟前又不好表现得太明显，随即起身说："那就走吧！"又环顾了一下她的办公室，似有所指地说："格局太小，做不大。"就带着巴特尔等人往外走。

庄琪脸上一阵红一阵白，皮笑肉不笑地说："李总，你们先去，我还要等个客户签合同，等我办完事儿了再去找你们。"接着回头对不知所措的胡算子说："你也过去，把李总、巴总他们招呼好。"

等李满福他们出去以后，柳青不解地问："你怎么不说请他们吃饭呢？"

庄琪没好气地说："他们找我来配资，我凭什么请他们吃饭？再说了，他们那么能吃，我请得起吗？"然后狠狠地瞪了她一眼，"我很抠的！"

庄琪故意磨蹭到他们吃了一半的时候，才披了一件大衣，和柳青顶着呼啸的北风，跌跌撞撞地穿过带冰碴儿的马路，往东来顺走。都吃了快一半儿了，总不能还让我请吧？她心里盘算着。

到了饭馆，这些吃货们确实已经吃了一大半，酒也喝了好几瓶。庄琪一看，他们已经吃了那么多了，悬着的心就放下了，拿起筷子就吃，嘴里说着："真是饿坏了！"一口羊肉下肚，冷热交织，一打哆嗦，"天好冷啊！"

还没等她夹几筷子肉，将凛冽的寒气驱走，冷不丁地就听吴昕建冒出一句:"赶紧走吧,去晚了好的就被挑没了!"惊得她目瞪口呆,恍如隔世。

李满福也颇为惊讶,看了一眼旁边的任晓东说:"天上人间关了快三年了,你往哪里去?"

"花都!"吴昕建笃定地说。

"听说前一阵也关了。"李满福迷惑地说。

"又开了。"祁凌风对他挤挤眼睛,笑着说,"有老板经常给他打电话。"

"我说你怎么身在鄂尔多斯,北京夜总会的情况却了解得门儿清,原来有暗线啊!"李满福恍然大悟,对吴昕建说。

庄琪对他们的黑话似懂非懂,但又禁不住好奇:"听说北京的天上人间很有名,那里有什么?"

话声刚落,她就看见这几个狐朋狗友神色怪异地对着任晓东傻笑。过了老半天,祁凌风伸出大拇指,对她说:"天问!"又看了一眼任晓东说:"无底洞。"

"啥意思?"她越弄越糊涂。

"他把他爸的半个矿填进去了!"巴特尔努了努嘴,瓮声瓮气地说。

"是吗?"庄琪一脸吃惊地问此刻还沉浸在回忆里的任晓东,"为什么呀?"

"谁让他不管人的死活,专管裤裆里的事儿。"任晓东又怨又恨地说。

"可怜天下父母心,"李满福存心揶揄道,"他不是给你盖了房子娶媳妇用吗?又没让你从夜总会带个杜十娘回来。"

"他隔三岔五地给我带个后妈来,我就不能找我所爱吗?"任晓东不服气地说。

第八章　配资

"你快拉倒吧,你那所爱在你跟前装得冰清玉洁,像个圣女似的,碰都不让碰,"李满福指着吴昕建几个说,"背地里被这几个坏小子摸了个遍!"

吴昕建几个被李满福揭了短,知道要坏事,急忙拿起衣服就往外跑。任晓东看见他们跑,明白了所以,抄起一个酒瓶追了出去。

3

发完了李满福、巴特尔他们这期基金已经是2014年1月底,庄琪跟柳青扬眉吐气地回到中州过春节。庄琪心里很得意。尽管走的时候被逼无奈,很狼狈,回来的时候却已经是私募基金的管理人,而这仅仅用了半年多的时间,真可谓天差地别、判若两人。没有当初被逼走天涯,哪有现在的衣锦还乡。因此,这一路她几乎是唱着歌回来的,对邹俊的仇恨也没那么深刻了,毕竟在这段时间里,他也帮了她不少,扶持她们走向正轨。她甚至还有点可怜他,只知道躺在父母温暖的怀抱里享受温暖,不知道外面的世界有多大、多精彩!唉!你总不能男孩儿当到老吧?对于他们的关系将来何去何从,她压根儿没有思考过,因为近期发基金太忙了,根本没有时间去考虑。她的大脑还沉浸在赚钱的喜悦当中,满脑子盘算着她的收益。钱是全天下最好的良药,可以消除一切烦恼。

除夕当天,她与邹俊相约在香格里拉大酒店见面,她想带孩子回家过年。再说,半年多没见了,也不知道孩子长啥样了,还认不认她。可怜天下父母心。当初她能够苦苦支撑渡过难关,就是因为孩子——那是她唯一的希冀。

上午10点,和煦的阳光透过整面整面的大玻璃,把富丽堂皇的香格里拉大堂照耀得温暖如春、祥和安宁。庄琪和她母亲坐在大堂的沙发上,一边聊天一边死死地盯着酒店的旋转门,生怕错过孩子找不到她。她还给邹俊买了一条爱马仕皮带当作新年礼物。夫妻一场，还有感情在，毕竟他是孩子的父亲，带娃也不容易。正当她们焦急万分、魂不守舍地盯着门口的时候，不知何时，一个粉雕玉琢的小女孩儿走到她跟前，奶声奶气地叫："妈妈！"她一把抱起小女孩儿，在她的脸上亲了又亲，眼泪扑簌簌地流下来，动情地说道："孩子呀，妈妈想死你了。"

　　她一边察看孩子的状况，一边在心里暗骂，这个不着调的家伙，他是从哪里冒出来的呢？便问："爸爸呢？"女孩指向她身后。她顺着孩子手指的方向扭头，才发现了不远处的邹俊。他身披一件藏青色的羊绒大衣，黑西裤黑皮鞋，却戴着一顶红色的棒球帽，还是那么一副吊儿郎当的样子！她想笑，但是又突然发现他身边站着一个妖娆多姿的女人，手挽着他的胳膊。看来他的母亲还真给他找了个电视台的主持人。庄琪美滋滋的一颗心被浇了一盆冷水，跌到谷底。这女人一看就让她相形见绌、自惭形秽。她强忍酸楚，把孩子交给母亲，仪态大方地走到邹俊跟前，装出一副若无其事的样子，说："这半年多你辛苦了！孩子很好，我很高兴。这是给你的新年礼物，感谢你这段时间给予我们的帮助。"

　　邹俊什么话都没说，微笑着接过礼物。庄琪见邹俊把礼物收下了，就把他拉到一旁，语重心长地说："你不能把什么女人都带回家，让孩子看见了多不好。好男儿志在四方，你应该多去外面走走看看，别老待在家里当你爸妈的乖宝宝。"邹俊神情十分怪异地看了她一眼，似笑非笑，晃了晃手里的礼物，说了声"谢谢啦！"，就转身搂着主持人的腰身扬长而去。

　　庄琪被他气得蹲在地上失声痛哭，最后还是被她母亲拉起来，重新坐回沙发上。她母亲一边拍着她的后背，一边骂邹俊："这个浑蛋！"庄琪哭了一会儿，想到孩子在跟前，看着难受，而且马上

第八章　配资

就要过年了，不吉利，于是擦干眼泪，发誓道："我庄琪从今往后再也不会为男人掉一滴眼泪！"

庄琪对这个男人恨之入骨，却又无可奈何；想跟他彻底划清界限，老死不相往来，可是又有孩子这根纽带。真是剪不断理还乱。唯一可以撇清关系的就是在事业上摆脱对他的依赖，找到更好的操盘手。找谁呢？这让她搜肠刮肚、费尽心力。他可真是她的冤家对头，好好的一个年就被这个浑蛋搅得七零八碎、索然无味。

春节长假结束后的第一个交易日，她就拿着从家里带来的年货找到穆星，说是给他拜年。

"穆总好，这是我们家过年时腌制的腊肉。自己家养的猪，我妈亲手腌制，纯天然、无污染，不像超市里卖的肥大壮催出来的猪肉，你放心食用。如果尝着不错，我再让家里寄点过来。"庄琪拎着几块用报纸包裹的油腻腻的腊肉就进了穆星的办公室。

穆星道谢后，看见她的腊肉还透过报纸往外冒油，怕把地毯弄脏了，急忙从外面找了个送快递的纸箱子，把腊肉装好了，才算松了一口气。

"穆总，我这次回家后找邹俊认真聊了一次，"庄琪接着说，"你也知道他这个人，成天吊儿郎当的，对什么都不上心。我怕他把咱们的基金投资弄砸了，没法给投资人交代，想再找几个操盘手，专注咱们的投资。"

"要说邹俊在其他的事情上不上心，还算说得过去，但是做股票还是很专注的，怎么……"

穆星的话还没有说完，庄琪就气呼呼地说："关键是他又有女人了！"

"噢，原来是这样啊！"穆星叹口气摇摇头，感慨地说，"没办法，长得帅女人爱！"

"这才多久，就勾搭上了电视台的主持人，"庄琪仍旧气呼呼地说，"估计是他那溺爱他的母亲撮合的。哼！"

"哎，这个嘛，不好说。"穆星不想掺和他们的家务事，勉强应付了一句，"你有什么打算？"

"你帮我找几个水平高一点儿的操盘手。现在这种情况再把投资交给他我不放心。"庄琪说，"你也是咱们的股东。现在咱们发行和管理的基金规模越来越大，总不能老是依赖外人，得有我们自己的团队。"

"嘘！在这里可不能说股东的事儿。"穆星紧张地看了看门外说，"好的操盘手可不好找，而且很贵。你是想挖几个过来呢，还是想像邹俊那样委托投资？"

"看情况，"庄琪说，"先跟他们接触一下，了解他们的操作风格和利益诉求再说吧。"

"你听说过京城投资界的'四大鹗'吗？"

"没听过，什么是'四大鹗'？"

"'四大鹗'就是以李大鹗为首的，投资圈里最有名的操盘手或基金管理人。"穆星耐心为庄琪解惑，"另外三人是徐家隐、孙洪滨和杨蕙颜。"

"京城最有名的基金经理不是刘亚伟吗？"庄琪问。

"三好学生、众星捧月而已。"穆星不屑一顾地说，"表面上看到的跟实际的完全是两回事儿！"

"啥意思？"

"你没必要搞得那么明白，再说跟你也没有多大关系。你记住那四个人就行了。这四个人里李大鹗名气最大，看盘最准，股市的白银底、黄金底、钻石底都被他精准地预测到了，是著名的死多头。他不在任何一家机构，是一个独立投资人。一般是别人拿钱委

第八章 配资

托他投资，然后收益分红。因为他合作的条件众所周知、比较透明，最容易合作。徐家隐、孙洪滨和杨蕙颜都是从公募基金辞职下海的，分别创办了自己的私募基金公司。他们凭借在资本市场上积累的人脉资源，迅速成为市场上的生力军。无论是打新股、坐庄，还是对倒、洗盘、扫荡游资，他们手法凶悍、大开大合，资金的管理规模直逼一些中大型的公募基金。他们也并购或者联合一些小的私募基金，炒作一些股票，拉高股价，收割股民。跟他们合作，一般都能赚点钱，但是一定要防止被吞掉或者成为替罪羊。"

"他们那么厉害，难道是和公募基金有勾结，搞利益输送？"庄琪不解其妙地问。

"这就不好说了。自他们离开公募基金后，他们曾经管理的基金都一地鸡毛。因此，他们经常被人诟病并不是没有原因的。"

"那还是算了，我怕自己还没有长大就被他们吞了。"庄琪说，"不过，李大鸮这个人还是可以跟他聊聊的。"

自从庄琪开始发行私募基金后，她就成了券商眼中的香饽饽。她的交易量已经远远超过普通大户的成交量，是大户中的VIP。为了报答吴小莉当初给予她们的帮助，她把基金的交易通道给了大河证券，开户交易托管都放在这里。当然，吴小莉也给她开了一间大户室，比李满福的气派多了。虽然有了自己的大户室，但是庄琪一般都不来，而是让市场总监胡算子趴在这里，监管那些基金账户。

"老板，你找我有事儿？"股市闭市以后，胡算子被她一个电话召回基金小镇的办公室。

"你马上跟李大鸮那边对接一下，把咱们刚刚发行的琪玉十号、十二号的账户和密码交给他，这两只基金的投资就由他操作。"庄琪吩咐道。

"你见到李大鸮老师了？他好说话吗？要价挺高吧？"

"要什么价，我还跟他要价呢！"庄琪撇了撇嘴说。

"我听说一般的单子他都不接，而且要收益部分的15%。"

"那都是小单子，"庄琪说，"一开始，他以为我们是个小公司，找他可能是委托几千万的小单子，就不怎么上心。还对我爱搭不理的。后来听说我们有几亿的资金，他的眼睛都亮了，立马降低了姿态，哭着喊着要跟我们合作。这时候，我就跟他谈条件，我说我可以把资金委托给你们，但是你们也得买我给你们操作的基金份额的5%。亏了先亏你们这部分钱，相当于劣后中的劣后。"

"这么苛刻的条件他也答应了？"胡算子不可置信地问。

"你以为上亿的资金好找啊？"庄琪说，"他们又不搞募资。你想想，一般的基金公司谁会把自己的投资交给外人？还不得看得死死的？像咱们这样投资外包的，在市场上少之又少。这是我们的管理创新。因此，当我们拿着上亿的资金跟他合作时，他当然喜出望外了。我们就是他的大客户。当然，一开始的时候，他也不同意买基金对赌。我就用激将法，说你既然对自己的判断和操作那么有信心，还怕当劣后？买基金份额的5%是个姿态，对他这么优秀的操盘手根本就不是问题，而且这5%赚的都归他，我们分文不取。他当然就同意了。"最后，庄琪还不忘奚落了一句："我觉得外界对他的传言有些言过其实，实际上他没见过什么大钱。"

"老板你真厉害，三下两下就把他搞定了，乖乖地给我们效力。"胡算子不由得赞叹道。

"你别掉以轻心，找你来的目的就是这个。"庄琪说，"你现在把那两个基金账户的密码改一下，交给他们，断了与邹俊的联系。以后，邹俊管理的基金到期清算后，就不要再给他新的基金了，我们就此跟他划清界限。"庄琪的手在桌子上比画了一下，做出一刀两断的动作。她接着说："等李大鹗按比例买够了基金份额以后，你再把账户和密码交给他,让他建仓操作。接着你就始终紧盯账户情况,只要基金的市值跌破5%,就迅速锁死账户,让他追缴保证金。"

"好的!"胡算子说,"老板,投资外包虽然是咱们的创新,但是风险依然很大。万一这些操盘手不讲职业道德,频繁交易,做大成交量,从券商那里拿好处;或者跟别的私募基金做对倒,接对方股票,损害投资人利益,那就麻烦了。"

"这就是请你来的原因,"庄琪不无得意地说,"你要盯紧每个账户,一旦发现不好的苗头,就马上限制交易。"

"老板,我有个同学是公募基金的交易员,他想私下给我们管理一只基金。我觉得这有悖竞业竞争原则,就没跟你说。最近因为股市好,他管理的基金市值涨幅很大,就天天催我跟你说。你看这件事情怎么办?"

"你傻呀,送上门的好事都不要啊!"庄琪一副恨铁不成钢的样子,"要不怎么说你们这些'海归'木讷呢,他管我们的基金就相当于建了个老鼠仓,公募基金买什么股票,他这里就给咱买什么股票。公募基金抛什么股票,他先给咱们偷偷抛掉了。这肯定是稳赚不赔的买卖,还有啥不同意的?你要再找十个八个这样的,我给你奖励。"

第九章
警示

1

庄琪仍然不满足已有的基金规模，还要继续扩张，或者加快基金的兑付频次。譬如某只基金的收益超过20%就分红；抑或到期就清算，再接着发新一期的——加快基金的周转率。这样做显然是为了收取2%的管理费，因为每发行一只基金，管理费都是必不可少的，而且还是不等到期就先行扣除。这让她有一种坐地收银的快感。说她短视也好，势利也罢，这种收费的方式可以让她感受到成就感、满足感、安全感，乃至庆幸感——不管将来是盈是亏，先把能兑现的钱兑现了再说。但是要扩大基金的发行规模，或者提高资金池的周转率，需要在稳住现有客户的同时增加新客户。然而，寻找新客户谈何容易，现在私募基金的竞争已日趋激烈，为了争抢客户，有的公司甚至连管理费都不收了。

"小莉，我们现在的基金销售可好了。目前管理的基金总额有5亿多，而我们累计发行快10亿了。"庄琪一到大河证券的营业部就把吴小莉拉进了她的大户室。她思来想去，认为找客户最好的办法就是挖墙脚。

"太好了，"吴小莉为她感到由衷的高兴，"真是难以想象，不到一年时间，你们就把事业做起来了。不得不说，你们的运气可真

第九章　警示

好，赶上了这么一波大牛市。"

"还不是有你帮衬，我们才认识了李大哥。"庄琪拉着吴小莉的手，有些哽咽，"你真是我们的贵人，这份情我们一直记在心里。"

"哪里的话，"吴小莉说，"李满福才是你们的贵人，他跟你们有缘。"

"你们都是。"庄琪笑着说，"现在我们的客户关系逐渐稳固，而且配资的手段和方式更加多样化，许多人就是冲这点才买我们的基金。这方面我们比你们券商更灵活。"

"我们现在也有融资融券业务，相当于配资加杠杆。只不过，杠杆没你们那么大。"

庄琪一拍大腿，激动地说："我说的就是这个意思。你们这里最多能配1∶1，而我们可以配1∶2。你想想，越有钱的人越想赚大钱，也越愿意冒风险。1∶1对于他们来说，这个杠杆比例太小了，不如1∶2有吸引力。"

"你有什么想法？"听她这么说，吴小莉不由得警觉起来。

"我想让你帮我们再拉些客户买基金，"庄琪眉飞色舞地说，"你拉来的客户，我们的管理费给你一半，利润分成也给你一半。咋样？"

"那绝对不行。"吴小莉闻之色变，"这是违反公司纪律的，会被开除的。"

庄琪两眼冒着亮光，毫不在乎地说："你可以带客户到我这里来，我给你双倍的工资加业务提成。"

"我得考虑一下，"吴小莉说，"但是从我们这里挖客户是绝对不行的。上次因为李满福的事情还有人向上反映呢，如果再这么干，我就无法在这个行业立足了。"

"到我们那里呢？到我们那里总没有人说三道四了吧，可以光

129

明正大地把客户带走了吧？"

"那也不行，这是职业道德的问题。我可以把没有在我这里开户的朋友介绍给你们，如果他们需要加杠杆的话。但是，我们这里的客户不行，除非他们主动找到你。"

"我知道了，"庄琪说，"你在这个行业有着广泛的人脉资源，你好好考虑一下，到我们公司来，你就是我们公司的总经理。"

"还是那句话，让我考虑考虑，我现在没办法答复你。"

"好吧，你再想想。但是你也帮我们留意一下，如果有朋友想要加杠杆的，就推荐买我们的基金。刚才说的好处不变。"

"知道了。"

吴小莉对庄琪抛出的橄榄枝有些动心，但是从一个大公司跳槽到一个小的私募基金公司，还是让她瞻前顾后、举棋不定。此外，从庄琪对柳青的态度上，就能认定庄琪绝对不是那么好相处的人。她思忖道："看看再说吧，反正现在股市这么火，每月的奖金也不少，何必着急跳槽呢？"

吴小莉回到办公室，刚冲泡了一杯咖啡，坐下来准备看看股票行情，刘文亮就推门进来了。吴小莉看清是他，脸上一笑，心里却想：这个庄琪如有神助，怎么想什么就来什么呢？

"啥时候回来的？这次又拿了几个冠军？"吴小莉问。

"昨天刚回来，就拿了个双打冠军。"刘文亮底气十足地说，"不过，这次世乒赛的冠军，都被我们打包回来了。"

"恭喜恭喜！祖国人民感谢你们。"吴小莉说，"你们乒乓球队真是天下无敌，比男足强多了。"

刘文亮听她拿国球跟国足比，心里一滞，微微泛酸："根本就不是一个档次的！"随后又悻悻地说："但是，没有他们挣得多啊。"说完之后，他觉得对同行有些刻薄，而且显得自己小肚鸡肠，又补充道:"项目的难度不一样,竞争的激烈程度也不一样。反正都不容易。"

"又发奖金了吧,还是要交给辉哥帮你们投资吗?"

"不一定,"刘文亮说,"我想问你一下,什么是融资融券?"

"你什么时候关心起这么专业的问题了?"吴小莉对他的提问哑然失笑,"融资融券是我们证券公司给投资者提供的融资服务,假如你现在手上有100万的股票,但是还想买,可是又没钱买,怎么办呢?你就跟我们证券公司签个协议,拿这100万市值的股票做抵押,再贷出100万现金来。融券也一样,你判断有一只股票要跌了,可是手上又没有这只股票,你就跟我们借一些你想要的股票卖出去,跌了后,再买回同样股数的股票还回来。"

"那跟加杠杆不是一回事啊?"

"不一样,杠杆是在你现有资金的基础上加一倍或几倍。你想干啥?"吴小莉问。

"我想加杠杆。"

"你们不都是由梁指导委托给辉哥做投资吗?"吴小莉吃惊地问,"你想单飞?"

"我们的钱被他们拿去炒股,赔了我们扛;赚了,他们一人抽一成。听上去股票赚钱了,实际到我们手上的却没多少。因此,我们几个凑了点钱,打算自己弄。"刘文亮心怀不满地说。

"你们来钱太容易,拿个冠军各项奖励就不少钱,不管住点儿,要么赌光要么花光。虽然分配到手的投资收益少点儿,总比干那些事情强。"吴小莉开导说,"梁指导为你们操碎了心,除了训练、比赛,还得帮你们理财、投资。"

"我们挣的钱,我们不会自己支配吗?非得听别人的安排?"

"怨气不小嘛!"吴小莉眼见刘文亮就要急眼了,急忙缓和了语气,"现在反水就不怕了?"

刘文亮捂着嘴嘿嘿一笑,压低声音说:"听说他要被调到妇联去了。嘿嘿!"

"啊!一个搞体育的,去妇联?这也太出人意料了。发生了什么事?"

刘文亮依然捂着嘴,指指外面的大户室,奸笑着:"听说跟这有关系。"

"什么?"吴小莉好像被人踩了一脚,从椅子上跳了起来,"跟我们有什么关系?"

"哈哈哈!"刘文亮放声大笑,"早料到你会跳起来。哈哈!"刘文亮笑够了,才神秘兮兮地说:"有人举报他把我们的训练经费转过来炒股票。"

"不可能吧。"吴小莉被这个消息震惊了,半信半疑地说。

"你这几天在大户室看见过辉哥吗?"

吴小莉想了一下说:"还真没有。"

"听说吓跑了。我今天就是过来证实一下,看他在不在。"

"这太可怕了,想不到这儿还埋着一颗雷呢。"吴小莉说,"咱们言归正传,你们凑了多少钱?打算配多少?"

"1∶5或1∶10,就200万,拿来玩玩。"

"我的妈呀!200万只是拿来玩玩?"吴小莉震惊得无以复加,"刘文亮,虽然说你们拿了冠军,有关部门的奖励也很丰厚,但也不能随便拿来打水漂玩。钱再怎么来得容易,也是用汗水换的。按你的杠杆比例,一两个跌停板就没了。"

"你听我的,"刘文亮脸上散发出兴奋的光芒,一只手抓着吴小莉的胳膊,就像教练在指导队员,"如果有一两个涨停板,不就翻倍了吗?人生难得几回搏。瞅准机会,就要放手搏。股市这么火,

第九章　警示

咱们也'博'个大的。"

吴小莉从他身上散发出的疯狂的气息里看到了庄琪的影子，他们俩好像是一种人。"刘文亮啊，这个'博'和那个'搏'，完全不是一回事儿。我劝你还是要慎重，无论如何，你赚来的都是辛苦钱。现在的你是当打之年，赚钱容易，退役了呢？还能赚到这么多钱吗？"

"我可以转成教练，也挣不少。"刘文亮满不在乎地说。

"也克扣队员？"吴小莉似有所指地问。

刘文亮沉默了，似乎被人踢中要害，捂着肚子，表情痛苦。过了一会儿，他擦了一把额头上的汗珠，仍旧不死心地对吴小莉说："有没有那种加小一点儿的，一两倍的？"

"知道你贼心不死。"吴小莉白了他一眼，"你去找这个人，她也是咱们老乡。她发的私募理财产品能做到1∶2左右。买了她的产品，赚多少不好说，赔了，也不至于全赔光。"

2

庄琪对刘文亮的到来欣喜若狂，她拉着刘文亮上下打量，真的就像观看一件国宝，越看越喜欢。

"我太喜欢看你的比赛了，只要有电视转播，就几乎没有落下过。"庄琪动情地说，"没想到啊没想到，有朝一日，你的真身会跑到我们这里来，让我们这个小小的私募基金蓬荜生辉。而且你还成了我们的客户，这是我做梦都没有想到的事情，我真是太幸运了。"

"庄姐，请别那么激动。"刘文亮对这种明星效应司空见惯，但一个私募基金的掌门人表现出少女般崇拜英雄的样子，让他觉得多少有些幼稚。"我买你们理财的事情，一定要对外保密，毕竟我还是一名运动员，要经常出去比赛，传出去影响不好。"

"你就放十二个心吧,我这点政治觉悟还是有的。"庄琪拍着胸脯说,"你是我 VIP 中的 VIP,重点保护对象,对外严格保密。你放心,我给你买的这只基金配上最好的操盘手和基金经理,稳赚不赔。就是赔了,咱不是还有保本协议吗,怕啥?以后你要是能找来更多的钱,我专门为你们设立一只'冠军基金'。"

"太好了,只要你让我赚了钱,我把我的队友都给你拉过来。"

"就这么定了!"庄琪和刘文亮击掌相庆。

送走了刘文亮后,庄琪像一个小女孩似的,在办公室里手舞足蹈,看得柳青起了醋意。

"你不是看上他了吧,他可比你小啊!"

"你胡说八道什么呢?"正在兴头上的庄琪被她冷不丁地打断了思绪,恼怒道,"他在我眼里就是个金娃娃、摇钱树。只要把他搞定了,那些傻大粗的钱就跟着过来了。谁往感情上想了,是你春心荡漾了吧?"

"谁是傻大粗?"

"那些运动员呗!没听说过他们这些人'头脑简单、四肢发达'吗?不过,现在他们可是最赚钱的一帮人,球员身价、出场费、转会费、签字费、大大小小的各种奖励奖金、广告代言等,个个都赚得盆满钵满。你说,要是把他们的钱弄过来,咱们得发多少只基金啊?我看见他想到的是怎么赚钱,就你净想些男女之事,哼!"

"四肢发达的人就一定头脑简单吗?"

"谁知道呢,重要吗?"

"不重要。"柳青猜不透她的心思,迷茫地应答道。

自从把刘文亮当成切入运动员阵营的通道后,庄琪有事没事地就对他嘘寒问暖,给人一种姐弟情深的感觉。她知道这些运动员都喜欢车,因此她想通过车这种交通载体,进一步拉近他俩的距离。

第九章　警示

"你今天有事儿没?"庄琪柔声细语地问。

"没有。"

"你帮我去看看车呗,我想买辆车。"

果然,刘文亮一听到车就兴奋地两眼放光,恨不得一脚油就跑到汽车城去:"好啊,你有心仪的目标吗?"

庄琪想了一下说:"我想买一辆保时捷卡宴。"

"走吧,去京港汽车城看看,那里的老板我都很熟。"刘文亮说话间就往外走。

来到停车场,庄琪跟刘文亮来到一辆扁扁的小跑车跟前,刘文亮潇洒地用手在裤兜里摁了一下遥控钥匙按钮,打开车门,坐了进去。

庄琪故作惊讶地问:"你这是什么车?好漂亮!"

"宝马Z4,我女朋友的。"刘文亮毫不介意地说。

"你女朋友的?她是哪儿的?"庄琪酸溜溜地说。

"她——体操队的。"刘文亮诧异地看了她一眼,明显感觉到了一股酸味——她吃哪门子醋?

"哦,你的呢?"

"我的是法拉利,今天限行。"

"哦。"庄琪长舒一口气,还好,她的目标还不至于买不起豪车。

"你不是有一辆甲壳虫吗?怎么还买车?"刘文亮问。

"我是想给公司买一辆,当接待用车。我自己开甲壳虫就行了。"

"是这样啊!"刘文亮说,"那我们也看看其他店,公司用车不一定非得是卡宴。"

"好啊,你就当公司是我们俩的。车我不懂,你看着办吧!"庄琪有点脸红心跳,说着就低下了头。

刘文亮又转头惊异地看了她一眼,差点儿跟前车追尾了。

135

浮华

刘文亮所言不虚,到那家 4S 店跟到了他自家似的,轻车熟路。他对那些上来接待他们的销售摆摆手:"我带朋友看看车。你们忙乎自个儿的,别来打扰我。"然后便带庄琪一家接一家店地逛起来,如数家珍地介绍每辆车的款式性能。逛了一圈后,刘文亮说:"怎么样?选好了吗?公司用车的话,还是轿车好一些,大大方方的。""法拉利店旁边不是有一家玛莎拉蒂吗?咱们再去看看。"庄琪说道。刘文亮心里暗想道:"这女人心机深啊,表面装得跟个小白似的,实际上啥都懂啊。"

庄琪实际上在进店的第一刻就相中了玛莎拉蒂的总裁行政型轿车,无论款式、宝石蓝的颜色还是名称,都是她喜欢的。她之所以按捺住内心的狂喜,装得跟个小学生似的走遍所有车店,完全是为了博得刘文亮的好感。刘文亮起先还很带劲儿地给她讲解,后来发现她的小鸟依人全都是装出来的,便一阵懊悔。

很快,在刘文亮的帮助下,庄琪跟 4S 店的经理谈妥了价格。就要签购车协议的时候,她突然盯着展示橱窗里的一个衣物包,对经理说:"你把那个包拿给我看看。"

经理不明所以,让女销售将包取出,拿在手里,跟庄琪很自豪地介绍道:"这是我们玛莎拉蒂专门定制的高尔夫球衣物包,里面还有两只高尔夫球手套。"经理一边说着一边打开给她看。庄琪接过包,有模有样地赞叹不已,然后把包塞进刘文亮怀里,对经理说:"他最近正在练习高尔夫,就把它送给他吧,相当于你 4S 店买一送一。"

"真不能啊,姐姐!"经理看到刘文亮也是一脸蒙的样子,差点儿给庄琪跪下了,"看在文亮的面子上,车子已经优惠了 8 万了,不能再送了。"

"别叫我姐,还没你老呢。不就是一个包嘛,有啥舍不得的?

你看文亮辛苦了这么大半天了，你好歹送个礼物感谢他呀。"庄琪理直气壮地说。

"小姑奶奶！"经理快被她折磨哭了，"这个包是真皮的，少说也值2万块。我们开店的没你想的那么赚钱，真的送不了。"

"你不送我就不买了。"庄琪干脆耍起无赖。

刘文亮本来就对她刚才的装傻充愣心有不满，现在看她突然耍起无赖，让他难堪，心甚恶之。你要有心送东西，就买下来大大方方地送，拿别人的东西送人，这算怎么回事儿？弄得跟个乞丐似的。他当即阴沉下脸说："这包我不要，车不买就算了。"然后起身要走。庄琪一把拉住他："这包要了。""不要！"

庄琪知道刘文亮生气了，便不再坚持，签了合同、交了定金就走了。

刘文亮经过这件事后，对庄琪心生厌恶，便不想再搭理她了。庄琪本来想从4S店敲诈个东西讨好刘文亮的，谁知道弄巧成拙，反而得罪了他，弄得大家都下不来台。她想买下那包送他，可惜又舍不得钱，只好再次装傻充愣。

3

李大鸦的操作手法十分了得，半年多的时间已经让李满福的那两只基金的本金翻番了。庄琪十分高兴，还想跟李满福干一票大的。

"见好就收，"李满福在他的大户室里埋头清理东西，"你把我们的那两只基金都清了吧！"

"为什么呢？"庄琪感到如同当头一棒，她还想拿他们的钱再次周转发基金，"现在大涨的时候，咱们要乘胜追击，赚更多的钱。干吗不做了呢？"

"自从上海证券交易所成立以来，我就参与其中，算是老股民了，"李满福说，"这期间大大小小的牛市、熊市，形形色色的事件、案件，我都参与过、见证过；也曾赚得盆满钵满，也曾几近倾家荡产。混迹股市这么多年，股市就教会我四个字……"

"见好就收？"

"对，见好就收。"李满福说，"你看这股市吧，它就像一个大赌场，里面永远都有进进出出的人和赚不完的钱。如果你不在运头好的时候及时兑现，迟早都会输回去的。"

"你认为股市涨不上去了吗？我听有的券商说大盘指数要涨到1万点。"

"涨到多少点，我不敢说。但是股票涨得太快了，这一点是毋庸置疑的。"李满福说，"在一年半的时间里，除了上证指数从3000点左右涨到5000点，略微慢一点儿外，深成指、科创板指数等屡创新高。个股就不用说了，涨了十倍、二十倍的也屡见不鲜。市场上积累的风险因素太多了。没看到吗？有媒体报道，你们家乡的大林寺也在佛堂的休息区安上电子显示屏，方便游客和那些出家人了解股市动态呢。"

庄琪对这则消息也有耳闻："这不是国家政策鼓励大家投资股市，把资金引向实体经济吗？这有什么大惊小怪的。"庄琪联想到寺庙的香火就好笑，"再说了，现在的寺庙可今非昔比，那香火钱也收得不少呢。"

"一旦尼姑、和尚进入股市，你就要小心了。"李满福说，"依我经历的几次大跌来看，全民皆股就是股市见顶，要大跌的先兆。"

"不会吧，这次股市大涨不是因为中国经济发展好，吸引外资投资而起来的吗？"

"外资不可能直接投资我国股市，即便是股票、基金也要经过

第九章 警示

层层审批的。"李满福话锋一转,"要我说,这次股市大涨少不了你们这些人的推波助澜。"

"啊?不会吧,我们这个小小的私募基金能有多大的作用?"

"关键是市场上不只你们一家,有千千万万个你们这样的公司,1∶1、1∶2;更有甚者,1∶5、1∶10地加杠杆。"李满福说,"你一家公司通过加杠杆,资金规模就能做到二三十亿,那么1万家像你们这样的公司能做到多少呢?"

庄琪被惊出一身冷汗:"有二三十万亿吗?那可是个天文数字啊。"

"你自己算吧,我也没有准确的数字,只是打个比方。我为什么说见好就收,就是这个原因。"

"你把股票清仓了,打算去干啥?"

李满福笑了,颇为得意地说:"告诉你一个好消息,我的煤化工项目日前已经审批通过了。我得把钱撤回去用在那上面——还是干实业让人感觉踏实。"

"那得投资多少钱呢?"

"三五十亿吧!"

"那么多啊!原来你那么有钱?"

李满福不置可否,笑了笑说:"你也见好就收吧,股市风险很大,弄不好把你收的那点管理费全赔进去了。"

"可是我还没想好干什么呢。"庄琪说,"我的长处就是整合资源,搞基金还挺适合我的。"她见李满福又要收拾东西,就说:"李大哥,你认识的人多,给我介绍个男朋友呗!"

李满福被她的这个要求逗乐了,笑着说:"你是想处一处呢,还是要找个人结婚呢?"

"现在都多大年纪了,谁还有心思谈恋爱?找个人嫁了呗,有

139

个依靠。"

"所以我才问你究竟是何打算。如果想要找个可靠的人结婚,那困难就大了。"

"为什么呢,是因为二婚吗?"

"不,你是男人的噩梦。"

"你怎么能这样说一个女孩子呢!"不知道是因为这句话戳中了她的要害,还是因为李满福要带走他的钱,让她发基金的计划落空,她低头哭了。

"我这人说话直来直去,你要问我就说,你也别见怪。"李满福说,"你的控制欲太强,事无巨细,什么都想抓在手里,什么事情都要你说了算。这怎么行呢?你管男人就像管儿子一样,动不动就查岗、查手机、翻钱包,这谁受得了?"

庄琪被李满福揭穿了真面目,止住了眼泪,红着脸,睁着一双水汪汪的大眼睛,好奇地说:"李大哥,你咋看人这么准,你找过多少女人?"

李满福被她这句话呛得一口吐沫卡在嗓子眼,半天下不去。"哎哎哎,说你呢,怎么往我身上扯?"他因咳嗽而涨红了脸,给她一白眼,说,"劳动人民就掌握了这点朴素的智慧。"

庄琪笑着说:"照你这么说,不看紧点,难道要放任自流不成,那不让他成了脱缰的野马?就像我那老公,趁我不在,把我公司的女同事都睡了。"说到邹俊,她又面带寒霜。

"你说话总是那么夸张,我不相信他把女的都睡了。柳青就不可能。"李满福说,"这不都是因为你吗?"

"我怎么啦?他背着我玩女人难道是我的错?"

"当然不完全是你的错,但是跟你有很大的关系。"

"跟我有什么关系?我又没让他玩女人,难道要我用铁链把他

第九章 警示

拴住不成？"

"你看，你自始至终想的都是控制，出了问题都是别人的错，从没在自己身上找原因。如果不是一个男人对你恨得咬牙切齿，他会在你眼皮底下干那种超越底线的事情？一个稍有理性的、爱你的男人，都会设身处地为你着想，维护你的尊严，守护你的爱情，必然知道什么事情可以做，什么事情不可以做，底线在哪里、风险如何控制。如果他毫无顾忌地干超越底线的事情，只有两种可能：一是他恨你、报复你；二是他确实是个浑蛋。遇上这样的人，只能怪你自己瞎了眼。"

"我就是瞎了眼，怎么看上他那个浑蛋了呢？那你说，什么才是好的婚姻？或者说爱人之间应该如何相处？"

"你会骑马吗？"

"不会，这跟骑马有什么关系？"

"人跟人的相处，就像人跟马的关系。好的骑士既不会把马勒得太紧，也不会放得很松；不会抽打马背，但是会夹紧双腿。既相互配合，又保持一定的距离。这就是好的关系和相处之道。"李满福看着她，笑着说，"你去学骑马吧，把自己练成一个好骑手。"

庄琪一伸腿，说："腿短，骑不了！"

"骑驴也行啊！"

4

李满福撤出股市给庄琪敲响了警钟。她本能地认为李满福说的是对的。他是她迄今为止见到过的最聪明的人。虽然他老是一副不正经的样子，经常拿她寻开心，但是本人还是很质朴、很讲义气的，以另外一种微不可察的方式帮助她。他经常用一些很粗鄙的语言，把一些复杂的事情说得很透彻。就像人们常说的"话糙理不糙"，而且他还以此沾沾自喜。因为他常年风里来雨里去，搏风打浪，对股市洞若观火，所以，他的警示对庄琪产生了重大影响，促使她不得不慎重对待手里的基金，不敢再盲目追求基金的发行规模，把风险控制放在了第一位。

股市的发展正如李满福所预料的那样，政府部门也认为股市过热，全民炒股会增加不稳定因素。因此，在2015年春节前后，国家通过媒体向社会上参与股市投资的民众提示投资风险，并要求证券投资机构加强投资者教育。然而，狂欢的盛宴一旦开席，想停下来就难了，人们拼了命地想捞到好处、赚到快钱，谁还在意即将来到的天塌地陷。

节后，庄琪又拎着她家的腊肉给人拜年。当她走出基金小镇拥挤的电梯的时候，看见了从对面电梯里出来的吴昕建。当他们的目光相遇的那一刻，双方都愣住了。庄琪把吴昕建拉到大堂人较少的地方说："吴总，你怎么在这里？来了也不到公司坐坐喝喝茶？"吴昕建面有难色，尴尬地说："一个朋友硬把我拉过来去他公司看看，我已经喝了一肚子的水了，不喝了。我还有事儿，先走了。"说完之后，也不等庄琪回应，直接走了。庄琪感到很奇怪，就对一起出来的柳青说："他们的钱上次跟李大哥的一起撤走后，就没再买咱们的理财产品，难道他去别的基金公司买了？"

柳青说："这可不好说。他总想干一票大的，别的公司可以配1∶5、1∶10，而且还承诺保本，比咱们更有吸引力。"

"这个小镇里的基金哪个没有保本的承诺？可是真的赔了赔得起吗？"

"啊？那承诺根本就不算数？"

"我说你傻你还真的傻。如果股票赔了，咱们这里的基金公司没有任何一家可以赔得起的。那个保本协议根本没有任何法律依

第九章 警示

据,这个大家心知肚明。这个东西只是拉拢客户的一种手段,目的是让客户放心。就因为没有法律依据,所以它只能算是一种抽屉协议。"

"原来是这样啊。我以为是真的,把我吓得战战兢兢的。"

"唉,你太傻了!"

屈嗣火依旧很忙,找他的人仍然很多。这次,庄琪和柳青没有在接待室里见到上次见过的大帅哥,却看见了一个涂脂抹粉、浑身名牌、老远就能闻到香气的中年妇女。实际上,当她们推开接待室的门的时候,那里面就已经充满了她的香水味。庄琪是过敏性体质,一闻到那种浓重的香气,便忍不住打了一个喷嚏,让那位妇女像受了刺激一样白了她们一眼,眼光中满是鄙视、不满、嫌弃,甚至还有敌意。庄琪顿时感觉自惭形秽,立刻联想到她的腊肉很廉价,被那女人看见了一定会笑话她。于是,她就赶忙站在柳青身前挡住那女人的视线,哪知那女人比她还贼,迅速判断出了她的意图,眼睛瞄上柳青手里的东西,然后鄙夷地看了她们一眼,高傲地转过脸去,再也不愿多看她们一眼。

庄琪就像被人当众脱光了衣服,羞愧得无地自容,带着柳青在远离那眼光如蛇蝎般锐利的女人的地方坐下,示意柳青把腊肉放在隐蔽的地方,以免再被人看笑话,然后如坐针毡地在那里玩起了手机。柳青对她的表现感到很奇怪,不知她为何那么紧张,脸上还红一阵白一阵的,但是又不好问,就东张西望、胡思乱想。一直以来,她的梦想就是做一个白领,有个体面的工作和收入,而银行就是她的希望所在。然而,银行对于她这种社会资源一穷二白的"傻白甜"来说,就是海市蜃楼,是遥不可及的。当她百无聊赖地看够了这个房间的装修、陈设后,又对远处的女人产生了兴趣,打量起她的衣着装扮。那妇女感受到了她的窥视，射来一支毒蝎般的利箭，刺得她面红耳赤、胆战心惊。庄琪对她的表现十分不满，虽然眼光还留在手机上，脚下却狠狠地踢了她一下。

与上次一样，屈嗣火客客气气地将那个女人送走之后，才有时间接待她们。有所不同的是，她们被请进了他的办公室。

"屈经理，刚才那女人是谁？"一进入办公室，庄琪也顾不上观察一下里面的环境，张口就问。

屈嗣火根本没料到她剑走偏锋，迫不及待地抛出跟她毫不相干的问题，顿时哑口无言。"她？不可说！"想了半天，他也觉得只有这句话才能应付，随后又问道，"你们今天是来办配资的？"

"不是，"庄琪知道他不想透露别人的信息，急忙调转话题说，"我们是来给您拜年的，春节回了趟老家，没什么好带的，就拿了些家里的土特产，希望您别嫌弃。过去的一年，您对我们的帮助很大，把我们扶一程又送一程，给我们的事业发展指明了方向，我们的事业这才有了起色。这个大恩大德，我们没齿难忘。祝愿您在新的一年家和事业兴，还一如既往地支持我们的工作。"

"你别客气，这都是分内之事，做好了大家都受益。也祝愿你们的事业蒸蒸日上、更进一步。"屈嗣火说，"你们最近还要不要新发基金？"

"暂时不要，我觉得市场风险有点大，先缓一缓。"

"明智之举。"屈嗣火说，"我们银行系统也得到了金融主管机关的警示，要我们防范市场风险，暂停与股票相关的配资业务。所以，你们的做法是明智的。但是还不够，从我得到的一些信息来看，政府对进入股市的资金还要扩大监管范围，这就意味着民间的配资业务也要纳入监管。在此情况下，流入股市的资金就被截断了，一场下跌将不可避免。你不但暂时不要再发新基金，而且还要

第九章　警示

把已经发行了的基金,能兑现的就兑现、能清算的就清算;已经建仓了的,要减轻仓位甚至空仓,规避风险。"

"有那么严重吗?你预计要跌多少呢?"庄琪郑重其事地问。

屈嗣火又被她问住了,挠挠头,无奈地说:"我哪儿知道跌多少呢?恐怕上帝也不知道吧。"

第十章
上市

1

然而，尽管政府通过各种手段抑制股市过热，媒体也不时警示"狼来了"，但是依然难以控制股市上涨的势头和人们发财的梦想，股市被推动着一路上扬。兴头儿上的人们对各种利空传言置若罔闻，相信中国股市即将迎来黄金十年。而一些中介机构不失时机地鼓吹"万点论"，像李大鸮之类的大多头坚决唱多——万点以上才是梦开始的地方。因此，庄琪每次跟他讨论股票，想让他将基金的股票持仓降下来的时候，都被他一遍遍地洗脑，想让她成为坚定的做多者。这让庄琪左右为难，一方面，她怕股市狂跌，投资收益缩水，甚至亏本；另一方面，她又看到股市持续上涨，不断地创造财富神话，生怕错过唾手可得的赚钱机会而抱憾终生。就这样，她跟股市一样，在又惊又喜的状态下，浑浑噩噩地过了近半年。

常言道，要来的总归要来，股市的泡沫终于被一则监管机构要严查股票配资资金来源的信息刺破。6月15日，上证指数从5170点的高位突然掉头向下，大跌100多点，并在此后的一个星期内相继跌破4600点、4500点，市场迅速陷入极度的恐慌和大面积踩踏中。这场轰轰烈烈的大跌拉开了帷幕。

也许是生性警觉，也许是运气加身，股市大跌的时候，除了李

第十章 上市

大鹑管理的几只基金仓位较重之外,其他几个操盘手掌管的基金在庄琪的强烈要求下,只保留了较小的持仓量,而且在股市下跌的开始就迅速出清。尽管如此,在市值方面还是有不少的损失,这让庄琪心痛不已。她还是没有完全躲过这场灾害,拖累她的那个人正是李大鹑。与大多数操盘手一样,股市下跌的时候他就迅速抛出手里的股票,特别是与人有对赌的基金所持有的股票。这立刻引发了股市的"踩踏"事件,你抛我也抛,大家都在抛,都想抛,却谁也抛不出去。而且还有涨跌停板的限制,把交易卡得死死的。一天一个跌停板,从而导致千只股票同时跌停的壮观场面出现。而这又进一步加剧了市场恐慌性的抛售潮。

"穆总,这可咋办呢?股市一天天跌得,就像从我身上抽血割肉,这日子什么时候是个头啊。"庄琪一见到穆星就开始诉苦。

"灰头土脸的何止你一人,大家都在遭受痛苦。"穆星无精打采地说,"最起码你还有盈利,就是有点回撤,那也是在可接受的范围内。其他人亏得连底裤都没有了,甚至还有跳楼的。你算是很幸运的人了,在股灾中赚到钱的,市场里已经没几个了。"

"哪有那么好。"被穆星夸赞了几句,她就开始沾沾自喜,但是又怕表现得过分高兴,穆星跟她分钱,于是又压住那股兴奋劲儿,继续诉苦,"都怪那个李大鹑,叫他早点把那些基金的仓位清了,他就是不听,还一个劲儿地加仓,坚定做多。现在可好,几个跌停板下来,有一只基金被大唐基金管理公司限制交易了,只有追加了保证金,才能恢复交易。你说这怎么办呢?"

"这是个大麻烦,要交多少钱呢?"

"2800多万,不到3000万。"

"这么多啊?你打算怎么办呢?"

"我也没办法,才来找你的。你不是咱们的股东嘛,你认识的人多,你找人给大唐基金打个招呼,让他们恢复我们的基金交易。"

"你在开玩笑吧?这可是违法违规的事儿,谁有那么大的面子一句话就解决了?恐怕还得按规矩来,乖乖把钱补上。"穆星听她提出这种要求,惊得差点儿从椅子上掉下去。

"要补的话,公司辛辛苦苦赚的那点钱都得搭进去,我实在不甘心。你给想想办法呗!"

"股市深不见底,我有什么办法?期待跌下去的股价再涨回来,堪比登天。我看你还是把保证金交了,让基金账户恢复交易,及时止损,免得越赔越大。"

"那不行。你是股东,你也得想办法。"

穆星看她这架势是要死缠烂打,怕争吵起来,让同事们知道了他们的底细,只得虚与委蛇,先把她打发走再说:"你先回去,我一会儿让朋友打探一下那边儿的情况,然后我们再商量对策。"

"好的,我等你消息。在这么关键的时刻,你可不能放任不管,让我一个人应对。"

"我知道了。"

穆星拗不过庄琪的软磨硬泡,带她去见大唐基金的总经理涂建华。涂建华毕业于北京大学金融学院,在金融证券行业有极广的人脉资源。他为人沉稳低调,看似不显山不露水,实际上对金融市场上的一切事情都了如指掌。他特别善于察言观色,揣摩他人心思,并且投其所好,因此能得到一些领导的赏识。他的另一个特点是整合人脉,在帮别人升迁任职、谋划大事上做得得心应手、游刃有余。往往是,不出手则已,出手必成大功。金融圈里暗送他外号"组织部长"。

"你就是庄琪啊,"涂建华看着庄琪,似笑非笑地说,"你现在在我们公司是无人不知无人不晓,响当当的人物。"

第十章　上市

庄琪红着脸，知道涂建华在讥笑她大闹他们公司，赶紧解释道："哎，我最近跟他们打交道比较多。因为我们的基金被限制交易了，所以着急上火，沟通的时候有些过激。请见谅！"

"没有人敢给你开规则之外的任何口子，"涂建华说，"交易规则在基金设立之初就定好了的，一旦市值跌破平仓线，要么追加保证金，要么清盘，没有第三条规定。现在是特殊时期，股市跌成这样，谁都不好过。想钻交易规则和制度的空子，就是犯罪。前几天国内最大的证券公司的总经理和相关高管就被公安机关带走了，还有在市场上呼风唤雨的所谓的'带头大哥'夏祜也被抓了。你不会不知道吧？这次史无前例的大跌，引起了高层的极大关注。因为股市的动荡可能引发金融动荡，给我国的国民经济造成伤害，动摇我国经济在国际市场上的地位。改革开放几十年取得的经济成就，绝不能因为一场股市的大跌而毁于一旦。所以，政府要从各个层面加强监管力度，决不容许做空股市、破坏交易规则的事件发生。据我了解，对监管机构相关主管领导的调查已启动——人还没有抓完。"

"我也是没有办法，"被涂建华一吓唬，庄琪便脸色苍白，语无伦次地说，"现在让我补仓，我也没钱。可是基金被限制交易了，亏得不是更多吗？"

"那你就放着呗。"涂建华说，"国家基金已经入市了，股市很快就会企稳，说不定还能涨回来一些呢，运气好的话还能恢复交易。"

庄琪提不出更好的解决方案，只能低头默不作声，想让穆星帮她再说几句。谁知穆星开口就说："你先回去吧，我跟涂总说点事儿。"她就灰溜溜地走了。

"这女人跟你什么关系？你的眼光不会这么差吧？"庄琪出去后，涂建华毫不忌讳地问穆星。

穆星的脸羞得比庄琪的脸还要红，吞吞吐吐地说："她公司刚成立的时候，拉我入了点小股。"

"这女人撒泼耍赖，毫无诚信，小心被她坑了。"

"明白，谢谢提醒！"穆星说，"你觉得政府组建的这几只基金入市，能够阻止大盘下跌吗？"

"不好说。"涂建华说，"要想阻止下跌，就要究其原因。也就是要弄明白当初股市是为什么涨起来的。"

"你怎么认为？"穆星问。

"泡沫！"涂建华指了指庄琪刚才坐过的地方说，"如果没有充足的流动性，哪轮到这些人玩杠杆？你看看满大街的股票配资的小广告，什么时候搞金融就像拉皮条那么简单了？股票配资虽然不是此次大涨的决定性因素，却起到了推波助澜的作用。真正的原因是股市承受不了如此巨大的流动性。"

"监管层不是希望钱通过股市流入实体经济吗？也就是通过壮大上市公司，提升整体经济质量。"

"资本是逐利的，一旦习惯了赚快钱，就不可能再去细水长流地做长远打算啦。"

"股市承载不了巨量的流动性，那么会流向哪里呢？"

"房地产。"

"啊？刚从地产里挤出来，又要重新流回去？"

"拭目以待吧！"

2

国家平准基金的入市暂缓了股市下跌的势头，股市在多空拉锯了一段时间后，仍然掉头向下，不断出现千股跌停的惨烈场面。在此期间，庄琪让李大鸮把大唐基金限制交易的琪石19号基金的股

第十章 上市

票全部出清，等有了钱以后再想办法解决。总体而言，在这场大涨大跌的行情里，庄琪赚到了人生的第一桶金。相较于那些仍然在股市里挣扎求生的人们，她无疑是个幸运儿。阴霾笼罩着2015年下半年的股市，政府在出手救市的同时，坚决整治股票配资行为，取缔了伞形基金这种业务模式。这对庄琪这种私募基金来说，无疑是一种打击，基金小镇哀鸿遍野。

一天，庄琪正在办公室接待以前同一时期进入大河证券的同事张幼军。当时，她进了公司的技术部，张幼军去了投行部。在填写个人简历的时候，她偷偷地看见他毕业于兰州大学法律系，这让她好生羡慕。虽然她不知道投行是个什么样的工作，但是她早已听说那里最能挣钱，许多人挤破脑袋想往里钻。

"我真羡慕你们做投行的，不但很能挣钱，而且还不需要天天上班打卡，在外面自由自在的，多好啊！"庄琪不无感慨地说。

"唉，你可不知道我们的苦。"张幼军说，"投行绝对是个苦差事。就像一个包工头。首先你得通过各种渠道、方法找到活儿、包下活儿，然后设计施工、交房验收直至挂牌上市，全流程一揽到底。没有一年半载，一个项目做不下来。而且，赚得也没有人们想象的那么多。我们这个行当的人，看着西装革履、光彩照人，实则苦哈哈的，就是个金融民工。"

"那也比我们强，起码你们不用打卡上班，在外面多自在。"

"你得有事儿做啊，谁没事儿愿意在外面瞎跑？我们东跑西颠、陪吃陪喝，还不是想尽快完成手上的项目，再去抢下一个嘛。"

"听说你们一单下来提成也不少呢！"

"那是大券商的大项目，"张幼军愤愤不平地说，"我们这些小券商只能揽些小活儿、苦活儿、累活儿，大活儿、好活儿、光彩的活儿，比如国企、央企的改制上市，都让头部的那几个大券商拿走了。我们也就干干像你们这样的小公司的改制上市。唉！谁都知道，好的券商公司都不需要专业。"

"那需要什么？"

"关系！"

"庄琪……庄琪。"正说着话的时候，柳青着急忙慌地从外面闯进来。

"你干什么呀，要死人啦？"庄琪非常不满地说。

"不是，"柳青喘着粗气，"吴昕建把笑傲江湖的赵笑云劫持了，逼着他还钱。"

"啊？"庄琪拔腿就往外跑。一出门就看见在对面的笑傲江湖基金门口，吴昕建左胳膊夹着赵笑云的脖子，右手拿着一把一尺长短的蒙古腰刀，抵在赵笑云的喉咙处，嚷着还钱。因为这栋大厦是中空环形格局，楼上楼下基金公司的人都出来扒着玻璃围栏观望。股市大跌，已经让很多小的私募基金破产爆雷，每天都有不少上门追债的人，但是像吴昕建这样拿刀劫持的，却很少见。虽然围栏上都挤满了看热闹的人，但是压抑的气氛让这里变得鸦雀无声，只听见吴昕建歇斯底里地大喊："还钱，还钱，不是说好保本的吗？怎么说话不算话？那保本协议有啥用？"赵笑云被他连夹带吓，已经瘫软在地上。他两只手拉着吴昕建的左小臂，挣扎着喘气。他想给吴昕建解释，可吴昕建早已失去了耐心，什么也听不进去，一心要他还钱。

庄琪看到吴昕建手里的刀的时候，有些莫名兴奋。因为她从小就喜欢刀，一刀在手无所不能，刀给她一种莫名的安全感。可是真的看到吴昕建要杀人的时候，那一时的兴奋迅速变成了恐惧。

"吴总，不要啊！"

这一声虽然不大，却传进了所有人的耳朵里。吴昕建也不例

第十章 上市

外,他循声看见了庄琪。就是这一眼,不知道触动了他的哪根神经,只见他略犹豫后,便疾速地对赵笑云连捅数刀,然后松开左手,抬腿踢开赵笑云,冲着前面的栏杆,一跃而下。庄琪闭上眼睛没敢看,和柳青抱在一起失声痛哭。

张幼军瑟瑟发抖地把她俩拉回办公室,久久说不出话来。

基金小镇自从发生了劫持杀人事件以后,当地城管和物业加强了大厦的安保工作。一时间,基金小镇人心惶惶,逐渐陷入沉寂。

几天后,李满福面色憔悴地来到基金小镇,庄琪看见他的那一刻,心里发酸,眼泪在眼眶里打转。

"李大哥,你怎么来了?"

"唉!过来给吴昕建料理后事。"李满福叹口气说,"不听人劝,把他爸的矿押给放高利贷的,又在这里放了5倍的杠杆,股灾一来,几天就跌没了。"

"他总共赔了多少钱?"

"2亿多吧!"

"啊!"庄琪又惊又气,心里说这些钱放她这里,至少收400万的管理费。

"巴特尔那几个兄弟怎么没跟你一起过来?"

李满福抬头看了她一眼,欲言又止,思忖了一下才说道:"在前几天的扫黄打非行动中被抓进去了。"

庄琪瞠目结舌,竟不知如何劝解李满福,呆立在原地,与他四目相对。

李满福没坐多久就走了。发生在眼前的事情让庄琪惴惴不安,脑海里时常闪过吴昕建行凶的影子,怕有人跟他一样,提刀来找她。因为被大唐基金限制交易的琪石19号里,还有八九个投资人深陷其中。指不定有谁想不通,拿刀来逼她。这让她噤若寒蝉、小

153

心翼翼。突然，她想起那天跟张幼军话说到一半就被突如其来的变故打断了，她一直挂在心头，就是没时间问清楚，于是又把他约来喝茶，了解情况。

"你最近忙吗？怎么一直在北京？"庄琪问。

"有家企业打算挂牌新三板，我给他们报材料呢。"

"那天你说我们这样的公司也能上市是怎么回事儿？"

"根据新三板市场挂牌企业的相关规定，像你们这样的私募基金公司，还有信托公司、融资租赁公司甚至典当行等，都属于金融中介机构的范畴，只要条件够了，就可以在新三板挂牌上市。"

"太好啦！"庄琪激动地说，"私募基金的挂牌要求是什么？"

"私募基金分两种，一种是股权投资基金，另一种是证券投资基金。"张幼军说，"你们属于证券投资类基金公司，对这类公司的要求是存续相关业务三年、发行管理的投资基金超过35亿。当然，还有从业人员、财务合规等其他方面的要求。"

"太好啦！"庄琪高兴得差一点儿跳起来，"当初为了快速开展业务，怕新注册一个公司要拖很久，就买了这个公司，因此在时间上肯定超过了三年。虽然咱们开展基金业务仅仅一年多，但是累计发行和管理的基金已经接近30亿元，离达标也不远了。"

"要想挂牌上市，基金的发行规模必须达标。但是伞形基金的业务被叫停了，股市又跌成这样，你还能不能发出基金来也是个问题。"

"新三板市场上什么样的基金公司最受欢迎？"

"那当然是私募股权投资基金了。现在鼎鼎大名的非九鼎投资莫属，在刚刚完成了5亿股的增发后，它的总市值已经1000多亿了。"

"证券投资基金公司就不能发股权投资基金吗？"

"没有这方面的限制。"

"那不就行啦,我们也发几只股权投资基金,在总发行规模上达到要求。"

"完全可以。我是担心配资业务停止了,你发基金的难度就增加了。"

"你是担心我募不来钱?"

"确实有点。"张幼军毫不掩饰内心的疑虑。

"挂牌新三板有意义吗?"庄琪突然改变话题。

"当然了,"张幼军说,"根据多层次资本市场的建设规划,未来的新三板对标美国的纳斯达克,交易机制灵活、进入的门槛低、高风险高收益,相信在不久的将来市场规模会很快超越沪深两市。"

张幼军面目清秀,说话慢条斯理,娓娓道来,像一个害羞的中学老师,引得庄琪春心萌动,暗暗拿他跟邹俊做对比。

"我们要去挂牌的话,得多久?"

"新三板的审核没有A股那么难,只要符合条件就能申请挂牌。而且也不需要排队走发行审核的程序。因此,最快半年,最长一年时间就够了。"

庄琪像一头发情的母兽,一把抓住张幼军的手臂:"你就当这公司是你的,你要什么我给你什么,没有什么我给你找什么。总之,就是想尽办法尽快挂牌。知道吗?"

庄琪面如潮水、吐气如兰又急切的样子,让张幼军面红耳赤,心猿意马起来。

3

"小莉,我要把公司弄上市,你过来帮我吧。"庄琪约吴小莉在咖啡馆喝咖啡时说，"咱们公司投行部的张幼军你应该知道吧？他前不久加盟咱公司，是公司总经理，全权负责上市工作。你就任公司副总经理，协助我发基金，以后市场这块全归你管。在我这里，你的工资待遇肯定比现在强。这两年公司发理财基金赚了近1亿，目前正在让张幼军做股改方案。我现在是第一大股东，届时我会稀释一部分股权给大家。因此，在我这里，不但能保证你的工资不变，还给你股份。咋样？你考虑考虑。"言语间她仍是喜欢夸大其词。

"现在就已经筹划上市了？真是太难以置信了。"吴小莉显然被她的一番话震惊了，"一年多前你还四处找业务，现在竟然准备上市了，真是运气来了挡也挡不住啊。可是咱们公司要上市的话，能够达到上市要求吗？"

"可以，新三板。"

"哎哟！我还以为你要上主板，原来是新三板啊！"

"新三板怎么啦？新三板现在火得很。你是营业部的，不能不知道，现在有些资金怕在主板上被套牢，到新三板上寻找投资机会，把上面的股价都炒上去了。跟咱们一样性质的九鼎财富，目前的股价都快到100元了，市值超千亿。新三板就是未来中国的纳斯达克，机会大得很。"

"我知道，那是一个机构市场，进入的门槛高，一般有100万元以上资金的账户才能参与。因此，在我们那里开户的人并不多。而那里挂牌的企业都是初创公司，规模小、风险高，交投并不活跃。只是最近A股资金流向那里，那些股票才水涨船高，被认为是投资洼地。"

"那就对啦，只要有钱进，母鸡也能变凤凰。"庄琪用她肥嘟嘟的小手一拍圆滚滚的大腿说，说完这句话，她似乎觉得表述得并不恰当，不觉有些脸红，"我是说，既然资金看好这个市场，那咱们就抓住这个机会尽快将公司挂牌，这样公司股权不就能交易了吗？如果真的能像九鼎的估值那样，咱们就实现财富自由了。"

"你的脑瓜子确实很灵，"吴小莉说，"这公司你打算怎样股改呢？"

"不瞒你说，公司现在的股东就我和穆星两人。他当时给我20万元，占了20%的股份。前几天为了把1000万元的注册资金做实，我们都按比例把资金实缴到位了。"庄琪说，"但是他没钱，就跟我借了180万元。现在公司正在请会计师做审计，然后根据审计结果给公司估值。在挂牌之前我稀释20%左右的股份给战略投资人、客户和公司员工，目的就是绑定各方利益，相互促进、共同成长。"

"我明白了。你让我回去再考虑考虑，我会尽快回复你的。"

"你得快点，"庄琪笑着说，"你放心，你帮过我，我不会亏待你的。我现在要发两只基金，你赶紧过来帮我。"

4

"宝贝，你在想啥呢？"庄琪依偎在张幼军怀里柔情似水地问道。

张幼军仰面朝天地躺在床上，左手托着后脑勺，右手搂着庄琪，在她的后背上来回摩挲，调侃道："两周前还客客气气地直呼姓名，一周前是亲爱的，现在赤裸相对互谓宝贝，这是什么节奏？简直就是挂牌上市的节奏啊！"

"少贫啦。"庄琪羞涩地说，"你真的要跟你老婆离婚吗？"

"反正也没啥感情了，说离就离了。"

"你不会是骗我的吧？"

"不会，骗你没意义。"

"就信你一回。"庄琪翻了个身,主动转移话题道,"我问你,公司股改的事情为啥迟迟不能启动?"

"不好估值,找不到参照物啊。"

"九鼎的估值为啥那么高?它的依据是什么?"

"当年为了上市做业绩,它几乎把经济发达的县一级的创投企业翻了个遍,手里攥了一大把的创投企业,还有不少企业都孵化上市了。它只要把持有公司的股份盘点一下,估值就出来了。他们是股权投资基金,用手里的股权估值。我们是证券投资基金,应该以投资收益来估值,但是一来我们的审计报告还没出来,二来我们现在的几只基金都处于空仓状态,因此,很难找到好的估值方法。"

"按去年的营业收入算呢?"

"去年总共才1000多万的收入,刨去运营成本,利润就别算了。"

"今年上半年的收入不到3000万,全年应该有5000万,按这个数算呢?"

"5000万的收入,最多按40%的净收益算,是2000万。如果按新三板市场上私募基金普遍20倍的市盈率,最多值4亿。"

"九鼎现在的市盈率是多少?"

"30倍。"

"如果按5000万的净利润,30倍的市盈率,估值不就是15亿吗?"

"你疯啦?"张幼军一跃而起,差点儿把庄琪掀下床,"1000万的公司你估出15亿来,这不是胡说八道吗?"

庄琪对他的表现十分不满:"你瞎激动什么呀?估值不就是找个方法把牛皮吹大一点儿好骗钱吗?不管是15亿还是50亿,只要有人相信,把钱骗来不就行了吗?你就按这个方法做方案。"

"关键是谁信啊？"

"你先别管有没有人相信，就按 15 亿的估值做方案。然后把我的股份稀释 20% 给一些投资人，将我的持股比例降到 60% 左右。"

"穆星不同时减持？"

"你傻啊？他要是跟我一起减持了，我的股份卖给谁去？能上当的就那么几个人，买了他的就不会买我的，当然是先确保把我的卖了。"

"宝贝，你可真是个生意人——聪明到家了。你不会给员工的也是这个价格吧？"

庄琪立刻明白了他的心思："为什么不？同股同权。只要有客户买了，给员工的也是这个价。你放心，给你的那部分我说话算话，一分钱不要。"

张幼军说："我是担心吴小莉不同意，你当初答应奖励她股份，她才到公司来；现在你要发新产品，没有她的帮助不好发呀。"

"那就这样，给公司的核心员工按 5 亿的估值算，反正当初叫她来的时候又没有说死要白给，让他们出点钱也是合理的。"

"这样的话，就是两种转让合同，审计的时候通不过。"

庄琪白了他一眼说："你真傻！弄个阴阳合同不就行啦。"

5

甫泉万万没有预料到庄琪竟然是这场股灾中的幸运儿，要不是她给他打电话，他已经忘记了她这个人的存在。在他的印象中，此人要办炒股大赛的想法非常幼稚可笑，简直就是异想天开。他认为，她根本就不懂京城的商业文化就四处瞎忽悠，跟那些搞传销的骗子没什么两样。他打心底里厌恶这个女人。现在她打电话告诉他，她在股市里发理财产品赚了钱，这让他疑惑自己当初是怎么看走眼的。他觉得有必要了解一下真实情况，毕竟他干的就是记者这个行当，于是他决定去她公司看看。

对于基金小镇，甬泉在自家的媒体上看见过相关的报道，因此并不陌生。但是真的到那儿看过之后，他感到十分震惊，简直不敢相信，有人竟然将私募基金的生意做得跟深圳华强北倒卖电子产品一样简单。那一间间的小隔间，像极了一个个小卖部。此刻他终于明白，监管部门将本轮股市的大起大落归结为杠杆资金的推波助澜，不无道理。

"欢迎甬泉总到我们公司来！"

甬泉看迎上来的是柳青，不禁纳闷道："庄琪呢？"

"她去拜访一个重要客户了，让我留下来接待您。"柳青没心没肺地说。

柳青的话让甬泉感觉很刺耳，想扭头就走，又觉得这样做没有教养，失了面子，很不痛快地"嗯"了一声，就跟她坐在茶桌前。柳青根本没有在意自己的言辞是否得当，仍然沉浸在她的喜悦当中，自顾自地给他沏茶倒水。

"这一年多的变化可真够大的，想不到你们在如此恶劣的市场环境中居然挣了大钱。你们是怎么做到的？"甬泉开门见山地说。

"那是因为我们的风控措施做得好。"柳青说，"我们的基金经理都要拿自己的钱买5%的理财产品，赔了先赔他们的。"

"这固然是个好办法，但是股市刚开始下跌的时候，连续好几个跌停板，根本就抛不出去，他们还不得赔死？"

"那没办法，规则就是这么定的。好在有这个机制在，他们看见苗头不对，赶紧清空手里的股票，把损失降到了最低。"

"你们发了多少只理财产品？总管理规模有多少？"

"我们前后发了十几只基金，发行总额30多亿。"

第十章　上市

"了不起！"甬泉不由得赞叹，"就你们两个人居然干出 30 多亿的基金规模，简直难以想象。你们还想挂牌新三板？"

"是的，我们正在做股改，想在今年年底或者明年年初挂牌新三板。"

"你们现在的主营业务是什么？我是说，伞形基金被取缔后，你们做哪方面的业务？"

"我们最近要发一只新三板投资基金和一只股权投资基金，今后的业务主要聚焦股权投资——风险相对小一点儿。"

"你们是想对标九鼎？"

"对、对、对！"柳青忙不迭地点头，"九鼎现在的股价是 100 元，总市值 1000 亿。我们至少是 15 亿，挂牌后将是 30 亿。"

"等等，你们是怎么给自己估值的？"

"去年我们只有 1000 多万的收入，不是很理想。"柳青学着庄琪说话的样子，像模像样地说，"今年预计有 5000 多万的收入，按 30 倍的市盈率计算，估值约 15 亿。"

"啊？我听说过有按净利润估值的，还没听说过拿总收入估值的。这简直太疯狂了，钱多得没地方去了。"

甬泉觉得不可思议，便离开了基金小镇。这世界太疯狂了，三两个人的私募基金竟然估值 15 亿，还大张旗鼓地卖股份。谁会买她的股份？简直是昏了头了。

甬泉对此感到愤愤不平，为什么其貌不扬、一无是处的丑小鸭，摇身一变成了金凤凰，而有的人忙忙碌碌一辈子，还在当牛做马、不得翻身？这难道就是命运使然？他想不通的问题，恐怕谁也想不通。

"甬泉总，休息了吗？"一天晚上，甬泉接到庄琪打来的电话。

"没有，加班呢！"甬泉不冷不热地说。

"您可真敬业啊！都快凌晨1点了，抱歉打扰了。"

"你说什么事儿吧。"

"前几天你来我们公司，我因为有急事出去了，招待不周，非常抱歉。"庄琪说，"我这几天从朋友那里弄了一些上好的铁观音，看你什么时候有时间，我给你送过去。"

"不用客气，谢谢你啦！希望你们生意兴隆，公司越做越大。"

"甬泉总，上次跟你也说过了，我们公司正在做股改，马上就要挂牌新三板。我们对标的公司是九鼎财富，他们现在的股价你也知道，都100元了。据券商分析，我们的挂牌价至少要30元。你是我在北京见到的第一个做新媒体的人，我非常看好新媒体将来在传媒领域发挥的作用。同时，我也非常欣赏甬泉总的敬业精神，我知道你是真正做事情的人，因此，在这次的股改中，在媒体股东方面我给甬泉总留了一席，希望您成为我们的股东。"

"你们的估值太高了，我可买不起。"甬泉知道她此刻打电话，一定是无事不登三宝殿，绝非送一盒茶叶那么简单。

"不高、不高，每股4块多，给你1万股呗！"

"噢，那就2万股吧！"

"太好啦，媒体行业里就你一个人，你可不要告诉任何人。我明天就给你把茶叶和合同送过去。"

挂断电话，甬泉一动不动地愣在那里，他一时竟然弄不明白，他怎么鬼使神差地答应做她公司的股东了。

第十一章
夭折

1

甫泉始终对成为她的股东感到无法释怀。他弄不明白他曾经那么坚决地不看好她的公司，也不认可她的估值，可是为什么临近决定、本该拒绝的时候，竟然被她三言两语就改变了心意，忘记了初心。"这是投资决策的大忌啊，是低级得不能再低级的错误。看来还是不能做投资。每个人都有心心念念的投行梦，但是它并不适合我。好在我投的钱并不多，完全在自己可接受的范围内。即便是赔了，也就是不到10万元的事情，没什么大不了的。再说，万一她的公司挂牌了，交易价像九鼎一样一飞冲天，岂不是赚翻了？"几乎所有的业余投资者跟他一样，都是这么想的，同时也是这般麻醉自己的。

因此，甫泉在接到庄琪的通知，到中国大饭店二楼黄山厅开公司股东大会的时候，他又转忧为喜，美滋滋地去开会了。一路上他都在想，什么人会成为她的股东呢？那么高的估值，难道他们不嫌贵吗？是不是有人跟他一样是被她蛊惑了，莫名其妙地成了她的股东？可是一想到他是她所谓的媒体行业里的独一个，就让他有了一种莫名的底气，感觉这并不是一项坏的投资，何况九鼎的神话还在那里摆着。可是，在宾客的签到处看见解风华的时候，他的心就凉了一大截，知道还是被她骗了——他并非媒体股东里的独苗。这让他一路上的优越感一扫而空。

但是，更让他困惑不解的是，解风华这个贪财吝啬的老家伙，怎么会成了她的股东？而这一发现，又让他对此次的股东大会充满了好奇。

"你们这是要办婚礼吧！"

甬泉看见庄琪和张幼军装扮一新，喜气洋洋地站在会议厅门口搞接待，存心想要戏弄他俩一下。

"啊？"他们被吓了一跳，没有预料到有人开这样的玩笑，不免有些心虚地互视一眼，好像被人捉了奸似的，拔腿欲跑。好在庄琪反应快，一把抓住甬泉的胳膊说："甬泉总，你真会开玩笑，我给你介绍一下我们的股东，他们都是各行各业的精英。"然后拉着他走进会场。她边走边介绍，直至把他送到有他名字的桌牌前。

"你先坐着跟咱们的这些股东聊聊，我再去外面看看，股东大会马上开始。"说完就急匆匆地出去了。

甬泉的右边是刘文亮，跟刘文亮寒暄了几句后，他就偏过头找左边的解风华。奇怪，解风华刚才明明就在他前面签到，怎么一眨眼就不见人影了呢？正在他感到纳闷的时候，只见解风华拿着一瓶矿泉水进来了。

"社长，你去哪儿了？刚才我看见你在我前面签到，等我签完要跟你打招呼时，就找不到你人了。"甬泉恭谨地说道。

"我去买了瓶矿泉水。"解风华一边脱他的羊绒大衣，一边举着矿泉水说，"我只喝依云，别的一概不喝。"

甬泉这才注意到会议桌上摆的都是农夫山泉，便腹诽道：打肿脸充胖子，装什么高雅。他心里骂人的同时，嘴上却说："社长，你也买了她公司的股份？"

第十一章 夭折

解风华朝左右看了看，压低声音说："以我爱人的名义买了几万股。"

甬泉瞪大了眼睛，对他说："你不是从来不买股票吗？怎么突然对她们公司的股份感兴趣了？"

解风华鬼魅地一笑："这是股权投资，跟买股票不一样。他们这公司如果跟九鼎一样，股价炒到100块，我退休后的生活就有保障了。"

"啊？"甬泉知道，解风华虽然贪财，但是在投资上一向很谨慎，这么多年来，除了买国债，其他的债券、证券、信托理财，一概不碰，就像矿泉水只喝依云一样。他的生财之道是拿广告提成，这是他看得见、摸得着的，踏踏实实能装进口袋里的。他不仅自己拉广告拿提成，别人拉来的广告，他也要想方设法地分一成。"你不会把老本都投给他们了吧？"甬泉问道。

"那倒没有，就投了一部分。"解风华说，"你看他们的股价能涨到100块吗？"

"不好说，这取决于热钱在新三板上停多久。"

"啥意思？你能不能解释清楚一点儿。"

"现在新三板之所以火爆，是因为A股上的部分避险资金流过来了，说这里是价值洼地，实际上还是炒作。如果还有源源不断的资金持续流入，到我们的这部分股份挂牌交易时，公司的股价就很可能一飞冲天。"

"要是资金流走了，那不就麻烦了吗？不行，我得找她退股去。"

"请你少安毋躁。"甬泉哑然失笑，从来没有见过这老头如此失态过，"目前还没有迹象表明新三板马上就要熄火不行了，你找她退股没有让人信服的依据，怎么让人家给你退？何况今天是股东大会，讨论的议题是公司改制和挂牌。你此时此刻提出这个问题，会让人觉得你是来捣乱的。何况你还是证券媒体的社长,干这么不专业的事情会让人笑话的。"

解风华拿起依云,拧开瓶盖,抿了一口,说:"那就先等等,一有风吹草动,你就告诉我,我们要先跑。养老钱可不能亏。"

就在他们商量如何规避投资风险的时候,股东大会开始了。庄琪作为公司董事长、法人,率先讲话:"尊敬的各位股东,经过一番紧锣密鼓的准备,公司基本完成了股份制的改制工作。通过股权转让,我们吸纳了十几个在各行各业有卓越表现的股东加入我们公司。改制后的公司名称是'琪石(国际)投资基金股份有限公司',公司主业仍然是证券投资、股权投资等。经过股改,我们的股东构成更加合理、业务方向更加清晰。公司当前最主要的目标是全力以赴尽快挂牌新三板,本次股东大会结束后我们将很快向股转系统提出挂牌申请——当然这是在全体股东投票通过的情况下。与此同时,公司的业务也在有条不紊地推进当中。

"目前,我们还成功发行了一只新三板投资基金——琪石九赢,以及一只股权投资基金——琪石九富,共募集5亿多。这5亿,加上此前发行管理的5亿,我们有10亿的资金在新三板市场和股权投资两条路径同时发力,相信会给公司带来超高的收益,也必将助力公司挂牌价格一路飙升。我们要力争成为另一个九鼎,让公司的挂牌价突破100元。另外,我们还向股转系统提起成为做市商的申请,如果申请获得批准,我们在新三板的布局就能顺利完成了。届时,在我们的主营业务里将新增一项投行业务。而这正是我梦寐以求的,也是各位股东所期待的,给公司带来高附加值的新业务。

"各位股东,今天股东大会的议题就两个,一是审议股份公司章程,二是申请挂牌新三板。请各位股东认真审议、投票表决。下面请张幼军将公司的股改情况给大家做个汇报。谢谢大家!"

第十一章　夭折

　　这是庄琪第一次在众人面前主持会议并发言。尽管此前做了很多次演练,但是真到实战的时候,她还是紧张得磕磕绊绊。等她好不容易说完那些话的时候,浑身已经湿透了。好在大家并不关心她的表现,只在意她讲话的内容,而这一通真假难辨的大忽悠,也确实赢得了大家的掌声。最重要的是,那两项议案全部通过了。

　　也许是受到庄琪讲话的鼓舞,在投票表决结束后的股东发言时间里,解风华迫不及待地抢过话筒,情绪高昂地说:"各位股东,大家好!我是在新闻行业奋斗了大半辈子的正局级干部。刚才听了庄琪总的讲话,我内心非常激动。我是一个非常保守的人,除了买房子、买国债,没有做过其他任何投资,甚至连股票账户都没有。我之所以把养老的钱拿出来投资这家公司,是看好庄总这帮人。他们是一群'80后',年轻、有朝气、有学识,还有胆识。当我第一次听说他们在短短的时间里,先后发行了20多只基金,募集了30多亿的基金后,我简直震惊得无以复加。这对我们这些四五十年代生人来说简直难以想象,我从来没有见过这么多钱,也从来没有想到过他们几个小年轻随随便便就能做出几十亿的业绩来。长江后浪推前浪,现在的年轻人真是了不起,我真心佩服他们!

　　"当然,他们取得如此耀眼的成绩,首先要感谢赶上的这个好时代,还有一个好政府、好政策。当然,最重要的还是他们的好胆识。我对自己成为公司的股东感到由衷的自豪。希望他们在今天以后,迅速实现公司在新三板的挂牌,利用资本市场迅速做大做强,以优异的收益回报各位投资人、股东。

　　"最后,我还有一点建议,就是你们这些年轻人要学会利用媒体,多跟媒体的记者、编辑交朋友,通过新闻采访、广告等,多宣传自己、宣传公司,在资本市场树立良好的形象。在追求经济效益的同时,更要兼顾社会效益,为社会创造更多的财富。"

解风华的这一番话，又博得了大家的热烈掌声，却让甬泉感到十分荒诞。这种唯利是图、左右逢源、事前事后判若两人的人也是不能做投资的。

2

人逢喜事精神爽。这是庄琪人生当中最美好的一段时光。当别人在股市里赔得倾家荡产的时候，她却赚得盆满钵满。在张幼军的帮助下，她把自己名不见经传的公司拔高估值15亿，给十多个个人成功转让了自己持有的15%的股份，获得了6000多万元的股权收益。虽然这笔收入与她此前的预期大打折扣，但是已经让她心满意足了。正如她所说，有了钱，人的腰杆就硬了，底气也足了。庄琪忙碌的身影穿梭在京城各大商场，在奢侈品柜台前流连忘返。她从不讳言自己是个很抠门的人，总想方设法地从花出钱去的地方省一点儿，从别人的身上抠一点儿。但是在对待自己的欲望的时候，她从来没有节俭的概念，看上什么就买什么，喜欢什么就要什么。穷怕了的人，一旦有了钱，唯有通过花钱才能证明自己的存在。很快，她的衣柜、住处已经不能承载她的物欲——该买房子了。

什么都要最好的，房子也不例外。但是房子可不像其他商品，不是随随便便就能买的，不管你是否有钱，外来户在北京买房必须缴够五年的社保。这是一道门槛，但不是一条红线。只要你不着急将房子落户到自己名下，还是能找到很多办法，比如先把房子买下来申请按揭贷款，然后等条件成熟了，再落户办房产证。庄琪心仪的目标是位于香山脚下的香山墅院。这是全北京最高端的精装平层公寓之一，每个户型都有450多平方米，每平方米的房价达到令人咋舌的20万元。

当然，贵有贵的理由。就地块而言，这里是海淀区的核心区

第十一章 夭折

域，交通便利，毗邻颐和园、圆明园、北京大学、清华大学，人文与自然环境相得益彰；从建筑品质来说，开发商聘请了法国最好的建筑设计院设计，中国最好的建工集团施工建设，建筑材料采用了大量的从德国进口的大理石花岗岩等。室内的装修设计则聘请了国际著名时装品牌爱马仕的设计团队，200多个户型，各具特色，形态各异。这种高品质的产品对普罗大众来说当然是奢侈品，但是对有门道赚到大钱的，例如像庄琪这类的暴发户而言，却是极好的竞品。因此，虽然房子很贵，但想买房的人依然很多，他们争抢房源的目的并不完全是居住，而是投资。有钱人的思维模式永远都是钱生钱。

庄琪通过层层关系，好不容易抢到了一套房子，然后欢天喜地办完按揭，拎包入住了。但是让她万万没有想到的是，开发商扭头就把他们这些没有购房资格，房产证还在开发商名下的房产，又抵押给了昆成资产管理公司，从那里套了一笔资金，又去拿地搞开发。结果，过了几年房地产公司连番爆雷后，这些房子都被昆成资管收走了。直到那时庄琪才知道自己当了冤大头，被人卖了。

住进北京最耀眼的豪宅里，庄琪始终无法入眠，感觉眼前的一切都很虚幻，不真实，更不踏实。她之所以拥有这些，完全是上天的眷顾——事实也是如此。有一天，她突然良心发现，心想应该通过什么方式回馈社会，以感谢上苍的恩典，于是她想到了做慈善。因为她此前给公司报税的时候，听别人说过公司做慈善的善款可以免税。这岂不是一举数得的事情？在某个有些民政系统关系的股东的帮助下，她很快注册了"琪石公益基金会"。但是，在牵头运营基金会的人选上，她迟迟拿不定主意。她认为这需要一个老成持重的人来操办此事，才能让人感到信服。突然，她想到了解风华。股东大会那天他的发言，一直让她记忆犹新。她觉得这个解社长通情达理、善解人意，完全不是传言中的那么贪婪自私。于是乎，她一个电话就把解风华请到了办公室。

"庄琪总好！"自从股东大会那天听说庄琪管理了10亿规模的基金后，他就对她佩服得五体投地，看见她就像看见了一块金疙瘩，"你请我来一定有什么好事吧？我对你们这些年轻人佩服得很，你们总是不断地给人创造惊喜。"

又被他一夸，庄琪心里发甜，喜滋滋地说："我想请您做我们琪石公益基金会的理事长，以后专门负责公益基金会的募资运营。以您的社会阅历、资源关系、人脉关系，我相信您会把这个事业搞得有声有色。"

"太好了！我说今天早上起来，怎么就听见外面喜鹊直叫，眼皮子也直跳，原来是有这等好事啊！"解风华说，"我完全当得起这个基金会的理事长，而且还非我莫属。你想，一个正局级的领导给你站台，这个基金会得有多大的含金量啊！从今以后，我就是琪石公益基金会的专职理事长，你给我30万的年薪加20万的年终奖，我一定会把基金会办得风生水起。我马上回去办退休，明天就到你这里来上班。"

正在茶几的矮凳上倒茶的庄琪，听了他的话，扑通一下跪倒在地上："哎哟！爹啊！"解风华一怔，不解她为何行此大礼："嗯？"庄琪急忙起身坐好，尴尬地说："您说话的样子跟我爹一模一样，吓了我一跳！"

"噢，你爹呢？"

"死啦。"

解风华突然脸色阴沉，眼珠子瞪得大大的，阴狠地盯着她，一言不发。

"我说解社长，您先不要着急办退休。基金会还在注册办理当中，等我办好了再请您过来帮忙。"

解风华也不啰唆，把茶杯往茶几上一扣，铁青着脸走了。

庄琪心有余悸，从此以后，便再也不敢招惹解风华了。

3

经过解风华这么一吓，庄琪再也不敢瞎嘚瑟。她明白，如果她在哪些事情上操作不当、伤及他们这些股东的利益，这些人就会马上撕下面具，跟她翻脸。因此，她不得不把精力放在公司挂牌上市这件事情上。

"给股转系统的挂牌申请材料准备好了吗？什么时候报？"庄琪自信心空前高涨，举手投足之间已然是霸道总裁的派头。

张幼军对她矫揉造作的行为异常反感，他不知道为什么人一旦有了钱，就变得跟以前不一样了。她那些在普通人身上都有的朴实、内敛、敬畏，被蛮横、霸道、颐指气使取代——她变成了跟之前完全不同的陌生人。

"快了，等工商变更登记完成就可以上报了。"

"你们倒是快点呀，马上就到12月了，再报不出去就等明年了，审计材料等又得重新做了。"

"我知道，这已经很快了。从股东大会后我们就加班加点地干活儿，目前除了工商变更登记证，所有的材料都准备齐了。工商部门那边我们也沟通过几次，他们要走程序。从流程上看，很快就能办好了。"张幼军很自信地说。

"你派人盯着点，让他们加紧办，别耽误了咱们的事情。"

"大姐，那是政府行政部门，又不是专为我们一家开的，能说办就办。"

"那也不一定，你盯得紧一点，他们就办得快一点。不盯不逼光等着哪能行？另外，其他的申报材料不都准备齐了吗？能不能把已经准备好的先报上去，其他的后续再补上？"

"这些办法我们都想到了，就是因为时间仓促，很多材料都才准备好。股转系统要求我们把所有材料准备全了再上报，他们是要登记的。这是申报流程。资料不全显得我们很不专业。"

"你这人就是瞻前顾后的，凡事都优柔寡断，一点儿都不像个男人。等你把所有的东西都准备齐全了，媳妇早被别人娶走了。"

"咱们不是说申报材料的事情吗，你怎么扯到娶媳妇了？"

"是啊，我还想问你呢，你不是说要离婚吗？啥时候离？"

"你怎么又来胡搅蛮缠了？好了，我不跟你纠缠了，我去报材料。"张幼军说完话，拿起背包就急急忙忙出门了。

庄琪看这家伙滑得像泥鳅，逼他离婚的事情刚刚开口就跑了，气得直跳脚，想把他拉回来说清楚。可是转念一想，现在正是申请挂牌的紧要关头，把他逼得太急，耽误了正经事就得不偿失了。于是就把这口气咽进肚子里，等找到机会再跟他理论清楚。

不知道是不是庄琪的盯人战术起到了作用，隔天他们新的营业执照就下来了。庄琪拿着证书，得意扬扬地对张幼军说："还是我的办法有效吧，这些部门就得派人盯，不盯谁给你办事儿呢。"

"你说得对，你英明、你伟大！你是大破天门阵的穆桂英。请你先不要在这儿自鸣得意，赶快报材料去吧。"

张幼军对股转系统轻车熟路，他以前就是券商的保荐人，在这里挂牌过几家企业，因此对整个申请流程驾轻就熟。他把相关材料按流程交给发行审核部后，带着庄琪找到了股转系统的上市总监陈鸿铭。陈鸿铭是张幼军的学长，后来还在五道口金融学院深造过，是一名很有前途的监管干部。他身材魁梧，相貌堂堂，像蒙古族骑手。

第十一章　夭折

"情况不妙啊！"陈鸿铭知道他们的来意，不想拐弯抹角地耍嘴皮子，直接切入正题。

向来对别人的话音十分敏感的庄琪，听到这话，心里一凉，抢在张幼军前头问："怎么啦？"

"股市跌了快半年了，还没有止跌企稳的迹象，动不动就千股跌停，连几只平准基金都套在里面了。监管机构对此很不满意，又出台了一系列政策化解这场危机，包括停止银行发行理财产品、严查配资和坐庄、引进熔断制度等。"陈鸿铭忧心忡忡地说。

"这些跟我们挂牌有关系吗？"庄琪知道他话里有话，急忙问道。

"有啊！"陈鸿铭说，"我听说监管机构正在研究，让你们这类公司暂停挂牌。"

"啊！"庄琪面色苍白，竟说不出话来。

"暂停挂牌的就我们私募基金吗？其他行业呢？"张幼军问。

"主要是金融中介机构及类金融公司，包括信托公司、基金公司、典当行、农村信用社等。"

"那怎么办呢？"庄琪都快哭了，哽咽地问。

陈鸿铭靠在椅背上，脑袋后仰望着天花板，显然他对此也毫无办法。

"刚才我送材料的时候，你们不是还签收吗？你们的业务也没见停啊。"张幼军说。

"就是。"庄琪好似又看见希望，急忙附和道。

"我刚才不是说有这个传言吗？在没有接到正式通知之前，一切业务照旧。"陈鸿铭说，"我就是给你们提个醒，让你们有个心理准备。至于这个说法会不会变成事实，只能等上面的决定了。在此之前，你们需要全力配合我们的一些部门，及时补充和完善申报

173

材料，争取在那个禁令出台之前挂牌成功。"

陈鸿铭的这个消息对庄琪而言，简直就是一道晴天霹雳。她马上意识到，如果她的公司不能挂牌上市，她卖给那些股东的股份就变成了废纸，她不仅要以原价赎回，而且要支付一定的利息。这是她难以接受的。这次让她真正赚了大钱的，并不是她的公司，而是出售公司的股权。一想到到手的六七千万又要如数退还，她就犹如千刀万剐般难受。

"都怪你，"出了股转系统的办公大楼，庄琪愤怒地拿拳头捶了张幼军一下，"叫你们抓紧抓紧，就在那儿磨磨蹭蹭。现在好了吧，不让挂牌了，股权不值钱了，该赚的赚不到了。你满意了？"

自从跟她睡到一起后，张幼军已经被她折腾得筋疲力尽。他不知道这个肉乎乎的女人，哪来的那么多的精力，纠缠不休。体力方面好歹还能对付，最难忍受的就是她那种胡搅蛮缠的劲儿。蛮横无理、颐指气使，经常对他发号施令，让他心生厌恶。

"已经够快了，从公司股改到报材料才三四个月。我每天起早贪黑、加班加点的，啥时候有过一点儿懈怠？这已经是宇宙速度了。"张幼军也很沮丧，没好气地说。

"这还叫快？怎么没早点报材料？"

"不快？审计不需要时间吗？股改能做得完吗？估值能确定吗？卖股权不需要时间啊？再说了，这政策性风险谁能控制得了？"张幼军恼怒地说。

庄琪见他发火了，自己先缓下来，柔声问："现在怎么办？"

"尽人事，听天命。"张幼军看着她说，"你与其在这里胡搅蛮缠，不如去干点实实在在的事情，解决那些后顾之忧。"

庄琪心里咯噔一下，似乎被他敲到软处，急忙拉着他的胳膊问："啥事？"

"琪石 19 号的限制交易问题。股转系统审核材料的时候肯定会把这个问题提出来的。"

"那怎么办?"

"你自己想办法。"

庄琪吊在张幼军的胳膊上,变换了一副面孔,异常温柔地说:"你不是公司总经理吗?办法你来想,问题你来解决。"

"这是我来之前的历史遗留问题,不该我管。"张幼军一甩胳膊,摺下庄琪走了。

"臭德行!"庄琪看着张幼军远去的背影,笑靥如花,"这才有点男人味嘛!"

4

"你们现在的主要工作是全力以赴配合张总,让股转系统加快公司挂牌审核,缩短流程,尽快完成公司挂牌上市。"庄琪把吴小莉和柳青叫到跟前安排工作,"你们就盯在那里,只要他们的反馈意见出来,我们快速响应,就地修改完善,就地重新上报,在流程上做到无缝衔接,不要两头跑来跑去,浪费时间。另外,你们收拾一下自己的东西,我们再换个地方办公。"

"哟,我们要搬哪儿去?"吴小莉问道。

"西二环的官园桥。那里离金融街近一点儿,跑证监会、基金业协会、股转系统都方便些。"庄琪环顾四周,不禁打了一个寒战,"是时候离开基金小镇了。自从吴昕建从这里跳下去后,每次来到这里我都感到心神不宁,浑身起鸡皮疙瘩。现在是咱们申请挂牌的关键时期,要找一个风水好的地方把公司安顿好。"

柳青听说要搬新家,高兴地跳了起来,拍着手说:"这次该换个大一点儿的地方了吧?这地方太小了,连个坐的地方也没有,来个客户还要出去打游击。"

她还没有蹦跶几下,就被吴小莉拉住了。只见庄琪僵着脸,粗声说:"你想什么呢?这儿哪里委屈你啦?就你身子宽、屁股大,没地方坐?别人怎么不抱怨?你赶紧和小莉去股转系统给张总帮忙,等我们公司挂牌了,咱们再找大一点儿的写字楼。你们一定要记住一件事,就是千万不要把监管机构可能暂停投资基金挂牌新三板的消息,透露给任何一个股东。就是他们听到风声跟你们打听消息,你们也要一问三不知。"

等她俩出了基金小镇,柳青问小莉:"我刚才哪儿说错了?"

吴小莉笑着说:"你想得很美,就是无意戳中了她的软肉。"

柳青一脸懵懂地说:"啥意思?我咋不明白。"

吴小莉摇摇头:"你就别想太多,随遇而安岂不更好。"

庄琪干这些体力活儿的效率很高,她亲力亲为,三下五除二就把办公室从南边搬到了西头。因为是同一个开发商的楼盘,户型面积大同小异,收拾起来也很容易。所以,她在这方面花费的精力并不算多。当然,她重要的精力还是放在公司挂牌上市上。

庄琪要跟时间赛跑,她现在的唯一愿望就是在针对她的利空政策出台之前,赶紧挂牌上市。至于挂牌后的市场反应如何,她毫不在意,只要先把第一批买了她公司股份的股东对付过去再说。像解风华这种说翻脸就翻脸的股东,让她心有余悸。现在的问题是不仅要快,而且要老天赏脸,让股市重新火起来,不要没完没了地跌不停。

然而,天不遂人愿,股市非但没有火起来,而且还顺着惯性"跌跌不休"。2015年年末,处于水深火热中的投资人,寄希望于来年能脱离苦海,但是转过年的新年1月,股市连番出现千股跌停的凄惨场面,先后两次触发熔断机制。

第十一章 夭折

1月7日，股市第二次熔断的时候，庄琪正在陈鸿铭的办公室汇报公司挂牌的反馈意见。当她看到股市停止交易时，气急败坏地问陈鸿铭："什么是熔断？为什么要熔断？"

陈鸿铭左右手捏着太阳穴，疲惫不堪地说："熔断就是证券、期货等市场为了控制风险而设置的暂停交易的措施。我们的股市就是以沪深300指数为基准点的，当该指数下跌或上涨5%，就触及第一个熔断点，股市休市15分钟。开盘后，继续下跌或上涨到达开市时的7%，就触及第二个熔断点，股市休市。"

"我们不是有涨跌停板制度吗？为什么还要引进熔断机制？"

"涨跌停板针对个股，熔断是为了大盘。"

"这不是胡乱用药吗？涨跌停板都阻止不了股市的抛压，熔断就能阻止？只会乱上加乱，相互踩踏。外部市场就没有这样既有涨跌停板，又有熔断的。"

"不同的监管思路。"陈鸿铭觉得庄琪还是有些想法的，就愿意跟她探讨这方面的问题，"在成熟的资本市场，一般不会设置涨跌停板、T加几这样限制交易的制度。而在我们这样法律法规尚不完善、交易制度尚不成熟的市场，监管层为了保护投资者，使其避免遭受股市大起大落的损失，引进了T+1和涨跌停板等制度，以制度限制过度投机，让投资回归理性。就像雪崩一样，国外的做法是一次让它跌个够，将风险完全释放。而我们的做法是在下跌的路上设置了层层障碍，试图减缓下跌造成的破坏，以便更好地保护投资者。"

"我看他们是瞎操心。"庄琪想到监管就想到了被限制交易的琪石19号，便口无遮拦地发牢骚，"愿赌服输，风险自担。哪个投资者不是抱着这样的想法进入股市的？监管的职能是把那些作奸犯科、坑蒙拐骗的害群之马绳之以法，而不是在交易制度上倒腾来倒

177

腾去,这看似是保护投资者的利益,实际上严重干扰了正常的交易行为,简言之就是多管闲事。"

陈鸿铭被她训得面红耳赤,羞愧地说:"你是在拐弯抹角地骂我吧?"

庄琪扇了自己一下,急忙起身抓住他的胳膊:"陈总,您千万别误会,我刚才是胡说八道,完全没有针对您的意思。您大人大量,饶过我。只当是我放了个屁!"

"哈哈哈!你可真有意思!"陈鸿铭被她逗乐了。

第十二章
转机

1

陈鸿铭被庄琪口无遮拦的牢骚逗得开怀大笑，但是他心里清楚，大势已去。就在前两天股市第一次触及熔断的时候，监管机构就已经传达口头通知，暂停受理和审核投资中介类企业的挂牌申请。虽然只是口头通知或者说是内部传达，但这肯定是板上钉钉的事儿了，监管机构只是视市场情况择机公布罢了。谁承想第二次熔断竟然来得如此之快，这必然会加速一系列监管政策的出台。因此，她寄予厚望的挂牌这件事，基本无望，在未来的三五年里都别指望敲开这扇门。

"短短的 3 个交易日里就两次熔断，后面必然有更严厉的监管措施出台。我估计此前流传的对你们这类企业暂停挂牌的政策会迅速推出，你们要有思想准备。"陈鸿铭给她透露口风，但不可能告诉她全部实情。

"你们应该降低门槛，简化审核流程，只要企业能够达标，该上就赶紧上呗！另外，你们对投资者的限制也太苛刻。100 万的门槛，全国 90% 以上的股民都参与不了，怎么能够把它培育成全国性的市场呢？这不是自相矛盾吗？"庄琪对证券市场发表看法的劲头还意犹未尽。

陈鸿铭哑然失笑，没想到她到了现在还有闲工夫跟他夸夸其谈，索性跟她逗到底："你说得对！我们也想降低门槛，让所有的投资者都能参与。正如你所说，愿赌服输，风险自担。我们也想让更多符合条件的企业挂牌交易，助力它们快速成长。但是，这是一个系统工程，要修改相关法律法规，还要人大审议通过等一系列流程，才能落实执行。这不是我们系统说了算的。不过，有一种情况可以。"

庄琪两眼放光，急忙问道："什么情况？"

陈鸿铭狡黠地说："你是证监会主席。"

庄琪掩面而笑："对不起，我又说错话了，让您见笑啦。"她顿了一下，又说道："现在那个政策不是还没有出来吗，你该审核还得审核，工作不要停。不受理是不接受新的申报企业；暂停挂牌是对那些审核通过了的企业而言，但是并没有说停止我们这些在审企业的工作。你们好歹让我们把流程走完，至于我们能不能挂牌，就听天由命吧。"

"你这人脑子确实很灵！"陈鸿铭夸赞了她一句，"我马上通知工作人员，把没有审核完的企业继续审核完。"

庄琪紧赶慢赶，还是没有在那个利空政策正式落地前完成挂牌。她股改晚了、报材料晚了，最终被挡在上市公司的大门外。自从上次和陈鸿铭谈话后，她的内心就已经有了答案，只是她不愿承认罢了。明知山有虎，偏向虎山行，并不是因为倔强无畏，而是被逼无奈。挂不了牌的后果，她一清二楚，而且算得明明白白。而这却是她不能承受之重。因此，哪怕是有一点儿希望、一点儿缝隙，她都得钻、都得试。即便没有结果，她也得要个说法。

"陈总，你总得给我们一个说法吧？不能说不让挂牌就把我们打发了，我怎么跟股东们交代？"

第十二章 转机

陈鸿铭已经被她折磨得筋疲力尽，没好气地说："我也没有办法啊，国家政策——你能对抗政策，拒不执行？"

"我不是那个意思，"庄琪说，"既然我们的材料都审核通过了，你们就应该核准我们公司挂牌的交易简称、代码等。"

"那有什么意义呢？就是把这些给了你们，你们也挂不了牌啊？"陈鸿铭迷惑不解地问。

"我是给那些股东一个交代。"庄琪说，"如果我们的股东问为什么没有挂牌成功，我就说不是我们工作的问题，而是政策的问题。我们把挂牌所有的流程都走下来了，而且还拿到了交易简称和代码，他们就无话可说了。另外，这次政策文件写的是'暂停受理申请挂牌'，并没有用'停止'这个肯定词，说明还是有希望恢复的。说不定过完春节政策又变了，又能挂牌了，这样，我们就不需要再走一遍流程了。"

陈鸿铭知道她这完全是自欺欺人，但是又拿不出太好的理由反驳。其实也没必要反驳，反驳赢了又有什么意义呢？反正她也无力回天，干脆就遂她心意，让她交差了事。

庄琪拿到股转系统给她的公司简称和代码后，就像请到了尚方宝剑。只要股东问起来，她就说已经审核通过了，至于何时挂牌，得排队等通知。做完这些就已经年关在即，她决定办一场公司年会，犒劳员工和股东们的辛苦付出。年会的地点选在金融街的威斯丁酒店宴会厅。

本来这是她计划好的一场充满喜庆色彩的盛会。"虽然公司没有如愿挂牌，但并没有影响公司改制和赚钱。没有挂牌的事也不能赖我，只能怪政策多变。"她现在可以理直气壮地把挂牌的事往后拖，以时间换空间，直到找到应对的办法。想让她赎回股份，门儿都没有。

181

但是，年会之前发生的一件事完全搅乱了她的好心情。

没有不透风的墙。张幼军的老婆根据蛛丝马迹，发现他们俩勾搭成奸之后，异常气愤。他们夫妻俩的关系根本就不像他跟庄琪说的那么不堪，虽然没有好到相敬如宾、琴瑟和鸣的境界，但也没有到貌合神离、视若寇仇的地步。与大多数家庭相似，他们也是平平淡淡地过日子。真的要提分手，双方都难舍难分。张幼军说他们感情破裂要离婚的说辞，是男人骗女人上床惯用的伎俩。谁相信谁傻。庄琪并不傻，看得出男人的言不由衷，但她就是喜欢干傻事。他老婆从他电脑上找到了新股东的名单，然后给每位股东发了一封电子邮件，说他们两人勾搭成奸、弄虚作假，高估公司股份，坑害投资人。解风华等一些神经敏感的投资人看到举报信后，义愤填膺地找到她，要求退股，让她狼狈不堪。

"你咋回事？你不是跟你那臭婆娘断了联系吗？她怎么知道股东的邮箱的？"庄琪愤怒地质问张幼军，"你不是说要离婚吗？离了吗？啥时候离？"

张幼军知道谎言被揭穿了，再辩也无济于事，索性一副死猪不怕开水烫的样子，嘀嘀咕咕地说："我哪儿知道她什么时候翻我东西了。女人总是防不胜防！"

庄琪看他得了便宜还卖乖的样子，怒上心头，抓起杯子就砸过去："你还脚踩两只船！"

张幼军见她拿东西砸人，闪身就往外跑。只听得"当啷"一声，办公室的一扇玻璃门应声而碎。

年会当晚，一些股东知道新三板挂牌无望，要求她赎回股份，给她造成巨大的压力。因此，致新年贺词的时候，她语无伦次，感觉是在念经。张幼军讲了几句片汤话就闪人了。年会的气氛异常压抑，只有李大鸮仍旧喋喋不休地讲他的黄金底、钻石底。最后，甬泉喊了一句:"你的底裤在哪里?"众人便一哄而散。

2

屋漏偏逢连夜雨。庄琪被股东们逼得焦头烂额的时候,大唐基金发来通知,要求给琪石19号补仓恢复交易,否则就要被迫清算。连番的冲击让她处于崩溃的边缘,她现在对张幼军恨得咬牙切齿。要不是他的工作慢、效率低,公司早挂牌上市了,自己何至于让股东追得东躲西藏?

"都怪你,你这个大骗子,"庄琪逮住张幼军,张口就骂,"就是因为你又懒又慢,害得公司挂不了牌。现在股东们要求赎回股份,你说怎么解决吧?"

"这哪能怪我?"张幼军知道她又发神经了,只能硬着头皮反驳她,否则她得寸进尺,今后更没有好日子过,"从改制到上市你都全程参与、全程监督,我哪有半点儿懈怠之处?如果说是哪个环节耽误了时间,只有你找投资人卖给他们股份的那段时间。其他环节都是环环相扣、分秒必争。你自己也心知肚明,没有挂牌成功的主要原因是股市大跌引发的政策性风险,跟我们的工作关系不大,只能怪运气不好。"

"你不能一句运气不好就把所有的事情推得一干二净。我问你,琪石19号的事情怎么解决?"

张幼军这才知道,这女人大发脾气原来是为了跟他套方案,回她道:"我说过,这是历史遗留问题,不归我管。"

"去你的!"庄琪怒骂道,"你是公司总经理,你不管谁管?再说了,你把老娘睡了就白睡了?说好的要离婚的,离了吗?大骗子!"

"这哪儿跟哪儿?你不要胡搅蛮缠好不好。"张幼军理屈词穷,很快就被她纠缠得败下阵来。

"大骗子，你倒是说啊，琪石19号怎么解决？"

"你想怎么办吧？"张幼军虽然对他的新绰号很不满意，但是只要她不就事论事逼他离婚，她想怎么叫就怎么叫吧。

庄琪听他口气有所缓和，不再那么胡搅蛮缠，把自己的想法说了出来："我想从新发行的琪石九赢和琪石九鼎中分别转点钱出来，划给琪石19号。"

张幼军冷冷一笑，说："这不但违法违规，而且根本走不通。"

"怎么就走不通了？"

"从技术上讲，琪石九赢、琪石九鼎是由各自的第三方机构监管的，专款专用，不能乱投；而琪石19号的托管机构大唐基金也对补仓资金的来源有监管义务，拒收非法渠道资金。"张幼军解释道，"就是说，虽然那两只基金是你发行、募集的，但是你想投在超出募集投向以外的地方是不可能的。这是违法行为。"

"我自己募集的资金，就不能我想往哪里投就往哪里投？"

"不能，否则要第三方监管干什么？"

"那你说该怎么做，才能把这两只基金的钱投给琪石19号？"庄琪双手叉腰，气呼呼地逼问道。

"曲线救国。"

"说清楚点。"

"先在外面找一家公司，把那两只基金的钱投给这家公司，再让这家公司把钱投给琪石19号。"

"太好了！"庄琪一把抱住张幼军的脖子，在他脸上亲了一口，说，"我就知道你有办法。"

"先别高兴得太早，这件事可不是你想象的那么简单，每个环节都很重要。"

第十二章 转机

"一次说清楚不行吗？老娘可没那么多时间跟你绕圈圈。"庄琪娇嗔道。

"首先，你找的这家公司看上去不能跟你的基金公司有任何关联。其次，这家公司还必须符合那两只基金的募集资金投向。如果达不到要求，就需要修改募资说明书里的资金投向，而这需要征得基金投资人的同意。最后，大唐基金认可资金来源。"

"为什么还需要大唐基金的认可？"

"从资金来源上讲，琪石19号的补仓资金来源只能有一个，就是它的发行管理公司。"

"我知道该怎么做了。"庄琪钻进张幼军的怀里，撒娇道，"大骗子，说说咱俩的事呗！"

张幼军像是被蝎子的毒针蛰了一下，差点儿跳了起来。他想摆脱庄琪，可是被她死死抱住，难以甩开，只能故作镇定地缓了口气："咱俩还有啥事？"

"哼，你那老婆咋回事？你们啥时候离婚？"

"慢慢来，让我想想办法。别让她又闹上门来。现在是咱们的关键时期，万一她向证监会或基金业协会举报咱们，那不就麻烦了吗？"

庄琪一激灵，起身正色道："管好你老婆，别让她胡来。"

"我也是投鼠忌器，才一拖再拖！"张幼军一边说一边将手伸进她的衣服里。

3

在庄琪的豪宅里云雨，总是让张幼军畏首畏尾、放不开手脚。这里的一切都跟他格格不入，让他觉得自己土了吧唧，似乎来到了他不该来的地方。没有家的温馨、酒店的舒适、偷情的刺激，更像是到了犯罪现场，走个过场。勉强支撑了一阵以后，他便一泻千里地缴枪了。他知道这不足以使庄琪尽情欢愉，怕她埋怨，急忙用话题转移注意力。

"想好用哪个公司了吗？"张幼军气喘吁吁地问。

"你怎么这么快？"她还是抱怨了一句，"还没有，我打算让人新注册一个公司。"

"去哪儿注册？"

"霍尔果斯。"

"是个好办法。让谁去呢？"

"柳青。"

"你怎么老是用她，就不能让吴小莉或其他人分担一下吗？"

庄琪瞥了他一眼，说："因为她比较傻、听话，说干什么就干什么，好使唤。别人都比较贼，要么瞻前顾后，要么讨价还价，烦死人了。再说吴小莉，这几天因为赎回股份的事儿跟我吵了好几次。"

"为什么？"

"还不是因为有些投资人是她介绍的嘛。别人逼她，她就来逼我，让我赎回。可是现在这个样子能赎回吗？钱都买房子了，哪还有富余的钱还给他们？所以，这个口子不能开，开了就收不住了。"

"钱都花完了？这房子不是按揭的吗？用不了那么多钱吧？"

庄琪又被人抓住了话把儿，一骨碌爬起来，翻身压在他身上，气恼地吼道："谁手上还不得掌握点钱啊？人靠得住吗？你靠得住吗？除了钱，谁也靠不住！"

"霍尔果斯在哪儿？"柳青一脸蒙地问。

"你问张总，我也不知道。"庄琪把她的疑问推给张幼军。事实

第十二章 转机

上,她也不知道。

"新疆维吾尔自治区伊犁哈萨克自治州,与哈萨克斯坦接壤。"张幼军漫不经心地说。

"那么远啊,为什么把公司注册在那里?"柳青不解地问。

"有优惠政策。你难道不知道你喜欢的那些明星,都去那里注册公司了吗?"庄琪没有耐心给她解释,直接向她吼道。

"在那里注册公司可以享受国内最优惠的税收减免政策。新注册公司可享受五年内企业所得税全免,增值税满 100 万开始按比例奖励,一般奖励 15%—50% 不等,是目前最后一块税收洼地。此外,如果有企业符合上市条件,可以享受'即报即审、审过即发'的绿色通道政策。"张幼军对待员工跟庄琪截然不同,遇到问题总能耐心解释。

"明白了。以谁的名义注册?"柳青问庄琪。

"张晓丽。"庄琪答道。这么多年,她还是对这个女人破坏她家庭的事耿耿于怀,总想伺机报复。

"不行,没有她的身份证原件。"张幼军说。

她看了一眼张幼军说:"要不拿你老婆的身份证去注册?"

"那怎么行?"张幼军失声尖叫,"坚决不行。"

"看把你紧张成什么样子了,"庄琪酸溜溜地说,"怎么就不行了?"

"我是公司总经理,用我老婆名字注册的公司跟我们发生业务,别人会看不出来吗?"对张幼军而言,找这种理由根本不费吹灰之力。

"离了不就行了?"

"都一样的,无论离了多久,性质不变。"

"还是舍不得离呗。"

"说正经事儿。"

庄琪瞪了他一眼,然后对柳青说:"用你老公的行不行?"

柳青为难地说:"他已经注册了一家跟咱们有关联的公司了。"

张幼军说:"那也不行。无论是你老公还是我老婆,我们都是公司高管,以我们亲属的名义注册的公司都将被视为关联公司。"

"用她小叔子的老婆的名字总可以了吧?"庄琪恼羞成怒地说。

"那是可以,关键是她愿不愿意呢?"张幼军说。

庄琪对柳青厉声说:"给她2万块钱,用一下她的身份证,然后你拿着身份证去霍尔果斯,尽快把新公司的章、证、照拿回来。"

"好的,用什么名字?"

"天山雪莲。"

4

吕铁钢在海淀区世纪金源购物中心六楼的一家培训教室外面的座椅上,百无聊赖地刷手机。与大多数该区域的家长一样,孩子放学不是先回家,而是转身又进了这些培训机构的教室,进行淬火锻造。家长们的任务就是在学校和培训机构之间进行无缝对接,保证孩子的安全,等这些可怜的孩子被灌满了所谓的知识,身心被摧残得筋疲力尽的时候,再被带回家。这样日复一日地赶场子似的上课外班,成了孩子们的梦魇,却是很多家长认为的最好的教育方式。

来北京之前,吕铁钢很不认可这种填鸭式的教育,他认为教育就是在启迪思想的同时,最大限度地保持人的天性、野性。该学的时候就学,该玩的时候就玩,自由、活泼。他是甘肃武威人,三十多岁,不高不矮、不土不洋、身体敦实、天性浑厚,像一道土墙。他的童年就是在荒漠、戈壁,石羊河、金塔河、杂木河的绿洲沃土里度过的。因此,每次带孩子上补习班、兴趣班的时候,他脑海里

第十二章　转机

总是出现童年时在石羊河的草滩上牧羊的情景。令他困惑不解的是，让孩子们连轴转地学来学去，肯定不如让他们去放羊来得逍遥自在，可是为什么还要如此这般违背孩子的天性？是身不由己还是随波逐流？他弄不明白。他的生活也是如此，向往光明，却总是磕磕绊绊，犹如在荒漠戈壁上寻找绿洲一样。

他是一个职业经理人，在好几家上市公司当过董事会秘书，游走不定，目前赋闲在家，除了带孩子就是炒股票。他比大多数人好一点儿，有钱有闲，就是无所事事。

嘟嘟嘟！手机在振动，有电话进来了。

"裴老板好！"

"铁钢，忙什么呢？"

"带孩子学习呢，您还好吧？"

"挺好的，谢谢关心！你在北京那边的朋友多，请你留意一下，有没有想要买壳的。如果条件合适，我打算把公司卖了。不过，这也不是很着急的事情，慢慢来，不要弄得尽人皆知。"

"我知道了，裴老板。请你放心，有了眉目就给你打电话。"

"好的，多保重！"

裴明海是吕铁钢任职的上一家公司绿能宝的董事长。此人年过半百，多疑善变、刚愎自用。吕铁钢就是因为跟他在经营理念及性格上不相合才主动脱离了他的领导。他虽然不情不愿地离开了公司，但是也不是轻易跟人撕破脸的人，彼此都保持了一份体面。俗话说得好，为人留一线，日后好相见。

裴明海给他打这个电话既在意料之外又在情理之中。在他意料之外的是，他从公司辞职没两年，公司就经营不下去了。自从绿能宝上市以来，公司从股市上募集了12亿资金。裴明海一看这钱来得太快了，便纵横捭阖，收购兼并，搞起资本运作来了，导致公司

189

战线越来越长，现金流吃紧，随时有倒下的风险。他就是因为谏言停止资本运作、聚焦主业，但裴明海不听，才被迫辞职的。裴明海虽然刚愎自用、自缚手脚，但对吕铁钢还是很信任的，相信他的为人。而且在卖公司这么重大的事件没有真正敲定之前，让一个对公司情况比较了解，同时又不在系统内的人去办，引起的震荡要比公司内部人员小得多。因此，他给吕铁钢交办此事完全在情理之中。

证券市场上把买卖上市公司称为"买壳""卖壳"，是因为企业上市的门槛太高了，以至于上市公司成为一种稀缺资源，进而成为资本玩家眼中的香饽饽。谁手里掌控的上市公司多，就证明谁的实力强，谁就更容易在市场上呼风唤雨。

实际上，吕铁钢在证券市场上认识的资本玩家并不多，作为上市公司的高管人员，与他打交道最多的除了交易所，就是一帮银行、证券、信托等中介机构的人，也就是所谓的金融掮客。他将认识的人过滤了一遍以后，最后选定了张幼军。有意思的是，他选张幼军跟裴明海选他的逻辑是一致的，即选择一个处在这个行业边缘的人。这样的好处是将影响控制在一定的范围内。于是他拨通了张幼军的电话，约好第二天去他公司喝茶。

5

翌日，庄琪把张幼军按在办公室里给她起草那两只新发基金扩大投资范围的补充协议。吕铁钢敲门的时候，她让张幼军坐定了别动，生怕别人耽误了她的事情。

"吕总好，好久不见，什么风把你吹来了？请进来。"庄琪跟他并不陌生，热情地打招呼。

"恭喜发财！庄老板，股市都跌成这个熊样子了，就你挣了钱。

第十二章 转机

你可真是福大命大啊！"吕铁钢见面就送给她一顶高帽子。

"哈哈！你咋知道的？"庄琪非常受用，憨憨地问。

"尽人皆知！咱们这个行业说大不大，说小不小，到处都是你的传说。"

庄琪笑容满面，高兴得合不拢嘴："他们说啥呢？"

"还能说什么？有说你是财神附体的，有说你是观音菩萨脚下的小龙女的，总之是运气好得一塌糊涂。"

"哈哈哈！"庄琪开怀大笑，拉着吕铁钢的胳膊来到茶桌前，"你坐，我给你沏茶。有朋友送了我一些上好的铁观音，请你尝尝。"然后她又指了一下张幼军，说道："他正在给我们起草一份重要的法律文件，先不要打扰他。咱俩喝茶聊天。"

吕铁钢和张幼军彼此点点头，算是打过了招呼。

"吕总，你最近在忙些啥？"庄琪一边烧水沏茶，一边打开了话匣子。

"还能干啥？带娃和炒股。"吕铁钢叹口气说。

"收益咋样？"

"比不上你，"吕铁钢说，"没你胆子大，不敢加杠杆。"

"哪里呀，我自己也不敢炒股票，就是跟着银行、信托发理财。"

"一样的。虽然你没有亲自下场，但是你拉来的客户下场了，而你也为他们承担风险。这跟你亲自下场没什么两样。"

庄琪想了想，说："也是。"

"让我好奇的是，你是怎么躲过这次股灾的？难道真有高人指点？"

"一方面是因为我性格保守，感觉那阵子股市太疯狂，涨得太快，就让他们减轻仓位。"庄琪说，"另一方面，还是风控做得好。"

"有什么妙招？"

"谈不上什么妙招,"庄琪笑着说,"我们发的理财产品不是分优先和劣后吗?在我们发的劣后这部分,我再分劣后的劣后。也就是说,基金经理和操盘手自己买基金劣后的5%,亏了先亏他们的。这样环环相扣,他们的风险意识强了,自然不敢乱加仓。"

"你真是个天才!"吕铁钢赞叹道,"如果基金公司都采取你的风控措施,也许股灾就会避免。"

"也不尽然,"庄琪倒很谦虚,"杀跌起来也很疯狂,跑都跑不掉。"

"这样还被套?"

"可不是嘛!就是李大鸦那个死多头,我一再提醒他把仓位降低点,他就是不听,结果被套,损失惨重。那个产品被限制交易,我正为此发愁呢。"庄琪气呼呼地说。

"在一个坍塌的系统里,不可能有人独善其身。你已经很幸运了,比上不足,比下——绰绰有余。"吕铁钢宽慰道。

"我也是这么想的。"庄琪笑着说,"来,喝茶。"

"好茶!"吕铁钢喝了一口茶说,"庄老板,你的投资人里有没有实力强的?我是说10亿以上身家的?"

庄琪心里一紧,警觉道:"干啥?"

"你别误会,我不是要跟你抢客户。"吕铁钢摇摇头,微微一笑,说,"我的上一个东家昨天打电话说他们打算把公司卖了,让我问问有没有人要。"

"绿能宝?"正在忙碌的张幼军抬头问道。

"是啊,你有认识的朋友要买壳?"吕铁钢问。

"股票代码是多少?"还没等张幼军回话,庄琪急忙问。

"900758!"

"总股本7亿,股价9元,总市值63亿。去年营业收入9.37

第十二章 转机

亿，净利润 1300 万。"庄琪的手一边在手机上划来划去，一边快速地读取绿能宝的相关信息，"营收这么高，利润这么低，是不是造假了？"

"我不太清楚，"吕铁钢说，"我离开公司已经两年了。我走的时候公司还好好的，尽管当时的收入没有现在这么高。"

"你知道他们为什么要卖吗？"

吕铁钢犹豫了一下说："他们的原始股东想变现，但是通过大宗减持又慢又麻烦，就想一次性卖了了事。"

"大股东洁能科技持股大约33%。"庄琪翻开股东持股一栏，问，"这洁能科技是什么情况？"

"洁能科技是绿能宝的发起人公司，现在是一个持股平台。"吕铁钢说，"公司最初的创始人刘宏熙、裴明海带着 36 名员工创立了洁能科技，后来公司股改的时候引进了一些战略投资者，把主要业务给了新成立的绿能宝，洁能科技就变成了持股平台。"

"目前公司的主营业务有几块？"

"公司主营业务是与污水处理相关的装备制造、测试安装、工程建设、项目设计与监理、项目运营以及垃圾发电等。其中，污水处理的装备制造及销售占总收入的一半以上。"

"这是一家高科技企业？"庄琪问。

"是的，利用核磁共振分解污水中的有机物，这一技术曾获得国家科技进步奖一等奖。相关领域的奖项还有几十个，专利几百个。它在污水处理方面的科技实力位于全国前三甲。国家还在那里设立了一个博士后工作站。"

"他们要卖的话，就是把洁能科技持有的大约 33% 的股权卖了就行了吧？没有其他股权了吧？"

"对，实际上把洁能科技按股作价卖了就完了。"

吕铁钢话音刚落,庄琪一把抓着他的手说:"吕总,你不要找别人了,我来收!"

吕铁钢被她突如其来的动作吓了一跳,手里的茶杯"当啷"一声掉进茶盘的分水杯,弄得茶水四溅,打湿了他们的手臂。

"庄老板,我知道你发私募赚了些钱,但是要收购上市公司恐怕还勉为其难吧?"吕铁钢十分疑惑,心想她哪来这样的底气。

"那你不要管,"庄琪说,"反正我能弄来钱。你就告诉你们老板,我要收购。"

"我就只当你是跟我开玩笑吧。"

"为什么?"

"你不告诉我为什么收购上市公司,钱从哪儿来,收购后的计划和想法等,我怎么向我们老板汇报?我啥都没搞清楚就给老板打电话,你觉得他会相信我吗?"吕铁钢被她神神秘秘的样子搞得有些恼火,收购企业可是严肃认真的事儿,哪能像她这样说风就是雨的。

"你别激动嘛!"庄琪重新给他倒了一杯茶,很认真地说,"你知道的,政府部门严令禁止伞形基金的发行,我们这些赖其生存的私募基金就面临业务转型。刚才我为什么着急呢?一是此前公司没能在新三板挂牌上市,股东给了我们很大的压力;二是公司在主营业务方向上迟迟没有明确的目标,让我食不甘味、夜不能寐。现在你给我的信息,让我突然找到了方向。如果收购了这家上市公司,我们就围绕公司的环保主业,发行与之相关的基金,通过投资项目和孵化项目,然后转进上市公司——让上市公司以兼并收购的方式开展业务。这就是'PE+上市公司'的业务模式。相信我们的股东一定会喜欢的。"

"钱从哪儿来?按现在的市值计算,大股东持有的这部分股份价值近 20 亿呢!"吕铁钢说。

第十二章 转机

庄琪尴尬地一笑,看了一眼张幼军,示意他过来帮忙,然后对吕铁钢说:"我们确实没有那么多钱,但是我们的股东有钱,我们可以联合收购嘛!"

"收购了以后呢?我是说你们将如何对待现在的公司管理人员?"

"按部就班、一动不动。"庄琪说。

"除了《公司法》《证券法》规定的公司并购之后必要的董事会改选换届,经营层的高管人员暂时不动,除非人家想走。"张幼军补充道。

"对!"庄琪说,"我们又不懂经营,也不会经营。我们的长项就是募资发基金。我想今后大家还是在各自的领域发挥所长,优势互补,齐头并进。上市公司在细分领域做专做精,我们通过资金和项目给予最大的支持。"

"你这么一说,我就明白该怎样给老板汇报了。"吕铁钢说,"虽然你的想法不错,思路也很清晰,但是收购上市公司可不是一拍脑袋就能决定的事情,希望你们考虑清楚,特别是收购资金的问题。"

"你放心吧,收购上市公司也是我们股东的要求之一。收购资金的事情我能解决。你就把这个信息给你们老板传递过去吧。"庄琪说。

"回头我就把你们的意向传递过去,有消息及时反馈。"吕铁钢说,"关于收购资金的事情,请你们想清楚,拿出一个筹资方案。我可以不管不问,但我们老板一定会问清楚的。他可不好糊弄。"

"我明白。"庄琪看了张幼军一眼,又跟吕铁钢说,"吕总,你现在不是赋闲在家吗?干脆来公司当我们的董秘,协助张总一起收购这家上市公司呗!"

"啊?这太突然了吧,我可不是来应聘的。"吕铁钢说。

张幼军看他还在犹豫,急忙道:"铁钢,你过来吧。没有你,这事儿还真办不成。"

195

第十三章
谋皮

1

"你真的打算收购这家上市公司?"送走了吕铁钢后,张幼军急忙问庄琪,"你不是一时心血来潮吧?"

"你说呢?"庄琪不答反问,"如果不这么做,我怎么摆脱那些股东的纠缠?难道真的赎回他们手上的股份?钱都花了,拿什么赎回?现在有送上门的生意你不做,一旦错过了,再从哪里去找?"

"你赎回股份没有钱,买公司就有钱了?那可要十七八亿呢。"

"赎回股份是我要把收到的再退回去,是个人行为。买公司是投资,我们买了上市公司相当于变相上市了,就完成了对股东的承诺,他们还有什么理由要求我赎回?我不但不需要赎回,还要求他们再掏钱出来,帮我们一起完成收购。"庄琪泰然自若地说。

张幼军哼了一声,说:"投资是拿公司自有资金做买卖,怎么还要股东再掏钱呢?"

"我可以增资扩股啊。先做一轮融资,再去收购公司,不就解决了?"

"你想得美!"张幼军说,"当初股改的时候是锚定公司在新三板挂牌上市,现在这条路被堵死了,以前的估值方式便不成立,需要寻找新的估值方法,但是要像上次那样高估值难上加难。本来股

第十三章 谋皮

东们对这次未能挂牌就心存不满,你还要增资扩股让他们掏钱,你觉得有几个是愿意的?"

"我找新的股东进来不可以吗?"

"可以。但是你要召开股东大会,要讨论,要审议,一套流程下来,时间上还来得及吗?关键是,以目前的市场环境,你从哪里找到一下子给你十几亿的投资人?"

"不知道,我也不想知道。我就想走一步算一步,车到山前必有路。"庄琪有些歇斯底里。每每需要用钱的时候,她总因为钱不够多而恼羞成怒。

"公司和你手上的钱总共不到2亿,你怎么收?就按目前的股价打个折,按17亿的市值算,还差15亿,钱从哪儿来?"

"借,找过桥贷款。"庄琪一拍大腿,突然灵机一动,"你还记得当初跟我们一起到公司的蔡方新吗?他现在就给人做配资,背后有一众的江浙大佬给他做资金池。他除了股票配资,还做过桥贷款。"

"这个成本可不低啊!"

"那不要紧,凡事都有代价。"庄琪说,"等我们把公司收了,把股权质押给券商,再把钱还给他们。这不就可以了嘛!"

"那也是有成本的,公司分红能不能覆盖质押的资金利息?这里还有很多的不确定性。"

"这个不需要你操心。像你这样瞻前顾后,事情还干不干了?我现在还有别的选择吗?你现在的工作重点就是跟吕铁钢把收购方案做出来,钱的事情我来想办法。"庄琪看见张幼军叽叽歪歪的,心里就有气,怕跟他争下去,把她的信心磨没了,白白浪费了机会。因此,赶紧把他打发出去,让自己清静一会儿。

张幼军对庄琪收购上市公司的想法感到震惊的同时,内心还是相当期待的。他干了这么几年的投资银行业务，都是帮一些小企业挂牌新三板，属于小打小闹，完全没有挑战性。如果以小博大，帮她收购一家上市公司，那就可以在这个行业扬名立万了。借此影响力进入中金、中信这样的大投行也不是没有可能。说实话，庄琪这个女人现在就是个疯子、赌徒。收购上市公司可不是买件奢侈品那么简单，靠节衣缩食、东拼西凑就买来了，后续的公司经营和还本付息才是真正的困难之所在。15亿啊，无论是做质押还是跟银行借，那可都是负债，光利息就要压死人，想想都让人头皮发麻、不寒而栗。只有疯子才干这样的傻事。"既然你想干，我就帮你干，反正冒风险的是你不是我，何乐不为呢？"张幼军有些幸灾乐祸地想，"这件事情如果操作成功了，受苦受累的肯定是她，不是我。我不但可以一战成名，而且能拿到不菲的佣金——行规嘛，在哪儿都一样。最主要的是，依她这样的能力，公司买来后，今后的经营还不得靠我？让她负债我来经营，简直是天上掉馅饼——有百利而无一害啊！哈哈哈！"

张幼军笑着跑出办公室，他想找地方大醉一场，跟人分享一下内心的喜悦。可是从脑子里过了一圈，竟然找不到一个合适的人选。找个哥们儿吧，这事八字还没有一撇，万一说漏嘴让别人撬了去，岂不是竹篮打水一场空？回家吧，老婆又吵又闹的，烦死人。还不如去七星岛找个洋妞放松放松。主意已定，他便一挥手找地方潇洒去了。

2

裴明海一米八多的身高，二百多斤的体重，趴在武中医的按摩床上，几乎把整个床都占满了。他光溜溜的后背上吸了20多个拳头大小的火罐，被火罐吸附着的皮肤变得黑紫黑紫的，几乎要流出

第十三章 谋皮

脓血。这场面让他看似正在遭受某种酷刑，令人不忍直视，而他却一脸享受的样子，趴在那里翻手机。

武奇是沛县当地非常有名的老中医，八十多岁，鹤发童颜、精神矍铄。他留着一把齐胸的山羊胡须，盘起的发髻上插着一根细长的发簪，一副仙风道骨的模样。他走路蹑手蹑脚的，生怕踩死一只蚂蚁。

"你体内的湿气很重啊！"武奇一边低头观察火罐的情况，一边用右手捋着胡须说，"看来你最近心火旺、肝脾虚、肾精亏，是暴饮暴食、喝酒纵欲的结果吧？年过半百的人了，要将息身体，可不能像年轻时一样，没有节制。"

"唉，武老先生啊，"裴明海叹了一口气说，"前面几项你说得对，喝酒吃饭顿顿不落，就是纵欲不行。不知道为什么，现在总是软塌塌的，想纵都纵不起来啊！"

"心神不宁、精神涣散，当然徒劳无功。工作压力大？"

"一言难尽！"裴明海心里发苦，眼泪也跟着掉出来了。

武奇看他在抽搐，知道他心里难受，就安慰道："你先缓一会儿，调整好呼吸，等气血平稳了，我给你走走罐，理一理。"

武奇的话语犹如治病良方，让裴明海疲惫不堪的身心顷刻得以放松，似被催眠了一样，沉沉睡去。

他做了一个梦，梦见自己行走在一片荷塘之上，荷塘上烟雾缭绕，硕大的荷花时隐时现。和煦的微风轻拂脸颊，送来阵阵花香，令人心旷神怡。他脚踩在如毯子大的荷叶上，轻轻一点，身体便飘了起来，轻飘飘地像气球一样。他从来没有过如此轻松自在的体验感。他在清澈见底的水面上、花丛中忽上忽下，身轻如燕、飘飘欲仙。荷塘很大，望不到边，也看不见人。他想跳得更高一点儿，看得更远一点儿，看看能不能找到一个人。在这么一望无际的水面上

199

跳跃，还是有些孤单寂寞。

当他想法一多、心思一重的时候，身体突然一沉，不受控制地往下掉。他不愿落水，用意念控制身体往上升，可是身体还是越来越重，根本不听使唤，像一块巨石，扑通掉进水里。掉就掉吧，反正水很清，跳不出去就游出去算了。他一边思索一边用手划水，想找个方向游出去。他划呀划，手臂虽然在奋力地划动，但是身体越来越重，不断地往下坠。他越来越恐惧，感觉荷塘的泥坑里似乎有什么东西把他往下拽。他吓得张口大叫，可是脖子已经浸到水面以下了。他不敢大叫，仰起头张大嘴，努力不让水呛进喉咙里。这时，他发现荷塘里的水变得浑浊不堪。他嫌脏，手忙脚乱地想让身体浮起来，漂在水面上。可是他越挣扎水越脏，荷塘变成了粪坑，屎尿都快灌进嘴里了。他拼命挣扎着往上游，但后背好像被荷叶的茎给缠住了，一点儿力都使不上。眼看挣扎无果就要沉下去的时候，他忽然觉得背上一疼，当啷一声脆响，就醒了过来。

"裴总，您梦见什么了？动静这么大，把背上的罐子都抖下来了。"

听到玻璃瓶摔碎的声音，武奇的女徒弟兰花抢先走了过来。

裴明海蜷曲着两条胳膊，抬起头长长地呼了口气，接着头又趴在双臂上，调整了半天呼吸，才晃晃脑袋，自言自语道："这是个什么梦呢？"

兰花心思机敏，对有钱人格外殷勤："您做的一定是个好梦、发财梦。"

"唉！"裴明海尴尬地说，"掉粪坑里了，还是好梦？"

"发财梦！"兰花比他还要激动，"裴总，绝对是发财梦。大便就是黄金的象征，你掉进粪坑，预示着最近就要发大财了。"她说着，就给裴明海抛了一个媚眼，一只手搭在他的肩膀上，媚惑地

第十三章 谋皮

说:"裴总,有发财的好事儿可别忘了小妹我呀!"

"武老师教你周公解梦吗?"裴明海诧异地问。

还没等兰花说话,武奇已经走了进来,对兰花说:"小兰,你赶快把地上的碎玻璃收拾干净,我要给他走罐。"

"好的好的。"兰花一边乖巧地应承着,一边拿笤帚扫碎玻璃,还有意无意地拿她的肥臀在裴明海壮硕的身上蹭几下,想撩拨起他的欲念。这种若有若无的小动作,逗得裴明海心里痒痒的,要伸手去摸,考虑到武中医就在旁边,不敢造次,便咽口唾沫忍住了。

在兰花收拾残渣的时候,武奇已经将他后背上的火罐摘下来,20多个黑紫色的淤青印记非常显眼。武奇在他的后背上按压了几下,说:"这样拔不能祛根,还得走一下,连根拔起。"

裴明海心说,你已经给我走过好几回了,也没见连根拔起。但是话到了这一步就骑虎难下了,他明知道不管用,又不好意思拒绝,如待宰的羔羊,只能听之任之。再说,那种感觉还是令人难以忘怀的。想到这里,他浑身一颤:"那就走一下吧。"

武奇拍了一下他的后背,说放松一点儿,然后左手拿起一把镊子,夹住一团酒精棉,在兰花准备好的酒精灯上点燃,塞进右手上比刚才大一号的罐子里转了几下,把里面的氧气耗尽,让罐子呈真空状态后,把罐子扣在他的后背上。裴明海闷哼一声,后背开始战栗。武奇右手往上提了提火罐,确认已经吸牢了,然后又用左手轻轻拍了拍他的后背,再次让他放轻松一点儿。等他放松以后,又拿火罐轻轻往上一提,连带得皮肉都隆起来,然后从下往上慢慢走。裴明海只觉得皮和肉、肉和骨都要被分离了,一股火辣辣的疼痛直冲脑际。

裴明海抬头握拳砸了一下床头,大吼一声:"哎呀!舒服!"

兰花被他的表现逗得花枝乱颤,说:"裴总,你这是哭呢还是笑呢？"

武奇一边走罐，一边说："你这个人意志坚强，不会轻易掉眼泪的。"

裴明海龇牙咧嘴地说："我想笑笑不出来，想哭也哭不出来，整一个活受罪。"

兰花幸灾乐祸地说："你也有受罪的时候啊，我看你们这些大老板平时都是一副光鲜亮丽、人五人六的样子。"

武奇嫌她说话尖刻，怕惹裴明海不高兴，就对她说："别笑了，出去看着点。"

这个浓妆艳抹的半老徐娘，这才不情不愿、一步三回头地扭着腰肢出去了，也带走了一身刺鼻的香气。

"武老，人生活在世上，是不是来经历各种各样的痛苦的？你看这走罐吧，跟古代的酷刑有啥不一样？不同的是一个是被迫的，一个是自愿的。"裴明海强忍着割肉剥皮的痛苦说。

"那是当然。"武奇说，"你有没有听说过，人在世上要经历五毒、六欲、七情、八苦、九难、十劫？"

裴明海说："五毒、六欲、七情听说过，后面的八苦、九难、十劫却没有听说过。"裴明海想借说话转移疼痛，就龇牙咧嘴地接着往下说："这五毒是贪、痴、嗔、妄、慢五种烦恼。六欲是指眼、鼻、耳、舌、身、意这六根关联外界，由人对事物的欲望而产生痛苦。七情是指喜、怒、忧、思、悲、恐、惊七种导致人们痛苦的情绪。"

"然也！"武奇一边拿着火罐给他慢慢地上下推，一边说，"你知道这五毒、六欲、七情，说明你还是有灵性的人。而这八苦是生、老、病、死、怨憎会、爱别离、求不得、五阴炽盛这八种人生不可避免的现世经历。九难是指出生难、老病难、病苦难、爱别离难、怨憎会难、求不得难、道途难、修行难、证果难这九种难以解决的问题。十劫则是指人们为了从轮回中解脱而需要经历的十个劫数，包括无始劫、无量劫、无边劫等。你看这五毒、六欲、七情、八苦、九难、十劫里都苦难，哪有半点儿喜乐？"

裴明海听了武奇的说法，突然感觉不到疼痛了，他想直起身，却被武奇按住——罐还没走完呢。他叹道："唉！生有何欢，死有何哀！你说这人活着还有什么意义？"

"经历、体验、感受、痛苦、觉悟。就人的肉体而言，就是经历八苦，走个过场；从灵魂的角度看，是体验九难；从修行的过程看，是感受十劫；综合起来就是在痛苦中觉悟。"

"觉悟的目的是什么？"裴明海似乎有所明悟，急切地问道。

"活着，更好地活着！"武奇说。

裴明海刚才的一丝感悟又被他一句话整糊涂了："我都四大皆空了，还怎么更好地活着？难道要出家当和尚吗？"

"你对觉悟的理解还停留在物质层面。并不是说你抛弃了钱财、戒酒戒色就是四大皆空。觉悟就是你对每一次痛苦、每一次劫难都能坦然接受，渡过了这一次，再经历下一次。以苦为乐，循环往复，直至大彻大悟，摆脱轮回，斩断因果，修身成佛。"

"那就是说，痛苦是没有尽头的，体验是各不相同的，人性是不分善恶的，金钱是可以开道的，美食是百吃不厌的，权力是要弄不完的，到头来还是白忙的？"

武奇被他的这番感悟震惊得无以复加，哆嗦着双手说："你的悟性真高。"

这时，裴明海的火罐已经走完了，他的后背一片青紫色，犹如遭受过廷杖一般。但他完全感觉不到痛苦，只觉神清气爽，站起来长吁一口气，又道了声"痛快"，便走到前厅。

兰花端来一杯泡好的春尖，媚笑道："裴总，请喝茶。感觉好些了吗？"

裴明海接过茶杯，淫邪地将她打量了一遍，说："好极了！武先生果然手段高明，手到病除。当然，他的徒弟也很好、很漂亮嘛！"说话的时候，他的眼光始终停留在她高耸的胸脯上。

喝过茶后，裴明海披上西装，从口袋里掏出一沓钱放在桌子上，对武奇道了几句谢，便要起身离去。武奇说："祛病要去根。我这里配了一些药，已经制作成药丸，省得再煎煮。你拿去早中晚各服一次，每次20粒，连服两个月，体内的湿气就全没了。"

裴明海看见兰花已经拎了一大兜包好的药递了过来，便接过药包，又从口袋里掏出一大把钱，塞进她手里，说了声"好"，轻身而去。

"有钱人真好！我怎么才能做个有钱人呢？"兰花望着他远去的背影，含情脉脉地说。

武奇对他们俩在自己眼皮子底下眉来眼去十分不满，没好气地对她说："你就做梦吧！"

兰花知道他是嫉妒，急忙把钱塞进口袋里，上去拉着他的胳膊，娇滴滴地说："师父啊，您多高的修为呀，不会因为这个坏了您的道行吧？我就是想多弄点钱，看见有钱人就羡慕不已。"

"你看到的只是表面的东西，实质上的东西只有他们自己知道。那大把大把的钱可不是随随便便得来的，都是血汗钱哪！"武奇一边说着，一边伸手从她口袋里掏钱，"除非……"

"除非什么？"兰花见他要掏钱，旋转腰身顺势坐进他怀里，使他无从下手。

"除非你有权有势！"

"我这一辈子注定既无权又无势，只盼望着买彩票中500万。或者谁给我500万，我就跟他走。"

第十三章 谋皮

"小河沟里钓不到大鲨鱼,你还是去找你的星辰大海吧!"武奇被她压得快喘不过气来,想撑她走。可她就是不起身,等他双臂酸麻的时候,她才一跃而起,快速跑走了。

3

武奇的小院门前就是一片荷塘,但是跟裴明海梦境里的荷塘简直是天差地别,何况荷花还没有长出来。水面在阳光的照射下,一闪一闪地晃动着亮光。现在正是草长莺飞的春季,低垂的杨柳在反射光的映衬下,显得翠绿翠绿的。裴明海出来后,心情愉悦,一身轻松。他沿着荷塘信步前行,等渐渐远离了武奇的小院后,甩手将手里的药包往水深的地方一扔。药包在空中画出一道优美的抛物线,然后砸在水面上。

裴明海看着药包被水浸湿,慢慢地沉下去,舒畅极了,甚至连心病也一消而散。他忽然找到了那种"沉舟侧畔千帆过,病树前头万木春"的感觉。

他的经营方式跟他的性格一样,猛打猛冲、勇往直前。他膀大腰圆,碧眼双瞳,酷似楚霸王。然而,当人们恭维他是项羽后裔的时候,他总是无奈地低头叹息,项羽的后裔怎么可能出现在刘邦的故乡,难道是造化弄人?这方面的困惑当然不能影响他把公司的业务拓展至全国各地。他把商业半径推广至新疆、内蒙古一带,离他沛县的大本营几千公里远。他拿着公司上市募集来的12亿资金,收购、兼并、整合上下游产业链,试图将公司打造成绿色环保的全产业链集团。他还在塔城投资兴建绿能宝智慧绿色产业园,在落地绿色制造装备的同时,将手伸向了房地产开发领域。这一系列的战略布局为他赢来声誉、尊重的时候,他突然发现公司资金链要断了——没钱啦。他这才认识到自己是在一条盲目自大的道路上孤军奋战,被饿鬼、食客、利己者深深包围。

让一个陷入癫狂的人恢复清醒,莫过于掏空他的口袋;让一个赌徒回头,最好拿走他的全部筹码。掏空裴明海口袋的正是他寄予厚望的塔城绿能宝智慧绿色产业园。他本以为通过产业拿地,介入房地产开发领域又能为企业的收入开辟一眼源头活水,实现两条腿走路的战略方针,但是,就因为他好大喜功而又遇人不淑,结果产业园最赚钱的房地产开发业务被当地的合伙人拿走了,甩给他的是实打实的产业投资。没有房地产开发作为回血支撑,产业园的建设是举步维艰的,事实上也是不可行的。只有净投入,没有净收入的事情是难以为继的,产业园项目很快就烂尾了。连带地,公司其他经营收入也因为前期扩张太快出现了巨额亏损。但是为了粉饰业绩,维护股价,他与证券市场上的那些自以为是的家伙一样,毫无二致地干起同一件事——造假。可是造假这种事情,有了第一次,以后就再难停止了。在巨大的精神压力下,他想赶紧把这个烫手的山芋甩出去,找一个不知天高地厚的倒霉蛋接盘。

裴明海没有在外晃荡很久就回到了办公室,随即喊来了他的得力助手——公司副总经理白宝山。

白宝山是公司36名创业者之一。他四十多岁,中等身材,精明能干,跟裴明海走南闯北,为公司开疆拓土。公司里的重大事项只要他们俩达成一致,便基本定调,剩下的就是执行。而在执行方面,白宝山也毫不含糊,带领团队雷厉风行地执行到位。他为人严谨,在公司的时候就穿一身蓝色的工装,经常下到车间一线跟技术人员一起攻克技术难题。因此,他算是公司高管里既懂技术又善于管理的人。

"董事长,你找我什么事儿?"白宝山见领导、见客户都是面带三分笑,与在员工面前不苟言笑的表现大相径庭。

第十三章　谋皮

"关于卖公司的事情，目前北京的一家私募基金公司很有意向。"裴明海早当他是自己人，说话直截了当、直奔主题，"我打算这几天过去跟他们接触一下，了解对方的真实意图和公司实力。"

"前一阵子鲁能股份、徐工机器不是也来跟我们谈过收购吗？不跟他们谈了？"白宝山问。

"狡兔三窟、货比三家。咱可不能在一棵树上吊死。"裴明海高深莫测地说，"这两家公司固然都有实力，但是他们的要求也很高。我们的这点体量对他们而言不值一提，因此被他们收购兼并后，咱们这些人基本就要退居二线了。将来管理公司的都会换上他们自己的人。而北京这家私募基金传递过来的信息是，根据《公司法》只改组董事会，但是不参与公司经营，与现在的管理层对赌业绩。这种要求对我们来说十分有利，等于我们把公司卖了，公司经营还归我们管。"

"他们既然不参与公司的经营，那么收购我们又有什么意义呢？"

"他们的长项在投资和募资端，理念是'PE+上市公司'。也就是说，他们围绕我们的主营业务、环保理念，发行私募基金，再将募集到的资金投给我们上下游产业链的公司，等这些公司产生了利润，然后被我们收购，从而实现上市退出。"裴明海说，"这与我们当初的想法非常相似，甚至是一个套路。只是当时咱们手上有了钱就拿去收购兼并做投资，忽视了募资这个环节，以至于最后捉襟见肘，难以为继。现在，他们既然以他们的投融资长项跟我们强强联合，我们便没有了后顾之忧，以前停滞的项目又可以重新启动了。"

"董事长，我觉得这件事情我们一定要慎重对待。"白宝山说，"我很同意你多找几个投资人的想法，对他们的实力、真实意图要了解得彻彻底底，选择对公司发展最有利的投资人合作。比如，与鲁能合作能拓展公司的业务范围，与徐工机器合作可以提高公司的装备制造能力。只要公司的主营业务能力提高了，这样的收购兼并不仅对公司有利、员工有利，而且能让股东受益，一举多赢。怕就怕那些自以为是、搞资本运作的，炒题材、炒概念，翻云覆雨，拉抬股价，收割股民。这些人来的时候都是一副很和善的面孔，你干你的、我弄我的，说我们是强强联合、优势互补，一旦完成股权过户，他们会立刻换一副嘴脸，面目狰狞地改组董事会，清洗高管人员，把上市公司弄得一地鸡毛。这样的例子俯拾皆是，举不胜举，不得不当心啊！"

"你的担心不无道理，"裴明海说，"这些问题我也认真思考过。就目前我们的这种情况，必须先找一个投资人把风险转嫁出去。让雷在别人的手上爆炸总比炸在我手里强。等风险外溢，别人焦头烂额的时候，咱们把它再收回来，也未尝不可。"

白宝山最烦他这种自以为是又模棱两可的样子。他总是把好端端的事情搞得很复杂，最终弄得不可收拾。想再提醒他几句，可他哪里是听得进别人话的人？索性闭口不言，等以后人多势众的时候再说，毕竟这么重要的事情，还是需要股东们表决通过的。

4

庄琪知道，收购一家上市公司，并不像公司在新三板挂牌上市那么容易被股东们接受。因此，要顺利如愿地收购绿能宝，必须征得重要股东的支持，才能得偿所愿。其中，第二大股东穆星的态度尤为重要。她不得不再次来到穆星的办公室，设法取得他的支持。

"我不反对你的想法，"穆星听了她的计划后深为震惊，"我是怀疑我们是否有这样的资金实力收购一家上市公司。另外，收购一家上市公司并不是十分困难的事情，而困难的是未来如何经营这家

第十三章 谋皮

公司。你不会是为了收购而收购,没有一点儿如何经营好、规划好这家公司的想法吧?"

"那倒不是,我还是希望把它经营得更好。"庄琪说,"我的想法是把上市公司作为资本运作的平台,发挥我们募资能力强的优势,兼并一些优质资产,注入上市公司,实现上市退出、资本增值的目标。然后继续发基金,继续兼并资产,像滚雪球一样,不断做大。等我们的实力积累到一定程度,再收购一到两家公司,通过这种模式,继续做大做强。"

"你这是想复制德隆系'PE+上市公司'的运作模式吧?"穆星说,"然而,这种模式已经被他们证明行不通。有些在理论上很好的模式,在现实中根本不可行。当然,并不是这种商业模式不可行,而是在实际的操作过程中,出于这样那样的原因走样了、跑偏了。目前,全世界做通、做成功这一模式的,只有 J.P. 摩根公司一家而已。"

"有个成功的榜样就行啦。"庄琪说,"咱不就是想给股东们一个交代嘛。收购一家上市公司,等于咱们也变相上市了,股东持有咱们的股份相当于持有上市公司的股份。另外,咱们将来的经营模式也有成功的案例和对标的基础。"

"直接上市与间接上市还是有千差万别的。"穆星对她这种弯弯绕绕的小伎俩很头疼,"即便你的这些理由很充分,但是收购公司的钱呢?我不相信咱们公司有这个资金实力。"

"想办法借呗!"庄琪不以为然地说,"等我把上市公司收购了,然后把股权质押了,再把钱还了不就得啦。"

"我的姐啊!"穆星快被她惊掉下巴,"十几二十亿,你从哪里借那么多钱去?就算你把股权质押了,每年的利息也是一个天文数字。你收购的公司每年贡献的分红能覆盖资金成本吗?你不会想拿凭运气赚的钱博一把,余生都为之还本付息吧?"

"现在只能是走一步算一步,相信我的运气不会那么差。"庄琪自信满满地说,"首先投入战斗,然后决定胜负。我对证券市场有足够的信心。我认为3月30日股市2800多点就是底部,今后会随着投资者信心的恢复持续走牛的。公司股价在大盘最低点的时候也没有跌破7元,说明它的基本面还是很好的。如果股市走强了,突破前期16元的高点并不是没有可能。届时,我再通过大宗减持也好,转让也好,回笼资金。回笼的资金不但可以偿还借款,还能白白得到一家上市公司。你说,还有比这更好的生意吗?"

"我真佩服你的勇气!"穆星说,"如果证监会主席换成你,股市早就上万点了。你看这家公司近三年的财务报表。前两年公司营收比较稳定,每年5亿左右的营业收入,净利润4000多万。而去年的营收一下到9亿多,利润却不到1000万。其中肯定造假了,你可不能不小心一点儿。"

"明白,这由张幼军、吕铁钢他们去把关。"

这时,她的手机电话响了。

她想借此缓和一下跟穆星的争论,就拿着电话对穆星说:"我接个电话。"

穆星点点头,扭头盯着电脑上的股票行情,试图寻找绿能宝的财务漏洞。

"喂!你是庄琪吗?"电话里传来底气十足的男中音。

"是的,你是哪位?"

"我是二龙路派出所的民警。"胡警察说,"张幼军是你们公司的人吗?"

"是的。他怎么啦?"庄琪不解地问。

"他嫖娼被抓了,你们派人过来领人吧,顺便带上5000元的罚款。"胡警察没等庄琪回应就挂断了电话。

庄琪一时半会儿还没有反应过来,举着手机对穆星说:"张幼军嫖娼被抓了!"

穆星先是震惊,然后又强忍着笑意,问:"关哪儿了?"

"二龙路派出所。"

"警察是什么意思?"

"交罚款、领人。"

"那就没啥事情,属于轻微违法,或者说嫖娼未遂。"

"你咋知道的?"庄琪见他门儿清,疑惑地问。

穆星脸一红,急忙解释道:"你可不要胡乱猜测,我也是听别人说的。你赶紧去把人赎回来吧!"

"他为啥不让他老婆去赎他?"

"肯定是不想让他老婆知道呗!"穆星又被她绕得头晕,"这种事情打死都不能让老婆知道。"

"知道了会怎样?"

"还能怎样?离婚呗!"

"那我让他老婆去赎人。"庄琪说着就要打电话。

穆星这才意识到自己说错话了,急忙阻止道:"你知道他为什么要你去接他吗?"

"不知道。"

"一是他信任你,二是你需要他。"穆星说,"现在是你收购上市公司的关键时期,里里外外都需要他的帮助。如果这时候你拉他一把,让他保住颜面,那么你的收购工作会顺利很多。"

庄琪思考了片刻说:"你说得对!"

第十四章
鲸吞

1

庄琪怕夜长梦多，去晚了张幼军被警察扣住不放，耽误她的事情，就火急火燎地跑到二龙路派出所。到了派出所，她看见张幼军还在跟胡警察打嘴仗。她并没有急于上去领人，而是躲在一边听他们说话，想弄清事情的来龙去脉。

"我什么都没干，凭什么罚款5000元？"张幼军不满地抱怨道。

胡警察倒是很有耐心，乐呵呵地问："你去那儿想干什么呢？"

张幼军老脸一红，低声说："我不是跟人学英语嘛。"

胡警察大笑着吐出嘴里的茶水，说："你带着一个说俄语的女人从东城跑到西城，就是为了学英语？简直太可笑了。再说了，学英语哪儿不能学？非得开个房间学？"

"那里不是更安全、更有学习的氛围嘛，老百姓这点私生活还被你们盯住不放。"

"都怪你运气不好，想学习的时候赶上了'扫黄打非'。"

"关键是我什么都没干啊！"

"你要是干了的话，就不只是5000元了，而是罪加一等，拘留15日。"

庄琪听说还要拘留15日，急忙走到胡警察跟前说："警察同

第十四章 鲸吞

志,我们接受罚款,请你把他放了吧!"

胡警察怪异地扫视了他们几眼,然后对庄琪说:"你到前面大厅交罚款、办手续就可以把人领走了。回去以后要对他进行批评教育,树立正确的人生观、价值观。学英语不要找错了对象,学成四不像。"

张幼军还是对自己被罚感到愤愤不平,临走的时候还问胡警察:"既然要处罚,那也应该处罚两个人才对啊,你们怎么把那女人放了?"

胡警察似笑非笑地说:"人家来中国旅游,人生地不熟的,被你们这些臭流氓拉下了水。你难道还要去打一场国际官司吗?"

张幼军气得脸色苍白,扭头便走。

出了派出所大门,张幼军狠狠地往地上吐了一口唾沫,骂道:"真晦气!"然后就抬起头想向庄琪解释。还没等他开口,就见一只肥胖的小手迎面而来。"啪"的一声,他的脸上顿时感到火辣辣地疼。

"你连老娘都满足不了,还去找洋妞?"庄琪愤怒地说,"你这个臭不要脸的,家里有老婆、外面有情人,还要嫖洋妞,还是不是人?"

张幼军被她一巴掌打蒙了,刚想还手,突然发现周围的人以怪异的眼光看着他,于是急忙上前抱住她,防止她再出手。俩人连推带搡地朝停车场走去。

回到公司后,庄琪依然不依不饶地要求张幼军对他的荒唐行径作出解释。有所不同的是,这次她表现得十分冷静、克制。

"你倒是给我把这个事情说清楚,"庄琪说,"你家里有老婆,还跟我保持着情人关系,为什么还要在外面嫖娼?"

"纯粹是为了好玩儿,寻找刺激而已!"张幼军知道瞒无可瞒,寄希望于坦白从宽。

"找刺激？你不觉得恶心吗？"

"游乐场的过山车让你恶心吗？"

"恶心！"

"那你为什么一遍一遍地玩？"

"够刺激！"

"那不就得了。对男人来说，嫖娼跟玩过山车一样，都是为了找刺激。"

"一样？别胡说八道了。"庄琪不以为然地说，"如果都依你所说，那天下的男人岂不都是嫖客？"

"说都是嫖客打击面肯定太大，说绝大多数男人是嫖客或者有嫖客心态则千真万确。"

"你就给自己开脱吧！我看绝大多数男人都生活得规规矩矩的，没有像你一样出去嫖的。如果都像你说的那样，还有幸福的家庭和爱情吗？"庄琪由此联想到自己的家庭和婚姻，心头不禁一黯。

"规规矩矩地生活跟嫖不嫖没有多大关系，而跟他们的收入有极大的关系。很多老实人之所以老实，是因为被他们的收入限定在那个圈子里，没有变坏的机会和条件。一旦让他们找到变坏的机会，拥有变坏的条件，他们立刻从圣人变成禽兽。比如，有了钱的我。"

"你的钱很多吗？"庄琪跳起来踢了他一脚说。

"我就是举个例子。"张幼军躲过她的攻击，毫无廉耻地说，"也有不少洁身自好的正人君子。但是在现今这个物欲横流的社会，这种人已经越来越少了，快绝种啦。越来越多的是道貌岸然的伪君子。从教授到禽兽也就一步之遥！"

"你这么理直气壮地找理由，难道没有一点儿愧疚感吗？"

第十四章 鲸吞

"谁干坏事的时候没有负罪感?"张幼军说,"嫖娼跟人的好坏没有必然关系,绝大多数男人将玩和正常生活划分得清清楚楚,两者之间有一条清晰的边界。可以在边界线上跳舞,但绝对不会越界。至于极个别好赌滥嫖、倾家荡产的,那纯粹是钱多惹的祸。"

张幼军毫无廉耻地大放厥词,让庄琪又可气又可笑,想必他是个惯犯。

正当他们还要继续往下讨论的时候,吕铁钢推门进来说:"绿能宝的裴明海来了。"

2

庄琪对于裴明海的到来毫无思想准备,或者说她根本就不知道要跟他谈什么、如何谈。迄今为止,她还没有遇到过如此重要,而且数额如此巨大的商业谈判。就她手里的那仨瓜俩枣,去收购十几二十亿的上市公司,简直就是痴人说梦,除非别人主动送上门来。问题是,别人凭什么把好端端的一碗饭端到你跟前?你有什么让别人心动的东西?没有。庄琪思来想去,最终也没找到让别人心动的东西,只能硬着头皮往上顶,走一步算一步,成与不成就看老天爷的脸色了。因此,既然决心要干一票大的,气势上就不能输。她让张幼军、吕铁钢把裴明海安排在钓鱼台大酒店住下,好吃好喝伺候着。休息一天后,双方约在酒店一间安静的茶馆里见面。

裴明海对于琪石投资的掌门人是一个新锐女强人这一点有充分的准备,而且怀有极大的好奇心,想近距离一探究竟,看她是如何在波谲云诡的股市里搏风打浪、发家致富的。但是在见到她本尊的那一刻,他大失所望,不屑之情溢于言表。在裴明海眼中,这个像莫泊桑笔下羊脂球的女人,虽然有娇小、丰满、耐看的一面,但是自内而外散发出自惭形秽、小心翼翼的气质。尽管她身着一袭香奈

浮华

儿的红色公主服，脚穿路易威登的小皮靴，手腕上戴着百达翡丽的腕表，手里拿着爱马仕的手包，但这些奢侈品不仅没有让她显得更高雅尊贵，反而衬得她土得掉渣。一个人的底气绝对不是靠虚张声势装出来的，而是才气和财气的加成，是认知力和经济实力的综合体现。因此，裴明海一眼就看出庄琪不过是走了狗屎运的乡巴佬儿，与这样的人谈并购简直是对他的侮辱。

庄琪从裴明海挑剔的眼神中看出了他对自己的不满，这顿时让她敏感脆弱的自信心受到了打击。握手问好的时候，俩人的气场一相遇，就像小鹿撞在大象身上，高下立判。她蜷缩在一个半圆形的藤条椅中，拿着两部手机自顾自地把玩，听着他们几个男人毫无顾忌地闲扯。作为公司老板的她不开口，纵使有张幼军、吕铁钢拼了命地帮腔，也无济于事。于是，在东拉西扯的闲聊中逐步失去耐心的裴明海把茶杯往前面一推，说："你们很年轻，很有朝气，我真是好生羡慕。但是像收购上市公司这么重要的事情，光有热情和勇气是不行的，关键是有实力。还有就是把上市公司带向何处的问题。"他又看了一眼庄琪说，"显然，你们并不具备收购这家公司的实力和准备。"然后，他就想起身告辞了。

庄琪见他要甩胳膊走人了，知道错过这次机会，将来就更没有这种送上门的机会了。于是，她急忙直起身，紧张地说："裴总，我们不懂经营，也不会经营，公司还是您说了算，一切都不变。我们发我们的基金，找一些好的项目注入上市公司，让上市公司的市值达到上百亿上千亿，让公司成为证券市场上最耀眼的明星企业之一。我相信，这家公司在您的带领下，再加上我们资本的助力，实现以上目标并不是一件困难的事情。"

她的声音很小很柔，似乎来自遥远的天际，但是有春风化雨般的奇效，声声入耳、句句入心，使裴明海坚硬的心马上变得柔软，

第十四章 鲸吞

再看庄琪时，此人已由之前的黄脸婆变成了可爱的小萝莉。实际上，打动他的就是那句"公司还是您说了算，一切都不变"。这也是裴明海心里最好的收购方案。把公司的所有权转让出去，而实际的控制权和经营权还依然牢牢地掌控在自己手里，正是他梦寐以求的解决公司危机的最佳方案。这样的方案看似简单，实际上极不容易实现。因为，这要求他的交易对手愿意扛下所有的一切，换句话说，就是找一个傻瓜把风险转嫁出去，而他们享受收益。所以，鲁能股份不行，徐工机器不行，只有庄琪这个傻瓜行。

裴明海抑制住内心的狂喜，轻声问："钱从哪里来？"

一说到钱，庄琪又像霜打的茄子，怯生生地说："我们会筹集到的。一定有办法的，我们的股东很支持我们。"

裴明海知道她在说谎，但是并没有揭穿她，因为根本就没有那个必要。明知是个火坑，是她自己非要往里跳，那就顺其自然。他对张幼军说："我需要一个明确的收购计划。要求写明收购方式、资金安排、过户、质押、董事会改选、管理层激励等。这次算是我们第一次接触，我回去后也要跟我们的股东汇报一下，下次再见面的时候，我们需要一个完整的收购方案，根据方案再继续往下谈。"

"没问题，请您放心！"张幼军说，"收购方案两天后就可以给您。不过，有个建议我提前跟您说一下。"

"你说吧！"裴明海此刻倒是耐心十足。

"现在洁能科技占绿能宝的股份是32.7%。根据有关的法律法规，大股东持股占总股本30%以上的，无论是减持还是收购，都需要信息披露，而持股30%以下则不需要。所以，为了方便今后更加顺利地进行收购兼并等工作，减少监管环节，我建议你们先通过大宗减持卖掉一部分股份。这样，无论是我们还是其他投资人，只要双方合作谈定，就可以直接发公告了，而无须发要约收购的公

217

告。否则会很麻烦的！"

"你的这个建议很好，回去我们研究一下，迅速办理。"裴明海点头答应了。

裴明海临走之前，把吕铁钢叫到酒店的房间，还想对庄琪的底细做进一步的了解。

"这公司的实力究竟咋样？能不能拿出钱来收购我们公司？别没钱瞎吆喝，浪费时间。"裴明海还当吕铁钢是自己人，说话直截了当。

"老板，要他们一下子拿出十几二十亿，的确没有。说实话，现在市场上还没有哪家公司账上趴着一二十亿的真金白银，等着收购上市公司。都是投行思维、杠杆思维，以小博大——以自有资金加杠杆资金把公司买下来，再将股权质押出去，把过桥贷款还了，然后偿还利息就行。只要未来股息能够覆盖利息，就是一笔划算的买卖。"

"我是怀疑他们自有资金连两亿都不到，她拿什么收购？这女人不像是个有钱人，她有什么背景吗？"

"没有！"吕铁钢对裴明海识人善辨的能力一向很佩服，因此不敢有丝毫的夸大其词，"就是运气好而已。她之所以要收购上市公司，完全是因为挂牌新三板失败，无法给股东交代，这才有了收购上市公司，实现曲线上市的计划。庄琪这个女人能力一般，就是胆子大、好冒险、不计后果。别人不敢干的事情她敢干，别人不敢背的债她敢背，这样的人还是很好控制的。"

"如果她能找到收购资金，咱们就继续往下谈。至于这钱是她募集的、借的，还是偷的，我都不管，只要她能把咱们的股份接过去，把钱给我们就行。"裴明海说，"给他们限定一个期限，如果在限定的期限内找不到钱就算了,你再找找别人。"最后,他似有所指地说:"这也不是特别着急的事儿,公司账上还趴着3亿的现金,维持今年的运营还是没有问题的。"

吕铁钢对他的话将信将疑,因为他跟庄琪一样,嘴里都没有实话。拿他们两个做对比,虽然有些可笑,但他们确实是一类人。吕铁钢嘴上应承着,心里却在发笑。

3

对于收购兼并一家上市公司这么重大的事件,保密工作必须贯穿始终。没有谁在事情尚未有定论的情况下,就把事情炒得沸沸扬扬,天下皆知。那样只能招来监管的注意、交易所的质询、市场的炒作、游资的追捧,凡此种种,只会增加交易成本,有百害而无一利,除非庄家为了让游资拉抬股价有意为之。庄琪不是庄家,她压根就没有想到利用信息优势,进行收购兼并和二级市场炒作比翼齐飞的操作。她还在为收购资金的来源焦头烂额呢,哪里还有心思布局二级市场?何况那根本就不是她的长项。她属于线性思维,直来直去,能把一件事情弄好就不错了,几件事情叠加在一起,阵脚顷刻就乱了,像一只无头的苍蝇。

"保密、保密、一定要保密。"上午她还在员工面前信誓旦旦地要求对收购兼并工作保密,下午她自己就说漏嘴了。

自从刘文亮成了公司股东以后,闲来无事就往公司跑。按他的说法,这是他投的第一家PE,因此他常以投资人的身份自居,悉心呵护公司,与公司共成长。公司在新三板挂牌上折戟沉沙让他懊恼了好一阵子,但这并没有磨灭他投资的信心,反而让他产生了主人翁的使命感。他三天两头往公司里跑,对这里的一切自然一清二楚。

"冠军,你们这次又拿了几个冠军?"吴小莉看见他穿着一身运动服,趾高气扬地走进来,打趣地问道。

"全包圆儿!"刘文亮得意扬扬地说。

"那发了不少奖金吧?"柳青急忙问。她刚从霍尔果斯回来没多久,正在给庄琪汇报工作呢。

"庸俗!你们这些人就惦记着钱,钱能比得上荣誉吗?我们打比赛、拿冠军是为国争光,为祖国人民赢得荣誉。哪像你们,就知道钱、钱、钱!"

柳青被他一本正经的样子逗得咯咯直笑:"我就喜欢钱,喜欢闻钱的香气、喜欢数钱时的触感、喜欢听钱掉在地上叮咚作响的声音,就跟你打乒乓球似的。有错吗?"

"哎呀,想不到你的钱还有节奏感。"刘文亮眼前一亮,似乎发现了一个好苗子,"你听我说,你要是去搞体育,一定是个好运动员,能拿世界冠军!"

"算啦,我连国家队都进不了,哪儿还拿得了世界冠军?让我数钱数到手抽筋,我就已经心满意足了。"

"俗、俗、俗!"刘文亮一边说,一边从口袋里掏出巧克力发给大家,"在瑞士买的,尝尝。"

"这次你又弄了多少钱?"发到庄琪时,她面带桃花地问。

刘文亮略显尴尬地看了大家一眼,笑着说:"没多少,千八百万吧!"

"啊!那么多?1000万啊,一场比赛能赚1000万,早知道这样,我也去打乒乓球了。"柳青惊叫道。

"几个人凑的。"刘文亮红着脸说,"我们几个人又凑了1000万,打算买点啥,有好股没?"

大家听说是凑的,心里头才平衡一点儿,没有多说话,扭头忙各自的事情去了。

第十四章 鲸吞

实际上，从刘文亮进门的那一刻起，庄琪就从他嘚瑟的样子看出他口袋里有钱了，因此也就开始盘算如何利用他的钱。

"你想干点啥？"庄琪问。

"没想好。"刘文亮不想提前暴露想法，反问道，"你最近忙些什么？有好股没？"

庄琪想了一会儿，然后在电脑上飞快地打开股票行情，示意刘文亮过去："看看这只股票。"

"绿能宝，900735，6.7元。能买吗？"刘文亮凑到庄琪跟前，看着电脑说。

"当然！"

"有啥消息？"

"没有。"庄琪犹豫了一下，又环顾四周后，把头一扬说，"我要收购它。"

"啊！"刘文亮不可置信地说，"你有这实力？"

庄琪挺直腰杆，装出一副财大气粗的样子说："那又咋样？收就收喽！"

"我是说这得花多少钱？"

"十七八亿呗！"

"你有这么多钱吗？"

"想办法呗！"

"牛，你可真是大手笔。佩服、佩服！"

张幼军对庄琪的胡乱夸口十分不满，因此出言阻止道："你刚才不是还要求大家保密吗，怎么现在就不打自招，自己破坏自己制定的规则？这可是内幕交易啊！"

庄琪红着脸，强词夺理道："文亮是我们自己人，知道了有什么关系？他又不会告诉别人。再说了，别拿内幕交易吓唬人！"

"我可不是吓唬你,"张幼军说,"从此刻起,我们这些人,以及各自的亲戚朋友,如果买了绿能宝,都将涉嫌内幕交易。这是《证券法》规定的。"

"哎!我说银行家,别拿着鸡毛当令箭。你听我说,如果人人都守法,你就不会找洋妞了!"

刘文亮自从得知张幼军跟庄琪勾搭成奸以后,心里很不平衡。本来他最有机会先占她便宜的,稍一矜持却被张幼军捷足先登了,想到这他便气不打一处来,暗自跟张幼军较劲。因此每次见面都阴阳怪气地讽刺挖苦他,把投行家故意叫作银行家。

大家被刘文亮逗得哈哈大笑。张幼军气急败坏地说了一句:"你可别不信,否则哭都来不及。"便出去了。刘文亮后来真的为此付出了代价,哭都哭不出来。这是后话。

看着张幼军夹着尾巴逃跑了,刘文亮舒坦极了,好像又赢得一场比赛一样。

"真的能买吗?"他还是觉得赚钱更重要,急忙问庄琪。

"能买!"

"啥时候进?什么价位进?"

"等我电话。"

"那好吧,"刘文亮搓着双手说,"希望这次跟着你发大财!"

"没问题。"庄琪说着从抽屉里拿出一份文件,把前面几张有重要内容的页面拿掉,留下签字页,说,"这是给琪石19号转款的协议,你在这个地方签个字,咱们转一笔款过去,大唐基金就恢复琪石19号的交易了。趁现在行情企稳了,咱们把它的损失补回来。"

刘文亮心里咯噔一下,感觉这女人没安好心,处处都在算计别人,便很不高兴地说:"这合同你总得让我看一下吧?我看都没看,

第十四章 鲸吞

你就让我签字,我哪知道签的究竟是什么玩意儿!万一你把我卖了,我还替你数钱呢。"

庄琪没想到这个头脑简单、四肢发达的家伙并不好糊弄,反而被他逮住机会戗了几句,于是红着脸,尴尬地将拿走的那几页纸还给他,说:"我是怕你看东西嫌麻烦,提前准备了签字页。哼,狗咬吕洞宾——不识好人心。"

刘文亮狐疑地看了她一眼说:"关系到身家性命的事情,再麻烦也得看!"然后,拿起协议逐字逐句地看了起来。果然,看了没两分钟,刘文亮便汗流浃背,不耐烦地对她说:"这是什么玩意儿?看着太累,你能给我解释一下吗?"

庄琪这才不无得意地说:"就知道你没有耐心看完,才简化了程序,让你直接签字。明明是体谅你,还疑神疑鬼的,真没良心。"然后接着向他解释:"我们为了尽快让琪石19号恢复交易,想从新发的琪石九赢和琪石九鼎调一部分资金过去,可是监管方不同意,因为各只基金都是相互独立的,专款专用。因此,需要从第三方公司转一下,才能给此前的琪石19号注入资金。为此,柳青前一阵还跑到霍尔果斯注册了一家新公司。你签的这份合同就是那两只基金增加投资范围的补充协议。这几只基金里都有你的份额,你是股东,所以要你签字。"

"原来是这样啊!"刘文亮边听边看,很快就弄清楚事情的原委,"你弄得神神秘秘的,就跟签卖身契似的。其他股东同意了吗?"

"都同意了。我正逐个找他们签字呢。"

"那你为何不开个临时股东大会把这事一次性解决了呢?"

"啊?"庄琪语气一滞,"来不及了,咱不是还要收购上市公司嘛!"

4

从哪里找钱依然是笼罩在庄琪头上挥之不去的阴影,对于送上门来的机会,她可不想轻易放弃。哪怕是代价有些高、风险有些大,只要能够想办法将危机转嫁出去,冒险博一把还是值得尝试的。万一运气好,博对了,不仅实现了财务自由,而且白捡一家上市公司,何乐而不为呢?上市公司啊,有多少企业削尖了脑袋想上市而不得!漫漫上市路,像关云长千里走单骑,需要过五关斩六将,才能功成身退。一旦上了市,就打开了资本市场的宝库,通过兼并收购等一系列运作,辗转腾挪,呼风唤雨。那才是真正的资本玩家,是人生的极致。"别人可以,我庄琪当然也可以。"庄琪信心满满。为了实现收购上市公司的目的,过桥资金等凡是能调配的资金,都在可接受的范围内。为此,她特意请来了他们的原同事、资本掮客——蔡方新。

庄琪从见到蔡方新的第一刻起,就看出他就是搞金融的料。不为别的,就是因为他长得太像银行家了。但凡银行家身上有的白白胖胖、面色红润、见人七分笑的特征,他一样不少。有时候他气质里表现出来的东西甚至比他本人还要真实。蔡方新似乎有一种天然的亲和力,让人放心大胆地把钱给他,再经由他手放出去,实现保值增值。他是路由器、增程器,也是放大器,是真正能让钱生钱、利滚利的人。

"你们现在能配到一比几?"

"股灾前最高配到 1∶10,现在通常是 1∶3。"蔡方新回答道,他圆滚滚的肚子快要把雪白的衬衫撑破了。庄琪为他的纽扣提心吊胆,想找个什么东西加固一下,可是手头又没有称手的东西,只能干着急。

第十四章　鲸吞

"如果是并购资金呢？"

"都一样，1∶3！"

"利率呢？"

"月息两个点。"

"那就是年化24%喽！"

"给你是这样，给别人可能是36%。"

"这资金成本可真高啊！"庄琪感叹道，"光利息都要压死人。"

蔡方新的眼睛眯成一条线，光亮的脑袋上泛起一层密密的汗珠子，他不以为然地说："那没办法，钱要生钱。咱们这里就是一个快字，手续快、放款快、周转快、赚钱快。没有人愿意借钱超过一年的。"

庄琪鄙夷地说："你们这些黑心的放高利贷的，难道就不能少赚一点儿吗？"

蔡方新被她幼稚的想法逗得浑身乱颤，果然把一颗纽扣崩开了。他说道："姐姐啊，不是我们拿刀逼着别人跟我们借，而是别人主动跑上门来跟我们借。市场经济讲究的是效率，让市场配置资源。我们手续简便，没有银行那么多烦琐的流程；价格透明，不拿回扣；当天审批、当天放款。有些钱看上去利息很低，可是加上一些隐性成本，比我们的资金便宜不了多少。我们一是一、二是二，赚的都是明白钱、良心钱。"

庄琪笑骂道："你可真有良心。大善人，我要收购一家上市公司，想从你这里借10亿的过桥贷款，具体怎么操作呢？"

蔡方新听说是10亿级的规模，顿时来了兴致，一把抹去额头的汗水，说："你的收购账户里必须有三四亿，我才能配给你10亿。也就是说，我的打款条件是你账户里必须有钱，而且是按一赔三的比例。我将10亿打进你账户后，你公司的章、证、照以及银行账户的 U 盾必须交给我,我派人专门保管,确保这笔钱必须用于此次收购。等你的股权过户完毕,股权质押款到账后,连本带息还给我,我也将上述章、证、照等完璧归赵,生意两清。"

"这个流程真够紧凑的。如果我一时半会儿找不到质押方,或者质押的条件达不到我的要求,我想货比三家,又不想多付利息,能不能反质押给你?"

"可以,但是不付利息是不可能的。"

"你不会扣住我的股份不放吧?"

"这个你大可放心,我们对你的上市公司股权根本就不感兴趣,除非你还不起钱。即便那样的话,我们宁愿要现金也不要股权。把股权砸在我们手里,对我们而言就是一笔失败的买卖。如果我们收购股权,我们就成了股权投资公司,而不是金融公司。金融公司的核心业务就是现金流,说白了,就是钱生钱、利滚利。股权投资只会稀释我们的流动性,把业务做死。所以,你明白我们为什么对你的股权不感兴趣了吧。"

"我明白了,可是你为什么要拿走我们的 U 盾呢?"

"伤不起啊!"蔡方新摆出一副可怜的样子说,"我们又不是开银行的,银行有坏账计提,我们的坏账就是我们的利润、个人的收入,所以根本就伤不起。我们不但要把你的公司账户控制在手里,而且要派人对你进行全天候 24 小时的保护,直至这个项目做完。"

"啊?那岂不是侵犯个人隐私?"

"哪还有什么个人隐私啊,姐姐!"蔡方新说,"只要资金过亿的,都是我们的 VIP 客户,必须接受我们的特别保护。像你这样 10 亿元的大客户,更需要特别的安全保护。我们的特别行动小组会一直跟着你,不会让你受到丝毫的伤害,安保级别就是比起英国

第十四章 鲸吞

女王的也毫不逊色。当然,除了你回家睡觉时我们不打扰,其他时间你的行动都在我们的视线内。"

听到还有一定的喘息之机,庄琪不禁好奇地问:"我睡觉的时候,你们在干啥?"

"守在你门口、地下车库、小区门口,凡是你有可能跑掉的地方,都有我们的人。"蔡方新淡淡地说。

第十五章
真面

1

张幼军对庄琪嘴上把门不严的毛病深恶痛绝。本来嫖娼（未遂）这件事情就她一个人知道，可现在弄得全公司尽人皆知，让他在员工面前颜面尽失。更可气的是，此事竟然被刘文亮这种大嘴巴知道了，而且还在众人面前对他冷嘲热讽，极尽侮辱之能事。走漏风声的庄琪非但不阻止，顾全他的脸面，而且跟刘文亮一起瞎起哄，幸灾乐祸地看着他成为过街的老鼠——人人喊打！思来想去，与其在这里被人嘲笑，还不如换个地方重新开始。

"什么？你要辞职？为什么？"庄琪从来没有想到张幼军会在这个节骨眼上提出辞职。

"不为什么，就是想换个环境。"

"并购的事情还没有开始，你就要走，那怎么行？不行，这里还需要你，你哪里都不能去。"

"并购的事情你找刘文亮就行啦，他比我能力强。我无法胜任这项工作。"

庄琪一听他提起刘文亮，立刻就明白了其中缘由，急忙上前拉着他，对他说："哎哟，原来你是争风吃醋啊，我以为你有你老婆根本就不在乎我呢。看来不是这么回事儿，我在你心目中还是有点

第十五章　真面

位置的嘛！你说吧，我要怎么做，你才不离开我？"

"别自作多情了，"张幼军故作冷淡地说，"把我做股改的佣金还给我，咱们就两清了。你走你的阳关道，我走我的独木桥，咱俩各不相欠。"

"什么佣金？不是都折成你的股份了吗？"

"你的股份我不要，我还是拿佣金走人，一了百了。"

"姓张的，你可不要欺负人，当初说好的拿佣金抵股份，我也没有亏待你，给了你比别人多得多的股份。你可不要出尔反尔，翻脸不认人！"庄琪恼羞成怒地说。

"当初是当初，那时候是为了挂牌新三板。现在挂不了牌了，你的股份也不值钱了，而且当时合同里约定，如果我要走，你就要按我的佣金把股份赎回去。"张幼军言之凿凿地说。

"赎你个大头鬼，"庄琪气急败坏地说，"当初是你说我们的公司能挂牌上市，现在上不了市了，你就想拍屁股走人，门儿都没有。除非你帮我把绿能宝收购了，等收购完了，才能把你的股份按比例兑现。"

"那不行，那样划不来。"张幼军说，"股份是上次的佣金，这次的佣金还没算呢。我不能为了上次的佣金把这次的也搭进去，一码归一码！"

"你真能算计，"庄琪撇撇嘴说，"你还是个男人吗？哪个大男人像你这么算计的？"

"你少来这套，"张幼军说，"我现在可对你了解得很，对你胡搅蛮缠的本事佩服得五体投地。我怕在你这儿待久了，不但连一分钱的佣金都拿不到，还要倒搭进去一部分呢。还是早一点儿离开好。何况我对你没那么重要，你还是早点去找刘文亮吧，免得耽误了你的事儿。"

229

庄琪听他再次提到刘文亮,知道他是回心转意了,遂展颜嬉笑道:"还说不是吃醋?明明一身的酸味嘛!我跟刘文亮啥也没有,不像你——脚踩几只船。好了好了,从现在起,你跟吕铁钢抓紧时间,赶紧把绿能宝收购了,给股东们一个交代。收购完成后,有重奖。"

随后,庄琪把吕铁钢叫到跟前,当着张幼军的面说:"你们俩抓紧时间,赶紧筹集资金把绿能宝收购了。我保证,完成这个收购后,给你们各奖励1000万元!"

吕铁钢看了张幼军一眼,然后对她说:"老板,你说话算话吗?"

庄琪很诧异地看着他说:"当然,有什么问题吗?"

吕铁钢说:"我的意思是,这么重大的奖励,咱们是不是出个公司文件或者备忘录什么的?"

"不用,我说话算话,放心吧!"庄琪不以为然地说。

"出一个吧,"这时,张幼军接过话茬儿说,"从现在开始,公司要在各个方面进行规范化管理,所有的一切必须做到有法可依、有章可循。不能一个人说了算,要法治不要人治。"

庄琪没想到他们两个在这点上迅速达成一致,不知道葫芦里卖的什么药,有一种被人突然架空了的感觉,心里很不是滋味。但是想到现在正是用人之际,没必要为这些鸡毛蒜皮的事情计较,何况他们提出的要求也合情合理,只得点头答应:"那好吧,你们就起草个文件吧!"但是,一想到刚才说事成之后要分别奖励1000万元,她心里还是有些舍不得,后悔说多了。

于是,她又把柳青叫过来,劈头盖脸地一通骂:"你们这些人成天在外面没事儿干,就知道闲言碎语地说是非是不是?从现在起,你们全力以赴配合张总、吕总筹集资金,收购上市公司,但是也要保密,不要弄得满城风雨。从今往后,我要是再听到谁说别人的坏话，或者泄露公司机密，我就开除谁。绝不手软。"

2

"老板，裴总他们动作很快，已经对外披露要减持 3000 万股的股份。"吕铁钢看着绿能宝的公告对庄琪说。

"啊？这么快？"庄琪若有所思地说，"3000 万股占他持有总股本的多少？值多少钱？"

"洁能科技持有绿能宝 2.3 万多股，占总股本的 32.7%，如果减持 3000 万股，持股比例就不到 29% 了。按目前每股价格 6.7 元算，3000 万股也就是差不多 2 亿元，具体是多少还得看当时的市场价格。"

"我知道了，"庄琪茫然地应了一句，然后问张幼军，"现在他们的持股比例降到 30% 以下了，怎么收？"

"怎么收？拿钱收呗，你能拿出多少钱？"

庄琪一听他又要钱，顿时火冒三丈，将她有力的小短腿使劲地往地上一蹬，说："不是叫你们去募资吗？这么多天过去了，投资人找到了吗？钱找到了吗？怎么动不动都跟我要？你们是干什么的？"

"是你说的，钱的事情你解决，收购公司的事情我们负责，现在怎么又扯在一起了？"张幼军没好气地说。

"明明就是一回事儿，怎么说成两回事儿？"庄琪狡辩道，"你得先解决了收购资金再去谈收购，哪里有资金没有落实到位就谈收购的道理。落实收购资金是你们的事儿，收购上市公司也是你们的事儿，要我拿的话，也就五六千万，剩下的你们想办法解决。"庄琪一屁股坐在椅子上，开始耍无赖。

"不是说咱们的股东很支持此次收购吗？不能从他们那里找点

钱过来帮我们完成收购吗？"吕铁钢摸着脑袋，极力寻找解决资金的办法。

张幼军看了看庄琪，对吕铁钢解释道："还不是因为她不愿拿公司的资金给琪石19号补仓，而是挪用另外两只基金的资金补仓恢复交易。那些股东知道后，意见很大，对我们失去了信任，再想从他们那里融钱，恐怕很难了。"

"你光想着从自己口袋里掏钱，如果拿我们的自有资金补仓，那我们连收购上市公司的这点资金也没有啦！"庄琪气呼呼地说。

"市场经济是契约经济，像我们这种搞金融的，一旦失去客户的信任，就是灾难。我是怕今后再难融到一分钱了。"

"你别在这里危言耸听，我难道不知道契约的重要性吗？"庄琪反唇相讥道，"你这个书呆子就知道契约、契约，契约只有在赔得起的情况下才遵守，你都亏得揭不开锅了，还遵守个屁的契约啊！人首先是活下去，有了钱，腰杆子硬了才能遵守契约。契约是死的，人是活的，人活好了才能讲契约精神。别老把那些没用的挂嘴上。"

张幼军摇摇头，叹了口气说："你这个人不学无术还强词夺理。"然后又一本正经地说："契约当然是在你风险承受范围内的约定，是契约双方或几方都能遵守的，无须闹得你死我活的。而风险承受范围以外的、不自量力的约定不是契约，是欺骗！"

庄琪见他话里有话、讽刺她不老实、坑蒙拐骗，顿时恼羞成怒，撸起袖子要跟他干仗。吕铁钢知道这样下去肯定一发不可收拾，急忙出言阻止道："这都什么时候了，你们俩还有心思打情骂俏。咱们是在讨论如何收购企业，而不是给契约下定义。"

"谁跟他打情骂俏了？我呸！"庄琪一口气出不来，憋得难受，恶狠狠地瞪了张幼军一眼。

第十五章 真面

"还是得靠你啊!"张幼军意味深长地对吕铁钢说。

"靠我?"吕铁钢不明所以地说,"我可没有钱。虽然吃饭的钱有,但是拿这点钱帮你们收购上市企业,那就是杯水车薪——根本不够。"

"不是要掏你的钱,而是要你帮我们把老裴的那2亿套出来,这样咱不就有钱了吗?"

"就是啊,吕总!你要是把这件事干成了,就是大功一件啊!"她没想到张幼军想到这么绝妙的办法,欢呼雀跃道。

"你疯了吗?让人家自己掏钱收购自己,这不是违法违规是什么?"吕铁钢恼怒道。

"没事儿,"庄琪眼前亮光闪闪,抓住吕铁钢的胳膊说,"人有多大胆,地有多大产。你跟裴总说,只要他肯借钱给我们,条件任他提。这个时候了,与其找别人,还不如去找他。"

"按照法律的相关规定,收购资金必须是自有资金,不能从被收购方及关联企业借。我想裴总他们一定不会干的。"吕铁钢实在想不出自己有什么理由开口让别人干明显不合情理的事情。

"会不会干是他们的事情,说不说是你的事情。"庄琪对吕铁钢推三阻四找借口很不满意,"你只需要把咱们的意向传递过去,让他们自己决策。但是,你说的时候一定要诚恳一点儿,有什么条件让他们提。我也是豁出去了,非要把这件事情干成不可。"

吕铁钢见她信誓旦旦,估摸着辩下去的必要性不大了,勉为其难地说:"我尽力而为,能不能成还得看他们,我做不了主,你也别怨我。"

"你放心,我不怪你。生意不就是谈的嘛,生意不成仁义在。何况我们还是一伙儿的。你现在就去给他打电话,把我们的想法告诉他,看他有何反应。"

等吕铁钢出去打电话了,她又对张幼军说:"他怎么老是偏向老裴那边?早该摆正位置了,他可是我们这边的人啊。"

"真是难为他了,"张幼军说,"这件事情换作是我,我也不知道怎么开口。"

"有什么不好说的,直接说不就行了吗?不是让他们自己提条件吗?"庄琪不耐烦地说,"现在有钱了,接下来怎么弄?"

"你这也叫有钱?"张幼军瞪大了眼睛,对她这种幼稚的想法感到不可思议,"按现在的股价,洁能科技的市值还有十五六亿。即便他们借你2亿,也还差十三四亿呢,这钱从哪儿来?"

"找过桥贷款。我已经跟蔡方新说好了,只要我们这边的钱筹好了,他那边就放款。"

"那也不够啊,他给你配1∶3,最多也就6亿,总共8亿多,还差五六亿呢。"

庄琪再也想不出从哪儿搞到钱,两手一摊,说:"你想办法。你不是办法多得很吗?这就难倒啦?"

这时,吕铁钢走进来说:"裴总没有明确反对,但是让我们提个方案。"

"太好了!"庄琪兴奋地跳了起来,对张幼军说,"底层的这2亿多吕铁钢解决了,过桥贷款的六七亿我解决了,剩下的五六亿你想办法。"

张幼军没好气地说:"我从哪儿弄五六亿?你以为这是变戏法啊?"

吕铁钢接过他的话题,说:"我们这是以小博大、蛇吞象啊!"

他这漫不经心的一句话,突然激发了张幼军的一丝灵感,只见他一拍大腿,哈哈大笑道:"够了,有这些钱就足够收它了。"

吕铁钢被他突如其来的大笑吓了一跳,张大嘴愕然地望着他。

第十五章 真面

唯有庄琪知道他鬼点子多，一定想出了什么好办法，娇嗔道："瞧你那傻样！有什么好办法，说说看。"

张幼军没有接她的话茬儿，而是对吕铁钢说："你还记得前几年闹得沸沸扬扬的齐鲁文化收购案吗？"

"当然，"吕铁钢说，"当时未来系是打算以14亿的价格收购价值700亿的齐鲁文化，结果在媒体的质疑和社会舆论的压力下'流产'了。这跟我们收购绿能宝有关系吗？"

"那你知道未来系14亿的估值是怎么来的吗？"

庄琪虽然没有说话，但是她观察到张幼军说到未来系时，满脸的敬畏之情，暗暗地对这个神秘组织产生了兴趣。

"听说是按净资产价格估值的，"吕铁钢说，"齐鲁文化实际上是齐鲁能源的三产公司，业务比较繁杂，除了电力销售，还有齐鲁足球等。恰好那个时候齐鲁足球的成绩比较好，拿了几届联赛冠军，社会关注度高，对他们的估值也水涨船高。实际上，整个齐鲁文化的赢利能力并不高，而且股权也极其分散，基本上都是员工持股。按《证券法》的规定，股东人数超过200人就不能上市了，齐鲁文化的职工股东有400人之多。所以，它基本上就不可能上市，再高的估值也是虚的。"

"既然是虚高的，为何还会引起那么大的争议，成为社会热点呢？"张幼军笑着问。

"那是因为他们此前通过一系列颇具争议的操作，把大西洋证券运作上市，引发了证券市场的信任危机。而此次他们收购齐鲁文化，有故技重施的嫌疑，因此引起社会的广泛关注。在强大的舆论压力下，他们被迫终止了这项交易。"

"大西洋证券的上市为什么会引起那么大的争议呢？"庄琪对这个问题也很有兴趣，急忙问道。

张幼军与吕铁钢相视一眼,无奈地说:"这件事情说起来很复杂,以后有机会再说吧。我们现在讨论的是他们如何为一家企业估值,进而以尽可能低的价格收入囊中。"

"这跟我们收购绿能宝有关系吗?"庄琪依旧不明所以地问。

张幼军摸着下巴,沉思了一下说:"关系不大,但是可以借鉴。"然后他对吕铁钢说:"他们确实想故技重施,复制大西洋证券的上市模式。我听说他们用几家自己控制的公司把齐鲁文化400多个原始股东的股份全部按高于银行同期利率的价格收了回去,使得公司股东减少到5个左右,想为以后的上市做准备。这件事情之所以引起那么大的争议,一是对他们按净资产估值有异议;二是担心他们扰乱市场秩序,破坏'公平、公正、公开'的三公原则。试想一下,那么一个香饽饽,凭什么又是你们一家享用?"

"对啊,凭什么?"庄琪又傻傻地问。

这次,张幼军和吕铁钢同时陷入了沉默,显然他们也想弄清其中的缘由。过了一会儿,吕铁钢问:"你想怎么做?"

"既然他们按净资产估值作价,我们也可以按净收益收购绿能宝。"张幼军整理了一下思路,指着电脑上的股票走势图说,"目前,洁能科技持有绿能宝的市值大约有15亿。如果拿15亿全部收购了他们的股份,他们需要交两道税:一是25%的企业所得税,二是20%的个人所得税。最后到他们30多个股东手里的是15亿的55%,即8.25亿,45%的部分——6.75亿要交给税务局。虽然我们凑不够15亿,但是凑够8亿多还是相对容易的。因此,我们不妨跟他们协商一下,先拿8亿多将他们的股份收下来,6.75亿的这部分税款由我们承担。而我们再跟税务局协商这部分款项分期缴纳。这样我们就能用极少的资金完成对绿能宝的收购了。"

"这真是个绝妙的办法!"庄琪拍着双手连声叫好。

第十五章　真面

"确实不错！"吕铁钢也双手鼓掌，由衷地赞叹。

"那还等什么，咱们赶紧找他们谈收购吧！"庄琪急忙催促道。

张幼军看了她一眼说："你知道整个收购过程的关键点是什么吗？"

庄琪茫然地回答道："不就是钱吗？你现在不是把钱算出来了吗，还有什么好担心的？"

"不仅仅是钱的问题，"吕铁钢摇摇头说，"此次并购的关键是裴明海，如果他不配合你的行动，你就算凑够了钱，还是收购不了。"

"对，裴明海太关键了。他的态度决定此次收购行动的成败。"张幼军对她说，"你要想好了，怎么开出他不可能拒绝的条件，或者满足他提出的可能很苛刻的要求，这是收购成功的关键。从某种程度上讲，就是要他配合我们收购绿能宝。"

庄琪脸色一变，忐忑不安地说："我能开什么条件，咱们的情况你们又不是不知道，东拼西凑的，就那么一点儿钱。如果他狮子大张口，我们真的给不起。"

张幼军和吕铁钢面面相觑，确实也想不到有什么让裴明海心动的条件，感觉整个收购事件就是"人为刀俎，我为鱼肉"——一点儿主动权都没有，不禁心生沮丧。"那就走一步算一步吧！"张幼军无奈地说。

3

"哈哈哈！你小子可真会算计！"裴明海听了张幼军的并购方案后，抚掌大笑，然后又转过头，对旁边坐着的白宝山感叹道："年轻就是好啊，敢想敢干，锐不可当。跟他们比起来，我们确实是老了。"

浮华

为了推动此次并购活动更进一步,庄琪迫不及待地带着张幼军、吕铁钢乘坐高铁来到了绿能宝的所在地沛县。对于这个大汉帝国的龙兴之地,庄琪没有丝毫的兴趣,在她的观念中社会就是城市和农村。城市的大小看楼房的高低和密集度,农村从北到南都千篇一律,而她从骨子里排斥农村。因此,当她从高铁上看到沛县没有密集的高楼大厦时,基本断定这个城市经济能力有限,还处于从农村向城市的过渡阶段,距离成为发达城市还差得很远。

裴明海出于保密的需要,并没有把庄琪一行人带到公司,而是安排到当地的政府招待所。这里不仅居住条件好,而且比较安静,没有那么多的闲散人员打扰,可以敞开心扉讨价还价。

"以6000万的资金撬动60亿市值的上市公司,这就是所谓的投行思维?"白宝山对这样的方案简直难以置信,这个干了半辈子技术工作的技术员做梦也想不到,资本竟然有这样神奇的魔力,"不可思议,太不可思议了!这个并购方案设计得确实很大胆、很有创意,但是,我总觉得缺点什么,似乎我们就在这儿等着被你们收购似的。有这么简单吗?"

"老白说得一点儿都没错。哈哈哈!"裴明海依然大笑道,"你们的收购方案看上去很完美,至少从你们的角度看,确实很完美。但是,从并购双方相互博弈的角度看,就未免太一厢情愿了。就整个并购方案而言,你们自始至终都需要我们的配合,借款、按净收益收购、税筹等。说得不好听一点儿,是我们借钱给你们收购我们自己,我们凭什么这样做?凭什么甘冒风险成全你们?我们能获得什么好处?"

裴明海一连串言辞犀利的提问,像一发发威力惊人的炮弹,轰得庄琪晕头转向、战战兢兢。作为收购方的实际控制人,她早就乱了方寸,脸上一会儿白一会儿红,就是一句话也说不出来,低着头

第十五章 真面

把两部手机颠来倒去。

张幼军看她窘迫的样子,心想指望她扭转局面是不可能的,只好打起精神积极应对。

"裴董事长,我们的这个并购方案看上去确实有点匪夷所思,而且成功的关键完全依赖你们的配合。我们之所以拿出这么一个看似离奇的方案,并不是因为我们托大,或者说自不量力,而是因为这并不是一个普通的并购行为,更像是一次强强联合。只要你们保证企业在合法合规的持续经营下,有一定的业绩表现,我们是不干涉管理层的经营活动的。这在此前的谈判中我们明确表示过,现在我们再次强调这一原则,今后还是这样,保证三五年内不变。这对你们而言没有任何损失,而且还将股权变现,落袋为安了。"

话到此处,张幼军故意停顿了一下,看着裴明海说:"你们的股东再也不会因为股权的买卖而争执不休了。我想这对你们而言是好事、省心事。至于股份的转让价格,市场上有成熟的参考标准,我们借鉴一下,完全可以满足双方的预期。至于借款的事情,我们也可以参考市场上的一些通行做法,按 10% 的年利率借半年或者一年。"

"风险如何规避呢?"裴明海紧跟着问,"虽然你们给出的利息不低,但是你也知道,这是违法违规的,该如何规避呢?"

"找个第三方公司,"庄琪自以为是地插嘴说,"我们跟你们的第三方公司签订一个借款协议,这样可以规避信息披露。要想更稳妥一点儿的话,我们在滨海新区或其他什么地方注册一家子公司,让我们的子公司跟你们的第三方公司签约。"

"一点儿都不稳妥,"裴明海轻蔑地说,"如果要追查,就是孙子的公司跟孙子的公司签协议,都能查出来。"

庄琪在这么重大的谈判中,本来就没有什么存在感,始终像一个局外人似的插不上嘴。好不容易逮着一个表现的机会发表一下看法，结果被裴明海迅速怼了回来，就像挨了两巴掌一样难受。

"实不相瞒，去年股市高点的时候，我们的股东确实有减持套现的想法。"裴明海说，"当时恰好要上马绿能宝绿色产业园项目，为了稳定军心，集中力量大干快上，我就没有同意减持。后来股灾来了，公司的股价一跌再跌，股东们确实有不少怨言。我们公司的高管也心知肚明，很内疚也很无奈。毕竟股市的风险不是我们能够控制的，我们唯一能够控制的就是把公司的业绩搞上去。为此，管理层跟股东们签订了一份对赌协议，就是公司减持或转让的时候，如果股价低于6.5元，公司高管没有分红权，工资减半。而如果股价高于6.5元，高出部分的一半奖励给高管人员。目前，公司的股价是7.2元左右，我想这个条件你们应该满足我们。"裴明海从白宝山手里拿过一份文件丢给张幼军，"至于借款的事情，我们可以再商量。另外，"他指着白宝山说，"这些公司的老人，为公司的发展立下了汗马功劳，你们在收购的时候，不妨考虑考虑，保留些股权给他们。"

"好的，裴董事长，我们先研究一下这份文件，然后再接着讨论？"张幼军说。

"可以，你们认真看，我们不着急。"裴明海胸有成竹地说。

"说实话，留给我们讨价还价的空间并不大。"吕铁钢拿着裴明海给的那份对赌协议说，"无论从哪个方面讲，我们都是弱势的一方，要想收购成功，完全仰仗他们的配合。"

"他给我们这份对赌协议是什么意思？"庄琪不解地问。

"就是如果我们以高于6.5元的股价收购他们，就要拿出一部分奖励给现有团队成员。"张幼军解释说。

第十五章 真面

"那就给他们呗,只要他们保证股权顺利过户,咱们就能答应。"庄琪毫不在乎地说。

"只要你不在乎就行,咱们可以跟他们高管人员重新签订一份对赌协议,把这个奖励政策明确下来。另外,在收购股权的过程中,可以给裴明海等几个核心高管保留一些股份,相信他们会很高兴,为此会积极配合我们的收购行动。"

庄琪耸耸肩膀,说:"这算不算变相收买?"

张幼军颇为无奈地说:"干不干吧?"

"我有选择吗?已经到这个份儿上了,还能后悔吗?"庄琪嘴上说不后悔,心里却打起了退堂鼓。这次收购的代价太大了,处处被人牵着鼻子走,体验不到一丁点儿的快乐。

此时,吕铁钢看她神色黯然,宽慰道:"我听说他们账上还有3亿呢,可以拿这些钱做点事。"

"那还犹豫什么?他们有什么条件,咱们全答应。有这3亿元,我可以募来30亿的基金。有了30亿还怕还不起15亿吗?我想干什么就干什么。哈哈哈!"庄琪有了希望,狂笑不止,似乎世界上再也没有什么事情能够难倒她。于是对他们下了一道命令:"你们赶紧跟他们达成收购协议,咱们还要赶回去开股东大会呢。"

张幼军远不及庄琪那么乐观,他不相信她还能募来30亿,但是能够尽快把绿能宝收购了,也算取得了一件了不起的成就。尽管这笔交易看似蛇吞象——以小博大,实际成本是相当高的,别看她现在笑,将来恐怕哭都来不及呢。说实话,到了这一步,就是华山一条路,不上也得上啊。

很快,双方就绿能宝的股权转让达成了意向协议,等待各自的股东大会通过后办交割。

4

半夜，吕铁钢被一阵急促的敲门声惊醒了。他和衣而卧，浑身是汗，这才想起昨天晚上为了庆祝完成收购绿能宝的意向协议，被裴明海他们灌醉了，没有来得及洗漱倒头便睡。他扯开了几个衬衫扣子，迷迷糊糊地回应道："谁啊？"

没有回应。他很奇怪，刚才明明有人敲门，怎么没有应答呢？这时，他又听到了敲门声，还听到隔壁房间传来一声女人的声音："谁啊？"

原来是敲隔壁房间的门。吕铁钢哑然失笑，真是虚惊一场。他起来想找口水喝，但是马上听见外面说："服务员！"

"啥事儿？"

吕铁钢一惊，这不是老板的声音吗？

"你们办事小声点，有客人投诉这里有卖淫嫖娼的，再叫这么大声就要报警了。"

吕铁钢忍俊不禁，这老板真是个人才，到了哪里都弄得惊天动地的。于是，他起来去卫生间冲凉。等他洗完澡出来，就听到外面又是一阵丁零当啷的嘈杂声。他怕真的有人报警把老板抓走了，急忙开门出去，结果看见隔壁张幼军和庄琪拎着大包小包行李出来了。

他问道："这三更半夜的，你们要去哪儿？"

庄琪说："房间里满是蚊子、臭虫，咬得人睡不着。我们再换个房间。"

吕铁钢不以为然地说："不用那么麻烦，这里的警察我很熟，不会拿你们怎样的，你们该咋弄就咋弄，保证安全。"

庄琪恶狠狠地瞪了他一眼，拉着张幼军扭头就走。

第十六章
邓爷

1

2016年仲夏,庄琪到达了人生的巅峰。在张幼军、吕铁钢等人的周密策划,以及裴明海的积极协助下,庄琪通过收购绿能宝大股东洁能科技100%股权的方式,将上市公司绿能宝收入囊中,成为其实际控制人。庄琪以其6000万元的资金为底层,从裴明海那里借了1.5亿元,又用蔡方新的7亿短融做过桥资金,总共凑了9亿多,拿下了绿能宝。一个"80后"女资本玩家,以6000万撬动60亿市值上市公司,创造了中国证券市场上的传奇。在铺天盖地的赞誉声、欢呼声、惊叹声、羡慕声、嫉妒声、质疑声中,这个名不见经传的小人物,缓缓地走进了公众的视野。她以蛇吞象的收购方式,让一众投资银行为之汗颜,并赢得了"女巴菲特"的美誉。她踌躇满志、雄心勃勃,想发行更多的基金,并购更多的上市公司,立志要将她创立的琪石投资缔造成中国的"高盛"。

而她的生活也因为这次成功的并购发生了翻天覆地的变化。她不再是个无名之辈,而成了一个明星人物。同时,她的一举一动都受到女王级的保护。

"你能不能把你的人撤走,跟了我一星期了,我实在是受不了,一点儿个人隐私都没有。"庄琪把蔡方新叫到办公室抱怨道。

"那不行，绝对不行！"蔡方新的头摇得跟个拨浪鼓似的，浑身上下也跟着一起晃动，就像一头大海象。"你是我 VIP 中的 VIP，不能有任何的闪失。对他们不满意可以换，但是人可不能撤。这是公司的规定，请见谅！"

"被六七个彪形大汉前后左右围着，知道的是保护，不知道的还以为是遛狗呢！换作是你，你受得了吗？"庄琪还是不依不饶地嚷个不停。

"再忍耐一阵吧，等你把股权质押了，把我们的钱还了，这种受人保护的日子也就结束啦。在此之前，你要学会享受，不是谁都能享有这种待遇的，慢慢就会习惯的。"蔡方新耐心地安抚道。

"我恐怕没有享受这种生活的命，被你的这些人盯着，非但没有安全感，反而觉得跟个囚犯似的，都快窒息了。"庄琪垂头丧气地说，"原来以为股权质押的事情很快就办妥了，谁知道这么麻烦，问了好几家券商，他们给创业板公司的质押率只有 40%。这样算下来，我们的那些股权只能质押出七八亿。"

"你想质押出多少来？"

"十二三亿！"

"那不可能，"蔡方新差一点儿从椅子上滑下去，"主板绩优股的质押率也才 60%，创业板怎么会有那么高呢？据我所知，国内没有一家券商能给到 40% 以上的，他们给出的条件算是很合理的了。"

"我还是想再多找几家券商谈谈，"庄琪说，"在此之前，我先把股权质押给你们，利息照付。但是你要把你的人撤走，他们跟着我严重影响我的工作和生活，我都快崩溃了。"

"没问题，这个事情很好办，只要在中央登记结算公司备个案，股权就算过户给我们了。过后我马上把人撤走，希望你尽快找到质押方。我再重申一遍，我们对你的股权不感兴趣，这个你大可放

第十六章 邓爷

心。我们要保证资金的流动性,而不是把钱押在股权上。"

"我明白,"庄琪说,"原以为收购了上市公司就很有钱了,谁知道比以前更穷,总觉得钱不够花。"

蔡方新心里冷笑,谁让你那么自不量力蛇吞象呢?苦日子还没到呢。嘴上却送上一顶高帽:"那不一样,你现在可是上市公司的大老板啊!"

庄琪表面上在哭穷,心里却沾沾自喜,虚荣让她无法看清将来的危险。蔡方新将安保人员撤走后,她的工作效率果然提高了许多,觉也能睡踏实了——尽管只是暂时的。

无论如何,这次的并购行动还是相当成功的,她不仅如愿以偿地拿下一家上市公司,给股东们有了交代,而且还博得声誉,在证券市场上打响了自己的名号。自然,给立功人员的奖励也是必不可少的。

这天,庄琪把其他人都支使出去,办公室里只留下张幼军和吕铁钢。庄琪特意打开了一包铁观音,放进新买的一套白瓷茶罐里,煮上水等开了冲泡。她一边摆弄着茶具,一边跟吕铁钢东拉西扯,不是抱怨天太热,就是嫌车太多、路太堵,弄得吕铁钢晕头转向的,不知道她意欲何为。而一旁的张幼军木然地耷拉着脸,心不在焉地玩手机。见此情形,吕铁钢心往下沉,似乎预感到这两人密谋了一件难以启齿的事情,想让他接受。这让他深感压抑,一股戾气爬上眉梢。他们二人感觉到了他的气场散发出的气息,便闭口不言,顿时让周围的环境显得沉闷起来。

不一会儿,水开了,壶嘴喷出一股白色的蒸汽。庄琪迅速拿起茶壶,往盛放茶叶的茶碗上顺时针浇了一圈,等开水没过茶叶后,快速地用碗盖将上面的浮沫掠去,再合上盖拿起茶碗,将茶汤倒入分茶器。然后,她又放下茶碗,拿起分茶器将其中的茶汤淋在前面摆放整齐的三个小茶杯上。最后，她拿起一个竹制夹子，将茶杯里的茶水倒进茶台上的漏斗里，完成了洗茶这道工序。整个过程行云流水，茶艺堪比茶馆里的茶艺师。

做完了洗茶这道工序后，她又有条不紊地给茶碗里倒满开水，将泡好的茶汤倒进分茶器，再拿分茶器将前面的茶杯倒满茶水，每个人面前放一杯。她自顾自地拿起一杯，就开始喝了。茶水入口后，她并没有着急咽下去，而是在嘴里停留了一会儿，然后再慢慢吞咽下去，眯上眼睛，体会了一会儿茶汤的回甘。最后，她说了一句："你们拿1000万不合适，大家都有意见！"

张幼军没有像她那样细吞慢咽，而是一口入喉咽了下去，拿着茶杯在茶台上磕来磕去地听响声。吕铁钢知道他们有话要说，并没有把那杯水喝完，而是喝了一半，端在鼻子下面闻茶香。实际上，他的两只耳朵竖得直直的，想要听他们说什么。

"老板，你要说什么？我听不大明白。"吕铁钢又故意问了一遍。

"我说你们俩各拿1000万的奖金不合适，大家伙儿有意见！"庄琪知道再装也没啥用，索性把话说清楚。

"老板，事成以后各奖励1000万是以前说好的，而且还白纸黑字地形成了文件，现在怎么又说不合适了呢？再说了，当时形成奖励文件的时候，我们征求过大家伙儿的意见，文件是大家伙儿认可后才通过的。现在怎么又突然有不同意见了呢？这借口未免太牵强了吧？"

"他们嫌你们拿得多，眼红了！"庄琪被吕铁钢驳斥得很难堪，但依然坚持不懈地找借口。

"这是我们的错吗？能者多劳。这么大的并购活动，要不是我们找来资金、做好方案、协调好关系，就公司那五六千万能吃得下

第十六章 邓爷

60多亿市值的上市公司吗？就这种规模的并购，搁在任何一个券商那里，拿到的佣金都要比这多。"

庄琪这次被他击中了软肋，终于不敢嘴硬了，红着脸，弱弱地说一句："咱们不是没有那些公司有钱嘛！"然后再次提高了嗓门说："你也知道公司也就那么一点儿钱，为了收购绿能宝，东拼西凑借了很多钱，资金成本是很高的，公司已经没有多少钱了。另外，这次收购上市公司，股东们也不是铁板一块，像解风华等一些老顽固反对收购的态度那么坚决，为了让收购决议有条件通过，我答应赎回他们手里的股份。这样一来，公司的现金流又捉襟见肘，根本给不了你们那么多的奖金。"

"老板，大家都是讲道理的人，公司什么样的情况，我们都很清楚。你完全没必要绕那么远、找那么多借口，把发不起奖金的责任找借口推到员工身上。"

"我是担心你不理解，说服不了你，才拿大家伙儿说事儿。"庄琪嘴上说着软话，心里却恨得直咬牙，产生了撵走他的想法，"既然你很体谅我的苦衷，为公司着想，我也不会亏待大家。我们商量了一下，"她看了一眼张幼军说，"这次拿出1000万奖金，你们俩各400万，剩下的200万给其他同事。你看咋样？"

吕铁钢心里有数，知道这是他们早就商量好的，木已成舟，多说无益，还不如见好就收，早点落袋为安。

"你说话算话？"

"没问题，"庄琪如释重负地说，"我尽快安排，这几天就到账。"

"好。"吕铁钢说完之后就出去了。他很清楚这茶再喝下去必然是索然无味，只落得膀胱难受。与其如此，还不如一走了之，给彼此留有一些体面。

然而，庄琪恰恰跟他相反。这段时间以来，她觉得自己顺风顺

247

水，到处都是溢美之辞，从来没有人让她难堪、下不了台。但是，刚才吕铁钢咄咄逼人的追问，毫不留情地揭露她的谎言，使她感到无地自容，心里便与他有了芥蒂，欲除之而后快。当然，她对张幼军坐在一旁看着她受了羞辱还一言不发也十分不满。等吕铁钢出去后，她就对他发起了脾气："你怎么一句话都不说？看着我被别人反驳也不知道帮忙说几句。"

张幼军没好气地说："要我说什么？说我自愿把自己的奖金砍去一大半？"

庄琪没想到他心里也憋着气，一时语塞，张大嘴，竟不知道说什么好。毕竟是自己理亏，兑现不了承诺，他们有情绪也是可以理解的。现在不宜将矛盾激化，毕竟还有很多未竟之事要办，没必要再在此处纠缠不清。于是，她又换了一副腔调，嗲声嗲气地说："好了，不说这事了。这次股东大会你不是成为新的公司董事了吗？你去上市公司好好了解一下它的经营情况，他们为什么总是要给子公司做担保？动不动就几千万的，看得让人心惊。虽说咱们不参与公司日常的经营活动，但重要的经营决策还是要掌握的。另外，你看看他们账上还有多少钱，能不能拿出来作为底层资金设立几只基金。"

"好吧，我现在去。"说到工作，张幼军没有丝毫的犹豫，马上领命而去。

2

这是张幼军在短短半个月内第二次到绿能宝。前一次是在收购结束后的临时股东大会上，作为新的股东代表，他和庄琪、穆星、吕铁钢四人晋升为公司新董事。在那届董事换届上，庄琪当选为绿能宝董事长，他是副董事长，裴明海是董事、总经理。此次，他以

第十六章 邓爷

公司副董事长的名义进驻公司，主要目的是摸清公司底细。实际上这项工作早在收购行动之前就应该完成的，可就因为庄琪认为机会难得，急于求成，省略了这个重要环节。而这又是萦绕在他心头挥之不去的梦魇。即便是收购行动已经结束、股权完成过户、新股东入主公司，也没有让他的这种不安全感消失，反而更加强烈，甚至成了一种心病。

这次收购活动太顺利了，顺利地让他产生了不真实的错觉。好像是有人举着双手送上门来让他们收购一样。事实上也确实如此。裴明海从头到尾根本就没有提出过分苛刻的要求，而且在他们可承受的范围内，一步一步地帮他们完成收购。这种送上门来的买卖，只有庄琪这样没头脑的人觉得是机会，而他觉得是陷阱，只是不知道坑在哪里，有多大。而要弄清这些，对收购标的的调研是必不可少的环节，但是这个重要的环节被急于求成的思想忽略了。这让他一直以来都很不踏实，他不知道花了十几亿究竟买来个什么东西。"可千万别是颗雷啊！"他一直在祈祷。

绿能宝在沛县高新技术产业区，是该区为数不多的几个上市公司之一。公司占地一万多平方米，分为生产制造区、科技研发区、行政办公区、生活保障区等几个部分。设计规划中规中矩，没有多少亮点。当然，公司里最显眼的非12层高的白色的行政办公楼莫属。就是因为这栋办公楼的建筑时间比较早，看着有些陈旧，才把整个公司的外观拉下一个档次。靠近一条通往徐州的主干道的一块区域，留出了一片空地，原计划要建设新能源设备生产车间，后来因为房地产行业的兴起，裴明海想改变土地性质，又将工业用地变更为商业开发用地。由于变更土地使用的流程十分烦琐，因此这块地一直闲置着，被临时改成了花园。在张幼军看来，反而是这片临时花园看起来更有活力。"土能生金啊！"他站在花园里一块凸起的高地上,看着马路对面正在如火如荼建设的生活小区,喃喃自语。

他在做券商干投行的那几年,去过不少上市公司做调研,这项工作对他来说是驾轻就熟,没有一点儿难度。然而,与以往不同的是,此次他是以公司副董事长的名义来了解情况,不像干投行时那么直接,可以要这要那,让他们配合。由于此前跟公司高管约定不干预他们的经营活动,为避免引起麻烦,他只能跟裴明海他们虚与委蛇、旁敲侧击地周旋。张幼军借口了解公司核心业务的上下游产业链,为公司的未来发展设立产业基金和并购基金,逐渐让裴明海放下了戒心,将公司的经营情况向他敞开。

随着他对公司经营情况的逐步了解,一个真实的上市公司慢慢地呈现在他眼前。真是不看不知道,一看吓一跳。撩开面纱,出现在他面前的不是人见人爱的现金奶牛,而是一头贪婪的吞金兽。上市公司绿能宝不但在多条战线上狂飙突进,还要给一众子公司、孙子公司做担保、做抵押,不断向其输血才能维持运营。

然而,最让公司难以承受的是,前一年由于公司重要的下游客户汉口凯迪破产退市,7000多万的承兑汇票无法兑付,实实在在地踩了一颗大雷。还有就是规划总投资90亿元的塔城绿能宝绿色产业园,当地的合作商把最好的房地产开发业务切走了,之后工程开发便处于完全停滞的状态。如果要继续动工建设,就需要海量的资金投入,但是从现阶段公司的经营状况来看,根本不可能有资金调配在这项深不见底的项目上。如果放弃,前期四五千万的投资就打水漂了,而且要承担违约责任。

了解了公司的真实情况后,张幼军感觉如同当头一棒,一阵天旋地转。此前,完成收购绿能宝时的骄傲自满和雄心勃勃,瞬间被羞愧难当、无地自容取代。那一刻,他就是世界上最傻、最可怜的

第十六章　邓爷

接盘侠。曾经引以为傲的教科书式的蛇吞象收购战绩，不过是别人设置的惊天圈套，看着他往里跳。这个弱肉强食的世界上根本就不存在占便宜的事情，只有尔虞我诈。涉及商业利益的事情，如果不是巧取豪夺，就是祸水东移。做投行最怕的就是被人设计、背锅，成为接盘侠，别人避之唯恐不及，而他就是那个自动往里跳的倒霉蛋。

十几亿买来了一颗雷啊！他的心在滴血，大汗淋漓、浑身颤抖，身上没有一点儿力气，好似要瘫坐在地上一般。他大口大口地喘着粗气，脑海里一遍一遍地回忆收购过程的每一个细节。最让他懊悔的是，为什么不在收购前做好调研工作呢？"这是投行工作的基本常识啊！如果做了调研，我是绝对不会收购这种破公司的，绝对不会在这上面踩雷的。哎！不对啊，这公司不是我要买的，钱也不是我出的，我只不过是个操盘者，我做的是投行，赚的是中介费——我做成了，中介费也拿到手了，我没有损失，我担心什么呢？对，我有什么可担心、可想不开的？天大的事不是由那个倒霉蛋扛吗？"

想到这里，张幼军突然愁云散去，由悲转喜。他一身轻松地想，都是因为她刚愎自用、急于求成，才落得这个田地，这完全是她咎由自取。她就是一个自以为是的傻瓜！他甚至有些幸灾乐祸。虽然他跟庄琪纠缠不清，但是扪心自问，他对她没有一点儿爱的情愫，反而有一肚子的怨恨。这个女人在对人的态度上趾高气扬、颐指气使，在肉体上索求无度、不知疲倦，在金钱上精打细算、斤斤计较，总想着控制人、折磨人、思想变态、精神扭曲，是个男人就对她避之唯恐不及，哪还敢跟她过日子？张幼军想逃避，但是作为当前团队的一员，他还是有责任、有义务把了解到的情况告诉她。可是，该如何告诉她呢？他心里七上八下，脸上阴晴不定。

3

张幼军回到北京的办公室里，看见庄琪跟刘文亮腻歪在一起，心里就不是滋味，又妒又恨。自从决定收购绿能宝以来，他们俩就黏在一起。庄琪在忙于筹集资金的同时，还要抽出时间指导刘文亮炒作绿能宝股票，这让他很不爽，经常提醒庄琪小心谨慎，避免走漏风声，引起监管部门的重视，从而导致并购"流产"。而庄琪根本不把他的警告当回事儿，依然我行我素地跟刘文亮互通有无，让张幼军非常不满。但是，刘文亮却是一个大大咧咧、直来直去的人，显然没有他想的那么复杂，只要有赚钱的买卖，人就变得像一只听话的猫咪，没羞没臊地贴上去。不过这次，刘文亮没有对他冷嘲热讽，而是非常和善地打起招呼。

"张董事长回来了，您辛苦！请坐！请坐！"刘文亮见了他一边起身让座，一边甜言蜜语地奉承道。

"你是吃了蜜了，还是发了财了？从来没有见你这么奴颜婢膝的，我可没钱，也没奖金给你。"张幼军被他这种前后不一的态度弄得精神紧张，以为他要跟自己借钱呢，急忙捂紧自己的钱袋子。

"你听我说，"刘文亮知道他们之间心存芥蒂，急忙解释道，"我也不习惯奉承人。但是这次的收购行动你做得实在是太漂亮了，我佩服得五体投地。用五六千万就能吃下 60 亿的上市公司，这对我们来说简直就是天方夜谭。这么精妙的打法真不知道你是怎么想出来的。"

"这跟你有关系吗？"张幼军不无得意地说。

"他跟着赚了大钱。"庄琪替他解释道。

"是吗？那你得请客。你这把赚了多少钱？"

刘文亮看着张幼军吃惊的表情，开心极了，狂笑了一阵后，把

第十六章 邓爷

一只手掌摊开,在他面前晃了晃,说:"马马虎虎,五六百万吧!"

"我们在前面累死累活地干活儿搞并购,你在后头建老鼠仓,赚了那么多钱,真不公平!"张幼军一听他赚了五六百万,气得大声说道。

"哈哈哈!"刘文亮更加得意了,"银行家,不,张哥!你让我赚钱了,你就是我大哥,以后我跟你混!"

"你可别跟我混,我也当不起你大哥。你跟她混吧,她比我有能耐!"张幼军指着庄琪,仍旧气呼呼地说。

"跟谁都一样,"刘文亮挤眉弄眼地说,"你们谁跟谁啊?听我说,以后有什么好股要告诉我,赚了钱给你分一点儿!"

"我可不敢拿。被人举报了,那就是内幕交易,罚你个倾家荡产。"

"那谁会知道?"刘文亮毫不在意地说,"就你知我知她知,有什么好怕的!听我说,别那么胆小怕事,干大事、赚大钱就要敢于冒风险!"

"你是我大哥,我得跟你混。"

"别,张哥,你依然是我哥。"刘文亮看了庄琪一眼说,"我有事先走了。你们慢慢聊。小别胜新婚,如果你扛不住,别忘了给兄弟打电话,我给你送几盒补药来。"

"你赶紧走吧!"庄琪看他越来越不像话,怕惹张幼军生气,急忙催促道,"狗嘴里吐不出象牙,就知道胡说八道。"她边说边将刘文亮推出门外。

张幼军确实被他气得不轻,这个恬不知耻的家伙又在怀疑他的性能力,让他在庄琪面前跌份儿,因而对他的恨又深了一层。

"那边是什么情况?"送走了刘文亮,庄琪急切地想知道绿能宝的真实状况。迄今为止,她对她的标的物几乎一无所知。

"我们被忽悠了，踩了一颗大雷。"张幼军轻飘飘地一句"被忽悠了"，就把责任推了出去。

"咋回事？你说清楚一点儿。"庄琪花容失色，急忙问道。

"绿能宝最赚钱的一块业务是污水处理设备的生产制造，每年大约有3亿的产值，连续三年都如此，不增不减。但是从发展的角度来看，因为技术已经相对落后，有被替代的风险。未来的收入堪忧。它还有三个生活垃圾发电厂，日处理生活垃圾2000多吨。此项业务每年有2亿多的营业收入，净利润2000多万。以上两块业务每年总共带来5000多万的净利润，属于最赚钱的业务板块。它还有两个污水处理厂，分别在徐州和盐城，日处理污水约1000吨。因为设计规模比较小，管理跨度大，基本上不赚钱，处于亏损的边缘。另外，它在新疆还收购了一个危险品储运公司，由于经营不善，连年亏损，需要靠绿能宝输血才能维持运营，稀释了公司大半利润。

"除了这些公司外，它在杭州还有一个销售公司，专门负责污水处理厂的设备维修和运营。但是这个公司自成立以来就没有赢利过，也需要靠输血才能活下去。此外，前年他们又在武汉设立了一个分公司，计划扩大污水处理设备的产能，实际上就是再建一个新厂。但是因为资金不到位，新工厂到现在还没有完工。目前的这几个公司和投资就已经把公司的利润吃掉了，还有两个大坑在等着。"

张幼军观察了一下庄琪的表情，继续说："一个是下游企业汉口凯迪破产退市，有7000多万的承兑汇票兑付不了，怕是要打水漂了。另一个就是塔城的绿能宝绿色产业园，需要投资八九十亿。那就是一个无底洞。"

"那3亿呢？不是说账上还有3亿吗？"庄琪仍不死心地追问。

"哪还有3亿啊，除了相互担保的3亿，整个集团的流动资金不到 2000 万，基本上处于崩溃的边缘。"

"我的天啊！这可怎么办呢？"庄琪绝望地哀号起来，"刚把股权抵押给券商，还了过桥资金，剩下的连税款都交不起了。原指望着把那 3 亿拿过来用，谁知竟然是这种结局。这还让人怎么活啊？"

恰在此时，吕铁钢进来了。

"姓吕的，"庄琪一见他便怒火中烧，歇斯底里地大吼，"你是不是跟裴明海串通好故意坑害我？把一个破烂不堪、马上要爆雷的公司甩给我？我究竟是哪里对不起你，你要这样坑害我？"

吕铁钢被她狰狞的面孔吓了一跳，不知道她为什么如此发疯。"老板，我不知道你在说什么？我哪里坑害你了？"

"你问他，看看你是不是故意害我。"庄琪指着张幼军说。

吕铁钢不明所以地问张幼军："怎么回事儿？"

张幼军又把刚才给庄琪汇报的情况，原原本本地跟他说了一遍。吕铁钢听了他反映的情况，这才认识到问题的严重性，知道他们都被裴明海骗了。

"说，你说！你是不是跟裴明海串通好故意坑害我的？"庄琪不依不饶地质问。

此刻，吕铁钢也是百口莫辩，无奈道："我也不知道原来是这样。我绝对没有坑你的意思，我离开那里很久了。"

"还说没有，你不是说有 3 亿吗？钱呢？"

"我不知道，我也是听裴总说的。"

"你这个骗子，把我的奖金还回来。"

吕铁钢被她莫名其妙地骂了这么久，也是一肚子的气，看她这么不讲理，于是回击道："凭什么还？那不是我应得的吗？况且，你只给了我 160 万，还差 200 多万没给呢。"

"差你个大头鬼。难道不交税吗？现在都已经这样了，你还有脸要钱。"

"庄老板,自始至终是你要收购公司,不是我强迫你收。"吕铁钢气愤地说,"就是买件衣服也要货比三家,收购公司怎么就这么随随便便呢?是你急不可耐地收购公司,要给你的那些股东有个交代的。我当时质疑你的实力,就是想打消你不切实际的想法。可是你自信满满地相信你能搞定一切,现在出了问题怪别人,你觉得这公平吗?"

庄琪被他反驳得无话可说,趴在桌子上哭了起来,嘴上还不饶人:"你这个骗子,把我的钱还回来。"

吕铁钢见她一副不可理喻的样子,知道这样吵下去没有任何结果,就转身出去了。庄琪哭了一会儿就哭不下去了,问张幼军:"现在怎么办呢?十几亿啊,光利息都要压死人。"

"卖,赶紧卖!"张幼军说,"趁还没有爆雷,再把公司卖给别人!"

"这不成了击鼓传花吗?"庄琪心有不甘地说。

"你还有别的办法吗?"

她思索片刻:"没有!"

4

在西四环有一个14层高的白色的意大利式建筑,叫金泉宫。前面一根根长长的罗马柱将整体建筑衬托得异常坚固高大。屋顶上依次摆放了八个两米多高的双翅天使,中间一左一右是两匹振翅欲飞的独角天马,为这座颇具气势的建筑又增加了一份气势。庄琪的香山墅院离这个金泉宫也就三站地,她时常经过此地,却从来没有进去过。尽管她对它的功用十分好奇,但是始终没有找到一探究竟的理由。这再正常不过了,就像故宫一样,去逛的多是外地人而不

第十六章　邓爷

是北京本地人。人们常常对周边的事物熟视无睹，因为太近了反而更容易忽视。

庄琪被刘文亮带到这里的时候，就是这种感觉。她对刘文亮说："这么近的地方，总觉得一步就能跨过来，但如果不是因为跟你过来，又不知哪年哪月才能来。"庄琪望着大厅穹顶上的壁画，又问道："这里是干什么的？"

"这是集商住、餐饮、娱乐于一体的高档会所，它的顶层是运动场，由两个网球场、两个羽毛球场、两个乒乓球场和健身馆组成。"刘文亮说，"一会儿邓爷带着石山的某个大领导过来跟我打乒乓球。那个领导酷爱打乒乓球，每次到北京来都要找一些高手切磋技艺。"

"邓爷跟他什么关系，为什么是他安排这些活动？"

"邓爷他们公司要拿石山市高新区的建设项目，所以要把地方官伺候好了才能争取到那个项目。"

"邓爷究竟是个什么样的人？他叫什么名字？"

"他具体叫什么名字，我也不知道，凡是我认识的人都叫他'邓爷'，包括我们球队的教练和领导。"刘文亮说，"北京这么大，真正能让人叫'爷'的有几个？听我们教练讲，他横跨政商两界，用'神通广大'形容一点儿都不过分。"

"他现在干什么呢？"

"他是华侨建设集团的董事长。虽然是七十多岁的人了，但他急公好义，非常喜欢帮助别人。你卖股权的事情跟他说一下，让他想想办法。他的资源关系广，分分钟就能帮你解决问题。"

第十七章
窦艳

1

刘文亮带着庄琪上到14楼的乒乓球馆,尚未进门就听见打乒乓球的声音。刘文亮下意识地抬起手表看了一眼,低声自语:"约定的时间还没到呢,怎么里面就已经打上了?"他迷惑地看了一眼庄琪,伸手推开了球馆的门。

不到100平方米被隔成长方形的球馆里摆放了两张球桌,球桌之间相距五六米,基本上互不干扰。在球馆两侧靠墙的地方,各摆放了一排茶几座椅,方便人们休息和观赏他人打球。刘文亮进来就看见央广体育电视台的主持人刘珊珊正在跟石山市的领导一板一眼地互拉,看来他们也是刚来不久,正在热身。

"书记好,你们这么早就来了?"都是熟人了,刘文亮没有多少生分感,但是因为晚到了,所以急忙鞠躬点头打招呼。

"哦,冠军来啦!为了早点过来跟你打球,胡乱扒拉了两口饭就跟邓爷过来了。"孔双喜开玩笑地说,"你陪邓爷喝会儿茶,我先跟美女热热身。"

"哟,刘文亮,又换女朋友了?"刘珊珊眼睛尖,率先关注的是他身后跟进来的庄琪。

"你可别胡说,她是我老板。"刘文亮一边跟她打着哈哈,一边

第十七章　窦艳

把庄琪介绍给他们，然后带着庄琪走到在旁边休息区坐着的邓爷跟前："邓爷好，给您老人家介绍一下，这是我老板庄琪。"

"你小子啥时候退役的？"邓爷知道他是开玩笑，站起身来跟庄琪打招呼，"你好！"

庄琪没想到这个精神矍铄的老头子竟然是个一米九的大高个子，像一座山一样矗立在她面前。他丹凤眼、卧蚕眉，如果不是面如银盘的话，她以为他是关公在世。他给人的压迫感，一下子让她感到胸闷气短、语无伦次。

"邓爷好，在您跟前我就是小鬼见大鬼。"庄琪战战兢兢地伸出小手握了一下邓爷蒲扇般的大手。"这老头儿的手还软绵绵的，不像我爷爷的那么粗糙。"她暗自思忖。

"哈哈哈！"邓爷当即被她逗得大笑，眼睛眯成一条线，对刘文亮说，"你女朋友挺有意思。"然后又坐进沙发里。

刘文亮被庄琪的问候吓得满头大汗，对憋红了脸的庄琪说："怎么能说我们邓爷是大鬼呢？他可是北京城里受人尊敬的爷啊！"

"对不起，邓爷！我不会说话，请原谅！"庄琪难为情地低下头，差点儿要跪下了。

邓爷从她的言谈举止、衣着打扮看出她就是个没有见过世面的普通人，对这种奇怪的问候方式也感到很好笑，知道她是紧张导致的，遂不以为意地说："没事，这个大鬼叫得好，很有活力嘛！"然后对刘文亮说："你们别站着了，赶紧坐下，别影响他们打球。"

这时，孔双喜和刘珊珊你来我往地继续对拉，找球感。刘文亮急忙把庄琪安排在邓爷旁边坐下，他则在另一边隔了一个位置坐下，空着的座位明显是留给孔双喜的。庄琪依然被邓爷的气势压制得不敢说话，一边低头拨弄手机，一边偷偷打量球台上打球的两人。孔双喜中等身材，大约一米七三的样子，五十岁上下，身材微

259

胖。打球的时候，身体矫健，腾挪跳跃干净利落，看不出年龄对他的球技有任何影响。他的球大开大合，虎虎生风，以进攻为主，击球的感觉就像把球抽爆了一样扎实。

对面的刘珊珊也不遑多让，球技也异常高超，无论孔双喜怎么把球抽得跟子弹似的在台面上上下翻飞，她总能游刃有余地将球接住，而且能恰如其分地喂在他跟前，让他再次发力击打。她穿着一件红色圆领的运动T恤衫，衣服的左胸口有明显的国旗。下身是一条黑色的短裤，左下角也有一小块红色的国旗。显然这是一套乒乓球队的比赛服。她身材丰满，凹凸有致，这套运动服更衬托得她性感妩媚。庄琪看着她像蝴蝶一样翩翩起舞的样子，顿生醋意，狠狠地瞪了刘文亮一眼，把头偏向一边，故意装作看不见的样子。

打了一会儿，刘文亮替换刘珊珊上场。刘珊珊浑身是汗，毫不在意地一屁股坐在孔双喜的位置上，叽叽喳喳地哄邓爷开心。刘珊珊下场后，庄琪感觉稍好一点儿，这才抬头观看孔双喜和刘文亮打球。然而，让她失望的是，他们俩打球的精彩程度比刚才差远了。孔双喜在刘文亮面前就像小学生对上博士生，无论他怎么打，使尽吃奶的力气，都被刘文亮轻松地拨弄回去。比赛进入拉锯时间，刘文亮就是一个陪练，关键是被练的对手永远没有超越自己的希望，纯粹就像小孩跟大人比手腕，找找被虐的感觉。

刘文亮见庄琪闷声不响地坐在那里，也不跟人交流，显得格格不入，就在大家坐下来休息的时候，再次介绍了一下："庄琪是琪石投资的创始人，最近花了10亿收购了上市公司绿能宝。"

此言一出，大家一阵惊呼，果然对她重视起来。

"我说你最近怎么不跟我们玩了呢，原来是傍上大款了啊！"听到有人比她强，刘珊珊心里很不舒服，牙尖嘴利地讽刺起刘文亮

第十七章　窦艳

来了。

"看不出来啊，你有这么大的能耐。你收购的这家公司是做什么业务的？"孔双喜好奇地问。

"是一家环保公司，主营业务是污水处理的装备制造、销售和运营，还有几个垃圾发电厂。"庄琪看见大家对她刮目相看，虚荣心得到了极大的满足，说话也有底气了。

"那太好了，"孔双喜说，"我们市里正在规划建设环保装备制造产业园，欢迎你到我们那里考察、投资。"

"好的，谢谢您！"

邓爷虽然没有说话，但是对她的态度明显好了起来，让她一下子感觉轻松自在了许多。

刘文亮见时机成熟了，趁孔双喜和刘珊珊开局打比赛的时候，靠近邓爷坐下，对他说："邓爷，庄琪买下上市公司后，资金压力很大，她想转手把它卖了。您老人家认识有钱的大佬多，能不能说句话帮她卖了，缓解资金的压力。"

邓爷看了庄琪一眼，庄琪急忙赔着笑脸，肯定了刘文亮的说辞。

"你会打高尔夫吗？"邓爷问。

"她还不太会，正在跟我学呢。"刘文亮替她回答。

"你这样，"邓爷对刘文亮说，"明天早上7点我在香山高尔夫球场约了两组球，未来系的三号人物黎元梓正好在，他是我的好朋友。你把她带上，我再叫俩人，增加一组，中午吃饭的时候我介绍你们认识。他肯定有办法解决你们的问题。"

庄琪一听介绍的是未来系的关键人物，知道其中的好歹，忙不迭地点头答应。刘文亮虽然嘴上说好，心里知道明天的打球费和餐费少不得要落到他头上了，于是就盘算着如何转嫁到庄琪头上去。

2

庄琪认为有了邓爷的这层关系，傍上未来系这棵大树，什么股权的事、债务的事，都能够迅速解决，因此备感轻松，在刘文亮陪领导打完球后，便邀请他到她的豪宅里参观。刘文亮进了门以后，借口第二天一早要打球，就赖在家里不走了。庄琪早就跟他眉来眼去地互通情意了，只是没有合适的机会苟合而已。如今见他赖着不走，就知道是什么意思，两人干柴烈火，三下两下就上了床。刘文亮不愧是运动健将，精力旺盛、耐力持久。俩人就像打了一场很久的比赛，一盘又一盘，直至筋疲力尽，瘫软在床上才算结束。"年轻真好啊，从来没有这么好的体验，我的嗓子都喊哑了，真的心满意足了。"庄琪迷迷糊糊地说。

刘文亮也是人困马乏，疲软不堪，心里却颇为得意，摸着自己的腹肌说："比老张强多了吧！"

"别提他了，"庄琪一骨碌爬起来，肥嘟嘟的身体压在他身上，"你跟刘珊珊什么关系？有没有上过床？"

"你想哪儿去了？"刘文亮哑然失笑，觉得这女人挺好笑的，这么快就醋意大发，"她是电视台的主持人，经常到我们队里来采访，有时候还跟我们出国打比赛，所以跟我们都很熟。"他又淫笑道："我倒是想上，一是没机会，二是轮不上啊！"

"啪！"庄琪随手就是一巴掌，"不容许。你听好了，从今往后你就死了这份心吧，除非我不要你了。听见没有？"

"听见了，我好怕啊。我保证，绝对不干对不起你的事。"刘文亮淫笑着，虚情假意地说。

庄琪哼了一声，不知道从哪里摸出一把小刀，在指尖上要来要去："最好别让我知道，我的嫉妒心很强的。"

第十七章　窦艳

刘文亮吓得魂不附体："这刀是从哪儿来的？"

第二天，他们很早就来到了高尔夫球场。这是庄琪初次下场打球，心里既兴奋又紧张。而刘文亮则习以为常，在前台报了名字后，就拿了登记牌让庄琪去换衣服换鞋，他到出发台绑球包，招呼其他球友。快到下场时间的时候，邓爷搀扶着一个比他还老的老头儿过来了。这个老头儿看上去有八十多岁了，身材比庄琪略高，大约一米六，满脸的老年斑。他烟不离手，颤巍巍地捏着，吸得有滋有味。邓爷来了以后，三下五除二地分组停当，安排三组人马陆续下场了。"文亮，"他指着刘文亮说，"你陪着黎总，你们这一组先下。"庄琪这才注意到黎总是一个六十多岁，中等偏矮身材，皮肤黝黑的老头。他头发花白，不苟言笑，给人一种距离感。

先把前面两组打发走了，邓爷才对庄琪说："他们那两组年轻，打得快，让他们先走。你陪着我们老头儿慢慢打。"然后他指着比他更老的老头儿说："这位是原通信部的陈部长，退休了坚持体育锻炼，所以身体很硬朗。我每个月都要陪他打场球。"接着他又指着旁边跟他年纪相仿，身体健硕的老头儿说："这位是原总后勤部的退役老将军李斐，你跟他一辆车，要照顾好他。"

庄琪听到这些人的显赫身世，早已吓得心里七上八下的，急忙摆出一副谦卑的姿态，伸出双手跟每位领导握手问好。邓爷说了一声"出发"，就开着球车，载着陈部长往发球台而去，李将军和庄琪紧随其后。因为庄琪是第一次下场打球，一是不知道行车路线，二是从来没有开过这种球车，怕出问题，所以他们这辆车是李斐开。到了一号洞的发球台，邓爷又发号施令："咱们今天打红T。女士优先，你先开吧！"

庄琪听说要她先开球，想都没想就推托道："邓爷啊，我是第一次下场，看见球场就晕了，也不知道往哪儿打。你们先打吧，我跟在你们后面捡球就行啦！"

邓爷知道她不会打球，没有再勉强，对另外两位说："那就陈部长先开，李斐第二，我第三，最后是庄琪。"

陈部长对这种安排习以为常，早已把一号木抡得呼呼作响。庄琪惊奇地发现，这个走路都颤颤巍巍的老头子，上了球场就像小孩抢玩具一样，立刻变得生龙活虎。只见他插好T、架好球，双手拿着球杆站好，瞄准球道，然后转肩上杆，到顶点后脚蹬地、转胯拧腰、带动双臂下杆，将球击出。整个动作如行云流水，一气呵成，看不出是上了年纪的人打出去的球。"好球、好球！"庄琪看着小白球划过青草地，远远地落到球道上，拍着双手高声欢呼。

陈部长对这个球非常满意，看见庄琪在热烈地欢呼，就走到她跟前，压低声音问："你叫什么名字？"

庄琪不明白他为什么偷偷摸摸地问她的名字，心里一紧张，大声回答道："我叫庄琪。"

"嘘！"陈部长做了一个噤声的手势说，"小声点儿，别影响他们打球。"然后看了一眼发球台，低声问："庄子的庄，琪呢？"

庄琪这才知道他低声的原因，一张脸羞得通红："王字旁，一个其他的其！"

"哦，知道了，是美玉的意思。庄琪，我记住了。"问过之后，陈部长心满意足地回到了他的球车上。

最后轮到庄琪发球的时候，她紧张得怎么也打不到球，还因为用力过猛摔了一跟头。这三个老头儿忍俊不禁，总算找到一个好玩儿的东西了，就像辅导小学生一样，轮番上阵，手把手地教她如何打球。等到庄琪终于把球打出去的时候，后面已经压了好几组人，在巡场的催促下，他们才慢悠悠地开车往前打第二杆。庄琪嫌自己

第十七章 窦艳

的球技不行，扫了老同志们的兴，提出不打了，要给他们拿杆捡球，当球童。哪料到他们不依不饶，非要指导她打完十八洞。庄琪东一个西一个，也不知道打丢了多少颗球，总之她对此项让她身心疲惫的运动已经恨之入骨，想起来就想吐。然而，这些老头儿却乐此不疲，觉得教人打球远比自己打球快乐得多。

等到他们这一组打完的时候，已经中午12点多了，前面两组早已回场洗完澡，点好菜，等他们吃饭了。回到出发台，邓爷把庄琪拉到一边，面授机宜："一会儿黎元梓的老婆也过来吃饭，他听她的话。吃饭的时候我把你跟她安排在一起，你要设法跟她搞好关系。"

3

庄琪的第一场高尔夫球并不美妙，在身份地位远远高于她的老头儿面前，她觉得自己像一个小丑。尽管这些老头子尽心尽力地辅导她如何打好球，但是对生性敏感的她而言，与其说他们是在辅导，毋宁说是在猥亵。当然，这趟并不是一无所获，本来这次来的真实目的就不是打球，而是认识人。因此，她通过"以身饲狼"的方式，很快摸清了他们的底细，特别是邓爷。打球的过程中，趁邓爷高兴的时候她加了邓爷的微信。看着邓爷的微信名称，她就笑着说："邓爷啊，您老人家太有个性了——'邓哥哥'，起这么一个极具个性的名称。不知道的人还以为您是二三十岁的小伙子呢！"邓爷开心地哈哈大笑，两只眼睛又眯成一条线。还不等他开口，她又问："您老的大名是什么呀？""邓嘉锡！"邓爷毫无保留地说。

因为邓爷特意给她交代了注意事项，她不敢有丝毫怠慢，初次见面给那些贵妇人留下好印象是至关重要的。在去往球会餐厅的路上，她一边思索，一边乖巧伶俐地挽起陈部长的胳膊，对邓爷说：

"邓爷,您往前面走,我扶陈部长跟后面,这样快一点儿。"邓爷二话不说松开手,和李斐走在前面,这样行进的速度果然快了一些。午餐安排在最大的包房里,他们进去的时候已经坐了十几个人,其中只有一个女人,而且正对着门。庄琪看了她一眼,又装作没看见的样子,把注意力放在她扶持的陈部长身上,极力表现出无微不至关心老人的样子。大餐桌的桌首已经给他们三人留好了,庄琪小心翼翼地把陈部长送到首席坐下,然后乖巧地坐在下席,挨着刘文亮坐下,而刘文亮的右首恰好是黎元梓的老婆窦艳。

邓爷在陈部长的右首位置,他没有着急坐下,巡视了一圈后,对刘文亮说:"文亮,你跟庄琪换一下,让两位女士坐一起。"然后安排服务员上热菜,指着已经摆好的几盘凉菜说:"大家都累了吧,先吃点凉菜,垫垫肚子。一会儿再介绍各位相互认识。"刘文亮听了邓爷的话,赶紧跟庄琪调换了一下位置。庄琪这才借机跟窦艳打了一声招呼,窦艳不知道邓爷如此安排的用意,只当她是跟来打球的,根本就没把她放在眼里,点了一下头后就转过去向陈部长等人问候。实际上,她更希望刘文亮坐她旁边。

庄琪看她的第一眼就大致对她有了一定的认识。这个差不多快五十岁的女人,极其注重自己的形象。她保养得很好,皮肤白皙紧致。头发染得乌黑发亮,不长不短,正好垂在肩膀上,拉得很直。不知道为什么,她对头发很上心,时不时地从包里掏出梳子优雅地梳几下。她身上最鲜艳的部分是肩膀上披着的耀眼的爱马仕披肩。北京的初秋依然很热,坐着都会汗津津的,何况还要披件东西。因此,她的桌前还放着一把精美的丝质折扇。庄琪认定她是一个养尊处优、物质欲极强的女人。及至坐到她旁边,她又看见她身着一袭白色的香奈儿时尚丝绸套装,脚蹬一双爱马仕绿色蛇皮凉鞋。她的后背座椅上也有一只宽大的爱马仕真皮提包。随着她说话、夹

第十七章　窦艳

菜、吃饭时的前后晃动,她发现她胸口还吊着一块婴儿拳头大小的绿翡翠,这一发现让她吃惊不已,她估算那块祖母绿翡翠价值好几百万。

庄琪上下打量她的一举一动都被窦艳丝毫不落地看在眼里。窦艳装作没看见,忙着跟人说话,实际上心里却很享受这种有意无意的窥视和暗自比较。她认为,一番较量下来,落败的一定是那些钱少寒酸的。无论你多貌美如花,都比不过腰缠万贯的半老徐娘。窦艳心里暗自得意的同时,还不忘踩上一脚:没见过世面的土包子。

吃了几口饭后,大家的体力慢慢恢复,情绪也逐渐高涨。打球毕竟是一件开心的事情,谁也不会带着埋怨去下场。

"部长,今天打了多少杆?抓了几只鸟?"率先说话的是黎元梓。

"今天我们都在当陪练,"陈部长显得很开心,指着庄琪说,"小庄琪是第一次下场,她把球打哪儿,我们就跟哪儿。哈哈哈!"他笑得像个孩子。

窦艳这才满怀妒忌地用正眼看了她一眼,但仍然保持高人一等的姿态。

"我们这一组打得很好,"黎元梓指着刘文亮说,"世界冠军就是非同凡响,不但乒乓球打得好,高尔夫也不赖,一杆300多码,五杆洞,两上、两鸟、两老鹰。"

"太厉害啦,冠军就是冠军!"大家纷纷喝彩。

邓爷看见气氛其乐融融,于是指着庄琪介绍道:"文亮的女朋友也不错,最近收购了一家上市公司,成了它的实控人。小小年纪,是个'80后'啊!"

"哎哟!最近在证券市场上掀起并购风浪的是你啊,真是看不出来啊!"窦艳大吃一惊,上下打量着庄琪,一双会说话的眼睛里充满震惊,"真是人不可貌相,海水不可斗量。你真厉害。"

"就是运气好一点儿,"庄琪谦虚地说,"姐姐你也关心市场上并购的事?"

"我最早是干投行的。"

"在哪家证券公司?"

"万国,听说过吗?"

"知道,那时候干投行的都是行业精英!"庄琪不失时机地奉承了一句,然后岔开话题说,"姐姐,你的这个包包好漂亮,这个颜色我很喜欢。前两天我看见同一款式,白色的,就没有这个漂亮。"

"这是爱马仕今年的经典款,有四种颜色:绿色、白色、黄色和经典的橙色。相比较而言,还是绿色的好看。"说到购物,女人的距离一下就拉近了。窦艳说话的时候眼睛滴溜溜地转着,在庄琪的身上扫来扫去,接着说:"知道吗?这种款式分大中小三款,每款四种颜色。我的这款是中号的,但是我更喜欢大号的。你现在说好,我又觉得应该把大小号都集齐了。"她把手里的筷子往桌上一扔,眼睛扫了一圈饭桌,对黎元梓说:"老公,你一会儿吃完饭就让司机送你回家,我跟这个妹妹逛一会儿街去。"然后站起来,对陈部长和邓爷笑着说:"你们这些老同志烟不离手,这可不行,吸烟有害健康,想办法把烟戒了,多打球,享受生活。你们慢慢聊、慢慢吃,我们先走了。"不管三七二十一,拉起庄琪就走。

大家对她的表现见怪不怪,都是满脸笑意。邓爷给庄琪使了个眼色,她跟着站起来鞠了一躬,就随窦艳走了。

刘文亮眼睁睁地看着庄琪跟窦艳走了,感觉坐也不是,走也不是。坐着,今天的单肯定要他买;跟着走,人家女人逛街,你瞎掺和什么?尽管抓了两只老鹰,心里却异常郁闷。

第十七章 窦艳

庄琪看着窦艳急匆匆往外跑，突然想起吴昕建往夜总会跑的样子，不免悲从中来。她不明白这两个地方为什么对男人和女人有如此大的吸引力，乃至连饭都可以不吃。何况她跟她并不是很熟，就被她拖着陪她逛商场，这究竟是为什么？为债务？对，一想起她背的债，别说是有人要她逛商场，叫奶奶她也愿意。

庄琪跟着窦艳上了她的保时捷卡宴，然后一脚油门从西四环外驶向东四环。这种线路无论走直线还是绕环路，都不好走——堵，非同一般的堵。北京就没有不堵的时候，但是你要习以为常，适应它，不能抱怨。窦艳一开动汽车就开始抱怨，不是因为道路，而是因为高尔夫。

"这高尔夫有什么好打的，让这些死老头儿欲罢不能。我就特别讨厌打球，又晒又累又费力气。我宁愿天天在商场里泡着，也不愿意碰一下球、摸一下杆。一下都不愿意——费手！"窦艳说，"你喜欢吗？"

"我跟你一样，一点儿都不喜欢。这是我第一次被他们忽悠过来打球，"庄琪说，"还被他们摸来摸去的。"

"真够恶心的。"窦艳说，"他们怎么摸你的？不会是明目张胆的吧？"

"那倒不是，"庄琪装出一副受委屈的样子，"说是给你纠正动作，拉着你的手，贴着你的身体，还不时地扶扶腰、拍拍屁股。"

窦艳踩了一脚刹车，放慢车速问："我老公有没有这样做？"

"没有，我跟他不一组。"庄琪说。

"谅他也不敢。"窦艳又踩了一脚油门，提高了车速，"男人没有一个好东西，越老越好色。他们这是借机吸你的阳气，你可得小心点。"

"啊！"庄琪被她说得起了一身的鸡皮疙瘩，不自觉地打了一

269

个寒战,想抖搂掉沾染的死气,"太可怕啦!"

"可不是嘛,"窦艳越说越玄乎,"那些老东西闻到年轻女人的气息就兴奋,就觉得身体有活力。那就是在吸你的阳气,所以你要躲着点,远离他们。你不觉得他们身上臭烘烘的,有一股死气吗?"

庄琪抱紧双臂说:"还真有那么一股恶心味。"

"男人属阳,女人属阴。更年期后,无论男女都会阴盛阳衰。我们女人本来就阳气不足,再被他们吸来吸去,那还不早没命了。"窦艳说,"我跟我老公早就分床睡啦。我们家400多平方米,他一半儿我一半儿,互不干扰。你住什么地方?"

"香山墅院。你们的孩子呢?"

窦艳听说她住在京城最贵的豪宅里,心底泛起莫名的妒意,但又装出不屑一顾的样子说:"我们家一户一整层,安静得很。平时就我们俩,孩子在美国读书。"然后,她就专心开车了。

庄琪此行的目的是一心讨好窦艳,因此,在窦艳说累了的时候,就轮到她找话题,让气氛不冷场。

"那就是说你仅用6000万就收购了这家上市公司?"庄琪再次让窦艳深感震惊,她一个没注意,差一点儿将车撞进SKP的展示橱窗里,"你的财务压力很大吧?"

"嗯!"

"真够大胆的,你是我见过的最胆大的女人之一,跟周筝有一拼。"

"周筝是谁?"

窦艳卖了个关子,笑而不答,下车锁门就往商场里走。"窦姐,你就把车停这儿?这里不能停车啊。"

窦艳轻蔑地看了一眼远处的保安,得意扬扬地说:"别人不可

第十七章 窦艳

以,就我窦艳可以。这里谁人不知、谁人不识我这辆车?别说我停这儿,就是我开进去,他们也得给我开门。"

庄琪将信将疑、左顾右盼,看看是否有保安前来干涉。然而,那些保安远远地站在那里,对这儿的一切都视而不见,庄琪这才相信窦艳说的话。

"以后跟你来这里是不是都能享受这种特殊待遇?"

窦艳眉毛一挑,展颜一笑:"当然!"

窦艳神情倨傲地走进爱马仕专卖店,如娘娘回宫了一般。那些工作人员看见她来了,急忙弯腰鞠躬齐声高喝:"窦姐好!"这个阵仗把跟在后面的庄琪惊吓得心头乱跳。

窦艳举起手里的包包,对经理说:"你把这个颜色的另外一大一小给我拿过来。"

"窦姐,"经理露出无奈的表情说,"这个颜色的包包卖完了,现在只剩橙色和白色的。您知道,绿色是今年的流行色,当时要不是给您特意留着,早被人抢光了。"

"我不相信,这才几天啊?你不会是在骗我吧?"

"我哪敢骗您啊,窦姐。我们店里真没货了。"

"真是乘兴而来、败兴而归!"窦艳抱怨道。

这时一个店员拿着一块儿以绿色为主基调的披肩走过来,说:"窦姐,这是我们刚来的新款披肩,跟您的这款包包多配啊!"

窦艳还在为货品的事情生气,瞄了一眼她手上的东西,不耐烦地说:"不要、不要。"然后又对经理说:"你问问其他店里还有没有,如果有,就赶紧给我调过来。"

庄琪趁窦艳和经理满世界找她要的货品的时候,偷偷让店员把那件新款的披肩包了起来,结完账拿在手上。

这时,经理也已打完电话,了解了系统里货品的投放情况,跟窦艳说道:"窦姐,很抱歉,我们北京的几个爱马仕专卖店这款颜色的包都卖光了。全国的话,上海和深圳还有一大一小。"

"那就赶紧调过来,别让别人买走了。"窦艳长出了一口气,终于踏实了,"货到了给我打电话,我过来拿。"然后就跟庄琪出来了。

"窦姐,这款披肩跟你的包包的确很般配,我买来送给你,算是给你的见面礼,请你一定要收下。"庄琪真诚地说。

"哎哟!"窦艳粲然一笑,似乎对有人巴结她给她送礼习以为常,心说这女人还算上路,"太感谢啦,你真有心!"

窦艳收到了庄琪的礼物,心情自然大好,然后带着她一家店又一家店地逛了起来。每到一个店,她都嚣张跋扈,根本不把店员放眼里,对商品也是指指点点、挑三拣四。她越是这样专横,店员们越发谦卑,这让庄琪十分困惑。

"你知道这些服务员喜欢什么样的顾客吗?"窦艳又是一副扬扬得意的样子。

"当然是有钱人喽!"

"那什么又是有钱人呢?怎么才算是有钱人呢?"

"可能是愿意在这里花钱的才算是有钱人吧。"

"你说对了一半,愿意花钱是一方面,花得起钱是另一方面。"窦艳说,"别看我对这些服务员一副凶神恶煞的样子,实际上他们最喜欢我这样的人。因为他们知道,越是挑剔的人越懂得花钱,也舍得花钱。越是对他们客客气气的人,越是没钱花的人,在他们眼里就是毫无价值的人。"

"原来如此。怪不得我每次逛商场对他们态度好一点儿,他们反而对我翻白眼。"

窦艳又像看乡巴佬儿似的看了她一眼,说:"钱这东西生不带来死不带去,有了就要花。不论你赚了多少钱,也不管这钱是你赚来的、抢来的、偷来的、赌博赢来的、买彩票中奖的，还是贪赃枉法靠不正当手段得来的，不花都是数字，也不一定是你的，可能是别人的。只有你花的、你消费的，才真正是你的。最可笑的是那些贪官污吏，费尽心机、战战兢兢地弄了那么多钱，东躲西藏的，舍不得花一分钱，最后东窗事发，全部被抄没了。你说愚蠢不愚蠢？"

"你的钱从哪儿来的？"

"老公挣得多呀！"

第十八章
衙内

1

庄琪拖着疲惫不堪的身体回到家里，想好好休息一下，刚躺下，正要迷迷糊糊睡去的时候，听到门禁嗡嗡地响了起来。一个人独自住在几百平方米的房子里，最怕将梦将醒时候的门铃声。庄琪一个激灵就爬起来，踩着拖鞋，两腿软绵绵地向门口的监控走去。这么晚了，会是谁呢？她一边想一边不住地抱怨，这么大的房子，一个人住确实有些瘆人，最起码得找个阿姨打扫卫生、保养家什、做个饭、应个门什么的，也是个伴儿。一个人过于孤单冷清，缺少阳气。这时她突然想起窦艳说的老头儿吸阳气的事儿，不禁汗毛直竖、头皮发麻。她快步走到监控前，一看是刘文亮，悬着的心才放下。不一会儿，刘文亮敲门进来了。

庄琪略带困惑地问："你怎么来了？还没玩够啊？这一天又是打球又是逛街的，弄得我精疲力竭的，一点儿兴趣都没有了。"

刘文亮厚颜无耻地说："一想起你我就兴致勃勃、浑身是劲。"他一边说着，一边上来给她宽衣解带。

"少油腔滑调地来这一套，"庄琪不耐烦地把他的手推开，"别在老娘面前玩花活，这些甜言蜜语的鬼话骗骗你女朋友还行，骗老娘还嫩了点。有本事你娶了我。"

第十八章　衙内

刘文亮怎么也没想到被她一句话就将死了,支支吾吾地半天说不出话来。

"看,说不出来了吧?骗我呢吧?"庄琪倔强地抬起头,毫不客气地看着他说。

谁知她这种挑衅的表情,大大刺激了刘文亮的征服欲,他一把抱起她,一边激情亲吻,一边撕扯她的衣服,在硬邦邦的地毯上滚作一团。

云收雨散后,庄琪喘着粗气问:"你说你过来是为啥事儿?"

"给我2万块。"

"为什么?"庄琪心生不快,"你是鸭啊?从来没见过你这么厚颜无耻之人。"

"你误会了,"刘文亮说,"就是今天的打球费和餐费。"

"那不该邓爷出吗?"

"邓爷是攒事儿的人,怎么能让他出呢?"刘文亮说,"我还从来没有见邓爷打球吃饭掏过钱。他总是有办法让别人掏钱。"

庄琪心说你都睡过我了,还跟我要钱,真不要脸。她想赖账,突然又想到另外一件事儿。

"好的,没问题。你想想办法,把吕铁钢的奖金给我追回来,追回来的钱分你一半儿。他跟老裴骗我。"

"总共多少钱?"

"100多万吧。"

"不是400万吗?怎么才给了100多万?"

"谁是傻子,会一次全给完啊?"

"好吧,我来想办法。"刘文亮蠢蠢欲动,酝酿着下一波攻势。钱是最好的春药。

跟刘文亮的肉体缠绵的确能缓解她精神上的压力,但是不能解

275

决根本问题。认识窦艳也不是为了讨好谁,而是在未爆雷之前赶紧把公司卖了。然而,有些东西从别人手上抢过来容易,再甩出去可就难了。还没有等她张口提卖公司的事情,上市公司中报披露的截止日期就到了,呈现出来的中期业绩是亏损3000多万元。这是公司上市以来首次出现亏损,也就是说,这颗雷还没等到转嫁出去,就在她手上开花了。就像击鼓传花的游戏一样,鼓槌落下的时候,她就是那个倒霉蛋。

"怎么办呀,签还是不签,披露还是不披露,你说句话啊。"拿着要董事长签字的年度报告,她六神无主地问张幼军,"亏损的公司谁还要啊。"

"问刘文亮去。"张幼军跷着二郎腿,双手贴着后脑勺,半躺在椅子上,阴阳怪气地说。他从他们亲昵的样子中看出了端倪,脸上无光,愤恨不已。

"去你的!"庄琪气得把一杯水泼在他身上,大声道,"都什么时候了,你还在这儿吃醋。你要别人对你忠贞不渝,可你是什么货色?你有老婆有情人,还时不时地嫖个娼。你对自己那么放纵,就不容许我跟别人好?太自私了吧。"

被浇了一脖子水的张幼军,从抽纸盒里拿出几张纸巾,低头擦水,也不说话,心里依然不痛快。

"说,该怎么办?"

"还能怎么办?如实披露喽。"他斜夯着头,故意偏向一边,"你不承认事实,想把业绩从亏损做到赢利,一方面来不及,另一方面就上了他们的当了,成了他们的背锅侠。他们的目的就是要打你个措手不及,让雷爆在你手上。"

"接下来怎么办?"

"一方面止血,停止所有的投资和担保;另一方面想办法把公

第十八章　衙内

司收回来、控制住，能卖就卖，卖不了就甩包袱，把亏损的甩掉，赢利的留下。"

"怎么才能控制住公司，不让他们再为所欲为？"

"抢公章呗！上市公司新老股东交替打架的老套路。"

"裴总啊，我们昨天开了一天的董事会，晚上说好不喝酒的，还是被你们灌了几杯，我现在头痛欲裂！"这天上午，庄琪给裴明海打了一个电话。

"你现在在哪儿？严重吗？要不要送医院？"裴明海关切地问。

"还不至于进医院。"庄琪说，"我现在在高新区五月花广场的千岛咖啡，你知道的，咱们以前在这里喝过咖啡。我现在的状况实在不能去公司，我一听到车间里传出的刺耳声就头昏脑涨。昨天我跟你说过了，北京有个大型央企要跟我们搞合作，签一个大合同。刚才给咱们帮忙的大领导让我们把公司的营业执照、公司章、财务章等拿过去，他们要证实一下，顺带就把合同签了。麻烦你把这些东西给我送过来，我确实不方便去取。"

"好吧，你等着，我马上送过去。"

没等多久，裴明海就提着一个手提袋找到了庄琪。

"你要的东西。"他把东西给了庄琪，还不忘关心地问，"好些了吗？"

庄琪接过手提袋，迅速翻看了一遍，见需要的东西都齐全了，把前面的一杯咖啡往裴明海跟前一推。"裴总，刚给你要的咖啡，你先喝着。时间到了，我得先走了，领导还在等我呢！"

"我赶紧出来，跳上早就叫好的出租车就往高铁站跑。"庄琪给窦艳讲述这段智取公章的故事时，还有些惊魂未定。

277

"你就这么把公章骗来了？你可真机智。"窦艳睁大双眼，难以置信地说。

"窦姐，你要是有办法帮我把这个公司卖了，只要不亏钱，赢利部分给你20%。"

"简单，明天你跟我去见我们老板，她正好找我有事儿。"

"你老板？她是谁？你不是不工作，做全职太太了吗？"

"去了就知道了。"窦艳神秘兮兮地说。

2

在北京海淀区上地产业园有一栋红褐色12层高的建筑，四周用铁栅栏围了起来，这是未来科技集团的总部所在地。若非窦艳带她来，庄琪无论如何也想不到这里竟然是中国最神秘的民营企业的办公场所。她经常听人说，在我们这片土地上想赚钱、赚大钱，一定要低调、低调、再低调，恨不得谁也不知道自己才好呢。闷声发大财嘛。这个低调得如同她家乡村镇企业的院子，跟不远处抬眼可见的高楼大厦比起来，让她产生一种恍如隔世的感觉。这也太……太低调了吧。其实，她是想说这也太寒酸了吧，但是出于对这个神秘存在的敬畏，才把寒酸换成低调。

"想不到大名鼎鼎的'未来系'在这么个名不见经传的地方吧？"窦艳对她的这种表情见怪不怪，还颇为得意。到了这里，她也不敢造次，把自己的车规规矩矩地停在车位里，还指挥庄琪新来的司机把她的车也停好。

"真的难以置信，一个上千亿资产规模的金融控股集团竟然在这么陈旧的地方办公，这就是低调的奢华吗？"庄琪想恭维一下，但是她所知道的也很有限，干巴巴地挤出几句话，一是缓解来到陌生地儿的紧张感和压迫感，二是想从她这里套点有用的信息，免得见了大老板不知道说什么。

"上千亿？你可真是孤陋寡闻，有眼不识泰山。"窦艳神色一变，半严肃半得意地说，"趁你还没有上去丢人现眼，我给你普及一点儿'未来系'的知识。"窦艳看了一眼这栋红褐色的大楼，对一脸茫然的庄琪说："外人只知道'未来系'不但控股了几家上市公司，还有银行、证券、信托、保险等，是一家民营金融控股集团。至于究竟有多少资产，众说纷纭，不一而足。我今天给你透个底，据我所知，'未来系'目前有七八家上市公司，40多家金融机构，是目前国内唯一一家集银行、保险、信托、券商、基金、期货、租赁、理财、消费金融于一体的，全牌照的民营控股企业，总资产过万亿。"

"啊！"窦艳透露的信息太过震撼，庄琪半晌才回过神来说，"那岂不是比去年的首富王富林厉害多了？"

"他就是个毛毛虫。"窦艳不屑一顾地说，"这仅仅是国内部分，国外的还没算呢，像花旗银行、渣打银行、德意志银行等都有我们的股份，包括村上证券也是我们的。一会儿见了我们老板可不要瞎说，把你的想法原原本本地说出来就行，不要扭扭捏捏，也不要添油加醋，实话实说。她会想办法的。"

庄琪已经被窦艳的话吓得面如土色，机械地点了点头。

"你没事儿吧？"窦艳看她脸色不好，急忙问道。

"没事儿！"

"那好，咱们上去吧！"

窦艳带着庄琪上了11楼。受建筑结构的影响，楼内的空间并不宽敞，人也不多。

"这里怎么没有多少人办公？看上去空荡荡的。"在电梯里庄琪问窦艳。

"在这里上班的只有集团的几个高管和负责整个集团的财务部门,其他的都分散在各处。光北京市就有十多个相对集中的办公地点。"

出了电梯,窦艳往左边走了几步,敲了敲一间办公室的门。出来一位风姿绰约、身材婀娜的女人,但见她三十多岁——跟庄琪差不多,杏脸桃腮,明眸皓齿,一颦一笑风情万种。庄琪眼前一亮,这人她见过啊——不过是在电视上。

"窦姐,你来啦!"她一上来就给窦艳一个拥抱。

"你在这儿呢,燕子。"窦艳上下打量着她说,"还是那么漂亮、还是那么年轻!"

"知道你要来,所以就等在这儿,一会儿陪你逛街去。"然后她看了一眼后面的庄琪说,"请进,筝姐等你们呢!"

庄琪瞪大眼睛看着这个家喻户晓的明星说:"你是燕子?跟电视上一模一样。"

"叫我赵妃燕好了!"赵妃燕落落大方地跟庄琪握手,然后让她们进屋。

周筝的办公室并不大,有30多平方米,陈设简朴、装饰素雅。此刻,她正坐在茶台前吃饭。庄琪怎么也没有想到这个未来系掌管万亿资产的核心人物,生活竟是如此简朴。她的面前是一碗热气腾腾的牛肉面,上面盖着几块枣子大小的牛肉块。也许是因为面条刚端上来,太烫了,她只是轻轻地拨了几下,不让面团在一起,就凉那儿了。只见她一只手拿着一个掰开的馒头,一只手拿筷子从老干妈的瓶子里夹了一块油泼辣子往里面塞。她穿着一身蓝色套装,姿态高雅,不怒自威。庄琪看她跟窦艳一个年龄段,都是五十岁上下的人,但是看她身上自带的气势,不知强窦艳多少倍。她只看了庄琪一眼,犀利的眼光顿时就让庄琪感觉自己像赤裸裸地站在她跟前

第十八章 衙内

一样。庄琪下意识地护了一下前胸。这是庄琪迄今为止,见过的唯一一个一眼就能看穿人心的人。

周筝看了一眼庄琪,然后就把目光收回去,对着窦艳柔声地问候了一句:"艳儿来啦!"

"你怎么才吃饭呀,都快3点了。"

"上午一忙就错过饭点了。想不吃了减减肥,但是又扛不住,饿得慌,就叫了一碗牛肉面。"

"我的老板呀,你怎么能吃这东西呢?都是碳水化合物,没啥营养。这哪是掌管万亿资产的老板吃的东西呀!"窦艳看见周筝吃饭还是这么凑合,心疼得快要掉眼泪了。

"艳儿,以后千万别说万亿资产的事情。"周筝正色道,"现在舆情对我们很不利,说这次的股灾是我们未来系这样的金融大鳄在股市里兴风作浪引发的,试图把造成股灾的祸水泼在我们身上。因此,一定要低调。"然后看了一眼庄琪,叮嘱道:"绝对不要在外人跟前炫耀。"

"知道啦,老板!我不是心疼你嘛,责任这么大,担子这么重,怕你营养跟不上,身体累垮了。"窦艳说着话,眼睛又红了。

"习惯了!"周筝随口应了一声,就开始吃饭了。

"筝筝,给你介绍一下,这是我刚认识的小妹妹——庄琪。前不久,她用6000万收购了一家市值60亿的做环保的上市公司。真的是后生可畏啊,看见她在资本市场上如此大胆、如此敢干,我就觉得自己老了。"

周筝又上下打量了庄琪几眼,微微一笑,知道她是玩儿不转了,才找上门来。于是便问:"你有什么打算?"

庄琪之前就已被窦艳的话吓得七荤八素,加上周筝身上散发出来的强烈的压迫感,她现在已经六神无主,再被周筝这么一问,就

281

把想好的词儿忘了一大半儿。庄琪想到连如日中天的王富林在她们眼中都是毛毛虫,自己这点儿弱不禁风的体量,还不被吃干榨净一点渣儿都不剩?心里一怯,气势就弱了,前言不搭后语地说:"周总,您是证券市场的老前辈,万亿资产的掌舵人。我就是运气好了一点儿,弄了个上市公司。您说咋弄就咋弄,您说咋办就咋办。我都听您的!"

闻听此言,窦艳勃然大怒,正准备张口骂她,就听周筝对赵妃燕说:"燕子,你带她去旁边喝茶,我跟你窦姐说点事儿!"

等赵妃燕带着庄琪出去了,周筝对窦艳说:"这女人人小鬼大,心口不一,不要在她身上浪费时间。"

窦艳失了面子,红着脸说:"气死我了,想不到这女人这么上不了台面。"

周筝吃了几口饭,说:"你准备一下,过几天跟我去趟香港。"

"去见萧冬昇?"

"嗯,此事要保密,不要告诉任何人。"

"知道啦,放心!"

周筝又给她交代了一些事情后说:"你要是还想帮那个女人的话,让她去找高衙内。前几天他找我说想收一个环保类的壳,说不定他们谈得来。"

窦艳点点头,抱着她亲了一下她的脸颊就出来了。

庄琪在周筝面前自惭形秽地抬不起头,但是却跟赵妃燕一见如故,谈笑自若。赵妃燕把她带到周筝办公室斜对面的一间大的接待室。这个接待室120平方米左右,相当于3个周筝办公室的面积。整体陈设像电视上领导人接待外宾的布局,摆了两排宽大厚重的红木布艺沙发。所不同的是,主宾位置的壁画不是万里长城图,而是

第十八章　衙内

一幅手持玉净瓶的观音菩萨画像，顶头是赵朴初题写的"慈悲"匾额。每扇窗户之间的玻璃柜里陈列着元明清不同时代的瓷器。主宾位置的正对面，也就是最下首摆了一张五六米长的黄花梨画案，上面笔墨纸砚一应俱全。画案上方的墙壁上挂了两幅画，一幅是八大山人的老鹰，一幅是黄胄的驴。画案挨窗户的一角堆着一大摞当代书画家的作品。

"这地方好高级啊，我好像走进国宾馆了。"只有她们两人的时候，庄琪才松弛下来，说话也利索了，"那柜子里的瓷器应该很贵重吧？"

赵妃燕也觉得她土气，轻蔑地说："当然！如果拿出去拍卖，每件都有上千万。"

庄琪看出她眼神里的轻视之色，心里不满地暗骂：有什么好得意的？又不是你们家的。但是她强忍着不满，把头偏向画案方向，指着上面挂着的两幅画，说："这么高档的地方，怎么挂了两幅这么难看的画？不是驴就是鸡的，一点儿都不匹配，难看死了。"

赵妃燕被她一无所知的样子逗乐了，不知道她是指桑骂槐，笑着说："你真是有眼无珠，这幅八大山人的老鹰图要几千万呢！旁边堆在地上的这些还没资格往上挂呢，每幅怎么着也值几十、上百万。"她不想跟这个没文化的人讨论艺术，而是急不可耐地转移了话题："亲爱的，你给我说说，你是怎么用6000万收购上市公司的。"

说到这个话题，庄琪总算找到了用武之地，对赵妃燕毫无顾忌地吹嘘起来。"股灾前我发理财基金赚了6000多万，正不知道干些什么的时候，听说有个上市公司要卖。我想这正好是个机会，控股一家上市公司，就打通了基金和产业之间的通道。我可以一边发基金并购资产，一边通过上市公司变现。如此循环往复，就能像滚雪球一样越做越大，所以就赶紧跟他们取得了联系。绿能宝的大股东当时持有上市公司大约33%的股份，想要全部收购他们的股份的话，势必会触发要约收购，需要信息披露，还要经过重大并购重组审核委员会的审核，程序相当烦琐。为了减少麻烦，我们给大股东做工作，让他们减持一部分股份，将总持股比例降到30%以下。这样我们一次性把大股东的股份收购了，就等于把上市公司也收购了。当时，按大股东持有的股数，他们价值大约15亿，而我只有6000万，我就去跟大股东商量，把他们减持的1.5亿借给我。我再拿2亿多找了个大型央企，从那里配了13亿，就把上市公司收购了。等公司股份过户完，我就赶紧把股权抵押给券商，把抵押出来的钱还给央企。整个过程就是这样的。"庄琪有所保留地向赵妃燕讲述了收购的大致过程。

"太刺激了，简直比电影都精彩！"赵妃燕听得如痴如醉，"这就是人们所说的'蛇吞象'的故事啊，想不到做成这种高难度并购的竟然是你。真的太不可思议了。"

"这有何难？"庄琪说，"你也可以，而且比我更有优势。我是因为运气好，正好碰上一个上市公司要卖，属于瞎猫碰上死耗子，没什么技术含量。你不一样，以你的知名度，你要是收购一家上市公司，股价还不得涨天上去？"

"我可以吗？"赵妃燕被庄琪鼓动得热血澎湃，"我怕我做不来。你为什么找央企融资呢？听说那里管理很严格，弄出钱来不容易吧？"

"正好我有个股东是那家央企的老总，短期拆借，他一句话就解决了。而且利息还很低。"庄琪不想让人知道的，一概以胡编乱造做掩饰。

"是吗？你从央企那里的融资成本是多少？"

第十八章 衙内

"6%的年化利率。我从一些新闻报道中看见你经常参与一些影视公司的私募股权投资,对这个行当应该相当熟悉了,你怎么没想到收购一家上市公司呢?"

"我没你豁得出去。"赵妃燕说,"以前我都是跟在别人后面投一点儿,人家说投什么赚钱,我就跟着投什么。我还真没想过自己收购一家上市公司当老板,今天听你这么一说,我还真的有些心动。我得找人好好商量一下。"

正当她们聊得热火朝天的时候,窦艳板着脸进来了,她对着庄琪恶狠狠地说了一句:"烂泥扶不上墙。"然后对赵妃燕说:"燕子,走!别理她,我们逛街去!"也不等她有所反应,拉起她来就往外走。庄琪被她骂得羞愧难当,紧跟在她们身后出来了。一路上庄琪还想为自己辩护,无奈窦艳根本不给她机会,让她尴尬万分。

到了楼下院子,窦艳带着赵妃燕一脚油门就跑了。庄琪急忙坐上自己的车,让司机跟上窦艳,她今天无论如何都不能得罪窦艳,跟她把关系搞僵。那样她就攀不上更硬的关系了。

"窦姐,你说我收购一个上市公司当老板怎么样?"赵妃燕还沉浸在刚才的遐想中,兴奋地问窦艳。

"你别听那女人瞎忽悠,她嘴里从来没有实话。估计对她妈也没有。"窦艳还在生庄琪的气,"说话不过脑子。"等她反应过来是她要收购上市公司时,急忙改口说:"你当然可以了,燕子!你比她强了不知道多少倍,以你的知名度,她搞不定的事情你肯定能搞定。你要是收购一家上市公司,那股价还不得呼呼往上涨,一飞冲天?"

赵妃燕心说庄琪刚才也是这么说的,知道她生庄琪的气,就没有再提她,转而说道:"你说周筝姐能帮我收购上市公司吗?"

285

窦艳心里一惊，急忙说："你别找她呀。刚才她不是说了吗？现在是多事之秋，社会舆论、媒体都盯着呢，她怎么帮你？只要她动一下，又是谣言四起，说未来系又在兴风作浪，不是把你的好事变成坏事了吗？找你小民哥啊！"

"好的，我知道了。"

3

庄琪一路尾随窦艳的车子又到了SKP，窦艳刚进去，她就到了。不等司机把车停稳，她就急匆匆地下车追她们去了。这里的保安已经对她们的这两辆车很熟悉了，反正领导都已交代过了，只要不挡消防通道，任她们停好了。谁都不愿意碰特别矫情的女人，她们较起劲来没完没了。

庄琪在古驰店里找到了她们，可是窦艳拉着赵妃燕对她视而不见，她只能讪讪地跟在后头。尽管憋屈得要死，但还是她们走哪儿她就跟哪儿，甚至连一句话也插不上。一直逛到芬迪的专卖店时，窦艳因为一款新出的运动鞋左右为难，庄琪才找到机会为她挑选商品出谋划策。

"这粉色的、淡蓝色的和白色的，你应该各买一双。"庄琪见窦艳把这三双鞋子试了又试，纠结该买哪种颜色的时候说。

"谁这么傻，一次买三双运动鞋啊。"窦艳被挑鞋分散了注意力，忘了刚才还跟她怄气呢，她一说她一答，话就接上了，但是对她的建议仍然嗤之以鼻。

"那不一样，"庄琪说，"这三种颜色的鞋穿在你脚上不仅都很好看，而且很搭配。你平时可以穿同色的，心情好的时候也可以将不同颜色的搭配起来穿，这样三加三乘二，有九种穿搭，相当于你买了九双鞋。这不合算吗？"

第十八章 衙内

"哎哟，庄琪，你可真聪明，我怎么没想到呢。"窦艳恍然大悟。然后对着赵妃燕说："咱们买下来换着穿，三双变九双，这便宜不占白不占。哈哈哈！"

"三加三乘二不是十二吗？怎么成九了？"赵妃燕不知所以地问。

"哎呀，算账的事儿，你脑子不如她，就别想太多了，好好演好你的戏就得了。"窦艳开心极了，根本就没有意识到她的话有多伤人。

庄琪赶紧对服务员说："把鞋包起来，这鞋我买了。"然后又对窦艳说："窦姐，这鞋我买下来送给你，算是就今天的表现给你赔不是。我一见你老板就紧张得不知道说什么了，请你大人大量原谅我。"

"庄琪啊，我们老板是什么样的人？"窦艳说，"那都是说一不二的人。你以为她会在乎你那破公司？别自以为是了，那根本入不了她的法眼。还想跟我们玩心眼，门儿都没有。好在我们老板大仁大义，不是小肚鸡肠的人，不但没生你的气，而且给你指了一条明路。"

"谢谢窦姐，这都是因为你面子大，老板信任你。"庄琪低声下气地说。

"你这两天赶紧跟这个人联系一下，他可能能帮你解决问题。"窦艳把高红波的联系方式用微信推送给她，"这个人的路子野，手上也有几家上市公司。你有什么诉求，跟他好好谈，千万别再耍滑头。"而后又重点叮嘱了一句："别忘了你的承诺，还有我的好处费呢。"

"放心吧，窦姐！我绝对说话算话。"

4

庄琪知道,在资本市场上呼风唤雨的都是眼高于顶、神秘莫测的人,但是高红波的出现颠覆了她的这一认知。她原本以为,那么大的老板,手上掌握了好几家上市公司的人,是不会纡尊降贵到她这巴掌大小的地方来的,谁知一个电话他就主动找上门来了。既然人家主动上门,她就不可能拒绝,只能被迫接受,恭候他的大驾光临。当然,这也是最让人难堪的地方。她惴惴不安,生怕因为自己的一亩三分地过于寒酸,让人瞧不起。然而,当穿着一件雪白色羽绒服的高红波伴随一道晨光推门进来的时候,庄琪知道她的担心完全是多余的。她从这个白胖白胖的、走路一摇三晃、大大咧咧的纨绔子弟的身上,看到了些许邹俊的影子。她不明白这些世家子弟为何都带有一种目空一切、不以为然的痞气,而她却对这种痞气感到如此亲切。

"高总好,让您屈尊光临寒舍,真是万分抱歉。本来应该是我去您那里,或者安排一个更好、更私密一些的地方的,可是您在电话里要求不必大费周章,所以只能在这里接待您,请勿见怪!"

高红波四十多岁,中等偏上的身材,从他发福的体态上可以看出,他是经常穿梭于酒场饭局之间的人。他一脱衣服,就从黑色阿玛尼的圆领衫里冒出一股热气。跟在他后面与他差不多年龄、身材的人急忙接过羽绒服,小心翼翼地挂在衣架上。

高红波打量了一眼庄琪的办公室,扶了一下鼻梁上的金丝眼镜,用四川话说:"有啥子嘛,老子连个像你这样的办公室都没有。"然后,他瞪着一双白多黑少、圆鼓鼓的大眼睛,换成普通话说:"要不我来你这儿上班算了,给我个办公桌就行。"他说话的时候看上去一本正经,两只眼睛却不安分地在她身上扫来扫去。

第十八章 衙内

"高总,您可真会开玩笑。您这么大的老板怎么会没有自己的办公室呢?恐怕是因为业务太忙,需要经常飞来飞去的,所以没有固定的办公场所吧?我想,以您的实力,办公室还不定豪华成什么样子呢。"庄琪笑嘻嘻地说。

"锤子,有啥实力,还不都是干苦活儿、脏活儿的命。哪像你,年纪轻轻就玩起资本运作来了。我羡慕得不得了,真是佩服佩服。"高红波嘴上说佩服,眼神里却找不出一点儿佩服的神色,而是像透视仪一样持续不断地扫视。

庄琪被他痞里痞气的话逗得心花怒放:"高总,您可真会逗女孩子开心,看来年轻的时候没少骗姑娘吧。您还没介绍跟您来的这位老板呢。"

"这位是张小东,我们公司的老板,也就是我的老板。"

高红波话音刚落,张小东就急忙低头对庄琪说:"高总他是跟你开玩笑,他才是我们的大老板,我们都是给他打工的。"张小东说话的时候也带有四川口音。

"你们都是四川人?"庄琪好奇地问。

"他是我不是,"高红波说,"他是地地道道的四川人。我出生在东北,后来因父母工作调动到了四川。再后来又去了好多地方,只是因为在四川待的时间比较长,满嘴都是四川话。"然后,他看着忙前忙后的张幼军说:"这位是?"

"他是我们的总经理张幼军,这次收购绿能宝主要是他操盘的。"

"佩服、佩服!"这次说话的时候,高红波总算露出了一点儿诚意,"你以前是哪家证券公司的?"

张幼军受宠若惊,急忙谦卑地向他做了一番自我介绍。

"高总,听窦姐说您控制了好几家上市公司,怎么在这些上市公司的控股股东里找不到您的名字?"庄琪好奇地问。

289

"有他们就行了，根本就不需要我出现。"高红波指着张小东说，"何况我这个人压根就不喜欢抛头露面，我就喜欢偷偷地做事，默默地耕耘，低调做人。知道吗？"

"您这是闷声发大财啊！"

"干吗那么高调？"高红波也不否认她的说法，"有钱偷偷装口袋里，那才叫踏实。嚷嚷得满世界都知道，那不是傻是什么？"

"你们有门道的人都这样，"庄琪感叹道，"会咬人的狗不叫！"

"锤子！你是夸我呢还是骂我呢？"

庄琪知道自己又说错话了，急忙拉着高红波的胳膊说："您可千万别生气，我这人就是不会说话，不知不觉就把人得罪了。"

高红波早就看出她说话率真随性，不过大脑，没放在心上，而是继续揶揄道："你有什么门道嘛，有门道一起玩嘛。我就喜欢弄钱，有弄钱的门道可别落下我，有钱一起赚嘛！"

第十九章
效颦

1

庄琪没有料到高红波对赚钱的态度如此坦荡率直、毫不掩饰，便说："高总，您这样的人也缺钱？还千方百计地弄钱？"

"谁不缺啊，妹妹！"高红波带着一丝哭腔说，"你说这个世界上谁不缺钱？都穷得叮当响，我就不知道有谁不缺钱！"

"我以为只有我们这些做小生意的人为钱发愁，哪知道像您这样的大老板跟我们一样也为钱所困。"

"小有小的缺，大有大的缺。"高红波说，"无论你折腾得有多大，缺钱的程度都是一样的，往往是规模越大缺口越大。虽然大小不一，难度却是相当的。别看财富榜上的人风光无限，哪个不是'大负翁'？谁难谁知道。"

"您的投资策略是什么？我看您有矿山、冶炼、水电，还有白酒。"庄琪说，"您涉足的行业这么多、跨度这么大，您忙得过来吗？"

"我的策略就是跟着国家的产业方向走，国家鼓励什么、发展什么，我们就投资什么。至于跨行业、跨区域的事情，还是得依靠这些职业经理人。"他指着张小东说，"关键是要赚钱。赚来钱就弄，赚不来钱大不了一卖了之，找更赚钱的地方投嘛。"

浮华

"您现在看好哪个领域？为什么要找环保类的壳？"

"当然是新能源领域，这正是国家鼓励发展的重要方向。而我们的重点是新能源汽车。"

"太高明了，"庄琪情不自禁地拍手叫好，"这个赛道选得好，卡位也很漂亮。我们最近也在研究新能源汽车的发展趋势，也想介入这个领域，只是还没有找到好的路径。你们是如何看待新能源汽车的发展前景的？"

"从国家能源战略的角度考虑，中国目前是世界上最大的石油进口国，无论是经济发展还是民生生活，都高度依赖石油和天然气。这显然是不可持续的，也是十分危险的。发展新能源汽车可以减少国家对石油、天然气进口的依赖。"高红波头头是道地说，"新能源汽车主要靠电力驱动，可以大幅减少对地球环境的污染。另外，我国的汽车工业起步较晚，无论汽车的发动机、变速箱等技术研发还是汽车工业设计、制造，都大幅落后于国外企业。因此，要实现汽车工业的'弯道超车'，就必须开辟新的赛道。而我们广阔的消费市场和强大的全行业供应链实力，在新能源汽车的发展上具有先发优势。"

"高总，您站得高看得远，对新能源汽车发展的看法也非常贴合国家产业政策。"张幼军抢在庄琪之前插话道，"现在国家对这个行业的扶持力度非常大，为鼓励新能源汽车产业的发展，国家每年都下发几百亿的政策补贴。你们要进入这条赛道的话，在资金、技术、生产制造、市场销售等方面有哪些优势？我是说，你们要投资建厂生产整车，还是专注于产业链上的某一块，比如新能源电池、发动机等？"

"我啥都不弄，"高红波像看一个傻瓜似的看着他，"我才不会投那么多钱投资建厂搞生产，那苦哈哈的活儿是咱们干的吗？咱们

第十九章　效颦

只要整合资源。政策落地，就能赚到钱。这才是咱们的优势。"

"哦！"庄琪听说整合资源，一下就兴致盎然，急不可耐地问，"您有什么好办法，说说呗！"

"你说得对，"高红波翻着白眼，似笑非笑地看着张幼军说，"现在国家对新能源车的补贴力度的确很大，但是这种补贴最终还是要下发到各地方，落实到具体的企业。譬如，北京市要将燃油公交车替换成新能源公交车，以减少城市交通污染。每辆新能源车的政策补贴是150万元，也就是150万一辆车。当然，各地的情况不尽相同，也许天津是140万，深圳是160万。咱们还是以北京打比方。我在北京设立一个新能源车销售公司，从上市公司顺驰汽车公司订购500辆新能源公交车，以替换部分燃油车。因为我订购的数量大，所以跟汽车厂家的谈判能力强，一辆新能源车的采购价也许只有80万。我们考察过，一辆新能源车的主要成本是发动（电）机和电池，这些占总价的80%，也就是60多万元。而壳子不值钱。一般而言，新能源车出厂的时候，装一块电池备一块电池，防止车子没电动不了。而我只要一块电池就够了，这样我就把一辆车的成本压缩在40万左右。如此一来，我把500辆新能源车按每辆150万的政策补贴申请下来，给顺驰汽车。顺驰汽车给我按每辆80万的价格出票，而我实际的采购成本价只要40万。也就是说我每辆车能赚40万，500辆车就是2亿。用2亿撬动7.5亿，比起你用6000万收购上市公司也不遑多让吧？而且我还不必背负那么大的债务。"

"佩服、佩服！"张幼军和庄琪异口同声地说。随即庄琪又赞叹道："真是小鸡不撒尿——各有各的道啊！"

"你个瓜娃子的，又在骂老子！"高红波恼怒地说。

听到高红波骂人，庄琪这才反应过来自己又说错话了，急忙扇了自己一下："我又说错啦。这是我母亲经常念叨的一句话，耳濡目染就经常挂嘴上了。请原谅！"她给高红波换了一杯茶，双手奉上，"高总，我们之间的合作您是怎么考虑的？"

高红波已然对她这样口无遮拦的样子见怪不怪了，何况还有更重要的事情要谈，也就没把她的话放在心上，笑了笑说："你们现在持有绿能宝29%以上的股份，是第一大股东。我们研究了一下绿能宝的股票持仓情况，跟在你们后头的都是一帮散户，第二多的投资者仅有总股本的7%左右，股权相当分散。我想从你们手上接过20%的股份，成为第一大股东，留9%给你们当第二大股东。我想把我们的新能源车项目注入绿能宝，置换现有业务，把传统的环保企业变成新能源企业，这样公司的股价涨上去了，市值也就高了。大家都能赚钱。"

"具体怎么操作呢？"庄琪问张幼军。

张幼军说："我们持有绿能宝2.1亿股，市值16.8亿。高总以12亿的价格买我们1.5亿股，成为第一大股东后，再将新能源车项目作价12亿注入上市公司，我们用12亿将现有资产从上市公司买走，就实现了资产的置换。"

"你小子脑瓜子反应快，三言两语就把大致意思说清楚了。"高红波说，"虽然具体操作可能会复杂很多，但是思路是对的，就看你们是什么打算。如果你们为了缓解资金压力，愿意跟我们合作，而且认可我们的做法，咱们就继续往下谈。"然后，他指了指张小东说："以后就由他跟你们对接，具体怎么操作你们互相沟通。"

真的到了要出售花了天大代价买来的公司的时候，庄琪又有些舍不得。然而，高红波的步步紧逼又让她心烦意乱。正当她六神无主、举棋不定的时候，她下意识地抬头看了一眼墙上的挂钟，突然灵机一动。

"高总，已经12点了，咱们去旁边的俏芙蓉吃午饭吧，边吃边

第十九章 效颦

聊。咋样？"

"好嘛！"

2

进了俏芙蓉的包房后，高红波从张小东手里接过铅笔盒一样的小包，从里面掏出比他大拇指还要粗的针管和一小瓶药水，将药水吸进针管，然后撩起上衣，露出白花花的大肚腩，随便抓起一块就扎进去。整个过程干净利索，没有半点儿拖沓，但是看得庄琪头晕目眩。

"高总，您这么年轻就患上糖尿病了？"庄琪见过邓爷吃饭前也有类似的动作，知道是糖尿病患者在注射胰岛素，有一定的心理准备，没有被吓着，只是没有料到他也有这种毛病。

"年轻的时候太拼啰，天天陪客人胡吃海塞喝大酒，把身体拖垮啰，遭这个罪受，还没赚到钱。不像你，年纪轻轻就收购了一家上市公司，有颜值还有钱！"他一边娴熟地收拾针头针管，一边调侃庄琪，还不忘用他那极不安分的目光在她身上扫来扫去。

庄琪只觉得他的两道目光就像两条爬虫在她身上爬来爬去，一会儿钻进衣服里解内衣扣子，一会儿钻进口袋里掏钱包，顿时感觉浑身不自在。她夹紧双臂对他说："高总，你的眼睛也太有侵略性了，不用手也能把别人的衣服扒光。这是逛了多少个夜总会练出来的神技？"

高红波被庄琪揭穿了本来面目，这才收回猥亵的目光，红着脸自嘲道："锤子哦，哪有钱去那种地方，我是个洁身自好、品德高尚的人。"说罢就放肆地大笑。

高红波对吃的东西并不计较，叫了几个传统的川菜：麻婆豆腐、水煮鱼、毛血旺、农家小炒肉、干锅花菜等，最后还要了一碗米饭。川菜配米饭——巴适得很！

浮华

"高总，你都有几家上市公司了，为啥不把新能源车的项目注入这些上市公司里，还要另外找个新壳？"庄琪看着高红波狼吞虎咽吃饭的样子，不禁莞尔，递给他一片湿巾，让他擦擦汗。

高红波也不客气，接过湿巾胡乱抹了一把，嘴角上还沾着一些红油，边擦边说："树大招风啊！咱们的那些公司已经炒好几波了，早就被监管部门盯上了，没啥新鲜的了。砸又砸不动，拉又拉不起，作死了！"他吃了一口小炒肉，又大又圆的眼睛透过金丝边眼镜，色眯眯地看着她："找个新的，新壶装新酒，酒香意更浓。"

"看您的意思是一鱼三吃呀！"张幼军说。

高红波把筷子往饭桌上一拍，竖起大拇指说："还是你小子上路，一点就透。我的这个新能源车项目，不但给上游的造车企业凯旋汽车带来业务和利润，还带动股价上涨。装进你公司后，公司的主营业务从环保变成了新能源，概念变了，投资的逻辑也就变了。现在市场上对环保企业的估值也就20倍的市盈率，变成新能源概念后，估值起码在50倍。而咱们的业绩也是实实在在的，比如今年500辆新能源车的利润是2亿，明年1000辆就是4亿。像北京、上海、广州、深圳这样经济发达的大城市，每个城市的公交车都在2万辆以上，全部替换成新能源车得要多大的市场？而完成替换需要时间、有个过程，因此，咱们的生意不但年年有，而且年年有增长。有了这个基础，你这公司的股价还不得冲到100元以上？你看看，现在股价才七八元，空间巨大。届时，咱们一、二级市场互动，光二级市场赚的钱就把你所有的债务都解决了。"

庄琪瞪大了眼睛，恍然大悟地说："这半年来凯旋汽车的股价翻了一倍，原来是你们在里头炒作呢。"

"也不完全是我们，"高红波这次倒很谦虚，"大家一块做，有钱一起赚嘛！谁能把市场上的钱都装自己口袋里？要量力而行。"

第十九章　效颦

"那好吧，咱们就把并购的事情继续往下推。要不要明天先发一则公告，给市场一点儿利好刺激？最近中报刚刚披露，出现了上市以来的首次亏损，股价一直往下掉。"庄琪说。

"不用说就知道你们一脚踩进了他们挖好的坑，还以为自己捡了个金元宝。"高红波一副尽在掌握的样子说，"你现在出利好的意义不大，年报还得亏。除非你一直给他们背黑锅，你愿意吗？"

"当然不愿意了，可是现在公司还被那些人控制着，想收回来也不容易，我们是外来者，他们是地头蛇。"庄琪无奈地说。

"我的公司我做主，"高红波把脸一横说，"哪能让他们继续为所欲为呢？听我的话就用，不听话就滚蛋。天经地义的事儿，怕他个锤子！"

"你也经历过？"

"太多了，司空见惯。对上市公司所有权和控制权的争夺从来都是你死我活。"

"那怎么办呢？"

"想办法把他们弄进去啊！"

"啊？那不太容易吧，他们在当地都是有势力的人，能找到什么理由呢？"

"根本就不需要你搜肠刮肚地找由头，去公司好好查查账，我就不相信他们在经营上没有漏洞。"

"找到了有什么用，地方上咱们也没势力。"

"给我2000万，我给你搞定！"高红波说。

"要那么多钱！"庄琪吃惊地说。

"你花了10亿多都拿不来的东西，我2000万就给你弄来了，难道不值吗？"

"你有什么门道？"

297

"咱姐夫在那里当书记呢!"

吃完饭,庄琪要司机送高红波去别的地方,但被他谢绝了。他们有自己的车。庄琪看着高红波桀骜不驯的样子,有些发痴,不由自主地想到了邹俊。

"犯花痴了?你不会是看上这胖子了吧?真滥情!"张幼军自从知道她跟刘文亮勾搭成奸以后,心里很不爽,说话总是阴阳怪气的。

"去你的!"庄琪气得踢了他一脚,"你自己滥情,还要别人忠贞不渝,可能吗?"然后接着问他:"你觉得他的项目可行吗?"

"说白了,他干的就是新能源骗补。也许在那个层面,只有他这种人能操作得了。他是什么背景?"

"听窦姐说,他父亲做过好几个地方的大官,还去了规划委当主任。"

"那就得小心了,我怕他吃肉不吐骨头。"

"没事儿,先让他帮我们把裴明海一帮高管解决了。你去上市公司当总经理,把公司经营好,那是我们最大的依仗。"

"让他们经营三五年的承诺也不管了?"

"都这个时候了,还管那些狗屁承诺。他们骗我们的时候想到过诚信吗?"庄琪说着又要作势踢他。张幼军见势不妙,一溜烟儿跑了。

高红波和张小东上了他们自己的车后,高洪波就对张小东说:"这女人口是心非,还不死心。现在公司的股价七八元,她的质押线在 4.8 元左右,她还有盼头。你趁他们现在业绩亏损和股东争夺控制权,把这些利空消息释放出去,将股价打到 4 元左右,让她的质押爆仓。到时候她得乖乖地听我们的话,如果她识相,配合咱们的行动坐庄,就多少留点股份给她。如果她还三心二意地打小算盘,就直接把她踢出局或者送进去。"

"晓得!"

3

赵妃燕在庄琪和窦艳的鼓动下,燃起了收购上市公司当大老板的强烈欲望。近年来,随着影视业的蓬勃发展,她在一些投资大佬的扶持下,在证券市场上随波逐流地参股了一些文化影视类的上市公司,但大都是小股东的角色,仅此而已。投资方面,她生性胆小,小富即安。虽然看见别人在这方面吃香喝辣,赚得盆满钵满,她羡慕不已,但是以她的性格和能力,她觉得自己也就跟着他们跑跑龙套,毕竟演戏她更在行。比较而言,她更喜欢聚光灯下的感觉,当一个引人注目、蜚声国际的一流明星,比赚钱的成就感要多得多。

但是庄琪的出现彻底颠覆了她对股票投资的认识,特别是她仅用6000万元就吞下60亿市值的上市公司,一跃成为上市公司实控人的事,打破了她心底的平衡。她忽然觉得此前跟着别人后面傻乎乎地跑龙套,让他们利用自己身上的光环注入股票想象的空间,从而获得丰厚的投资收益,简直太不划算了。她这么一个心高气傲的人,岂能久居人下,成为别人的配角?她想成为事件的主导者,成为自己的主角——呼风唤雨的大老板。她从庄琪身上看到了希望,或者说庄琪点燃了她的梦想,感觉那些以小博大蛇吞象的神话并不是遥不可及的。"别人能做的,我赵妃燕同样可以做到,她有什么呀?那么土气!"赵妃燕想。赵妃燕虽然看不起庄琪,但是对她倾其所有放手一搏的勇气还是相当佩服的,何况拍100部片子也抵不上在证券市场上赌一把的收益大。关键是,一旦她控制了一家上市公司，便可以将从资本市场上获得的源源不断的资金投入影视制作中，创作出更多的好作品，获得更高的收益，成就自己的影视帝国。然而，梦想成真除了自身实力，更需要助力。原本她想借助周筝的力量帮她实现梦想，但是通过窥探窦艳的口风，周筝当前尚有麻烦，是不可能给她出力的。因此，正如窦艳所言，她只能找她的小民哥了。

梁小民是昆成资产管理公司的总经理，虽年过半百，但依然精力旺盛、好酒嗜色。作为全国最大的央企资管公司的掌管者，他有数不清的业务、数不清的酒局，还有数不清的美女相伴。他是个道貌岸然的学者型官员，经常引经据典、口若悬河地卖弄风骚。他在大庭广众之下装得温文尔雅、小心谨慎，背地里干的都是些蝇营狗苟、男盗女娼之事。尽管他时常忙得四脚朝天，行踪无定，但是了解他的人都知道，只要有半点儿闲暇，他就往珠海跑。他喜欢那里的气候环境和轻松休闲的氛围，当然还有苦心孤诣安置的温柔乡。

当然，赵妃燕对他飘忽不定的行踪一清二楚，无论他龟缩在哪里，她都能一个电话把他叫过来。为了收购上市公司，她需要他的帮助。因此，把他约在珠海喜来登酒店一间静谧的咖啡馆里秘密谋事，再合适不过了。

梁小民自从参加工作有了钱以后，在穿着方面始终给人一丝不苟的印象。他身高不高，有一米六多。他常因为不够高大威猛而感到自卑。究其原因，可能是与小时候长得矮矬常受人欺负有关。因此，阔起来以后，他尽可能地在形象方面给人以焕然一新的感觉。其实，男人的装饰品，用尽心思也就那几样，不像女人，通过变换不同颜色、款式的服装，以及稀奇古怪的首饰、发型等，展示与众不同的喜好。而这正是令他痛苦的地方，他现在不缺钱，就是不知道往哪儿花，西装买了上万件，始终还是白衬衫蓝西服小短腿，想

第十九章 效颦

变也变不了。

赵妃燕看他梳着油光锃亮的大背头，探头探脑地检查了四周之后，才敢放心大胆地走进来，心里就一阵莫名的厌恶。尽管他出来时可能收拾了一下，但是仍然难掩其内心的慌张不安和眼角的疲惫。如果不是因为他有权有钱，谁会搭理这个糟老头子。

"燕子，我的女神，好久不见，你更漂亮了！找哥哥有啥好事？"梁小民淫笑着上下打量赵妃燕，毫不掩饰蠢蠢欲动的情欲。

赵妃燕要的就是这种效果，她故意穿得很暴露，上身穿紧身束腰低开口的衣服，下身穿黑丝袜，配黑色皮制的小短裙。梁小民犹如饥渴的色鬼，呼吸急促、眼眶发红，急欲往上扑。赵妃燕早有准备，她一个转身巧妙化解了他的攻势，绕到他后面，抓住他的肩膀说："别急嘛，人家这两天身上不方便嘛！"

梁小民被当头浇了一盆冷水，咽了一口唾沫，迅速恢复了理智，变换成公事公办的样子说："有啥事？说！"

赵妃燕趴在他肩膀上，对着他的耳朵吐气如兰，娇滴滴说道："别生气嘛，小气鬼！"然后直起身，原地转了一个芭蕾舞的圈圈，美妙的身姿一览无余，问道："我漂亮吗？"

梁小民的欲望再次被点燃，一瞬间的不快早已置之脑后，一双咸猪手就伸了过去。"漂亮、漂亮，爱死我啦！"梁小民流着口水，噘嘴想亲上去。结果他的嘴太臭了，差点儿把赵妃燕恶心吐了。因此，她挣脱开他的纠缠，拿清水漱了好几次口才勉强感觉舒服点。

一番纠缠之后，梁小民终于感到意兴阑珊，喘着粗气坐在沙发上，喝了一口咖啡，试图让自己迅速平静下来。

"哟！这么一会儿就累了，昨天晚上肯定没少忙活。这得有多少花花草草要浇灌呀！"赵妃燕戏谑道。

"确实有点力不从心了，"梁小民边说边擦脑门儿上的汗水，"我

301

得吃点狗肾补补腰了,再这样下去都快变药渣了。说吧,约我来有什么事?"

"前几天,我在周筝那儿遇见一个女人,年纪跟我相仿,做私募基金的。"赵妃燕说,"你猜怎么着?她只用6000万就收购了一家上市公司,成了那家公司的实控人。我想请你帮帮忙,从你们那里借15亿,也去收购一家上市公司。她收购上市公司的钱也是从央企借的。"

"那女人在骗你。她一个做私募基金的,就是有天大的本事也别想从国企、央企里借出钱来。"梁小民说,"我们有一套严格的财务管理制度,只能公对公,不可能公对私。想从国企、央企融资,这条路是走不通的。"

"那怎么办?我都跟别人谈好收购了,还以为从你这里轻轻松松就能借出钱来呢。这不都是你一句话的事儿吗?你怎么能让我失望呢?再说,又不是白跟你们借,按市场照常付利息不就得了吗?"赵妃燕嗔怪道。

"美人,你真以为我权倾天下,不可一世?我也是有领导、受制约的,不是一个人说了算的,哪有你想象的那么简单?"梁小民说,"这事儿国企、央企肯定是干不了,也不敢干。何况你名声那么大,知名度那么高,哪个国企、央企敢冒这么大的险资助明星收购上市公司呢?所以,你就死了这份儿心吧。"他喝了口咖啡,看见赵妃燕脸色变得僵硬起来,就话锋一转:"你可以找民企嘛。你不是跟周筝走得近吗?干吗不找她帮忙?她可是干这事儿的老手。"

"那条道走不通才找你的嘛!"赵妃燕说,"探过口风了。他们现在是众矢之的,社会舆论认为他们这些民营财团在此次股灾中兴风作浪,发国难财,而且有关部门已经介入调查了。她要她的那些手下们暂时蛰伏起来,不要招摇过市,免得树大招风。"

第十九章　效颦

"你跟她说了没有？"

"没有！你不知道，女人之间的关系很微妙。只有我认为这件事情十拿九稳她会办，我才会开口跟她说，她也会答应。你好我好她也好，皆大欢喜。如果我求她干让她为难的事，以她的性格，会毫不犹豫地拒绝。这样的话，我们连朋友都做不成，直接撕破脸。这件事情要通过未来系的力量，只有你跟萧冬昇说一下才能行，依你们俩的关系，他肯定会帮我们的。"

"好吧，我跟他说一声，能不能干我也不能打包票。"梁小民说，"你怎么想起收购上市公司来了？跟着他们做点股权投资的事就得了，还收购什么上市公司啊？你又没有经营过企业，那可不像你演戏那么简单，可是需要真实业绩的。"

"我想打通资本市场与影视产业之间的通道，"赵妃燕说，"现在我拍一部电影、电视剧，需要到处去筹钱，又累又慢。如果通过上市公司这个平台，把几个项目打包在一起，就可以在股票市场上融资了，融资的渠道简单又快速。融来钱后，这些项目就可以同时启动，发挥规模效应。"

"你的想法是不错，但我还是担心你经营企业的实际能力。另外，标的公司找到了吗？进展到了哪一步？"

"标的是沪市的百兴文化，它的大股东吴战民愿意将他持有的1.8亿股，也就是总股本的29.3%一次性转让给我，需要30多亿。"

"现在我既不担心你能否筹集到这30多亿，也不担心你能否经营好这家上市公司。我担心的是你如何偿还这30多亿的利息。"梁小民说，"这30多亿按10%的综合利率来算，每年就是3亿多利息。你拍多少部片子，每部片子获得多少票房收入，才能贡献3亿多的利润？而按你持有的股份比例，这3亿多你最多能分到1亿，另外那2亿多的利息从哪儿来？"

"这个好办,"赵妃燕说,"我争取拍几部好片子,届时票房大卖,再加上我的明星效应,股价自然水涨船高。到时候,我高位减持套现一部分股份,把借的钱还了,不就无债一身轻了吗?还白白落得一个上市公司,岂不完美?"

"没有比这更完美的了。"梁小民说,"梦可以这么做,现实未必遂人愿。就跟你拍电影一样,要选好的题材,找好导演、好演员等。尽管你觉得你拍的东西很完美,但实际情况咋样,还得看市场的表现。你认可的市场未必认可,你想要的市场未必会给你。你要三思而后行。"

"你烦不烦?这个忙你究竟帮不帮?我今天请你来,是让你出主意、想办法解决问题的,不是要你婆婆妈妈、没完没了地打击我的。"赵妃燕说着说着就抹眼泪了。

"别哭啊,美人!我肯定会帮你的啊,刚才那是善意的提醒,你要理解我的良苦用心!"梁小民赶紧换了一副嘴脸哄美人开心,"你放心,萧冬昇正好有事有求于我,我让他帮你,他不得不帮。"他突然想起了什么,问:"你收购上市公司的钱不会都要靠借吧?你自己准备了多少钱?"

赵妃燕难为情地说:"我没有多少钱。"

"这几年你不是跟着大道集团搞投资吗?怎么就没赚到钱呢?你那傀儡老公参与吗?他出多少钱?"

"我那些投资都是跟着别人赚吃喝,没有多少实实在在的收入,要凑的话,也就几千万。他的情况也好不到哪儿去,这个事情的主导者还是我。"

"这样吧,你想办法也弄来6000万,这样我给别人也好说。如果所有的收购资金都靠借,别人就以为你是空手套白狼,没人愿意当那个冤大头。"

第十九章 效颦

4

窦艳推开周筝办公室的门,就听见她在电话里跟人吵架。

"现在都什么时候了,你还不知道收敛一点儿,还蹚这浑水,非得惹祸上身才肯罢休吗?萧冬昇,你会死在女人手里的!"然后将手机摔在桌子上,指着窦艳说:"是不是你撺掇赵妃燕收购上市公司的?"

窦艳被她突如其来的质问吓蒙了,一时语塞,答不上话。嘴张了半天才说:"我、我、我,没有啊!她何德何能,还想收购上市公司?简直是不知天高地厚。她是不是那天被庄琪忽悠?想跟她学,弄个上市公司玩玩?我绝对没有撺掇她干这事儿。但是她怎么找到萧冬昇那里去了呢?真奇怪!"

"还不是通过梁小民,她说话冬昇听吗?"

窦艳一听她是通过梁小民找的萧冬昇,突然想起那天确实是自己让她找梁小民的,顿时汗流浃背。"我找到她非要好好骂她一通,少给我们添乱。"说着就往外走。

"别去了,"周筝叹了一口气说,"他已经安排天恒证券帮她开始收购了。"

"为什么呀?老板不是不分轻重的人啊,这个节骨眼上谁还惹火烧身、自找麻烦呢?"

"还不是因为要跟他们做交易,"周筝说,"他想让梁小民把鹿城银行、滨城商行的几块不良资产收购过去,涉及的金额有几十亿。然后梁小民就提出让我们帮赵妃燕收购上市公司。"

"这个赵妃燕,找谁不行,干吗把祸水往我们身上引?"

"算了,现在骂也没有用。你准备一下,咱们这就去香港。"

第二十章
大火

1

赵妃燕在证券市场上掀起的惊涛骇浪惊动了全国。人们在震惊之余，纷纷重新审视这位曾经给全国人民带来欢乐的明星是如何摇身一变成为资本市场的大鳄的。她以6000万元撬动30亿的运作方式，超越了绝大多数中国人对资本市场的认知，她不仅通过超乎想象的加杠杆搞资本运作再次走进国人视线，成为人们茶余饭后谈论的焦点，也成功引起监管部门对她的重点关注。

事实上，这些年来，像她这样的影视明星和资本大佬们相互成就、相互加持，在资本市场上呼风唤雨，也引起过社会大众及新闻媒体的口诛笔伐。他们虽然暂时逃避了处罚，但是留在市场上的恶名和伤害仍在。况且，股灾虽然过去，余震仍然频频发生，至今也没有止跌回升的迹象。而人们对此次股灾中疯狂加杠杆的行为记忆犹新，社会上比较一致的看法是杠杆资金是导致这场史无前例股灾的罪魁祸首。因此，在这个风口浪尖上，如此张扬地加杠杆，通过蛇吞象的方式收购上市公司，她不想出名也得出名，不是明星也能成为明星，何况她早就是家喻户晓的明星。她在这个节骨眼上跳出来，又有谁不关注呢？

"你觉得赵妃燕这次收购百兴文化能成功吗？"庄琪看着百兴

第二十章 大火

文化的股票行情走势图问张幼军。

"怎么可能呢?"张幼军说,"她在股市如此敏感的时期逆势加杠杆搞收购,而且不知收敛地把动静搞得那么大,导致交易所不断地问询,你说怎么能成功呢?有消息说证监会要对她的这次收购行动立案调查了。"

"咱们收购绿能宝不是很容易吗?她比咱们资源关系广,怎么反倒弄得一地鸡毛?"

张幼军白了她一眼,自鸣得意地说:"她可能比咱有实力、有资源、有关系,可是她没有咱们的运气好。我们收购绿能宝的时候,大家还处在股灾初发生时的迷糊状态当中,都在忙着关心自己的损益情况,对加杠杆搞收购的事件并不敏感。而且,当时市场还处于高位,交投比较活跃,对未来还有幻想。但是,经过大半年的下跌,大家逐渐认识到股灾的残酷性,对导致股灾的原因也达成一致看法,而且国家出了一系列政策去杠杆,化解风险,稳定股市。她在这个时候加那么大的杠杆,下场搞收购,不是往枪口上撞吗?另外,事不密则不成。她一个明星人物,一举一动都在大众的视线范围之内。只要她一动,聪明人就知道她要干什么。因此,收购上市公司这么敏感的事情自然就成为大众和媒体关注的焦点。事实上,从她开始策划收购百兴文化开始,市场上就传言她要收购公司,而且股价也出现波动,这能不引起市场各方的关注吗?"

"他们的大股东不是很配合她的收购行动吗?怎么会提前走漏风声?这不是自寻死路吗?"

"这还得从这只股票的历史沿革和大股东的发家史说起。"张幼军拉了一把椅子,靠近庄琪坐下,将左臂搭到她肩膀上,右手握着她放在鼠标上的右手,点开电脑上的一个页面说:"这家公司的前身是无锡纺织,因为产业升级和经营不善,所以公司连年亏损,被

'ST'了。后来，也就是现在的大股东、做房地产的吴战民收购了这家公司，增加了房地产开发、文化旅游、影视制作等业务板块。虽然公司实现扭亏为盈，摘掉了'ST'的帽子，但是，多元化经营的路子让他疲于应付、举步维艰。因此，他想套现离场，把包袱甩给别人。这是不是很像裴明海，把绿能宝甩给我们接盘？赵妃燕一定是看上它有影视拍摄、制作的资质才买他的公司。

"但是，吴战民入主以后，他公司的股票已经在二级市场上被炒作了好几轮，成了众矢之的。现在只要有风吹草动，市场上就有传言庄家在炒作。你看，自从传出赵妃燕收购以来，股价已经从18块涨到25块左右了。交易所、证监会这些监管部门能坐视不理吗？关键是，对于卖不卖、如何卖，百兴文化的股东们是有分歧的。意见不统一，导致她的每一步行动都通过各种渠道公之于众，从而导致监管部门步步紧逼，不断要求她说明收购资金的来源和收购上市公司的真实目的。"

"是啊，你看她，用6000万撬动30亿——50倍的杠杆。"

"实际上她也用不了30亿，用15亿就够了。"张幼军说，"你看公告。为了这次收购，她在西藏注册了一家大欢喜文化公司，注册资金是2000万，但是媒体披露的实际到账资金只有200万。当然，这并不是什么大问题，认缴制嘛算不上违规违法。她的自筹资金是6000万。"他笑着问她："她是跟你学的，还是被你忽悠的？以为6000万是包打天下的敲门砖？她的主要金主是天藏资产管理公司，她从那里拿到了15亿的借款，把这15亿给了吴战民，获得他持有的百兴文化29.3%、价值30多亿的股权，再将这些股权质押给信誉银行，打5折获得大约15亿的银行低息资金。最后，她再将这15亿还给天藏资产管理公司，完成收购。"

"这个并购方案设计得很精妙啊，又是一场蛇吞象！"

第二十章 大火

"你瞎激动什么？这不是解方程式。"张幼军不屑一顾地说，"这个以小博大的方案的确无懈可击，但是根本就不可行。"

"为什么？不是无懈可击吗？怎么就不可行了呢？"

"方案当然可行，而且也能办得到，就像我们一样。然后呢？"

"你是说财务成本？"庄琪恍然大悟，不禁满头大汗。

"裴明海、吴战民都不是傻子，他们难道就不知道用股权质押做融资吗？因为这个账划不来——入不敷出，所以不敢冒险玩这个游戏，只想一心一意地套现离场，这才给你和赵妃燕这样的冒险家留下了机会。赵妃燕虽然弄得一地鸡毛，但未尝不是一件好事。如果她真的如愿完成收购，她将生不如死，日子比我们还难过。"

"你说，以她的名气和影响力，收购了百兴文化，股价会大涨吗？"

"大涨？不大跌就不错了。"张幼军说，"一个过气的明星，不知天高地厚，还把自己当成上天的宠儿，以为靠卖弄风骚就能赚钱。市场需要实实在在的业绩，而不是概念。"

"别吃不到葡萄就说葡萄酸，再怎么过气，不是还有人流着口水往上拱嘛！你说，她这次掀起这么大的风浪，帮她的未来系会咋样呢？"庄琪幸灾乐祸地问。

张幼军说："未来系的麻烦大了，谁会想到一个刻意隐藏自己的神秘组织、真正的金融大鳄，最后竟栽在一个女明星身上。"

2

2017年除夕当日的一条新闻炸裂了整个金融圈。未来系的实际掌控人萧冬昇从长期龟缩的香港四季酒店通过深圳罗湖口岸，主动向内地警方投案，随即便被安全机关秘密关押起来。未来系的官方网站也在第一时间证实了消息的真实性，还有意无意地强调萧冬昇已不是本国公民,而是新西兰身份。这条消息的劲爆程度绝不亚于原子弹爆炸,这个长期在资本市场上翻云覆雨、追风逐浪的金融巨兽,终于轰然倒下了。

庄琪看到消息的那一刻,幸灾乐祸地大笑起来。她觉得在周筝那里受到的屈辱,终于在这一刻得以雪耻。她立刻打电话给窦艳,想从她那儿了解一些内幕,在满足好奇心的同时,从她身上获得一些满足感——她们就是一伙儿的!然而令她失望的是,窦艳的手机处于关机状态。她又给赵妃燕打电话,可无论打多少次,她都一概不接。这让她很恼火,对于别人的不幸,她从来没有如此认真地想一探究竟过。但就因为近在咫尺却又不可得,急得她坐卧不安,连春节都没过完就急匆匆从老家回来,让刘文亮约了邓爷,一探究竟。

"邓爷,未来系恐怕要出大事儿了,他们的老板萧冬昇都回来投案自首了。"

"再大的事儿有股灾大吗?有国家金融安全大吗?他们无论怎么大,都是公司、个人,影响不了全局。公司、个人再怎么有能力折腾,都要遵纪守法、合理合规地赚钱,不能罔顾国法,兴风作浪,干危害国家金融安全的事儿。是他们自己逼得政府不得不出手收拾他们。这届政府反腐的决心很大,对破坏国家金融安全、通过权钱交易拉拢腐蚀行政干部、破坏交易规则这些行为零容忍,必然会给予严厉的打击!"

"那么说,他们是撞在枪口上了?"庄琪问。

"这种说法就不对,什么叫撞枪口上了?还想侥幸逃避制裁?"邓爷说,"只要违法违规,就要受到相应的制裁,别以为把摊子铺得那么大,政府就不能拿他们怎么样。从来没有一个公司或个人敢通过一些不正当手段为所欲为,跟政府叫板的。未来系再大,也没

第二十章　大火

有整个国家的金融系统大,更没有金融系统的安全性重要。你要知道,现在不是他们出大事儿了,而是政府要收网,出手铲除这些为祸市场的毒瘤。"

"那窦姐和她老公是不是也被抓了啊?"

"这个就不清楚了,他们有责任、有义务配合调查。"

庄琪没有从邓爷那里打探更多有用的信息,事实上,未来系跟她根本就没啥关系。她只是觉得当初为了傍上这棵大树,在窦艳身上花了不少钱,还没得到什么回报人就被抓进去了,眼看花钱维护的关系又要打水漂了,心里实在不甘,但她又无可奈何。她既想看她们的笑话,又想让她们帮她解决债务的事,还不想花太多的钱,真是很难办。

"让你跟吕铁钢追款的事儿,你办得咋样啦?"她问刘文亮。

刘文亮坏笑着说:"快了,我找了一个刑满释放人员,让他去跟吕铁钢要。"

"啊?"庄琪愣了一下,随即笑着问,"不会闹出人命吧?"

"不会,就是吓唬吓唬他而已。"

"那赶紧去办吧!"

几天后,张幼军怒气冲冲地拿着一沓文件冲进庄琪的办公室。

"你怎么回事儿?你怎么对吕铁钢干这么卑鄙下流的事儿,叫一个劳改犯去恐吓他。"

"我没有,我不知道,跟我毫不相干。"庄琪矢口否认道。

"你别装了,除了你跟他追讨奖金,再也不可能有其他人了。"张幼军说,"本来该给人家的就给人家,最基本的契约总得遵守吧?人无信不立,你不但出尔反尔,而且用这种下三滥的手段对付人家,以后谁还帮你做事儿?"

"你是拿他说事儿,给自己要钱吧?"庄琪反唇相讥道,"我就

311

是要跟他要钱，怎么着？谁让他跟裴明海沆瀣一气，串通好来骗我？如果没有他的误导，咱们能收那么烂的公司吗？"

"你真是胡搅蛮缠、血口喷人，当初是你拉着他，哭着喊着要收购他们公司的。他不过是个传话筒，而且离开绿能宝也有一段时间了，怎么可能和裴明海合谋害你呢？"

"你是向着他跟我来吵架的，还是跟我来要钱的？他误导我也误导你，把咱们弄进粪坑里，你还替他说好话。你有病吧？"

"我是实事求是、有理说理，不像你颠倒黑白、诬陷他人。现在好啦，他把你一纸诉状告到法院，你跟他去法院说理吧。当初的那些有关奖金分配的材料文件他都提交给了法院，就看法院怎么判了。这是起诉书，你拿去慢慢看吧。"

庄琪听说吕铁钢把她告了，这才紧张起来，急忙问他："现在怎么办？他告的是要钱还是恐吓？民事还是刑事？"

张幼军讥讽道："你不是无所谓吗？何必那么紧张呢？告就告了，该赔就赔该抓就抓，怕什么？"

"把我抓了，你有什么好处？姓张的，你是不是打这公司的主意，想独吞？"

"你这个小肚鸡肠的女人，这公司能不能保住还是一回事儿呢，你还防备别人惦记着，真是可笑。"

"你啥意思？能不能把话说清楚点？"

"吕铁钢是咱们收购绿能宝的主要成员，知情人士。你为了那点钱得罪他干什么？如果他一怒之下把你那些违法违规的事情都抖搂给监管部门，这公司能不能保得住尚未可知啊。"

"那你说，该咋办？"

"还能咋办？和解喽。赶紧把他的奖金给他，免得节外生枝。小不忍则乱大谋，还有更大的麻烦等着我们呢。"

第二十章 大火

庄琪心头掠过一阵寒意，颤巍巍地问："什么事？"

"裴明海把我们告了，要求我们偿还当时借给我们的 1.5 亿。"

"理由呢？"

"一是说我们不讲信用，参与企业经营；二是说我们又在转卖上市公司股权，触发当初签订的业绩对赌协议，要求法院冻结我们持有的上市公司的股权。"

"法院立案了吗？在什么地方的法院？"

"在青岛中级人民法院已立案，而且已经冻结了我们质押给天河证券的 1.6 亿股股份。"

"华南证券的那部分呢？"

"那部分股份还没有冻结。"

"裴明海欺人太甚，我还没怎么动他呢，他倒是倒打一耙，反过来起诉我们，简直是可忍孰不可忍！"

"还有更要命的。"

庄琪气急败坏地说："说啊，一次说完不成吗？"

"他——我是说裴明海还到沛县地方税务局举报我们收购股份的税款还没有缴。偷税漏税可是违法犯罪行为。"

"太可恨了。"庄琪瘫软在座椅上，脸色苍白，汗如雨下，"股权质押来的钱除了还收购款，就没剩下多少了。现在不但要还裴明海他们的 1.5 亿，还要缴纳 3 亿多的税款，加起来差不多 5 亿。我从哪儿找去？原指望从上市公司拿来 3 亿发基金，同时东倒西挪先把税款缴了，解除后顾之忧。谁知道收了这么个烂摊子，不但一分钱拿不回来，还要几亿几亿地往里贴。这可怎么办呢？"

"当务之急还是先跟税务部门达成和解，哪怕先交点罚款，再补缴部分税款，把其余的往后延。我们显然是不可能一次性拿出 3 亿交税的。"

313

"你先这么办,我去找高红波。既然裴明海他们不仁,就休怪我不义,花了那么大代价收的公司,必须要拿回来,控制在我们手上。我的公司我做主。"

3

"庄琪,你这么干不合适吧?"吴小莉听说她把缴还税款的主意打到她管理的基金上,非常生气,然后她又加重语气说,"这是违法的!"

"这怎么就算违法了?我用从别的公司借来的钱还税款,怎么不行?"庄琪狡辩道。

"别自欺欺人了。从资金的出处看,谁都知道这笔钱是从琪石九赢和琪石九鼎来的。你这不是左手倒右手,套取投资资金吗?"

"这谁知道?"庄琪说,"琪石九赢和琪石九鼎的资金是委托给天山雪莲做投资的,天山雪莲投资的琼海医美跟我没有关联。我跟琼海医美借钱怎么就不可以了?"

"你都把资金流向说得一清二楚了,怎么跟你没关系?别以为这样做别人就不知道,真正查起来,一查一个准儿。"

"又没让你说。咱不是为了把欠的税款赶紧补上,才出此下策嘛。"庄琪知道瞒不过她,只好实话实说。

"你不能总这么干,"吴小莉说,"上次为了不让琪石19号被大唐基金强制清盘,你通过天山雪莲输血激活交易。好在激活交易后,这笔钱又原路返回,回到了琪石九赢和琪石九鼎,才没有给这两只基金造成损失。尽管如此,你还是通过委托投资的方式,绕过了这两只基金的投资决策委员会,就把钱用出去了。严格一点儿来说,这也是违法违规行为。现在,你从你投的公司借钱还钱,跟上一次的性质是一样的,也是违法违规行为。上一次的钱你能还得

第二十章 大火

上,而这次就未必了。"

"我有什么办法?公司的现状就这样。只能拆东墙补西墙。我得先活下去吧?活下去才能想办法把这些窟窿补上。都怪我当初贪心不足,没有那个实力还要收购上市公司。不但收购款凑不齐,而且高额的利息也压得人喘不过气。你看看,自从收购了上市公司,我头发都白了大半儿,跟我妈的差不多了,而且还患上了干咳的毛病,总觉得肺里有痰,就是咳不出来。你是公司的监事,你有你的难处。但是当前这种情况下,我只能将错就错,先想办法活下去再说。"

"但是你损害了投资者的利益啊!那些投了我们基金的客户可都是我们的亲戚朋友,你这么做让我怎么跟他们交代呢?你不能拿别人的投资当筹码,赌你的下一把。那是个无底洞,谁也不知道下一步究竟是赢还是输。你要认清形势,及时止损,不要把钱赔了,信用也没了。资本市场是个信用市场,失去信用谁还再相信你?以后想在这个市场上立足都难,更别奢望募集资金了。"

庄琪被她逼得心烦意乱,火气往上冲:"关你什么事儿?我弄得到钱弄不到钱,我自然有办法,用不着你操心。你忙你的去,别在这儿瞎嚷嚷。"

吴小莉见她蛮不讲理,顿时火冒三丈,针尖对麦芒,跟她吵了起来:"怎么不关我的事儿?你有今天,都是利用了我的客户资源。如今你坑害他们的利益,我能坐视不理吗?你口口声声客户第一,可实际咋样你不知道吗?你住着豪宅,家有保姆、厨师,出行还有司机,过着锦衣玉食的日子,可对待客户呢?一有问题首先想的是坑他们、砸他们的钱。你怎么不把你的豪宅卖了还钱?"

"你妒忌我吗?"庄琪反唇相讥道,"你要是看不惯可以走啊,或者你也去买个豪宅住啊!谁拦着你了?"

"你真是个无赖！"

吴小莉被她气疯了，当即离开了公司。

庄琪从与吴小莉的争吵中发现了危机，她意识到公司的员工知道得太多了，她要干些违法的勾当的话，会给人留下口实。于是，她打算有步骤地进行人员清洗。

当然，这还不是最要紧的，当务之急是尽快搞定裴明海，解除被法院查封的股权。为了快速达成这一目的，她不得不选择和高红波在一起，答应他的条件，利用他的关系，与他狼狈为奸，采取一些下三滥的手段，计划先把主要对手裴明海送进去，再设法控制公司收回经营权。

"怎么又是要我去？这种违背道义的事情我不干。"

庄琪让张幼军拿着收集来的证据到公安局报案，他不愿意去，因此吵了起来。

"你不去谁去？你是上市公司的副董事长，又是控股股东的总经理，你不去谁去？这证据是不是你收集的？是不是真的？"一到关键时刻，张幼军总是推三阻四、东躲西藏的，让她十分不满。

"证据当然是真的。但是为了这点金额去报警确实有点勉强，利用职务之便在公司多报一点儿钱，这种情况哪家上市公司没有？这是一种普遍现象。"

"我知道这很普遍，金额也不大，几年累计下来才90多万元。但是把个人在外面的消费拿公司来报销，算不算侵占公司财物，损害公司利益？"

"侵占公司财物谈不上，最多就是假公济私罢了！"

"别轻描淡写地替他们开脱，这就是职务侵占。"庄琪说，"我也不想把这事儿弄得你死我活，就想快刀斩乱麻，把他们清扫出去，收回公司的经营权。这公司再让他们经营下去，就彻底被掏空了。"

第二十章 大火

"我是觉得以这种方式跟他们决裂，确实有点说不过去。毕竟当初他们还是很配合我们收购的。"

"你这都是妇人之仁。当初他们那么积极主动是早已算计好的，就等我们往火坑里跳。你现在不动手拿回我们的东西，难道还等他们几年后主动给你送上来？别做梦了。你看看市场上，那些上市公司的股东为了争夺控制权，哪个不打得头破血流？你现在拿着这些材料去当地公安局报案，他们也会配合我们立案。等裴明海这些人被叫去配合调查，咱们就赶紧改组和调整经营班子，你就是上市公司总经理，以后上市公司你说了算。"

张幼军对她的这个安排甚为满意，但是考虑到即将到来的急风暴雨，又长叹了一口气说："唉！股东之间的矛盾看来是纸包不住火了。我是担心公司股价撑不住，跌破我们的质押线。那时候，券商要么平仓止损，要么让我们追加保证金。"

"既然决定干了，就不要婆婆妈妈的了。该来的总是要来的，兵来将挡，水来土掩，没什么可怕的。"

果然，到了第二天，市场上关于他们股东撕破脸的消息传得沸沸扬扬，绿能宝开盘就一字跌停，股价来到5元附近，离券商的质押平仓线不远了。

4

在高红波的积极运作下，庄琪终于把裴明海和他的财务总监曲红梅以职务侵占的罪名送进了监狱，从而拿到了梦寐以求的绿能宝的控制权。公司的原高管全部被清洗，董事会任命张幼军为公司总经理，全面负责公司业务。在缴纳了几百万的罚款后，公司跟地方税务机关也达成和解。在公司给税务机关制订了一份限期缴清税款的详细计划后，收购上市公司的工作终于全部结束。虽然她如愿以偿地将上市公司收入囊中,但是背负的债务一点儿都没有减少,而且被高红波拿走了2000万的公关费,这让她心痛不已。凡事都是有代价的,在这个世界上,钱是最好的通行证、敲门砖、润滑剂,没有钱的不是,只是没有足够多的钱。庄琪越发坚信这一点。钱是推动社会运行的原动力。钱的重要性不言而喻,对钱的渴求,让她跟高红波一样想方设法地弄钱。在弄钱的目标指引下,他们的合作自然顺风顺水,绿能宝和高红波控制的天顺新能源汽车签订了一份股权置换的意向协议,以拯救摇摇欲坠的股价,避免她的股权被券商强制平仓。

忙忙碌碌地做完这些,已经是暮春时分。庄琪累得筋疲力尽,赖在家里哪儿都不想去。时逢五一长假,她把母亲和孩子叫到北京,在离首都机场不远处的龟园休闲中心订了一间农家小合院,放松身心。

龟园占地2.2平方千米,是北京东部最大的集农业种植、养殖、观光、休闲娱乐、体育运动、餐饮等于一体的绿色生态度假村。度假村分种植园区、养殖园区、科技园区和旅游度假园区四大功能区,分别设有城市海景水上乐园、温泉游泳馆、室内垂钓池、动物园、农家小院、房车宿营地、赛马场等,花样繁多,吸引了很多北京市民到此休闲娱乐。

五一这天,温度适宜,但是没有风,空气像静止了一样。龟园里花红柳绿,游人如织。庄琪订的这套农家小合院占地近200平方米,坐北朝南,正北是三间起居室,庭院里有花有草有小树,还有一个十几平方米的露天汤泉泡池。青砖灰瓦的院墙砌得很高,因此私密性很好。

上午10点多,庄琪带着母亲、孩子在泡温泉,柳青在房间里收拾东西。在这个长假的头一天,大家都在享受放松,根本就没有

第二十章 大火

意识到打破这种恬适宁静的惊天大事就要发生了。

距离她们正东大约 300 米的地方,在龟园东门的左边,是一片树林,有杨树、柳树,间或种着一些松柏。实际上,这里也不完全是一片树林,而是一个大型停车场。之所以说它是树林,是因为这里的树长得比较高大,完全遮住了树下停放的一排排大客车。这些大客车连车牌都没上,就一直停放在这里,有的新有的旧,车身侧面的一排小字标明这些是新能源客车。摆放整齐的客车大约有 100 辆。大客车的西边是一个小轿车的停车场,它的旁边是赛马场。

狄嘉是龟园的工作人员,他帮姚放占了一个车位,等车停好,安排爱人带孩子去骑马后,这两个老同学在靠近大客车停放的树林下,找了个地方坐下来,边抽烟边聊天。

"你怎么样?老同学,过得还好吧!"姚放殷勤地递给他一支烟说。

"生不如死,去年年底卖了房,拿 300 万冲进股市抄底,到如今亏得只剩 20 万了。"狄嘉垂头丧气地说,"现在最怕回家了,每天下班回家,就怕家里人问股票赚了还是赔了。这能说吗?"

姚放默默地吸了几口烟,眼睛里噙满泪水,长叹了一口气说:"你已经很幸运了,多少还留了点,我的 500 万进去,一点儿水花都没看到。"

"你加杠杆了吧?"

姚放点点头,把快抽没的烟头扔掉,又续上一支接着抽。

"还是你们做 IT 的赚得多,不像我们,拿钱做投资还得把老头儿老太太的房子卖了。"狄嘉听到比他聪明得多的姚放都亏成那样了,心里多少平衡了一点儿。

"那他们住哪里?"姚放心里一惊,"你不会那么没良心,让他们流落街头吧?"

浮华

"怎么可能嘛，跟我们住一起呢。正好孩子刚出生，他们帮忙带带。"

"嗯！这些车怎么好好的不用，停在这儿？"姚放指着那些大客车说，"你们公司买的？"

"我们买那玩意儿干什么？"狄嘉说，"听说是一个手眼通天的官二代，买了这些新能源车的空壳子，骗取国家补贴金。我们一些懂行的同事说，这些车都是空壳子，里面除了电路板和几块电池，啥都没有，根本就跑不了几里路。"

"这些车看上去倒是高端、大气、上档次。制造一辆车的成本得二三十万吧？就这么放烂了，怪可惜的。"

"就这破车，最多10万，但是政府的补贴是一辆100多万呢。这些浑蛋，咱们老百姓一年到头累死累活能赚几个钱？他们把破铜烂铁往这儿一堆，就能骗取好几亿，真是罪该万死！"狄嘉越说越生气，把抽了半截的香烟屈指弹出。香烟撞在大客车的铁皮上，火星四溅，掉落到厚厚的一层杨花柳絮里。

要说北京的春天有什么缺憾的话，就数漫天飘舞的杨花和柳絮。每年的3月中下旬到4月底，毛茸茸的杨花和柳絮就与姹紫嫣红的百花争艳。风起时，像雪片一样的杨花、柳絮飞得到处都是。它们可大可小、能屈能伸、无孔不入，即使是最严密的门窗，也难阻止它们的足迹。因此，北京的春季是过敏性鼻炎的高发季，直到4月底5月初，杨花和柳絮渐渐散去才会好转。但是在一些人迹罕至的地方，譬如树林里，仍旧堆积了一层厚厚的落花，看上去像尚未融化的积雪。

燃烧的烟蒂掉进杨花柳絮毯子里并没有熄灭，而是顽强地燃烧了起来，冒出缕缕青烟。狄嘉和姚放也都注意到了这一点，但他们不相信杨花柳絮会燃烧起来。

第二十章 大火

"这能烧起来吗?"姚放问。

"那不可能。"狄嘉说,"我在这儿干了这么多年,从来就没听说过杨花柳絮会燃烧。你要不信,咱们打个赌,谁输谁请客吃午饭。"

"算了,吃饭我请,赌还是别打了,万一着了就麻烦大了。"

"没事儿,再看看,我就不相信它能烧起来。如果真的烧起来,几脚就把它踩灭了。"

正在他们说话的时候,那些冒烟的点不冒烟了,而是呈一圈黑线向外扩散。燃烧的黑圈跟黑圈套在一起,形成更大的黑圈向四周迅速扩散,星星之火,终成燎原之势。狄嘉和姚放见此情景,这才紧张起来,急急忙忙跳起来用脚猛踩燃烧的地方。他们越跳火势蔓延得越快,眼看着有失控的迹象。狄嘉急忙对姚放说:"我在这儿灭火,你赶紧去赛马场那边拿几个灭火器过来。"姚放转身就向赛马场跑去。

狄嘉着急忙慌灭火的样子吸引了一些好事者过来看热闹。他们也觉得好奇,这玩意儿怎么会燃烧呢?有不嫌事大的,也跟着有模有样地踩起燃烧点。但这种做法非但没有减小火势,反而让燃烧点更快速地向四周扩散。周围的人们顿时惊慌失措,有的报警,有的找灭火器,还有的大呼小叫。狄嘉终于意识到闯了大祸,火势失控了。以他为中心,一圈粗壮的黑线像波浪一样向外扩散。虽然火势还没有立刻起来,但那也是迟早的事。

他很害怕,想尽快逃出去,否则肯定会被烧成灰烬。于是他急忙抬腿往赛马场方向逃,没跑两步,突然感觉周身变成了真空,人要飘起来了。他使劲蹬地又用不上劲,干着急的时候又突然被一股巨大的气压牢牢地压在地上动弹不得,空间似乎塌陷了,整个人都要被摁进地底下一样。此时,只听"轰"的一声,火光四起,周遭的花草树木以及新能源客车一起燃烧起来。人们七手八脚、好不容易把他从火堆里拉了出来,但是火势已经完全控制不住了。熊熊大火燃烧了三四个小时,浓烈的黑烟遮天蔽日。消防队出动了上百辆消防车才将火扑灭,停放在那里的百余辆新能源客车则被烧毁殆尽。

第二十一章
干爹

1

庄琪压根儿就没有想到她跟这场大火会有关联,火势起来的时候她们还在泡温泉。与大多数看热闹不嫌事大的人一样,一开始冒黑烟的时候她们还有些幸灾乐祸,想看看火究竟能烧多大。但是,当她们听到"轰隆"一声,火苗蹿起,滚滚黑烟向她们的方向蔓延过来的时候,这才害怕了,急忙连滚带爬地跑出泡池。

"柳青,赶紧收拾东西,着火啦!"庄琪一边扶住老母亲不让她跌倒,一边拉起孩子,对屋里的柳青喊道。

正在房间里整理东西的柳青还想着要在这里放松休息好几天呢,慢条斯理地边干边玩,没有意识到会有危险降临。听到庄琪的呼喊,她将信将疑,这大白天的哪里会着火?于是出来查看。当她看见漫天的黑烟时,惊叫一声"妈呀",急忙折返房间,迅速将刚才拿出来的衣物胡乱地塞进行李箱,拎起来就往外跑。

"赶紧让陈师傅把车打着,咱们从西门出去。"庄琪在后面对她喊道。

柳青顾不上跟她搭话,拿手机拨通陈师傅的手机,让他把车开到农家院门口接人,然后又回来帮她们一家老小收拾东西。等他们惊魂未定地从龟园逃出来的时候,已经到了下午。大火基本上被扑灭了。

"知道是哪儿着了吗?"庄琪问陈师傅。

陈师傅说:"听说是东门外的停车场。"

"火怎么烧得那么大?"

"听说有人把树林里的大客车点着了。"

"那够凶险的。不对啊,大客车不是说点就能点着的,是有人故意纵火吗?"

"不是。据说有人把地上的杨花柳絮点燃了,引发的火灾。"

"啊?"几个人同时发出惊叫声。

"那玩意儿也能着?"

"谁知道呢!"

庄琪对这场大火没有太在意,只是感到晦气,好好的假期被一场突如其来的大火毁了。不过,她并没有因此沮丧,休闲享受固然重要,赚钱才是正经事。有钱才有高品质的生活。至于钱赚到多少才算够,才能悠然自得地去享受,她也不知道。不仅她不知道,恐怕这个世界上也很少有人知道。但是让她感到欣慰的是,跟高红波的合作进入实质性阶段,他把他的天顺新能源车公司作价 15 亿,置换她手里的那部分股权,相当于将她的股权、债权都接了过去,这样她就无债一身轻了。当然,她不是那种能随便被人扫地出门的人,她跟高红波达成协议,只要她在公司重组的过程中积极配合他们的行动,高红波就不仅给她留些股份,而且从二级市场上赚到的也给她 20% 的分成。这让她有了盼头。只要他们兑现承诺,那她就由负转正,再也不用为债务而提心吊胆,惶惶不可终日了。等这一切结束了,她决定退出资本市场,周游世界,享受生活去。

然而,天不遂人愿。这场在她看来无足轻重的大火,不过是影响她假期的小插曲,小得不能再小了,却不知它跟她的命运息息相

第二十一章 干爹

关。在她不以为意的时候，社会舆论却对这场大火给予了高度关注。事实上，人们除了关注火灾的起因和造成的财物损失外，对于有人以新能源车为幌子骗取国家政策补贴这件事更是议论纷纷。而一些激进的新闻媒体对其中涉及的贪腐、造假、利益输送等问题刨根问底、口诛笔伐，形成了强劲的舆论风暴。与这场大火相关的人、事、物，顷刻间被卷进了暴风点。

"老板，完了、完了！"柳青一边翻看手机，一边大呼小叫。吴小莉离开后，她就成了绿能宝的董事会秘书。

"你才完了呢！"庄琪已经被折磨得神经衰弱了，最忌讳听到这些不吉利的词语。她正在厨房里拿刀剔一根骨头，听到柳青的叫喊就火冒三丈，恨不得在她身上捅几刀："你不会好好说话？有什么大惊小怪的，有屁快放。"

"龟园的那场大火烧掉的大客车原来是高红波的天顺新能源车公司的，媒体上说他就是利用这家公司骗补，还在证券市场上借壳上市。媒体还特别提到，他们在凯旋汽车定制的新能源车只有少数几辆为了装门面而进入营运，其他的都是空壳子、垃圾车，从车厂出来就直接停放到闲置的停车场，任它们烂掉。龟园被烧掉的只是其中的一个停车场，类似的不知道还有多少个呢。怎么办呀？明天股市一开盘，股票肯定要跌啊。交易所还要问询的。"柳青急得快要哭了。

"他们哪儿来那么大的胆子？"听到此消息，庄琪也慌了神，她颓废地坐在饭桌边的一把椅子上，自言自语道："我以为他们只是在车价上玩猫腻，在新能源车的推广运营上还是实实在在地做点事儿的，谁知道他们连这个环节也省了。就是硬生生地骗啊！"

"这我就弄不明白了，既然是明目张胆地骗，为什么还要多此一举，浪费资源，生产制造那么多的空壳车呢？"

325

"你傻呀，不生产那么多空壳子怎么上户口、往上报数呢！"对于钻空子的路数，庄琪无师自通。

"那怎么办？"

"还能怎么办？给张幼军打电话，问他怎么办！"庄琪不耐烦地说。

"张总好，龟园大火的事情你注意到了吗？因为咱们之前跟天顺新能源有个股权置换的协议，我怕明天股市开盘交易所要问询。"柳青打开电话，按通免提键，好让庄琪也听到。

"你还没看公司邮箱吧？交易所的问询函已经发过来了。"张幼军在电话那头显得很轻松地说，"没关系，这个问题好解释。因为双方签的是意向性协议，并没有实质性进展。现在出了这档子事情，咱们跟他们撇清关系就可以了。现在关键的问题在质押股权的券商那里。如果明天股市开盘，公司股票因为这条利空消息下跌的话，券商就要逼我们缴保证金了。如果，我说如果，股票遭遇连续跌停，股价跌破质押线，券商有可能强制平仓。"

"现在的股价是7块多，怎么可能跌到我们的质押线附近？"庄琪抢过电话，对他说。

"离我们4.8元的均价确实还有一段距离，"张幼军说，"但是你别忘了，这一波从5块拉到7块，是高红波、张小东他们在吸筹。如果这次的事情闹大了，新能源车骗补的事情败露，他们一定急于抛售股票挽回损失，那么股价极有可能跌破我们的质押线。"

"高红波、张小东那边什么意思？他们人呢？"

"高红波都是安排张小东跟我们联系，他藏在后面，从来不主动跟我们通电话。现在连张小东也联系不上了。听人说他们已经跑到香港去了。"

"跑香港去干什么？跑出去就安全了？"

第二十一章 干爹

"安全不安全的,跑出去再说。"张幼军说,"那些有路子的大老板一有事就往香港跑,未来系的萧老板不就常年住在香港的四季酒店吗?"

"你尽快跟他们取得联系,让他们抛售的时候不要太狠了,免得把股价打下来。"

"现在都什么时候了,那些唯利是图的人会听你摆布吗?你还是想办法跟券商沟通好,如果股价真的被他们打下来了,股权该如何处置。"

果然不出张幼军所料,股市恢复交易的几天内,绿能宝、凯旋汽车等股票遭到了疯狂砸盘。还没等庄琪跟券商商量好质押股权的处置办法,绿能宝的股价已经跌破质押平仓线,金地证券在催促追加保证金无果的情况下,见势不妙,将其持有的 5000 多万股股票悉数抛售,导致庄琪持有绿能宝的股份从 29.3% 降到 21.2%。虽然庄琪仍然是第一大股东,但手里的筹码越来越少,靠股权升值翻身的希望越来越渺茫。她做梦也没想到,一场意外的大火,竟然烧掉她 3 亿。

2

"喂,庄琪,在哪儿呢?"

"啊?窦姐!你在哪儿呢?"庄琪接到窦艳的电话非常吃惊,跟她已经很久不联系了,因为她的电话根本打不通,更不知道她人去哪儿了。

"我在 SKP,你要是没事儿就过来逛逛,我一个人很无聊。"

"好的,你等着,我马上就到!"

庄琪有很多事情要找窦艳证实,她不知道当初花了大力气维护的关系是否还有利用价值。关键是,高红波让她平白无故地损失了

3亿，怎么着也得有个说法。因此，接到窦艳的电话后，她就迫不及待地让司机开车直奔SKP。

她在商场一层靠近钟表区的COSTA咖啡找到了窦艳。与往日精心打扮、名牌傍身不同的是，今日的窦艳穿了一条大裤衩加大圆领衫，鼻梁上架了一副墨镜，头戴一顶白色小草帽，脚蹬一双透明的高跟凉鞋——不是香奈儿就是芬迪的。她就那么大马金刀地坐在一个相对宽敞的卡座上，桌上放着一杯喝了一半的焦糖拿铁。她还时不时地摘下草帽，拿出一把小梳子，优雅地梳梳头。这跟她印象中的窦艳判若两人，看来这女人还有彪悍的一面。

"窦姐，大半年没见了，你跑哪儿去了？"

"庄琪，亲爱的，想死我了。你还好吧？"

两个女人首先各自打量了一下对方，然后不知是诚心实意还是虚情假意地拥抱了一下。

"窦姐，你今天的这身打扮我还是第一次见，就像一个女导演。"

窦艳很得意地站起来跺跺脚："利落吧，天太热了，也不知道穿什么合适，随便套了几件就穿出来了。看着还不错吧？我在新西兰买的，现在那边是冬季，东西很便宜。那里的人穿衣服很随意，没那么多讲究。我是说在日常生活中，在正式场合他们可是一丝不苟的。"

她见了庄琪一下子就打开了话匣子，似乎很久很久没有跟人说过话，憋坏了。

"啊，窦姐，这半年你在南半球的新西兰？"庄琪大吃一惊。

"对啊，"窦艳神色怪异地说，"躲了大半年了。"

"现在没事了？听说你们未来系的很多人都被抓进去调查了？"

"老板扛下了一切，有些人是配合调查，有些躲出去的陆陆续续回来了。"

第二十一章 干爹

"是萧老板还是周老板？"

"当然是萧老板，他是老大、核心。"

"那周老板呢？"

"保密，以后再告诉你。"

"好吧，外界传言她跑到加拿大去了。现在未来系谁来管？"

"被政府成立的专案组接管了，我们都下岗了，配合专案组的调查工作。不过，下不下岗对我都一样，我以前也不怎么上班，有事儿就去，没事在家待着、逛街，只是收入没那么多了，只有几千块钱的基本工资。太可气了，我好歹也是年薪一两百万的人，现在就给这么点儿，让人怎么活啊！"

"黎元梓黎总也跟你躲到新西兰去了？"

"他没那么幸运，不知道关什么地方配合调查呢，已经大半年了。不过好在就要熬出头了。"

"真想不到变化这么快。未来系是资产规模上万亿的企业集团，政府不会让它说倒就倒的吧？这个波及面未免也太大了。"

"谁知道呢，我现在只想着平安落地就好。"窦艳说完，又扬起头，不无自豪地说，"3万亿，我也没有想到。据说粗略估算是3万多亿。"

庄琪瞠目结舌地说："这、这太难以想象了。这个庞然大物要是倒下了，那得砸死多少人啊！"

"不说这个了。"庄琪"倒"啊"死"啊的，听得她心烦，决定换个话题，"你咋样？股权的事情解决了吗？"

"哎呀，窦姐，那个高红波可害死我了。"庄琪终于找到了诉苦的人了，"谁知道他的公司就是个骗补的皮包公司，还跟我签了一个股权置换的意向协议。那场大火，你知道吗？今年五一的一场大火把他放在那里的新能源车烧了个一干二净。当时我还在不远处泡温泉呢，谁知道烧的竟然是他骗补的车。这一烧，他骗补的事情就败露了，导致我公司的股价跌破了质押平仓线，有5000多万股被券商强制平仓了，约占总股本的8%。好在另外21%的部分因为跟原来的老股东打官司，被法院冻结了，阴差阳错没有被拍卖，否则我这次就亏惨了。"

"你的运气不错了，看来还是吉人自有天相，没有全部被平仓。"

"你知道高红波在哪里吗？我一直都在找他，把我害成这样，他总得负点责任吧？"

"你别那么天真了，事情都这样了，他还会承认吗？你赶紧跟他划清界限吧，不要被他牵扯进去。不管以前你们是怎么谈的，现在要一概否认、绝不承认。我听说有关部门正要抓他。谁让他运气不好，撞在枪口上了呢。"

庄琪吓得满头大汗："这真是步步惊心。难道我命犯太岁，干什么都不顺吗？"

"这有可能，"窦艳神神秘秘地说，"干脆明天咱俩去雍和宫烧香吧，那里有个住持跟我很熟，让他给我们念念经、驱驱邪！"

"好的。要叫赵妃燕吗？这半年她也不跟我联系，打电话她也不接。"

"别提她！"窦艳气急败坏地说，"要不是她让人逼着老板帮她收购上市公司，老板也不会被推到风口浪尖让人盯上。周等都恨死她了。一只老鼠坏了一锅汤，以后别再提她了，就当世界上没她这个人。"

庄琪暗自发笑，真是红颜祸水，轻而易举地就让一个金融巨兽轰然倒下了。

第二十一章　干爹

3

窦艳还没有等到黎元梓平安到家，就被叫到海军医院的急救室。

"小唐，发生了什么事，把我叫这里来了？"窦艳听说让她到医院，就有一种不祥的预感涌上心头，到了医院一看见唐朝，就急切地问。

"嫂子，你别着急，黎总可能吃错药了，正在抢救。"唐朝是从纪检委抽调过来调查未来系经济犯罪情况的专案组成员。他刚毕业时就被分配在黎元梓手下工作，那时的黎元梓是纪检委华北区的负责人。所以，他很早以前就认识窦艳。

"怎么会这样呢，小唐？他可一直在你们的控制之下，出了这种事情你们要负责。"窦艳梨花带雨地哭了起来。

"我们也不想这样，"唐朝说，"可能是关得久了，精神紧张、抑郁，最近一段时间还出现了精神恍惚的情况。我们也都给予及时诊治了。他总觉得头痛、头晕、血压高，可是检查的指标是正常的。他要了很多药，有时候吃，有时候不吃，有时候吃得少，有时候吃得多。结果，他今天可能是药吃多了，出现呕吐、晕厥等现象。我们发现后，第一时间就送来抢救了。当然，也不排除他有自杀的倾向。"

"不可能，"窦艳连哭带闹地说，"他在集团就是个泥菩萨、纯摆设，最多协调协调关系。他不管具体的业务，都是由集团安排的经理人负责。他在部门或者公司都是挂个董事长、总经理或者法人代表的名，玩的时间比上班的时间多，怎么会有自杀的倾向呢？肯定是被你们关了那么长时间，精神崩溃，吃错药了。你们一关就是大半年，正常人都会疯的，何况他已经是六十岁的人了。这么长时间了，你们该调查的已经调查了，该了解的也已经了解了，还关着他干什么？萧冬昇不是把所有的事情都担下来了吗，怎么还不放他回家？"

"不是说他想担就能担下所有的，"唐朝说，"我们当然要了解清楚所有人的情况后，才能确定谁有问题、谁没有问题，谁该承担相应的责任等。不过，经过这段时间的调查，我们发现黎总的问题并不大。正如你所说，他不过是个配角。最近，我们正打算把他转为污点证人，放他回家呢，谁知道就发生了这种事情，我们也很无奈。"

窦艳一听还有缓和的余地，顿时转悲为喜，激动地说："太好了，小唐。你们早点放了他不就没有这事儿了吗？现在就看他能不能渡过这一劫了。上天保佑！阿弥陀佛！"

因为抢救及时，黎元梓从鬼门关绕一圈后又回来了，窦艳以病人身体弱，需要有人照顾为由，直接把他接回了家。专案组觉得从他身上再也挖不到太有价值的东西了，正好顺水推舟，把病恹恹的人甩给了家属。

但是窦艳把他接回家后就傻眼了。虽然黎元梓已经脱离了危险，但是身体仍然很虚弱，躺在床上需要有人照顾。窦艳有洁癖，平日里都是自己收拾家务，整个屋子连角落都擦拭得一尘不染。她还嫌岁数大了的人身上有味道，早已和黎元梓分床睡了，400平方米的大平层一人一半活动区域。原本是为了避免让专案组的人再把他弄回去关起来协助调查，才在他尚未完全康复的情况下着急忙慌地把人从医院抢回来，谁知道却把自己弄得手足无措。这可怎么办呢？唉，聪明人总是这样，解决了一个问题的同时，又制造了下一个问题，在解决一个个问题又制造一个个问题的过程中不断地展示聪明才智。

得有个帮手啊！早就应该请个阿姨的。都怪最近一段时间遇到

第二十一章　干爹

的事情多，让人心烦意乱，考虑不周。现在人都已经到家了，是急需帮手的时候，从哪里找到可心的人呢？窦艳看着躺在床上还在吸氧的黎元梓，急得团团转。

"庄琪，"窦艳带着哭腔给她打电话说，"我家老头儿回家了。"

"太好啦！这是可喜可贺的大好事啊，窦姐。"庄琪说，"你怎么听着不太高兴的样子，出了什么事儿吗？"

"他病了，刚刚出院。"窦艳说，"你知道，平时家里就我们两个人，孩子出国念书去了。我现在需要一个帮忙照顾他的人，哪怕是帮我打个下手也可以。可是现找又来不及，思来想去，我想能不能让你家保姆过来帮我几天？"

"没问题，"庄琪想都没想就一口应承下来，"我一会儿就带她过去。你是想留她在你家过夜呢，还是干完活儿就让她回来？如果留她过夜，我就让她带几套换洗的衣服。"

"带点衣服过来吧，我想他现在晚上也离不开人。"

"我知道了，我们马上就到！"

庄琪雷厉风行，不一会儿就到了窦艳家里。

"窦姐，刘嫂给你带来了，有什么事你尽管使唤她好了。她是个乡下人，不懂大城市的规矩，有什么做得不到位的地方，你尽管说，不必客气。"

"哎呀，真是太感谢啦！你就是我的贵人，在我最需要帮助的时候就把人给我带来了。真的不知道说什么好，谢谢啦！"窦艳说，"对了，你把她带来了，你那边谁给你收拾？你一天到晚那么忙。"

"你不用替我操心，想用多久就用多久。我那边有我妈呢，她整天闲得怪难受的，不找点活儿干就不踏实。让她干干家务，也是锻炼。她一个农村人，成天嚷着要回家，留也留不住。现在好了，正好有个借口让她多住一段时间。"

"那好吧,这样我心里还好受一点儿。"

庄琪又到黎元梓房间里探望了一圈儿。跟以前生龙活虎地在高尔夫球场上大显身手时相比,黎元梓如今已判若两人,这让庄琪吃惊不已。此刻,躺在床上的他又小又干瘪,像行将就木一样,看得庄琪有些心酸。她对还在吸氧的黎元梓说:"黎总,您好好将养身体,尽快好起来。生活起居方面的事情不要担心,我把保姆给您带来了,由她协助窦姐照顾您。她可会伺候人了,您安心养病,等您好了我们再去打高尔夫。"

黎元梓点点头,挥挥手表示感谢,眼睛里有泪花闪烁。

此后,庄琪三天两头地往窦艳家里跑,有时熬点鱼汤,有时炖点鸡肉,对黎元梓嘘寒问暖,关怀备至。在她们的悉心照料下,几个月后黎元梓终于恢复如初,能自行打坐、撸铁锻炼身体,不依赖他人全天候地照顾了,庄琪才将保姆撤走。说来倒不是因为她急于将人召回,而是窦艳实在克服不了自己的洁癖。外人的生活习性跟她格格不入,她才敦促庄琪把人带走。庄琪虽然让保姆回去了,但她还是隔三岔五地去探望黎元梓。因为她觉得瘦死的骆驼比马大,他还有用处。

4

"孩子,那个黎总已经恢复了,你怎么还三天两头地往他们家跑?你不是说他们家窦姐有洁癖,不喜欢别人去她家吗,她不嫌烦吗?"庄琪的母亲对女儿的行为大惑不解,不明白她天天围着一个老头子转究竟有什么用。

"你不明白,我是想现在在他困难的时候表现得好一点儿,让他感受到咱的诚意,等他完全康复了请他帮咱们做事。"庄琪解释说。

"他们公司不是被接管了吗?他成了一个大闲人,哪还有能力

第二十一章 干爹

帮你解决问题？何况他自己的事情还没有处理利索，哪有心思帮你？要帮，在他位高权重的时候就帮你了。他现在无权无势，人们见了都躲着走，避之唯恐不及呢，拿什么帮你？你在一个无用之人身上倾注心血，不但浪费时间、浪费精力，还耽误自己的事儿。适可而止就行了，自己的事情还得自己解决，求人不如求己。"

"瘦死的骆驼比马大，"庄琪说，"他是未来系的三号人物，管过保险、证券、信托等业务，资源关系都很硬，只要他一句话，就能把咱们的股票拉上去，我就不会为了股价发愁了。"

"那可不一定。"庄母说，"落难的凤凰不如鸡、县官不如现管。以前他位高权重时一言九鼎，现在恐怕是人微言轻，十句顶不上一句。很多人都是势利眼，有用的时候对你言听计从，没用的时候不落井下石就不错了。就他现在的处境，肯定帮不上多大的忙。你听我的，你不要三番五次地去求一个人，那只会让你更难堪、更廉价。你之所以得不到你想要的，要么是别人看不起你，压根儿就不想帮你；要么是他比你还困难，根本没有能力帮上你。这是我活了几十年的经验，真实不虚、如假包换，绝不骗你。"

"哎哟，妈呀！您可真有智慧，懂得那么深奥的道理。"庄琪被她母亲的一番高谈阔论震惊到了，她没想到这个一辈子都跟土地打交道的农村妇女竟有如此见地。这还真是——平日里张家长李家短的，未必没有真见识。"咱不是病急乱投医嘛。只是这次捅出来的窟窿实在太大了，压得人喘不过气，要不谁没事给自己找个爹呢。"她幽幽地说。

"唉！"庄母长叹一口气说，"这次可是闯了大祸啊！"

"窦姐，现在黎总的身体已经完全康复了，不如你给他做做工作，让他去我那里帮帮忙，也算有个事做。他以前做大公司高管习

335

浮华

惯了，前呼后拥，威风八面；现在赋闲在家，没事可做，还不把他闲坏了？"庄琪先把矛头对准窦艳，希望通过她的枕边风说动黎元梓到她公司帮忙，"我刚把公司收来不久，人心不稳，需要他这样的人坐镇。以他的能力和资源关系，轻轻松松就把我们公司的市值做到百亿以上。"

"我也希望他出去找点事情做，"窦艳说，"可是自从他被专案组叫去配合调查以来，就心灰意冷、不问世事，宁愿待在家里打坐练气、健身写字，甚至把多年不用的小提琴都翻出来拉，也不愿出去跟人打交道，我看着都心疼。你的事情我也跟他说了，他不是不愿意帮你，而是他的事情还没有了结，专案组要求必须在国内随叫随到，连他的护照都给收了。他就更加谨小慎微，不愿抛头露面，怕落人口实。你要是想请他出来，你就自己给他做工作，他答不答应就看你的本事了。不过，我们都是身价过百万的，你可不能亏待他。"

"放心吧，窦姐，我绝对是个知恩图报的人。只要黎总肯出来帮我，我一定不会亏待他的，别说是百万年薪，上市公司全部交给他管理都可以。到时候奖励期权什么的，还不是他说了算？"

"有你这句话我就放心了，你可得说话算话喔。"窦艳说，"我现在带你去他书房，你跟他慢慢聊。搞定老头子就是要连哄带骗。你温柔点，多打感情牌，你能行的。"

窦艳说话间就带庄琪到了黎元梓的书房，黎元梓正在练字。庄琪向来不喜欢这些写写画画的东西，除了印在钞票或纪念币上的东西，再好的字画艺术品都入不了她的眼。她看见黎元梓在练字，想恭维几句，又不知从何说起，她怕一张嘴说错了话，贻笑大方。所以，她忐忑不安地跟在窦艳后面，让她先起个头，避免尴尬。窦艳和她是一路人，对所谓的艺术品兴致缺缺，觉得有这些写写画画的

第二十一章　干爹

工夫，还不如逛商场来得痛快。

"老头儿，你歇会儿。庄琪请你已经不是'三顾茅庐'了，'十顾茅庐'都有了。我看她是诚心诚意的。我还从来没有见过一个人像她这样对咱们用心过。你看，你生病期间最难的那会儿，咱们找不到帮手的时候，她赶紧把自己的保姆派过来伺候你。这期间，她还隔三岔五地跑过来探望你，真是比你女儿还要上心。刚才她又跟我说了，让你出来帮帮她。我呢，把你的顾虑、难处也告诉了她。她呢，也很体谅你的难处，也说这是不情之请。但是，她目前的处境确实需要你这么一位重量级人物帮她坐镇，帮她摆脱当前的困境。我想，你们俩还是坐在一起好好谈谈，你能帮衬就帮衬一把。毕竟这对大家来说都是好事儿。人不能天天在家闲着。虽然现在咱们处于特殊时期，但是并没有谁限制你干未来系以外的事情啊。你去庄琪那儿给她撑撑门面，不需要劳心劳力，对接一下资源关系就行了，具体的事情用不着你干，你吩咐公司的人干就行啦。好了，你们好好聊，我睡觉去了。"窦艳说了一大堆开场白后，就放心地关上门睡觉去了，留下庄琪做黎元梓的思想工作。

"是啊，黎总，您到我那里根本就不用费心劳力，只对接些资源关系就行啦。"窦艳走后，庄琪赶紧趁热打铁地说，"您这么多年积累了那么多的资源关系，只要动动指头，就能把我们这个小小的公司弄到百亿以上的市值。想当年，您能把一个几十亿的保险公司做到总资产超过5000亿，跻身世界500强之列，真是厉害。您的能力有目共睹。我想，像您这样天赋异禀的企业家，尚在年富力强的时候，因为其他的一些原因赋闲在家，是对社会资源的巨大浪费。

"黎总，我跟您一样，也有一颗不甘人下的做事情的心。从收购这个上市公司的那一刻起，我就决心把它打造成环保类上市公司当中最耀眼的明星企业。但是，上一届股东心怀叵测，把一个要爆

浮华

雷的公司甩给我，在我疲于应付的同时，还不断地给我制造麻烦，甚至还恶人先告状，让法院把我的股权冻结了。这一连串的打击不仅让我费神费力费钱财，还让我认识到自己无论是靠个人能力，还是靠社会资源，都无法实现当初的梦想，让公司走向辉煌。因此，这一段时间以来，我就到处物色能把这个名不见经传的上市公司带向辉煌的人。

"早在遇见您之前，您的大名就如雷贯耳。我在电视上看到您曾当选中国年度经济人物。当时我就想，要是能请您这样的企业家到我们公司来，我们的公司必将能成为世界500强企业。当然，这在当时是非分之想，但是现在情况就不一样了。因为未来系的关系，您迫不得已赋闲在家，这不仅对您不公平，而且是对社会的不负责任。我暗暗发誓，一定要把您请到我们公司来，让您继续发光发热，向世人展示王者归来的风范。

"黎总，我从小孤苦——出生在农村，家里孩子多、生活条件差。父亲早逝，母亲含辛茹苦地带着五六个孩子长大，实属不易。我排行最小，虽然母亲和哥哥姐姐们对我疼爱有加，但是父爱的缺失一直是我心中的痛。第一次遇到您的时候，我就觉得我们有缘。您、窦姐和我都是同一个属相。您大窦姐12岁，窦姐大我12岁，您和我相差24岁，正好是父女的岁数。您就当我是您上辈子的女儿，这辈子再相见；我就当您是我上辈子的父亲，这辈子的干爹！"

第二十二章
探底

1

黎元梓被她一口一个干爹、干女儿的弄得啼笑皆非，不知该如何应对，笑了笑便沉默不语。事实上，她说得对，他绝非甘愿寂寞之人。若非时下身不由己，他早就找个去处重新开始了。匹夫尚且逞英豪，何况曾经在万众瞩目中风光过的人呢？让他心动的并不是她开出的条件，而是重新展示自己的机会。庄琪很好地把握了他的这一心理，成功地唤起了他对生活的激情——追求卓越。人是需要激励的，无论老幼，都有一颗不甘落后的雄心。尽管黎元梓被她煽动得心潮澎湃，但他毕竟是经历过风浪的人，岂能因她几句煽情的话就丧失本心？因此，在正式表态之前，他必须摸清她的真实意图，以便想好应对之策，万一情况有所变化，好全身而退。

"你是想把它做成怎样的公司？"黎元梓不动声色地问。

"当然是行业技术的引领者、市场规则的制定者。"庄琪脱口而出，"我的目标很简单，就是把它打造成环保领域最卓越的上市公司，产值上百亿、市值超百亿。当然，利润最好也要上百亿。"庄琪激情豪迈地挥舞着肥嘟嘟的小手说。

黎元梓突然感到一阵莫名的厌恶。这种毫无依据的吹牛，简直

浮华

就像一个乞丐信誓旦旦地说要当国王一样,不知天高地厚。俗话说,真人面前不说假话。她这种不知所谓的胡吹乱侃,就是对自己的侮辱。这大半年来,受了刺激的黎元梓本来就精神脆弱,如今再被她这么一刺激,脸上白一阵红一阵,有暴走的迹象。

庄琪不明所以,还以为她的宏伟目标吓着他了,急忙问:"黎总,您怎么了?哪里不舒服?"

黎元梓摆摆手,这才醒悟过来,这女人说话根本不过脑子,信口胡说罢了。"我是被你吓到了,"他缓了一口气说,"想不到你还有这样的雄心壮志。说实话,你比一般的男人都要强。可是,你的依仗是什么?或者说你是这样的人吗?"

庄琪反过来却被他将了一军。原来她只管说话,从不思考,等被戳到根本了,这才瞠目结舌,不知从何说起。她在心里默默地拿放大镜把自己浑身上下看了一遍又一遍,实在拿不出什么可以兑现理想的东西,只得厚脸皮地说:"咱不是有您嘛,黎总!您就是咱最大的依仗。"

"我?"黎元梓哭笑不得,无奈地说,"要想做成你心目中的公司,人只是一方面。最主要的还是靠技术、靠科技、靠创新、靠市场、靠业绩,最后还要靠资金。如果做企业像你说得那么轻松,你的上一个股东就不会把公司卖给你了。我们要有目标,但不能好高骛远,要脚踏实地、一步一个脚印。百亿市值不是靠嘴吹出来的,而是要依靠实实在在的业绩支撑。你给投资者回报,人家才会买你的股票。那些靠题材、靠概念、靠坐庄涨上去的股票,最后都毫无例外地被人抛弃。这次的股灾还不能说明问题吗?我们都是亲历者,那些靠杠杆、靠赌、靠运气的人最后怎样你又不是不知道。所以,现在你的目标要明确、策略要务实、行动要坚决,以求在最快的时间里让公司结束动荡,开始赚钱。"

第二十二章 探底

"黎总,您说得太好了。实际上,您说的正是我想要做的。咱们的观点竟然不谋而合。公司由您把控,我就可以卸下包袱,专注处理股权的事情。"

"现在公司的股权是什么情况,你大股东的位置还稳当吗?"

"咱们持有上市公司近22%的股份,仍然是第一大股东。余下的股权比较分散,第二股东持股最多的时候也就7%,对咱们构不成威胁。只是,我们现在的这部分股份都质押给了天河证券,如果他们卖掉的话,就把咱们扫地出门了。这就是我着急上火的主要原因。好在这部分股份被法院冻结了,他们想卖都卖不掉。"

"为什么呢?"

"就是因为我们跟以前的高管团队有个对赌协议,他们不服气,把我们告了,还让法院冻结了股份。当时我还很生气,心想法院凭什么冻结我们的股份。后来不是股价跌破质押平仓线了吗?没有被冻结的那部分股份被金地证券卖了,被冻结的这部分想卖没卖成,我还因祸得福,保住了这部分股权。我的想法是先拖着——把打官司的时间尽可能地延长,继续让法院冻结这部分股份,等我想到如何解决股权的事情,再去结案。"

"这也不是长久之计啊,法院的工作你是没有办法干预的,如果他们宣判了,股权随时都会解封。到时候券商想卖,你还能阻止得了吗?除非你再追加保证金,可是你没有啊。"

"是的。"庄琪眼泪涟涟地说,"都怪裴明海那些人。当初收购他们公司的时候还以为公司账上有3亿的资金呢。如果有那3亿,发30亿的基金,何至于有如此被动的局面。"

"即使他们没有骗你,你拿到了那3亿,也仍然摆脱不了目前的困境。也就是说,'PE+上市公司'的模式在我们这里根本不可行。如果可行,德隆系、甬金系就不会倒下了。"

341

"为什么？"

"因为你收购上市公司的成本太高了，收益覆盖不了成本。你花了 15 亿才获得上市公司 30% 左右的股份，资金利息是年化 7%，每年光利息就要 1 亿左右。目前市场上上市公司利润超过 1 亿元的不过 1000 家。即便你收购的公司净利润超过 1 亿，而且都拿来分红，按你的持股比例最多分到其中的 30%，剩下的那部分你怎么还？另外，就算是你筹建了一只规模相当的投资基金，你不但要找到价格足够低的优质资产，还要通过资产重组的方式运作到上市公司的平台上实现退出。整个流程虽然看似简单，但实际上却陷入了资本运作的不可能三角，即你不可能在找到廉价的优质资产，通过注入上市公司实现资本增值的同时，还让资本快速流转。根据我们现在的上市公司资产重组的相关规定，资产重组没有一年半载是审批不下来的。如果再拖上一两年，债务越积越多，你很快就被压垮了。"

"黎总，您的经验简直太宝贵了，不愧是资本圈里的大佬。听君一席话，胜读十年书。听您这么一说，我才知道自己是多么无知，也该落到如此田地。"

"唉，我算哪门子大佬？"黎元梓仰头看着天花板上的吊灯，深深一叹，"真正的大佬都进去了。"半响后，他缓缓地转过头，对庄琪说："所以说，除非你有绝对的控股权，才有实现'PE+上市公司'的可能性。多少资本玩家就是这么把自己玩死的。可悲的是，有不少人连自己是怎么死的都不知道，还把问题归结为市场风险和监管，真是太可笑了。"

"二级市场呢？如果炒高上市公司的股价，既对冲了债务，又拥有控股权，岂不是两全其美？"

"这是一厢情愿，可不是两全其美。"黎元梓不屑地说，"炒高

第二十二章 探底

股价的目的是高位套现，要套现势必会损失股份。你既要保持上市公司的控股股东位置，又要通过二级市场炒高股价对冲融资成本，还要逃避监管，你觉得这可能吗？市场中、生活中充斥着无数不可能三角，但是绝大多数人对其视而不见。人们总是盲目地相信自己无所不能，实际上是给自己挖坑下绊子。"

黎元梓似有似无的嘲讽让庄琪羞愧难当，一张涨成猪肝色的脸上装出无辜的样子说："黎总啊，我是一脚踩进泥坑才知道自己就是个大傻瓜，现在后悔也来不及了。当初要是有您这么一个睿智的大佬指点迷津，也不会像现在这样进退两难。我真是欲哭无泪，只能打碎牙往肚里吞。您能不能利用您的影响力，动用未来系的资源关系，让他们把我这个公司接过去？"

黎元梓摆摆手说："未来系已经被接管了，未来还有没有未来系还不一定呢，怎么还能指望他们帮你解决负担？即便可以，就我当前的处境，也对这些事避之唯恐不及，哪敢顶风作案，往枪口上撞呢？你不是说傻话吗？"

"是我唐突了。"庄琪碰了几次钉子以后，终于意识到跟这些人说话必须小心翼翼，三思而后行，于是虚心求教道，"您说我该怎么办呢？"

"在其他方面想办法，未来系不行就找别的系。"

"对、对、对！"庄琪如醍醐灌顶，拍着手说，"我是想跟种植集团联系来着，他们在市场上四处找壳。但是我没有特别好的关系，怕被敲诈，就没有动。您要是跟他们熟的话，倒是可以帮忙联系一下。"

"种植集团老板解天寿，我跟他熟啊。"黎元梓说，"这样吧，我这两天跟他联系，联系好了带你过去跟他们谈谈。"

"太好了！"庄琪又看到了希望，心情激动地说，"黎总，我把

343

公司交给您，您想咋弄就咋弄。"

"我对你的公司不感兴趣，具体经营的事情你还是找别人吧。我就做个顾问，需要的时候给你对接些资源关系。"

黎元梓的话正中庄琪下怀，自从从裴明海手上把公司经营权抢回来以后，她就不可能把公司放心地交给任何人。别听她嘴上说得好听，实际上她就怕别人惦记着，打她公司的主意。这是她花大价钱买来的公司，怎会轻易假手于人？把公司交给他是假，骗取他的资源关系才是真。既然他连公司都不接就把资源关系拿出来共享，那还交给他干啥？但是不表示一下又过意不去，于是就说："您做顾问的话，我不好给您薪酬啊！"

"要什么薪酬？"黎元梓说，"在未来系的事情还没有了结的情况下，我从你这里拿薪酬不是没事找事吗？你不用给我薪酬，需要我出马的时候派个车辆跟司机就行。坐车坐习惯了，我不想开车。"

"没问题，黎总。我买辆丰田阿尔法专门配给您用，再挑一个干练的人给您既当司机又当秘书，保管把您照顾得妥妥的。"

2

庄琪走出窦艳家的时候已经是第二天凌晨 3 点。北京的隆冬寒风刺骨，司机小陈被冻得瑟瑟发抖，尽管坐在车里，还开着空调。此前，庄琪规定车不走不着车，一是为了省油，二是为了保护发动机。当然，她在车里的时候另当别论。所以，小陈只有在被冻得受不了的时候，才在原地着车吹会儿空调。庄琪觉得搞定了黎元梓就完成了一件大事，心情舒畅，也不管冷不冷、有没有浪费油，坐进车里扬长而去。

庄琪前脚刚走，窦艳就迫不及待地走进黎元梓的书房，四处打

第二十二章 探底

量了一番，看到屋里没有被弄得乱七八糟，这才放下心来。她见黎元梓已经困得卧倒在沙发上睡着了，急忙叫醒他。

"老头儿，你起来脱了衣服上卧室里睡去，这里就一条薄毯子，小心感冒。"

黎元梓迷迷糊糊地醒过来，一边坐起来一边问："你不是睡觉去了吗？怎么又起来了？现在几点了？"

"凌晨3点多了。我是怕冻着你才过来看看的。"窦艳说，"你们从昨天下午一直谈到今天早上，究竟在说什么呢？"

黎元梓此时已经头昏脑涨，无精打采地想赶紧去睡觉。他眯着眼睛摸着墙，步履蹒跚地往卧室里走，嘴上应付道："那女人胡搅蛮缠地要我帮她，实在拗不过，我只好答应给她当顾问。"

"那你跟她要报酬了吗？咱可不能白干！"窦艳急忙问道。

"要啥报酬？现在这种情况能要报酬吗？专案组查到多出来的这些收入，必然会叫我过去问询。谁有事没事干这事儿？就让她派辆车和司机跟着我。"

"那不行啊，太便宜她了。"窦艳说，"你赶紧睡觉，好好休息。我知道该怎么替你要。"

窦艳把黎元梓扶上床，关上门回到自己的房间，心里盘算着如何敲庄琪的竹杠。

庄琪开心极了。她没想到黎元梓这么好说话，比窦艳强了不知多少倍，那女人太势利、太算计。既然他不要报酬，那么就在待遇上做一些补偿，这也是合理的，人之常情嘛！她兴高采烈地买了一辆丰田阿尔法。实际上，这辆车与其说是买来配给黎元梓的，毋宁说是买给自己的。她看中这辆车很久了。反正车的产权是公司的，他拿也拿不走，最多只有使用权，等他走了，没有什么利用价值的时候，再把车收回来，岂不两全其美？庄琪越想越兴奋，让司机开上新车就去找黎元梓和窦艳。

黎元梓和窦艳见到新车自然非常高兴。接他们上车后，庄琪问他们去哪里逛逛，窦艳不假思索地说SKP。

到了SKP，窦艳拉着黎元梓直奔杰尼亚精品店，庄琪迷迷瞪瞪地跟在后面，心里七上八下。进店后，窦艳让导购带黎元梓去试衣服，她把庄琪拉到一边，说："老头儿已经帮你约好了种植集团的解老板。他那个人非常讲究，身上穿的都是在伦敦最高档的制衣店，由当地最知名的裁缝大师量身定制的；手上戴的都是限量款的名牌手表，单只没有低于100万的。我想给老头儿买两身衣服，打扮得体面点。他脸上有光，你脸上就有光。他是给你撑门面的，人前人后咱不能跌面儿。你说是不是？"

"那是当然，"庄琪说，"大佬见大佬，咱们一定要穿戴得体、镇得住场。买吧，窦姐，这个钱咱们值得花。"

"有你这句话我就放心了，我是怕你想不通，为什么见一个人还要置办几身衣服呢。"

"我不是那么小气的人，黎总能出来帮我就是对我最大的支持，花点钱买衣服又算得了什么呢？"

窦艳见她已经同意了，就撇下她转身帮黎元梓挑衣服去了。

庄琪此前对男装不甚了解。自从跟邹俊离婚后，她也不需要再惦记着给男人买衣服，即便是每次逛商场路过男装店，也一概一扫而过从不逗留。男装嘛，就那几种款式，几块布再贵能贵哪儿去？她一边心里琢磨，一边把衣服上的吊牌翻出来看看上面的价格。结果，不看不知道，一看吓一跳。原来这些男装一点儿也不便宜，看似普通的衬衫要千元起步，西服要好几万，好一点儿的要十几万，甚至更高。庄琪这才知道窦艳是有备而来，看她挑衣服的架势，这次恐怕是要大出血了。庄琪开始后悔了，意识到一开始跟他们扯在一起就是个错误。她想起小时候老父亲跟她说的话：有的牌桌你不能上，他们玩的你跟不起。她又把自己放到一个骑虎难下的尴尬境地，真是欲哭无泪。

窦艳给黎元梓挑了两件衬衫、两套西服、一件貂绒大衣、一双鳄鱼皮皮鞋，总计 57 万元。庄琪面色蜡黄，哆哆嗦嗦地拿着账单结完账，就打发司机送他们回家了。她找了个借口没有跟他们回去——编谎对她来说没有丝毫难度，而是跑到地下二楼的美食街，找了张空闲的桌子，趴在上面大哭起来。

3

解天寿的办公室在北五环外奥林匹克森林公园北园的一个角落里。在一个独立的大院子里有一栋三层的白色小楼，外面什么标牌都没挂，不显山不露水，外人仅凭观察，根本判断不出来里面是干什么的。有趣的是，大门外面修了一道水渠，水渠的前面立了一道古色古香的牌坊，上面书写着"厚德载物"四个古朴的大字。

楼里的陈设比庄琪去过的未来系周筝的办公地点更加现代化，是她比较喜欢和认同的风格。一层大厅富丽堂皇，左边是会议室，右边是宴会厅。大厅正面墙上是一幅北国风光的大型壁画，画的是大兴安岭的冬季。大雪下的森林透出一股苍凉、荒芜、孤寂之感，但又流露出一种不甘的意境，令人久久回味。从一楼到二楼再到三楼的楼梯边的墙上，挂着大小不一的大兴安岭不同季节的风景照和他明星妻子的艺术照。庄琪跟在黎元梓后面，一边欣赏一边赞叹，琢磨着自己要是有这样的办公室该多好啊。

20 世纪 70 年代，大兴安岭伐木工人出身的解天寿，走出森林后到当地的一家印刷厂当工人；后来乘国企改革的东风将印刷厂私有化，取得了人生的第一桶金；而后几经辗转腾挪，在有心人的帮助下跨入金融领域，成为国内最大的民营财富管理公司的掌门人，资产管理规模近万亿。他的公司旗下有6家金融信托公司、4家财富管理公司以及近百家私募投资基金公司。解天寿五十多岁，瘦高身材，精神矍铄。他像林子里的老猎手，鹰视狼顾，像是在四处搜寻猎物。他衣着十分得体，手上戴着一块百达翡丽的金表，在有暖气的房间里，身上还披了一件等身的黑貂大氅。那件大氅乌黑油亮，一看就是高档货。庄琪这才知道窦艳所言不虚。

"老哥，好久不见！"解天寿握住黎元梓的手，显得格外亲切，随即又追了一句，"你受苦了！"

黎元梓眼眶有些湿润，拿另一只手在他的手上拍了拍，长叹一声，说："唉！没什么，不过是配合调查罢了。"

"结束了吗？"

"哪有那么快啊！"

解天寿边说边把他们带到二楼的接待室。这个房间并不大，有30多平方米。里面靠墙是酒柜、雪茄柜，柜子前头是一张三人座的皮沙发，两边各三只单人沙发。门口右手边是一张小茶台，上面煮的水沸腾着，冒着蒸汽。

解天寿让黎元梓坐上头，黎元梓谢绝了，坐在了左边的单人沙发上。庄琪紧随其后，坐在他旁边。解天寿看她主动落座了，就对他的助理小白点了一下头，示意小白坐在他右下手的沙发上。

解天寿废话不多，坐定之后就开门见山地对庄琪说："你的情况那天老哥跟我在电话里说清楚了。你有上市公司的壳，我们有资产，也有钱，我们需要把一些资产注入上市公司，然后通过增值实现退出。因此，我们也需要上市公司的壳。关于买壳卖壳，我们操作过十几个公司了，有一套成熟的流程。一会儿，你和白珊珊沟

第二十二章 探底

通一下，商量好一个让大家都满意的方案，然后执行就完了。你放心，看在老哥的面子上，我们绝对不会让你吃亏的。"然后他对白珊珊说："珊珊，你带她去隔壁办公室讨论方案，我跟老哥聊会儿天。"

白珊珊答应了一声，起身给黎元梓鞠个躬，就带庄琪出去了。

等她俩离开后，解天寿问黎元梓："老哥，你到她那儿干什么，这不是委屈你了吗？"

黎元梓尴尬万分，低头咳了一声，无奈地说："我也是被纠缠得没有办法。她是我老婆的闺蜜，天天死缠烂打地跟我老婆说要我出来帮她。我老婆起先拒绝了她，后来在我养病期间，她又派保姆又来问候的，我老婆觉得不好意思，就求我出来帮帮她。我是被逼无奈才在她那里挂了一个顾问的头衔，对接一下资源关系，其他的一概不管。"

"你别在她那儿浪费时间了，到我这里来。"解天寿说，"我每个月给你 20 万的零花钱。现在老萧进去了，未来系要垮了，你把他们的高净值客户带些过来，咱们组一个 50 亿的基金。这个基金的起始门槛是 1000 万，年化 12% 以上的收益率，加上投资收益，年回报率还会更高。"解天寿说到这里，上身往前一探，靠近黎元梓说："这只基金就交给你来管理。客户除 1000 万以上的高净值人群外，再拉些官太太、官二代、红二代、红三代等进来，专为这些人投资理财。按照 2% 的管理费来算，你每年可支配的费用就有 1 亿。是不是可以考虑一下？"

黎元梓大为震惊，急忙说道："要是把他们的钱赔了，那麻烦可就大了。"

"绝对不可能，"解天寿自信满满地说，"别的基金可能会赔，有跌破净值的可能性，但是唯独这只基金不会赔，也不容许赔。"

"你跟他们干的是一样的,这样做的风险有点大。"

"是的。现在公募基金被监管得很严,不敢瞎炒作明星基金经理人和明星产品。他们不行了,咱们可以啊!咱们发的是私募基金,监管相对松一点儿。只要咱们绑定了利益相关人,谁还敢来查咱们呀?"

黎元梓闻言沉默不语,半晌后长叹一声,说:"你不能把关系看得太重,真的有事儿了,什么关系都靠不住。"

"我知道。"解天寿说,"你是指老萧吧?他那么八面玲珑会搞关系的人,最后还是自身难保。可是,这年头做得越大,裹进去的关系就越多,这样才好规避风险,或者转嫁风险。总之,不管你做不做、有没有用,反正大家都在做。你要不做,就少条腿。"

黎元梓知道他这是一厢情愿。他从萧冬昇身上看到,那些靠投机钻营维持的关系是完全不可靠的,关键的时候为了明哲保身还可能倒打一耙。令他唏嘘不已的是,几年后,解天寿的理财产品连番爆雷,走投无路之下,用一根绳子了结了自己。

"我是心有余而力不足。"黎元梓说,"你也知道,我们的事情还没有最终的说法,我作为公司高管还在配合调查阶段,在此期间,既不能离职,也不能再就业,只能听之任之。等未来系的事情有了处理结果,我们这些人何去何从才有定论。所以,你的事情我爱莫能助,你另请高明。我在她那里打发时间也挺好的。"

解天寿对他的处境心知肚明,知道再谈下去也没有什么结果。虽然自己垂涎他的人脉资源,但是他现在身不由己,哪有余力帮自己筹备基金?因此只好作罢。

他们东拉西扯地聊了一会儿,庄琪也谈完进来了。黎元梓看她脸色不好,知道没谈出个所以然来,于是就告辞出来。

4

"你们谈得怎么样？"上车后，黎元梓问庄琪。

庄琪气呼呼地说："他们就是趁火打劫！"

"怎么讲呢？"

"他们想要公司的控制权，把我们手上的这部分股权都接过去。这也不是不可以，"庄琪说，"关键是价格。他们要在现价的基础上，最多按七折的价格收咱。那么按现在 4.5 元的股价，七折就是 3.15 元。这谁干呀？这不就是抢劫吗？"

"你是怎么想的？"

"咱们的壳很干净，有亏损，但没有债务。所以，溢价不到七八元我不卖！"

黎元梓心里一惊，没有言语，只是默默地点点头。

过了一会儿，庄琪看着别人发来的信息问黎元梓："黎总，您跟昆成资产管理公司熟不熟？他们为了配合政府救市，对上市公司推出一项扶持政策，叫上市公司纾困基金。就是上市公司以极低的利息把上市公司的股权质押给他们，以减轻上市公司大股东的债务压力。现在咱们质押给券商的利率是 6.5%，如果降一半的话对咱们也是一项重大利好。"

"梁小民啊，熟啊！我现在就给他打电话。"

黎元梓说话间就拨通了电话，问梁小民有没有时间，说自己要带个朋友过去跟他说点事儿。电话里黎元梓没有提什么事儿、要不要紧。梁小民倒也爽快，约好明天下午 2 点到公司来谈。黎元梓沟通关系的效率之高，让庄琪兴奋不已。

第二天下午，他们如约来到金融街富丽大厦 18 层梁小民的办公室。梁小民的办公室有 200 多平方米，南北通透的大落地窗宽敞

浮华

透亮，装修镶金带银，极尽奢华。房间里的陈设都是仿照人民大会堂会议厅的样式摆放，西边实墙的位置是一排书柜，前面是一张宽大的办公桌。办公桌的右前是一个直径一米的地球仪，左后竖一面国旗。办公室的北半区是会客区，摆了一圈三人座、两人座和单人座的沙发。南半区是一个开放式的茶室，茶台由一根硕大的树根雕成，上面龙飞凤舞，寓意龙凤呈祥。办公室的家具除了这个茶台可能是用老榆木制成的，其他的都是红实木的，给人庄重肃穆之感。

黎元梓和庄琪被前台领进办公室时，梁小民正趴在桌子上批改文件，见他们进来了急忙站起来，绕过办公桌跟黎元梓握握手笑了笑，互相打量对方。黎元梓看见梁小民的第一眼，心里就咯噔一下，心里有一种不祥的预感。眼前的他没有往昔那种飞扬跋扈、舌战群儒的气势，而是弯腰驼背、面色蜡黄、两眼深陷、印堂发黑，一副纵欲无度的模样。

"小民，身体是革命的本钱啊。知道你这个央企的掌门人比我们的压力大多了，工作固然重要，但是身体更重要啊！咱可不能因为工作忙而累垮了身体。"黎元梓实在不知道说什么好，只得指东打西，避免尴尬。

梁小民笑而不语，看了一眼跟在他身后的庄琪。黎元梓知其意，侧过身介绍说："这位是上市公司绿能宝的实控人庄琪，我老婆的闺蜜。她听说你们公司推出一项上市公司纾困基金的业务，便央求我带她过来跟你们对接一下。"

"哦，你们稍等一下。"梁小民把他们安顿坐下，说道。然后转身走到办公桌前，拿起一部红色电话对着话筒说："让基金部的李凤来一下。"不一会儿，进来一位三十多岁风姿绰约、动作干练的女人。

"这位女士是上市公司绿能宝的庄琪，她想了解一下咱们纾困

第二十二章　探底

基金的事儿,你带她去你们办公室,给她介绍一下我们的业务,探索双方如何开展此项业务。"梁小民指着庄琪对李凤说。

李凤说了声"好的",就把庄琪恭恭敬敬地领出去了。

打发走庄琪后,梁小民对黎元梓说:"想必这件事对你并不重要吧?"

"纠缠不过,走个过场罢了。"

"我想也是。"梁小民说,"你带车了吗?咱们找个安静的地方聊会儿天。"

"带了,有司机。"

"你让司机到这栋楼的地下二层B区三号电梯口等我们,咱们坐你的车走。"

黎元梓知道他遇上事儿了,这里不方便说,急忙安排司机小松开车按梁小民说的位置等他们。等车到了指定位置,他们乘电梯下去,上车往西北方向的圆明园驶去。

半小时后,他们乘坐的丰田阿尔法驶入圆明园东南方一处名为圆明御墅的别墅区。这也许是北京最隐秘、最豪横的别墅区了,靠近皇家园林的50多座别墅里,住的都是非富即贵的人,私密性和安全性自不待言。车子从东门进去后就直接下了地库,停在888号车库门前。黎元梓带梁小民从地库进入别墅,乘电梯到地上二楼。这是一栋上二下二格局的独栋别墅,使用面积有1000多平方米。二楼是别墅的主体功能区,有会客室、茶室、卧室、书房等。黎元梓把他带到最西边的小接待室,让小松泡了两杯刚上市的信阳毛尖,然后让他关上门出去了。

"这是你的别墅?"梁小民问。

"是一个朋友的,他移民美国了,房子舍不得卖,一是想保值增值,二是想在国内保留一块资产。"黎元梓说,"这么大的房子既不好租,又怕放坏了,就雇了个人专门看管。因为这里很安静,我平时过来练练字、喝喝茶,约朋友们过来打打牌,给这房子增添点人气。这房子里的娱乐设施也不少,我们刚进来的地下二层有卡拉OK、健身房、室内高尔夫模拟器等,你想玩的话我带你去玩玩。"

"以后吧!"梁小民长叹一口气,头往沙发背上一仰,"但愿还有以后。"说着便泪如雨下。

第二十三章
高论

1

"小民,你有什么难处?"黎元梓从来没见过梁小民哭得如此狼狈,他知道他肯定遇到了迈不过去的坎儿。

梁小民没有急于回答他的问题,等发泄完,情绪平稳了一些后,反问道:"你是怎么跟他认识的?"

黎元梓知其所指,说:"说来话长!苏联解体那会儿,我从新闻上看到曾经的官员下岗后,有的去开出租车,有的去摆摊儿,还有的流落街头,就有紧迫感。心想万一我们的改革也让我下岗了,我去哪里?于是就辞职下海,跟朋友开了一家烤肉馆。"

"你那时已经是正局级了吧?"

"是的。"黎元梓尴尬地说。

话分两种,一种是嘴上说的,一种是暗自猜的。一种靠听,一种靠揣摩。高段位的人说话,话里有话。梁小民斜眼看了他一眼,一脸的不屑,心里嘀咕:要是没点事儿,你会那么轻易离开?

"烤肉馆的生意不错,我也赚了点钱。后来股市火起来了,我就把赚来的钱投到股市,也屡有斩获。"黎元梓继续说道,"后来朋友说未来科技招聘有政府资源背景的人,问我去不去,我说可以去试试,但是不知道去干什么,他说是给他们刚刚收购的信托公司找

355

个老总。这咱能干啊。于是就答应了。问他怎么去,他让我等电话,等联系好了告诉我时间地点,让我去见一个人。我说行。心里想不就是个面试嘛,干吗搞得神神秘秘的?过了几天,朋友打来电话,让我去友谊宾馆迎宾楼大堂等着,到时候有人会找我说话。我一头雾水,寻思着是什么样的人找我说话呢?等到了友谊宾馆,那里的人多得闹哄哄的,我哪知道谁来找我?于是就选了一个靠近大堂柱子的沙发坐下,等人找上来。可是我坐在那里,左等右等都不见有人过来,心里很不耐烦。过了一会儿,朋友打电话让我回去,说面试已经通过了,明天就去上班。我说,我坐了那么长时间,没见什么人过来啊,怎么就通过了呢?随后又仔细回忆了一遍,在我坐着的时候,确实有一个穿着一身红色运动服,长着一张娃娃脸的人坐在我跟前说了几句话。当时我确实不知道他就是萧冬昇。"

梁小民听着他的故事,目光呆滞,思绪早不知游离去了哪里。他耷拉着脑袋,悄无声息,似听非听的。

沉闷的气氛让人压抑。黎元梓猜不透他的心思,但见他神情恍惚,沉默不语,心里有些发毛,想找些话题调动他的情绪。

"小民,你还记得咱们住在筒子楼里的时候,你家在我家楼上。每到逢年过节,那些巴结送礼的经常认错门,把东西放在我家门口。有一次我在楼道里碰见你,让你把那些东西拿走,你大手一挥说送你了,值不了几个钱。我当时好生羡慕,心说还是干银行的好,有那么多人送礼,不像我们这种清水衙门。"

"你是讽刺我那时候就开始贪了吗?"梁小民冷冷地说。

"不是不是,你误会啦!我想让你放松点。"黎元梓急忙解释道。

"我不否认我从小就贪图小利。"他一副豁出去、浑不在意的样子,对黎元梓激动地说,"谁让咱家穷呢,不像你出生在干部家庭。我从小生活在农村,家里人多地少,缺衣少食,吃了上顿没下

第二十三章 高论

顿,有时候几天吃不上一口饭,空着肚子吞口水。你不知道,世界上最恐怖的声音是饿极了时的吞口水声,虽然不大,却震耳欲聋。我们家五六个孩子,经常衣不蔽体、食不果腹,母亲看着我们没东西吃,愁得直掉眼泪。那种无助和痛苦让我刻骨铭心。在那种情况下,他们还节衣缩食,把最好的资源给了我,供我上学读书,希望我能够出人头地,不再过忍饥挨饿的日子。所以,那些假冒伪劣的蜂王浆、麦乳精、蛋白粉、鱼肝油之类的,在我们这些人眼里都弥足珍贵。

"一开始的时候,我想,只要不涉及大是大非,这些小恩小惠该收就收。咱们是一个人情社会,收些小礼品又不是什么大不了的事,你收我收他也收,算不上违法犯罪。但是到了后来,官大了,手中掌握的权力和资源多了,那些鱼虾山珍、海参燕窝就看不上眼了,开始关注红包的大小。那时候也知道这样做很不妥,但是还心存侥幸,告诫自己只要守住底线不沦陷,拿就拿点儿,给人办事,收点好处费也是应该的,因此就慢慢习惯收钱了。有那么一段时间,如果收不到东西心里就发慌,收了东西才觉得心安理得。唉!收钱收礼让人沉醉,一旦上瘾便欲罢不能。我贪了很多钱,很多很多钱。我以为钱能让人更幸福、更安全,谁知道它却让人更恐惧、更贪婪。自从有了钱以后,我就再也没有睡好过,非但睡不好,还噩梦缠身。"

"哎,小民,你有钱了以后有没有给你母亲花,让她的生活过得好一点儿?"黎元梓想起了什么,随口问道。

"没有!"

"为什么?"

"不敢!"梁小民又泪流满面,哽咽着说,"我是怕啊!我怕老母亲知道我有那么多来路不明的钱,对我失望。我怕看她的眼睛、她的泪水！有什么比慈母无助的泪水更让人刻骨铭心的？唉，原以为我是重情重义之人，最后却是个不忠不孝之徒。"

黎元梓心情沉重，良久不语。

"我相信，以我的意志力，是不会轻易让人拉下水的。"沉闷压抑的沉默中，又悠悠地响起梁小民的忏悔声，"可是有一天，有人给了我4亿时，一切都不同了，所有的信仰和坚持都灰飞烟灭。我连做个好人的资格都没有了，只得同流合污。"

"萧冬昇？他怎么一下给你那么多钱？"

"还不就是在香港市场上收购了一个壳公司，把股价炒高后让我接盘嘛。"

"这种事情对他来说是老套路了，对你就不同了。"黎元梓说，"他那是民企，你代表的却是央企。他这样做不是把你往火坑里推吗？再怎么说，你们也是结义的兄弟。"

"兄弟？"梁小民鄙夷地说，"这种东西你还信以为真？兄弟就是拿来坑害的。当初他撺掇我们三个——加上汪剑，之所以结义，就是因为要所谓的强强联合。我掌管的公司资产规模超万亿，你们未来系规模超万亿，汪剑的海岛航空资产也有近万亿。我们三人掌管的资产规模加起来至少5万亿，这么大规模的资产别说联合起来对外扩张，就是内部循环也能创造出不少价值。所以，萧冬昇拉我入伙并不是看上我的人，而是看中我手中的权力和资源。结义的目的是取利，要不然，他怎么不跟你结拜兄弟呢？"

黎元梓尴尬地一笑，红着脸说："我哪有你那么大的价值啊？我就是给他跑腿、铲事儿的，用得着就用，用不着就撂一边。不过话说回来，汪剑死得真够窝囊的，从十几米的城墙上摔下去就死了。"

"好歹他一了百了，不像我天天担惊受怕，如丧家之犬惶惶不

第二十三章　高论

可终日。"梁小民叹口气说，"汪剑死了，前几天保险协会主席项佐也进去了，下一个就轮到我啦！"

"有人找你谈话了？"

梁小民点点头，然后问他："你说他是怎样一个人？"

"他极其聪明且洞悉人情世故。他要是觉得你有用，就想尽办法围猎你。你喜欢钱，他就拿钱砸；你喜欢女人，他就给你拉皮条；你既爱钱又爱女人，他能样样满足你，而且不会让你拒绝，只要你帮他做事或共同谋利。"黎元梓说，"听说他在香港给你找了两个女人，生了两个儿子？"

梁小民没有否认，干脆利落地说："是的！"接着又说道："正如你所说，他知道我需要什么，而且无论怎么做我都欣然接受。对于人性的拿捏，他绝对是个中老手。"

"他对你可真够用心的。"黎元梓说，"这么说，珠海那个花园小区的女人都是你的？"

"一个人有多大能耐自己能不知道？那么多女人我用得过来吗？"梁小民恨恨地说，"还不是他们金屋藏娇、监守自盗，让我背锅罢了。如果再有人说我养了100多个女人，你就只当是放屁。"话音未落，他又补了一句："不过也无所谓了，别人爱说啥说啥去，人都自身难保了，谁还在乎那些闲言碎语。"

黎元梓不置可否，喝了一口茶，不敢接他的话。

"你前一阵配合调查，应该没事儿了吧？"梁小民试探道。

"我没什么事儿，本来就是个打工的，给多少就拿多少。有油水的事儿轮不到咱们。"黎元梓说，"再说，未来系的事情萧冬昇一人承担了，我们这些不涉及具体业务的人都转成了污点证人。"

"那你还自杀？"

黎元梓红着脸说："那一阵精神恍惚吃错药了！"

359

"你说进去了是全招了好,还是死不承认好?"

"这可不好说。迄今为止,我还没听说过有人靠死不承认逃出生天的。人家查你的时候,基本上已经把一些重要证据都掌握了,你想赖也赖不掉。"

"我学老萧,把所有的事情都扛下来,那些人会不会救我?毕竟他们才是吃肉喝汤的正主。"

"你得跟他们商量,达成攻守同盟,至于能不能奏效,谁也不敢保证,主要看中央反腐的力度和保你的成本。如果他们认为保不了你,就会把所有的屎盆子扣你头上。"

"我知道!"梁小民说。

2

不久之后,梁小民被双规了。黎元梓担心他会供出自己帮他密谋串供的事,吓得惶惶不可终日。

一天,邓爷打来电话,邀请黎元梓去广东湛江帮他看个项目。那里有个做芯片的老板,遇到资金困难,需要找人融资。那个老板知道邓爷人脉广、关系硬,因此求他帮忙找投资人或对接些资源关系。邓爷对投资不太在行,了解他的想法后,第一时间就想到黎元梓,于是叫他一起先去企业考察一番。黎元梓正闷得发慌,有了此等好事绝对不会放过,便欣然答应了。

窦艳得知他要出去,嚷嚷着也要去。"看企业这事儿我在行啊,你们两个老头子能看什么?还不就是去玩嘛!去了以后,你们玩你们的,我帮你们看企业。"窦艳说。

黎元梓好不容易找了个由头摆脱这婆娘的束缚出去清静几天,岂能因她的三言两语改变心意,于是便说:"邓爷说了,已经跟对方沟通好了,就我们俩去。看来他跟对方也不是很熟。邓爷那个人

第二十三章 高论

你也知道，讲究多，让他再张口说话就有点难为情了。"

窦艳见他搬出邓爷，尽管心里不情不愿，但也无可奈何，只好作罢。"机票怎么办？他们帮你订了吗？"窦艳心思活泛，不放过任何细节。

"没有，咱们先买了，到他公司去报销。"

"那不行！咱虽然现在赋闲在家，但也是大公司的董事长，这个面儿不能丢，必须让他们把机票订好。要订头等舱，机票和待遇一样都不能少。我现在就给邓爷打电话，把对方的电话要过来，让他们把机票订好并安排接机。咱怎么说都是有身份的人。"

窦艳说着就找邓爷要电话，黎元梓觉得这并不是什么要紧事儿，便由她去。

窦艳办事儿确实利索，不一会儿就把一切安排好了。"搞定了。他们把机票订好了，安排了一个叫文丽媛的姑娘全程陪同。我警告你，你可得本分一点儿。"窦艳瞪大眼睛说，"邓爷在杭州，他从那边过去。你们在机场会合，接机后乘车去他们公司。我还让他们安排了一场高尔夫，你就趁机好好放松放松吧！说不定还能赚一套高尔夫装备回来呢。"

黎元梓连连应道，提起箱子就往外走。

3

飞机上，黎元梓久久难以入睡。以往，他上飞机倒头就睡，一觉睡到目的地。但是这次完全不同，他尝试了很多办法试图让自己尽快入睡，摆脱烦恼，但是越想睡越睡不着。连日来，梁小民的身影萦绕在他的脑海里挥之不去。那次跟他一别之后，他就知道他这辈子算是完了。按照中央惩治贪污腐败的决心和力度，他绝无逃脱严惩的任何可能性。一个大型央企的领导，为了一己之私，把中央

361

企业变成民营企业兑现利益的平台，一而再，再而三地通过利益输送中饱私囊、逃避监管，如此下去，国法何在？政府的尊严何在？他一直在想，当初把他介绍给萧冬昇是不是个严重的错误，但是他也知道这是无可奈何的事情，因为就算他不介绍，萧冬昇也会通过其他关系搭上他，并想方设法将他拉下水。

对于萧冬昇，黎元梓永远都看不透这个看上去憨态可掬、人畜无害的人究竟是怎样一个人。他似乎始终有一种魔力，只看别人一眼，他就知道此人的内心世界，还能恰如其分地操控其思想。除此之外，他的奇谈怪论也让黎元梓佩服得五体投地。

黎元梓仍记得有一次他和萧冬昇一起乘飞机去香港的经历。登机后，他在头等舱宽大的座椅上睡大觉，一旁的萧冬昇则从随身携带的提包里掏出一本厚厚的《宋史》，唰啦唰啦地翻了起来。不知过了多久，一阵剧烈的颠簸把他从沉睡中惊醒。他看见萧冬昇静静地通过机舱窗口看着窗外，而窗外一片漆黑，黑暗深处偶尔还有闪电闪过，把黑暗照得更黑。显然，飞机飞进了雷暴区。

"我的妈呀，这是飞到哪里了？"黎元梓惊叫道。

"应该在鄱阳湖上空，前面是南昌。"萧冬昇淡定自若地说。

"老板，你可真有大将风度——泰山崩于前而色不变、麋鹿兴于左而目不瞬。这么大的雷暴、这么剧烈的颠簸，对你一点儿影响都没有。你不怕吗？"黎元梓抹了一把头上的汗，双手抓紧扶手，心脏已经提到嗓子眼儿上了。

"有什么好怕的？"萧冬昇不慌不忙地看了他一眼，神色自若，"该来的总会来的，躲也躲不掉。与其躲避，不如积极面对，顺势而为。"

"你是有大胸怀、大格局的人。"黎元梓被他的信心感染了，心里也没那么惧怕了。他看见刚上飞机时他看的那本《宋史》被随意

第二十三章 高论

地丢在一旁,就问:"这本书你看完了?"

"看完了。"萧冬昇依旧望着窗外,随口应承了一句。

"我真是佩服你,不愧是燕京大学的高才生,这么枯燥无味的书,被你三五下就看完了。"黎元梓说,"我的历史知识还停留在中学阶段,我从来没有从学习历史中体会到什么乐趣。"

萧冬昇对他的话题产生了兴趣,扭过头对他说:"我们的历史书你应该当故事书看,基本上都是成王败寇的事儿。"

"所以我觉得很乏味嘛!"黎元梓对他的这个观点颇为认同。

"真正的历史需要从各个时代的社会权力结构、意识形态和生产关系这三个维度去看、去了解。"萧冬昇说,"我国的历史,从夏朝到东周的春秋时期是奴隶制社会;东周的战国时期实行的是分封制,也就是所谓的封建制;秦战胜六国统一华夏后,自秦至清实行的是皇权专制体制。秦始皇在中国历史上建立的皇帝集权制度,影响了中国两千多年,中国人深受其害。'秦法繁于秋荼,而网密于凝脂。'虽然秦法严苛,灭绝人性,但是后世并没有因此革新除弊,反而变本加厉地荼毒人民。'劝君少骂秦始皇,百代都行秦政法。'始皇帝建立的大一统政权,其实质是家天下,也就是将权力高度集中在个人和以个人为代表的家族手中,全面控制社会资源,并尽享由此而来的荣华富贵。

"但是,秦始皇建立的制度并不完善,甚至漏洞百出。其中关于人口的界定,人口究竟是生产力还是生产资料,一直都模糊不清。因为秦制是在周制半封建半奴隶制的基础上发展起来的,周朝除了周天子、诸侯王、卿大夫、士等有封地,普通的老百姓被当作依附在土地上的庶人,是被当作生产资料,像牲口一样分配给统治阶级的。如果说资本主义社会实行的是市场经济,社会主义社会实行的是计划经济,那么皇权专制社会实行的就是赤裸裸的掠夺经济。"

"掠夺经济？不是小农经济吗？"黎元梓不解地问。

"小农经济是生产方式，掠夺经济是生产模式。掠夺经济的范围更广。因为一个政权或朝代不可能只发展农业，工业、商业等都需要发展，只是侧重点不同罢了。但是，无论农业还是工商业，发展的目的都是方便统治阶级更好地施以掠夺。历史上有一部有名的经济学著作《盐铁论》，听说过吧？"

"就是汉武帝死后，权臣霍光组织了全国60多个所谓的饱学之士，和当时的财政大臣桑弘羊进行的长达半年之久的经济问题辩论嘛！"黎元梓说。

"对，这场辩论虽然没有结论，对后世的影响却极其深刻。"萧冬昇说，"儒生们的观点是，食盐、酿酒、采矿、冶炼等这些跟老百姓生活息息相关的资源被朝廷垄断，是与民争利。朝廷有钱了，但老百姓的日子穷困潦倒。所以，他们要求朝廷放开对这些重要资源的垄断，开放市场，让利于民。但桑弘羊的观点是如果放开市场，自由买卖，社会财富就会从朝廷流向百姓。老百姓是富裕了，但朝廷用于公共服务的开支就少了，万一有敌国入侵，没有钱打仗，人民群众的安全怎么保障？说实话，在当时的社会环境下，有这样一场深刻的社会辩论，实属难能可贵。可惜的是，后世再无这样的风气了，只有一言堂和一道圣旨。

"实际上，他们争论的焦点就是，既要维护皇权的绝对统治，又要解放生产力发展经济，还要让百姓安居乐业，过上好日子。这是皇权专制体制的不可能之三角，几千年来争论不休，却从未解决。"萧冬昇神色黯然，低头沉思了一会儿后，对黎元梓似笑非笑、神色怪异地说："直到中华人民共和国成立，人民翻身当家做主人！"

第二十三章 高论

"掠夺经济的特点和弊病是什么？"黎元梓问。

"在生产关系上，人既是生产力又是生产资料，人口等同于牲口，被压迫、被奴役、被束缚。统治者既不会保护你的私产，也不会给你自由，甚至为了其自身利益任意剥夺你所拥有的一切。在意识形态方面，皇权至上，实行'罢黜百家，独尊儒术'。在权力结构上，以皇权为中心，消灭贵族阶层。为了更好地管理社会，盘剥百姓，建立了庞大的官僚体系。事实上，皇权体制的另一重要特征就是官僚制度，皇帝通过官僚管理社会的方方面面，这就给权力'寻租'创造了巨大的交易空间。影响中国社会的所谓的人情世故、吃拿卡要、行贿受贿等，无不由此产生。从汉至清，官僚体制在不断地迭代更新，其目的就是更好地维护皇权统治。"萧冬昇接着反问，"你说，是生产力决定了生产关系，还是生产关系决定了生产力？"

"当然是生产力决定了生产关系，但是生产关系对生产力有反作用。马克思不就是这么说的吗？"

萧冬昇答道："不对，是生产关系决定了生产力，而且生产关系限制了生产力的发展。唯有如此，才能解释这几千年的历史过程中，中国的生产力水平为什么一直那么低，而生产方式为什么又是如此单一。"萧冬昇长长地吸了一口气，未等黎元梓从他的高谈阔论中回过神来，又接着问道："在掠夺经济模式下什么是最好的赚钱方式？"

黎元梓对经济制度的认识远没有他那么深，一问就被问住了，思考了半天才说："应该是囤积居奇吧？"

"不是！"萧冬昇用略带严肃的口吻说，"这个方法放之四海而皆准，但是太辛苦、太笨了。快速致富的办法就是四个字：攀权附贵！"

"攀权附贵？"

"是的，唯有攀权附贵才能迅速掌握资源、控制资源。因为接近权力就是一种权力。不被掠夺、不被压迫的唯一方式就是挤进权力中心，成为掠夺者。"萧冬昇振振有词地说。

黎元梓被他的论调震惊了，加上飞机的上下颠簸，吓得他脸色苍白，汗如雨下。等飞机好不容易平稳了一些后，他才喘着粗气问："老板，在这种制度下，哪个行业最赚钱？"

"当然是搞金融啦！"萧冬昇说，"汉有邓通——铸币开银行的；元末明初的沈万三——放贷的；清朝的红顶商人胡雪岩——开钱庄的。这三个，哪个不是富可敌国的金融家？"萧冬昇一边掰着手指头回溯历史，一边看着窗外深不见底的黑暗，幽怨地说，"你要是有足够硬的资源关系，就去拿一张金融牌照。那是一只下金蛋的母鸡，无论是卖，还是自己经营，都是一块最好的资产。"

"宋朝，"黎元梓问道，"你从《宋史》中看出什么不同了？"

"这个问题问得好！"萧冬昇赞许地说，"在宋朝的历史上，曾经有那么一段时间跟我们现在一样，政治清明，遵守法制，开放市场，保护私有产权，经济繁荣，社会稳定。那时的北宋社会不但经济繁荣，老百姓生活水平高，而且还人才辈出、群星璀璨：王安石、欧阳修、苏洵、苏轼、苏辙、范仲淹、司马光等，随便拉出来一个，哪个不是震古烁今的人物？"

"那不是宋仁宗时期吗？"

"对！宋仁宗时期的北宋社会可以说是真正的太平盛世。那时候的老百姓可能是世界上最富裕、最幸福的人。有一天晚上，宋仁宗失眠睡不着觉，就起来在皇宫里遛弯儿。在溜达到临街的一处地方时，就听到阵阵的喧闹声传进宫里来。宋仁宗不明所以，问旁边的太监，外面为何如此喧闹？太监说旁边就是个夜市，人们在嬉游

第二十三章 高论

打闹。宋仁宗笑了笑，没有太在意，就要往回走。这时，旁边又有太监建议说，我们也可以在皇宫里张灯结彩，搞个夜场什么的，相信一定会比外面热闹得多。这个太监别出心裁的建议即刻就被宋仁宗否决了。他说，如果我这里莺歌燕舞、人声鼎沸了，外头的老百姓可就苦不堪言了。你说，在这样体恤民情的皇帝治下的老百姓，能不安居乐业吗？"

"是的。后世之人都认为宋朝的积弱是因为兴文偃武，你也这么看吗？"

"那是人们的一管之见。"萧冬昇神情孤傲地说，"宋朝一点儿都不弱。不但不弱，而且科技、航海和海上贸易在当时的世界上遥遥领先。"他一边说一边比画，"让我们把视线拉长一点儿。当时的华夏大地上，不仅有宋，还有西夏和辽、金，青藏高原上还有吐蕃。宋并不是大一统的王朝。根据当时的生产力水平和国际关系，实际上出现了一种谁也奈何不了谁的局面。因此，北宋跟辽、南宋跟金在爆发了激烈的军事冲突后，签订的澶渊之盟也好，绍兴和议也罢，都为自己赢得了百年的和平发展时期。多极的权力结构一旦形成，没有绝对优势是很难打破的。因此，妥协是最好的选择。尽管按后来一些人的话说宋朝是偏安一隅，但宋代是我国古往今来最富裕的历史时期。在经济方面，宋朝发展了信用经济——出现中国历史上最早的信用凭证交子和会子，而且社会分工明细化，官僚、士人、农民、工商业者等，他们各阶层的地位相较于其他朝代，还是相对平等的。这些成就的取得，完全得益于保护私有财产和限制公权的滥用。至于说对外贸易、开辟海上丝绸之路等，也是因为有这样自由的社会环境才发展起来的。"

"不过可惜啊，这么好的历史时期，最终毁在蒙古铁骑之下！"黎元梓不无感慨地说。

"在人类历史上，野蛮经常战胜文明，自由也会毁于专制。"萧冬昇黯然神伤地说，"但是我相信，在人们认识到野蛮对人类社会欠下的累累血债后，在共同价值观的指引下，野蛮必将被文明取代！"

"老板，历史上的那些豪商巨贾你欣赏哪一个？我经常听你说'八个坛子七个盖，盖来盖去不穿帮'，胡雪岩是你的偶像？"

"胡雪岩是有些鬼才，他的锅盖论确实很有意思！"萧冬昇嬉笑地说，"但他的才能还不足以让我佩服。我最佩服的人是吕不韦！"

黎元梓大吃一惊，因为吕不韦不仅是一个商人，而且是历史上有名的政治家。看来萧冬昇真的如人所说，志存高远，所图甚大。此时，飞机外一道接一道的闪电把机舱照得忽明忽暗，从黎元梓的视线看过去，萧冬昇似在云里雾里，神秘莫测！

"吕不韦者，阳翟大贾人也。往来贩贱卖贵，家累千金。"萧冬昇早已对《史记·吕不韦列传》烂熟于心，他说，"（战国）秦昭王四十年，秦国王位继承人太子死了，两年后立次子安国君为太子。安国君有二十多个儿子，但是他最宠爱的王妃华阳夫人却没有生儿子。安国君诸子当中有个叫子楚的，排行在中间，不大不小，很不受重视，就被送到赵国当人质。他不但生活窘迫，而且因为敌对国的关系，担惊受怕。有一次，吕不韦在邯郸做生意时看见他，觉得他很可怜，同时又觉得奇货可居，于是就对他说，我会让你光宗耀祖，享受荣华富贵。子楚觉得他是瞎忽悠，没好气地对他说，你还是先把自己的门庭做大了，再来管我的事儿吧。吕不韦不为所动地说，你有所不知，只有先把你的门庭做大了，我才能跟着你大放光彩。子楚听他话中有话，就把他领进屋里，与其密谋。

"吕不韦说，现在的秦王老了，把安国君立为太子，安国君最宠幸的女人是华阳夫人，而华阳夫人膝下无子。你兄弟二十多个，

第二十三章　高论

你又居中，不受待见，王位基本与你无关，而且你还有可能客死他乡。子楚内心凄楚，悲恸地说：'是啊，可是有什么办法呢？'吕不韦说：'你在这里当人质，虽然贵为秦国的王子，但是生活拮据，结交不到各国的贵族，在外面也没有什么显赫的名声。我虽然也不是腰缠万贯之人，但是愿意为了你的事情倾家荡产，到秦国去游说，让安国君和华阳夫人把你立为太子的继承人。'子楚大喜过望，激动地说：'如果真如你所说，把这件事情办成了，以后的秦国我跟你一人一半儿。'

"于是，吕不韦拿出500两黄金，让他改善生活、结交诸侯贵族，使他声名显赫。同时，他又用500两黄金购置了珠宝、丝绸等奢侈品，到秦国游说华阳夫人。他先找到华阳夫人的姐姐，让她带话给华阳夫人说，现在太子宠幸你是因为你年轻貌美，但是等你年老色衰了，男人就会喜新厌旧，移情别恋。而且你还没有儿子，老了也没有个依靠。现在在赵国做人质的子楚，为人忠孝，在诸侯当中也有好名声。你不如认他当儿子，等安国君当了秦王就立他当太子。他当了秦王，你就是王太后。这样就能保障我们一辈子尽享荣华富贵。华阳夫人很快采纳了这个建议，趁安国君被哄得开心的时候，就把这个想法告诉他了。安国君为博得她的欢心，立刻答应了她的请求。就这样，子楚被立为秦国太子的继承人。几年后，秦昭王死了，安国君为秦王，华阳夫人为王后，子楚为太子。又一年后，安国君死，子楚继承王位，为庄襄王。庄襄王封吕不韦为相国。吕不韦由此位极人臣、富甲天下！"

萧冬昇讲故事的能力很强，听得黎元梓惊心动魄、热血沸腾。

"你看，吕不韦从发现子楚这个目标，到帮他策划运作，直至将他扶上秦国王位，其目标之选择、时局之把控、策划之精心、执行之坚决、人性之洞悉、利害之相权，从头到尾堪称完美！"萧冬昇无比崇敬地说,"中国历史上,从古至今有谁比吕不韦更有头脑、更会做生意?"

"确实少见!"黎元梓不想把话说死,找了个折中的说辞。

萧冬昇微微一笑,反问道:"你悟出什么来了?"

"看准目标下重注!"

萧冬昇望着舷窗外的闪电,心事重重,默不作声。

"可是,老板!"黎元梓突然想到了什么,问萧冬昇,"你所谓的这些人物,无论是邓通、沈万三、胡雪岩,还是吕不韦,尽管富可敌国、红极一时,但是没有一个善终者。咱们搞得那么大,如何善始善终,避免他们的悲剧呢?"

黎元梓余音未了,飞机突然一阵抖动,然后急剧下降,把一些零碎抛到舱顶,吓得他魂飞魄散,忍不住惊声尖叫,牢牢地抓住扶手,心里默念阿弥陀佛、菩萨保佑!惊魂中他看见萧冬昇泪流满面,双唇嚅动,就是不知道他在说什么。

第二十四章
夜宴

1

当庄琪得知黎元梓在圆明御墅有个私密的居所时，异常兴奋，又有一个新奇的想法在她脑海里闪现。有一天，她借故有急事把黎元梓堵在圆明御墅，上上下下地把整个别墅仔细考察了一番。此前，她已经从黎元梓的司机小松口里，把此处的业主情况、户型结构、功能布局、家具陈设等了解得七七八八了，再经过这次的实地考察后，对这里的一切满意极了。于是，她就对黎元梓说："黎总，这里环境优美，左邻圆明园，右傍颐和园，后靠西山——有山有水有园林，是一块儿难得的风水宝地。加上这里规划设计得好，私密性强、人口素质高，非常适合搞接待。不如这样，我把我家的厨师叫到这里来，再配上些锅碗瓢盆，让他在这里搭伙做饭。咱们就把这里当成我们的私密会所。以后，你有朋友来，或者为了公司的事情请一些省长、部长的大领导过来，这不是个很好的接待场所吗？来的人看到这里高端、大气、上档次，一来你有面子，二来也显得咱们公司有实力。你放心，这里的吃穿用度都算在公司账上，你只管在这里享受生活就得了。"

早前，黎元梓不希望有太多的人知道他有这么一个去处，是因为这里确实不是他的，是他朋友借给他让他躲清闲的。那位朋友实际上也有点儿让他帮忙看房的意思，毕竟人不在国内，多安排几拨人过来看看，也有个制衡。另外，这么大的一个别墅，上下四层，收拾起来很麻烦，更别说开伙了，各项杂费都不少。尽管黎元梓挣得不少，但是可供支配的现金只有区区几百块的球童小费，其他的都被窦艳牢牢地把控在手里。即使他想动也动不了——审批不过啊！

他也曾想找个厨师给他做饭，以前公司没有被接管的时候，他的公司里有个小私厨，专门给他们几个高管做饭。当然，费用都是公司的。现在是配合调查期间，所有的特殊待遇都被迫取消了，但是那种颐指气使的满足感，却常常让人欲罢不能。享受过特权，就像沾染过毒瘾，想戒又戒不掉，总想再来一次。如今，有人又将这样的好事送上门来了，哪有不答应的道理？因此，黎元梓急忙答应道："可以啊，只要你觉得这地方可用，就利用起来——闲着也是闲着。这是给咱们绿能宝涨面子，我能享什么福？还不都是为了公司嘛！"

"那太好了！我现在就让宏祥收拾东西，那些做饭生火的家当，该带的带，带不了的再去买。尽快搬过来，尽早开伙。"庄琪快人快语、雷厉风行，"你这几天也费点心，看看如果要招待人的话，这里还需要置办哪些家当。你开个单子，让小松去买。"

"好啊，我把你窦姐叫过来，让她帮我们筹划一下。她比我细心多了，干什么都利索。有她过来操持，这一两天就能开伙。"黎元梓胳膊肘往内拐，自然而然往窦艳身上靠。窦艳无论什么事儿都爱插手，除了让她讨厌的高尔夫球。如果有什么事儿瞒着不让她知道，事后她一定又哭又闹地让他没好日子过。

庄琪听黎元梓提起窦艳，心马上往下一沉，叫苦不迭。她光想着如何利用这个幽静偏僻的别墅当会所，却没有把窦艳这个不稳定

第二十四章 夜宴

因素考虑进去。现在他让窦艳参与进来，她拒绝也不是，不拒绝也不是。原本计划几万块钱就能搞定的事情，恐怕几十万也打不住了，真是棋差一着就会被人坑。事到如今，只能打碎牙往肚里吞了——不愿意也得愿意啊！

庄琪不想被窦艳宰得太狠，她偷偷把小松和宏祥叫到地下车库，对他们说："你们在这里不管是给黎总开车也好、做饭也罢，一定要记住一件事：你们是公司的人，是我给你们发工资。这里发生的一切，包括他们要你们买这买那，都必须给我汇报，拿票来报。如果没有我的同意，他们让你们干这干那、去这去那，你们就找借口拖，或者推。也不要把所有的事情都往我身上推，也可以往办公室董鹏身上推。还有，你们跟他出去，去了哪里、干什么去、见了谁，以及这里来过谁、干什么的、做什么、几个人吃饭，都详细记下来。如果不能提前告诉我和董鹏，就事后汇报。如果你们跟着他们吃里爬外、欺骗公司，我就把你们打发回老家去，以后再也别出来了。"庄琪先把他俩声色俱厉地训斥了一顿，才安排他们置办东西去了。

黎元梓以为有了窦艳的操持，这里很快就能开伙，早点吃上热气腾腾的红烧肉，谁知道筹备得并不是那么顺利，拖拖拉拉地弄了两个星期。在他生闷气的时候，窦艳对他说："庄琪那女人小心思多，肯定是她怕花钱，故意处处设防，办得拖拖拉拉。"

黎元梓一听这个，顿时火冒三丈，说："那就算了，我还嫌麻烦呢。"

"那何必呢，她也就那点小心思，无非制造一点儿不痛快罢了。除了耽误一点儿时间外，咱们一点儿损失都没有。你该吃吃该喝喝，还当你的大爷。就是她耍尽心思，吃苦受累掏钱的，还不是她自己？你别动声色，看她怎么玩吧！"窦艳说道，然后，她又恶狠狠地补充了一句,"玩死她!"

黎元梓听她分析得有道理,心里的不快顷刻间烟消云散,上楼提笔练字去了。

磨蹭了几周,庄琪虽然心不甘情不愿的,但还是让会所开伙了。当初预计花个几万块就能办成的事,经过窦艳这么一插手,又花出去几十万,相当于将原来别墅的厨灶重新更换了一遍,锅碗瓢盆、餐具茶具等焕然一新。黎元梓嫌宏祥做的饭菜不好吃,难登大雅之堂,还把北京圣宴的掌门人丁文一叫过来,给宏祥进行了几次培训指导,这才堪堪达到黎元梓的要求。人的嘴一旦惯坏了,就再难将就。按他的话说,要吃就要吃好,吃好了才有力气干活儿。

丁文一出身厨艺世家,祖上是皇宫大内的御厨,烧得一手好红烧肉。丁文一脑子灵活,会做生意,在北京开了几家高档餐厅,生意异常红火。他把鲍鱼跟红烧肉一起炖,既保留了猪肉的香糯,又加进了鲍鱼的爽滑劲道。经他改进后的鲍鱼红烧肉,鲜香软糯、老少咸宜,是圣宴的招牌菜。

自此以后,圆明御墅888号就成了庄琪招待贵客的私密会所。在黎元梓、窦艳的社交圈里,她也确实认识了不少银行、保险、证券、信托及监管部门的大佬和领导。这让她觉得这笔投资还是值得的,逐渐放下了对窦艳的成见。毕竟她们不是一张牌桌上的人,玩的大小不一样。

2

这年十一长假后的一周,恰逢九九重阳节,正是蟹肥菊黄、丹桂飘香的好时节。白天,庄琪和刘文亮陪邓爷、黎元梓在香山高尔夫球场打了一场球。黎元梓并不喜欢和邓爷打球,主要是他年纪大,开球不稳,走路慢,容易带坏他的打球节奏。但是因为要和他说湛

第二十四章 夜宴

江做芯片的老板融资的事情,不得不硬着头皮跟他打一场。黎元梓把庄琪和邓爷分一组打红T,他打蓝T,刘文亮打黑T——他年少力壮,打得远。这里没人打得比刘文亮好。因此,他打他的表演赛,大家跟在后面看他一号木能开多远。总之,他是比赛型选手,只要大家叫得欢,他就打得猛,经常开出300码的距离。让黎元梓羡慕不已。

打球结束后,已经到了傍晚时分,黎元梓安排大家去圆明御墅的会所里吃饭,说是有朋友带阳澄湖的大闸蟹过来看他,正好大家聚在一起过个重阳节,品蟹赏花。邓爷还没去过他们的私密会所,听了他们的介绍后,便欣然前往。

到了圆明御墅888号会所,窦艳已经在那里忙前忙后了。她一边安排宏祥按照她拟定的菜谱炒菜做饭,一边叫来以前给黎元梓开车的司机大海装扮屋子。说实话,她在这方面的能耐可真不小,不知从哪里弄来两盆一人多高的桂花树,枝头上开满金黄色的桂花,香气袭人。她这别出心裁的布置让大家耳目一新,因为北京长不出像样的桂花树。

离吃饭的时间还早。邓爷跟黎元梓到楼上说话去了,庄琪带刘文亮到餐厅查看窦艳都准备了哪些饭菜。餐桌上的餐具都已经摆上了。庄琪数了一下,一共准备了八个人的。她算了算,他们这边就五个人(没算司机和厨师),对方应该是三人。究竟是什么人呢?尽管她很好奇来者是何方神圣,但是这次忍住了没有问。在窦艳跟前她学会了克制。桌上除了餐具,还摆了六个冷盘:一盘樱桃萝卜、一盘盐水鸭、一盘稻香村的蒜香粉肠、一盘拍黄瓜、一盘卤猪蹄和一盘炸花生米。旁边的酒柜上放了两瓶茅台和两瓶红葡萄酒,酒柜下面还有两箱茅台和两箱干红葡萄酒。

庄琪看到这些酒心里就很不舒服,这是前几天窦艳逼着她买的，理由是为了解决她的债务招待贵客。当然，为了花钱，窦艳根本不用绞尽脑汁地找借口，借口多的是，随口就来。庄琪那次买的可不止这些，其他的不知道被窦艳放到什么地方去了，也许搬他们家去了。这是完全有可能的。想到这里，她的心又开始滴血，阴沉着脸，想进厨房里看看里面在做什么菜。恰在此时，窦艳找过来，大呼小叫地说她累了，要她和刘文亮陪她斗地主。庄琪万般无奈，只得强颜欢笑跟她去打牌。

到了差不多7点的时候，黎元梓的客人到了。黎元梓指挥他们把车停地库后，从车里出来一胖一瘦的两个中年男人，年龄跟窦艳相仿。走在前面的胖子，长得白白胖胖、圆圆滚滚，大背头红脸膛，大腹便便——像怀胎十月的孕妇。他走路的样子不紧不慢，举手投足间似在模仿伟人的风姿。跟在后面的瘦子——其实也不瘦，只是跟胖子比起来起码瘦了一半，脸色发黑，戴一副黑框眼镜，看上去贼眉鼠眼，不是很敞亮。他的两手各提了一只精致的竹篮，看来就是黎元梓期待已久的大闸蟹了。

黎元梓将二人直接带到餐厅，让宏祥把他们拿来的大闸蟹蒸上，然后叫刘文亮把邓爷从楼上请下来。等大家都到齐了，黎元梓才给大家介绍："这位红光满面的人叫孟华，是湖北人，做房地产生意的。这位嘛，"他表情怪异、爱搭不理地说，"以前是我们集团负责媒体的，叫宫三石。不过现在嘛，"他顿了一下，问他，"三石，你现在做什么呢？"

宫三石赶紧唯唯诺诺地回答说："黎总，啥都没做。配合专案组做调查呢。"

黎元梓脸上一僵，没有再说什么，一边让宏祥上热菜，一边排座次。这里邓爷年纪最大，又德高望重，被安排到首席。邓爷没有推辞就直接落座为安。黎元梓把孟华安排在邓爷的右边，他坐在左

第二十四章 夜宴

边。他的左边是窦艳,孟华的右边是宫三石。宫三石的右边是司机大海——实际上他是添茶倒酒做服务的。窦艳的左边是庄琪,庄琪的左边是刘文亮。在安排座次的当口儿,宏祥的热菜也端上来了。有鲍鱼红烧肉、白萝卜炖羊肉、黑椒牛柳、烤乳鸽、清蒸鲥鱼、蒜蓉扇贝、农家小炒肉、清炒紫菜薹,八样热菜!孟华带来的大闸蟹刚刚上锅蒸,尚未端上来。

熟人的聚会没有那么多的繁文缛节,黎元梓开了酒局的话题后,大家就推杯换盏地开吃了。关键是,这俩老头儿打了一天的球,早就饿了,赶紧找准自己想吃的,夹起来往肚子里送。邓爷对这道鲍鱼红烧肉赞不绝口,他是见过大世面的人,直言这道菜的口味、香气、色泽、烹饪法,绝对能跟人民大会堂的相媲美。酒过三巡,菜过五味,酒酣耳热之际,大家彻底放松,熟络起来,相互敬酒。席间,黎元梓问孟华:"你跟我前后脚进去的,怎么比我晚出来大半年?你又不是我们未来系的人。"

"别提多倒霉了,姐夫!"孟华说,"本来我已经把萧冬昇的事情跟他们说清楚了,正准备出来呢,结果因为梁小民的事,又让我留下配合调查,这前前后后一共待了一年多。出来后,这不连生意都没法做了嘛!"

"你还跟梁小民有关联呢?"邓爷颇为吃惊地问。

"他呀,路子野着呢!"窦艳眉飞色舞地说,"他跟萧冬昇、梁小民、汪剑,还有车少爷、高衙内等一众公子哥,哪个不识,哪个不熟?都是勾肩搭背,一起扛枪、一起嫖娼的。"尽管两杯酒下肚说话就有些口无遮拦,但是窦艳说"嫖娼"二字时,还是有些脸红。

孟华几杯茅台下去,脸色变得通红,根本看不出他是兴奋还是羞愧,笑着对窦艳说:"窦姐,我可没有你说得那么不堪。扛枪是有的,嫖娼绝对没有。我保证,我孟华绝对是正人君子。"

"骗鬼去吧，婚都离过三次了，还正人君子呢。"窦艳嘴上骂着，神情上却看不出半点儿嫌弃的样子。

"你认识高红波？"庄琪听窦艳提到孟华跟高衙内很熟，就跟他求证。

"认识！"孟华说，"你也跟他熟？"

自从孟华进来后，庄琪一直就对他充满好奇。她觉得能让黎元梓他们夫妇俩重视的人物，一定有不凡之处。而孟华刚才听黎元梓介绍庄琪是一家上市公司的实控人后，就高看她一眼，席间两人又互相打量、眉来眼去。

"他害得我损失了好几亿的股权，差点儿丢了上市公司。"于是，庄琪又把她跟高红波策划重组的事情说了一遍。

"你要感谢那场大火，"孟华听了她的叙述说，"没有那场大火，你就不知道到哪儿去了。他是那种吃肉喝汤连渣都不剩的人。跟他合作过的，不是被他弄得倾家荡产，就是被送进去，现在还在牢里待着呢。"

"啊？"庄琪闻言直冒冷汗，转头问窦艳，"窦姐，真有他说的那么可怕吗？"

窦艳神色尴尬，板着脸说："有啥可怕的嘛，不是已经被抓了嘛！"

孟华一看窦艳的表情，就知道了事情的大概经过。为避免难堪，他拍了一把旁边的宫三石，对他说："起来，别光顾着吃，给邓爷和黎总敬酒。"

宫三石正心不在焉地低头吃饭，被孟华突如其来的一拍吓得差点儿钻到桌子底下去。听了孟华的话，他急忙站起来，端了酒杯过来给邓爷和黎元梓敬酒。邓爷举杯跟他碰了一下，象征性地喝半口就放下了。到了黎元梓跟前，黎元梓坐着没动，也没举酒杯，而是

第二十四章 夜宴

问他:"你也进去配合调查了?""是的,待了三个多月。""事发时,你不是跑到加拿大去了吗?""是的,在那儿待了一段时间,闲得待不下去了,周总让我回来配合专案组做调查。"黎元梓斜睨了他一眼,若有所思,拿起酒杯碰了一下,一饮而尽。

旁边的窦艳问他:"三石,你被关哪儿了?"

"昌平的一个度假酒店。"宫三石恭恭敬敬地回答道。

"配合调查原来是住酒店啊?"庄琪恍然大悟地说,"我还以为被关进监狱了呢。那有什么可怕的?"

大家被她突然冒出来的一句话震住了,像看傻瓜一样地看着她。她自知失言,又不明所以,就问对面的孟华:"有什么不对吗?"

孟华欲言又止,眼睛转了转,戏谑地说道:"他那不算什么,我还住在房山的一个四合院里呢。东西南北各有一个配合调查的,我们天天打麻将。那日子过得,别提有多开心啦!"说完就哈哈大笑,逗得其他人也跟着笑了起来。

庄琪知道她又现眼被人嗤笑了,十分恼怒,又无从发泄,就求助一旁的窦艳。窦艳笑着对她说:"别听他瞎说。配合调查不是像普通的犯罪那样被关进监狱或看守所,而是在调查机关指定的地点进行封闭式管理并接受相关问询,直到把相关的事情弄清楚了,才让你出来。"

庄琪虽然不痛快,却又无可奈何。但是一想到被限制自由那么长时间,甚至有人会选择自杀,她心里就一阵后怕,祈祷这种事情千万不要落在自己身上。

黎元梓看出孟华是逗庄琪玩,笑骂道:"你小子够坏的,你也起来给庄琪敬杯酒。说起来,她是今晚的东道主。把这里改成会所是她的主意。你吃的、喝的、用的,包括做饭的厨师都是她的。"

"是吗?"孟华故作吃惊地说,"抱歉抱歉、失敬失敬!都怪在下口无遮拦，得罪主人。"然后站起身端起酒杯连饮三杯。喝完三杯之后，他仍然站着对庄琪说："为了弥补我的过失，我给你讲一个高衙内的故事，让你知道，他也有糗的时候。"然后他就自顾自地讲了起来："那是好几年前的事儿了。他不知道犯了什么事情躲进香港的四季酒店。那一阵的四季酒店很热闹，有周公子、车少爷、解天寿、吴小晖等人，当然还有咱们的萧老板。有一天我找萧老板谈完事，在酒店大堂溜达，正好碰见高衙内。他一把抓住我说，他和周公子、车少爷三缺一，四处找人呢，叫我上去陪他们打牌。我知道他们的四川麻将血战到底玩得很大，不想去，但又架不住他死缠着不放，只好上去陪他们打两把。

"那天他的运气不错，老和他对家周公子的牌。有一把，他连碰带摸杠上开花海底捞，一下赢了一百多万。那一把我和车少爷输了二三十万，周公子一下子输了八九十万，气得哇哇乱叫。高衙内赢了钱，正在兴头上，对憋了一肚子火的周公子说，这点钱算什么，值得你大呼小叫吗？你看人家萧老板，几万亿的身家还那么低调，有本事上去把他绑了，想要多少有多少。然后便哈哈大笑。周公子的火正没处撒呢，看着他那副得意忘形的嘴脸，上去就是一巴掌。'啪'的一声脆响，把我和车少爷吓坏了，只听得周公子怒骂道：'都在一口锅里吃饭，你多一筷子我少一勺子都无所谓。可是你连锅都端走就坏了规矩，把人民的内部矛盾演变成了敌我矛盾。'

"高衙内被他一耳光打蒙了，捂着肿得像馒头的半边脸，眼里闪着泪花，想哭又不敢哭，怕人看笑话。周公子看着他这副糗样儿，开心极了。笑着对他说：'我没那个（绑人）本事。你要是有那个本事，先把他的那八个女保镖解决了。你要是有能耐把那八个女保镖解决掉，绑他是十拿九稳的事儿。高衙内哭丧着脸说：'解决不了，打死我也解决不了。'"

第二十四章　夜宴

孟华说罢，大家又是一阵开怀大笑。此时，大闸蟹已经蒸好端上来了，大家你一只我一只地剥起蟹壳。

3

这时，庄琪突然想起一件事，她问孟华："你们怎么都管高红波叫高衙内？还有什么周公子、车少爷的，这'衙内''公子''少爷'是怎么回事儿？"

"这个问题你问姐夫和窦姐最合适。"然后也不等他俩开口，接着说，"他们未来系把高官的子女称公子、公主，女婿是少爷；'封疆大吏'的儿子叫衙内。"

庄琪恍然大悟："原来如此！"

邓爷看宫三石自打进来以后，就一副心事重重、闷闷不乐的样子，想开解开解他，免得与其他人格格不入，坏了现场的气氛，就问他："三石，你以前在未来系是负责哪块业务的，此前怎么没听说过有你这么号人物？"

还没等宫三石说话，窦艳已经率先做起介绍："他可厉害呢！他负责集团的宣传工作，每年系统内的宣传计划都要经过他的审核。我们那么大的集团，光宣传这块的费用一年不少于12亿。也就是说，每年从他手上花出去12亿，你说他厉害不厉害？集团里，我们都是负责挣钱的，就他是负责花钱的。"

宫三石挺起胸膛，笑而不语，颇有得意之色。

邓爷说："我知道了，你就是那个'铲屎官'。别的公司搞宣传是提高公司和创始人的知名度，而你们反其道而行之，在媒体上花费那么多钱的目的却是隐身。谁揭露你们的事情，你们就去公关谁——拿钱摆平。当年大西洋证券上市的时候，绑架《股市周报》的总编是不是你干的？"

宫三石的脸上忽青忽白，张口结舌，先看了黎元梓一眼，然后答非所问地说："那么多人都投（资）进去了，哪能让她胡说八道坏了事。"

"啥意思？"邓爷知其有难言之隐，便问旁边的黎元梓。

"他不过是带队的王二小。"黎元梓鄙夷地瞥了宫三石一眼，然后对邓爷说，"他负责带路，绑人的事情早安排给了其他人。实际上，那也不是真正的绑架，他们那天把《股市周报》总编的车逼停在路边，然后进去几个人威胁道，不要揪住大西洋证券上市的事情不放。因为有那么多利益相关的人事先都投资了，如果被媒体质疑其上市的合法性而影响了上市，萧冬昇没办法给那些人交代。因此，一定要堵住媒体的嘴。他们把那个女总编吓唬了一阵以后，自己打电话报的警。这让警察也很难处理。"

"你们可真是用心良苦啊！"邓爷说，"这个策划还是很缜密的，没有内部人的帮助，你们是很难独立完成的。那几个上去劫持的是什么人？"

宫三石说："就是几个农民而已，给他们几十万元他们啥都干。又不要他们伤人，就是吓唬一下而已。"

"听说后来在香港又对《财富》杂志的殷珊动过手。那次好像没成功，让她逃脱了，结果闹得满城风雨。"邓爷说，"那殷珊还是你同学？"

黎元梓神情尴尬地说："那都是萧冬昇干的。虽然不是他亲自动的手，但是他亲自策划实施的。"

"大西洋证券上市是怎么回事儿？"邓爷说，"自从上市以来，外界对它的质疑声从来就没有停止过。"

黎元梓指着旁边的窦艳说："这个事情她最清楚。"

窦艳觉得自己被重视了，成了饭桌上的焦点，便眉飞色舞地讲

第二十四章 夜宴

起大西洋证券的上市过程。

"2003年的时候,云滇证券因为经营不善,将要被破产清算。一直觊觎券商牌照的萧冬昇认为这是获得这种稀缺资源的最佳时机,因为当时拿到一张券商牌照的门槛还是相当高的。于是,萧冬昇通过关系,在云南当地以化解云滇证券债务的名义,以自己掌控的几家公司和地方国有投资公司共同注册成立了大西洋证券公司,承接了云滇证券的证券执业牌照和部分债权债务。但是自大西洋证券拿下券商这张牌照以来,业务发展得并不顺利,连年亏损,萧冬昇为此烦恼不已。恰在此时,困扰证券市场多年的股权分置改革开始了,目的是解决国有股和法人股全流通的问题。而彼时云南当地有一家名为昆大科技的上市公司因为股东之间的股权之争,导致公司连续4年亏损,濒临退市。

"因为恰逢股权分置改革的开始阶段,昆大科技的退市必然对持有该公司股票的流通股股东造成损失,地方政府就此专门成立了风险化解处置小组。萧冬昇经过一番对市场政策的研究,向该机构提供了一份昆大科技股权分置改革暨大西洋证券重组上市组合操作方案,提出昆大科技的股东换取大西洋证券的股份,由大西洋证券替代昆大科技上市。这个方案迅速得到了地方政府的认可,并特意向证监会出具了通过股权分置改革解决昆大科技风险请求支持的政府公函。公函中明确提出由大西洋证券定向增资、参与昆大科技股权分置改革、重组上市等完整的解决方案。

"萧冬昇一边通过地方政府向证券交易所、证券监督委员会申请重组方案,一边加紧大西洋证券的增资扩股和股份制改制。在引进投资人的过程中,他把利益相关的各方通过各种方式都拉了进来,借用这些投资人的资源关系,共同把大西洋证券运作上市。当然,经过利益群体的共同努力,2007年12月证监会办公厅下发了大西洋证券股票上市有关问题的批复，随即大西洋证券就取代了昆大科技，以新的面目、新的股票代码挂牌上市了。上市当日，股价最高涨到每股49元，市值突破700亿。那些战略投资人的收益一度达到40倍。"

窦艳继续说："大西洋证券的上市实际上是钻了政策的空子，属于夹带上市。萧冬昇的聪明之处就是利用股权分置改革的契机，以帮助地方政府化解金融风险、保护广大股民的利益和维护社会的安定为由头，利用利益相关方的资源关系，向监管部门施压，使本来不具备上市资格的公司，绕过严苛的审核流程，最终成功挂牌上市。"窦艳指着宫三石说："因为大西洋证券的操作上市，涉及的社会面太广、利益方太多，萧冬昇也是孤注一掷，只许成功不许失败，所以才让他们绑架记者，给予警告。"

听窦艳讲完这些，一直找不到话题的刘文亮才第一次发声，他说："还有这样玩的啊？我要是知道了，也买一点儿，一下子就翻40倍，我就发了。"

大家被他逗得前俯后仰、乐不可支。邓爷感叹道："这个吃相太难看了，怪不得有人拿它跟'3·27'国债相提并论。从萧冬昇被抓可以看出，这将成为证券市场上新的诅咒。"

黎元梓说："经过操盘大西洋证券上市，萧冬昇总结出了五步工作法，还写进了集团工作法。"

"哦？"邓爷来了兴致，问道，"哪五步？"

黎元梓给宫三石使了一个眼色，宫三石急忙说道："就是要分析事物的全过程，花50%的精力做调查研究，分清主要矛盾和次要矛盾，找到突破口，系统运作。"

邓爷听了不禁莞尔，说："这前四步，或者说前四条，很具体，很有针对性。可是这最后一条嘛，又模棱两可、莫衷一是。

难道这就是他的生意经——利用关系、运作关系？"然后他问黎元梓，"他是怎样一个人呢？搞了那么大的产业，最后还是把自己弄进去了。"

还未等黎元梓开口，窦艳又抢先说道："萍乡的那个算命大师说他是观音菩萨座下的善财童子投胎转世，游戏人间来了——这辈子有花不完的钱。他想玩就玩，不想玩就走了，回到菩萨座前。"

刘文亮吃惊道："还有这种说法？太神奇啦。这大师既然这么神奇，他炒股肯定很厉害，股票涨跌、大盘走势岂不是尽在掌握，买什么涨什么？"

邓爷捧腹大笑，对他说："你想多了。无论多么神奇的大师，只要掉进钱眼里，就比猪还笨。别说给人算命了，就是自己的命也送到他人手上。他就是因为和徒弟争抢利益，买凶杀人，前不久死在监狱里了。"

"原来是个江湖骗子啊！"庄琪口无遮拦地说。

孟华看见窦艳脸色难看，推了旁边的宫三石一把，拿起酒杯说："起来走一圈，给大家敬酒。"

宫三石急忙拿起分酒器，端着酒杯从邓爷开始挨着敬酒。到了窦艳跟前，跟她喝了一杯后，窦艳问他："三石，他们把你关了那么久，都问了些啥？"

宫三石满脸通红，扭扭捏捏了半天，故作镇定地看了庄琪、刘文亮一眼，说："我们签了保密协定，不能对外透露任何询问信息。"

黎元梓白了一眼，不屑一顾地对窦艳说："你还记得有一年的年终聚会上，他牛哄哄地晃动着手机跟大家炫耀，他的手机里有300多个厅局级以上主管官员的通讯录名单吗？当时，萧冬昇挥手制止他说：'三石，你要收敛一点儿。以后千万别在外面说这样的话。'"

　　窦艳恍然大悟,意味深长地看了他一眼,便不理会。宫三石的一张脸涨得跟猪肝似的,跟庄琪、刘文亮碰了一杯后,就匆匆逃回座位去。

第二十五章
惶恐

1

邓爷忍俊不禁，对宫三石说："上有所好，下必从焉。你和萧冬昇是一丘之貉。有一次，我带一个港商朋友去四季酒店找他，想从他手上收购一家保险公司。那个港商很看好内地的保险市场，但是没有渠道申请到保险资质，听说他控制了好几家保险公司，想让他转让一家给他。那时，萧冬昇跟你一样，牛哄哄地挥舞着一沓红头文件说：'在中国就没有我萧冬昇办不成的事儿！'我看了一眼文件的抬头，又见他如此丧心病狂，急忙拉朋友走了。要知道，就是比尔·盖茨也不可能拿着美国国务院的文件四处炫耀。这是犯了大忌，迟早要出事的。"

这时，孟华若有所思地说："萧冬昇后来确实变了，变得跟以前不一样了。他刚愎自用、认为自己无所不能的样子，让我们感到十分陌生。有一阵我见他特别敏感、烦躁，喜怒无常，怀疑他得了抑郁症。"

庄琪突然好奇地问："萧老板常年住在四季酒店，那得花多少钱啊？何况香港是寸土寸金的地方，酒店的住宿比我们内地的价格高多了，就算他富可敌国，住酒店开销总是很大，而且还听说他包下了一整层楼。"

浮华

庄琪的问题勾起了大家的兴致，这位神秘富豪总是把自己包裹在一层厚厚的茧子里，给人像雨像雾又像风的感觉。因此，她话音刚落，大家都不约而同地看向黎元梓，等他揭开这个谜题。

黎元梓苦笑了一下，说："就是在那次年会前，萧冬昇召集我们这些高管开会，我们还以为他又要策划重大的收购行动呢。谁知道他却大倒苦水。他说，你们这些家伙一个个都像封疆大吏似的，掌控着几十亿、上百亿，甚至上千亿的资产，过着锦衣玉食、前呼后拥的生活，要风得风、要雨得雨，惬意自在。哪像我，待在这个鸟不拉屎的地方，为你们担惊受怕地顶雷，过着人不是人、鬼不像鬼的日子，叫天天不应、叫地地不灵，每天吃不好穿不暖，睁开眼睛的第一件事就是琢磨从哪里弄点钱把酒店的房租缴了。可怜我劳心劳力，打下万亿资产的江山，最后找个安身之所都不可得。

"我想，这萧冬昇肯定话里有话，借口生活没有保障，试探我们的忠心。于是我急忙说，'我们现在拥有的一切都是老板给我们的。实际上，我们管理的资产并不是我们的，是老板的，我们不过是给老板看场子的。我们一定通过我们的能力，本本分分地做好经营，让老板放心。从今天开始，我们要凭真本事做事，不要那些虚头巴脑的广告宣传，把省下来的钱给老板改善生活，消除老板的后顾之忧。我保证我们公司每年给老板节省 3000 万的零花钱'。看见我带了头，其他高管都纷纷表态——你出多少他出多少。就这样才让萧冬昇放下了对我们的戒心。"

"真奢侈！就你们的体量，他一年的零花钱恐怕有好几亿。"庄琪艳羡地说。

"喝酒、喝酒！"孟华早就想要接近庄琪，拎着酒瓶走到她跟前说，"你是我见过的最年轻、最成功的女老板，你比赵妃燕强多了，萧冬昇那么帮她，她都没有搞定百兴文化，而你仅凭一己之

第二十五章　惶恐

力就把上市公司收入囊中，真是令人敬佩！来，我敬你一杯。"然后他便一饮而尽。

庄琪拿红酒杯跟他的酒杯碰了一下，并没有喝："你也认识赵妃燕？"

"认识啊！"孟华说，"她收购百兴文化时还跟我借了2000万，说收购成功了，有多少倍的收益。但是收购失败后钱也不还了。前几天我跟她要，她说她没有钱，正在拍电影筹钱呢。我说你没有钱，你老公有啊，你们不是一家人嘛，你跟他要，把借我的钱还了。这女人为了赖账，连她老公也不认了。说他们是'革命夫妻'，他有家庭有孩子，跟她没关系。如果我要逼她还钱，就等她的电影上线赚了钱再还我。这个女骗子！"

庄琪被他圆滚滚的肚子吸引了，对他说话的内容心不在焉，而是满含春水地摩挲着他的肚子说："你这肚子，比我们女人怀胎十月的都大。"

孟华笑着说："浑身上下就剩这副好下水了。"

他们旁若无人的亲昵，引得窦艳和刘文亮十分不快。

黎元梓怕场面失控，换了个话题说："孟华，你最近在忙些啥？"

"哎呀，姐夫！你可问着了。"孟华赶紧一本正经地说，"抵押给你们公司的那栋写字楼，因为期限已到，我还不上钱，你们正要拍卖。这一年多我都配合专案组做调查，哪有时间做生意？很多项目都停工停产了，不但建筑公司、供货商跟我要钱，连银行也不放过我，天天跟在我屁股后面催债，真是生不如死啊！"孟华没有一丁点儿窘迫的样子，反而扬扬自得地接着说，"现在我们都是一条绳上的蚂蚱，一荣俱荣、一损俱损，把我的大楼拍卖了，你们也得不到什么好处，还可能亏损。不如你跟他们办事儿的说说，把抵押期往后延几年，等我缓过来了，有钱再还。"

"你该找谁找谁去,别来找我。"黎元梓一听这个便气不打一处来,"当初抵押楼的时候,你找的是萧冬昇的姐夫,谈价钱的时候找的是萧冬昇,当我们是给你提鞋跑腿的。现在这种擦屁股的事情又跑过来找我们,你拿我当猴儿耍呢?何况现在公司都被专案组接管了,哪里还有我说话的份儿?"

"姐夫,你大人有大量,别生我的气。"孟华急忙起身,双手抱拳给他赔不是,"就是因为我知道你们系统里的事,所以才迫不得已绕过你找他们嘛!不过当时我也是跟你打过招呼的,你让我等等,可是当时形势逼人等不下去了,我只能找直接管事儿的人。这不正是你们的办事风格嘛——分清主要矛盾和次要矛盾,抓住主要矛盾,系统运作嘛!"孟华又换了一副嘴脸,谄媚地说:"瘦死的骆驼比马大。以你在公司的地位和影响力,只要你跟他们说句话、打个招呼,他们不敢不听你的。先把拍卖的事情压下来往后拖,等我想到办法或者找到钱再来解决这事儿。"

"你别给我戴高帽了,"黎元梓叹口气说,"今非昔比,我的作用没你想象的那么大,就像你当初绕开我们找萧冬昇和他姐夫一样,他们才是真正的话事人。现在的情况依然如此,你要找就去找专案组吧。"

"在珠海的梁小民的那个小区是不是你开发的?"邓爷突然问道。

孟华对此毫无准备,随口就说:"是的。"

"听说你给他一栋楼专门养女人,他有那么多女人吗?"

孟华和黎元梓相视一笑,孟华借着酒劲儿,放肆地说:"那哪是他的呀,就他那身子骨能养得了那么多女人?还不都是萧冬昇和那帮公子哥们金屋藏娇让他背黑锅。"说完还不忘补上一句评语,"哼,谁让梁小民那么好色呢!"

第二十五章　惶恐

窦艳从他和黎元梓淫邪的眼神里似乎觉察到了什么，突然跳起来，指着黎元梓问："姓黎的，那些女人里有没有你养的？你老实交代！如果你在外面养女人，我马上跟你离婚，你会永远失去我。我这辈子最痛恨的就是你们男人背叛婚姻，在外面乱搞女人。我的第一段婚姻就是这样的。结婚没多久，那位就跟一帮狐朋狗友跑出去搞女人。我哪儿能忍受这种行径？既然你要玩女人，那就离了婚痛痛快快地玩去，哪怕是皇亲国戚我也不稀罕。"窦艳摇摇晃晃的，一把鼻涕一把泪，显然已经醉了。她又指着孟华质问："孟华，你说他在外面有没有养女人？你可不许骗我，否则我跟你没完。"

黎元梓被她发疯似的闹腾弄得手足无措，在这么多人面前又羞又急，恨不得找个地缝钻进去。

孟华见她最终将矛头指向自己，知道躲无可躲，只好硬着头皮说："窦姐，你多虑了。你平时管他管得那么严，所有的收入都要上交，他哪里还有钱养女人？这一点我可以向你保证，姐夫绝对没有在外面瞎胡搞。我可以对天发誓！"孟华觉得这样说还不足以让她相信，就又说道："无论是养女人还是玩女人，都是要花钱的。你把他看得那么死，就是出去打场高尔夫给球童发小费也得跟你申请。这种情况下，你就是撒开了让他玩，他也玩不起来啊！掌握了男人的经济，就是掌握了他的命脉，任凭他三头六臂，也翻不出你的手掌心。"

谁也没有预料到窦艳会如此失态，知道这场酒喝下去再无意义，便散场了。

2

"你是我的女朋友，在我跟前与别的男人摸来摸去的，你让我的脸往哪儿搁？真是个贱人！"憋屈了一晚上的刘文亮，回到庄琪的家里，终于忍耐不住了，心中的怒火倾泻而出。

"你说什么？"庄琪还沉浸在窦艳出丑的兴奋当中，根本没有意识到她的所作所为早已让刘文亮心生厌恶。她回味着窦艳失态时黎元梓等人的各种表情，讥笑不已。今天的晚宴虽然花了不少钱，但是有这么一出意外之喜，确实很值。另外，她还在暗自揣测这个孟华身家几何。从他的派头和话里话外的意思来看，他肯定是个做大生意的人，要不他怎么能直接和萧冬昇谈生意呢？要知道，萧冬昇可不是一般人想见就能见的。因此，刘文亮破口大骂的时候，她才如梦方醒，质问道："你说谁是贱人？你再说一遍！"

"你！你这个臭不要脸的，竟然在我面前跟别的男人眉来眼去、打情骂俏，真贱！"刘文亮越说越气，恨不得扬手打她。

"去你的，我又不是你老婆，爱跟谁玩就跟谁玩，你管得着吗？你才是个贱人。"庄琪说着，甩手向他脸上抽了过去。

刘文亮见她还敢率先伸手打人，真是又好气又好笑。只见他举起右手，抓住她打过来的手腕，往下一带又一拧，轻而易举地将她背了过去，左手从她背后伸过来横在胸前，就将她控制在怀里了。

"你放开，你这个臭流氓。"庄琪气急败坏地边挣扎边骂道。

"我就不放，你有本事就挣脱出来！"刘文亮毕竟是个粗人，有好玩儿的便将之前的不快抛到脑后。很快两人就干柴烈火地打到床上。

半晌后，两人终于筋疲力尽、偃旗息鼓。刘文亮心中的不快烟消云散，嬉笑着逗庄琪，说："你倒是起来打呀，看把你能耐的。别自不量力了，听见没？"

庄琪半闭着双眼，春色荡漾，呓语道："知道啦，你厉害。"

刘文亮心满意足地斜睨了她一眼，又哼起小曲儿。

第二十五章　惶恐

"放，有屁就放。"庄琪半迷糊地说。

"借我点钱呗。"

庄琪一骨碌爬起来说："前几天你刚跟我要了100万，怎么现在又来要钱？你都干啥了？"

刘文亮略感惭愧，嘴皮子嚅动了几下说："赌球赌输了。被人做了手脚。"然后叹了一口气接着说："本来赌黄河鲤鱼队赢的，结果鲤鱼队被买通，给深圳万象城队放水，对方赢了。真黑啊！"

"黑？还不是你自找的！你不好好打球拿你的冠军赚奖金，赌什么博啊？"

"打球能赚几个钱？靠打球赚钱我什么时候才能发家致富？再说了，体育只有跟博彩相结合，才能长盛不衰。"刘文亮气急败坏地说。

庄琪说："打球拿奖金不一定让你发家致富，但是赌博一定会让你倾家荡产的。"

"你听我的，现在不都这样吗？"刘文亮又搬出了他的口头禅，"大家都在赌，大张旗鼓地赌、明目张胆地赌、偷偷摸摸地赌。金融业包装出多少种理财、投资产品糊弄老百姓？股票市场上多少公司造假上市圈股民的钱？连你收购上市公司不也是赌吗？明明不具备收购的实力，偏偏自以为是地加杠杆蛇吞象，结果还不是一脚踩进粪坑里了吗？"

庄琪听了他这顿羞辱人的话，顿时恼羞成怒，骂道："你这傻子，你懂什么？就知道'听我的听我的'，我听你个鬼。你有本事也去收个公司让我看看，别赚了几个臭钱就全赌没了。我好歹还有个上市公司，你有什么？还不就是一个赌鬼、穷光蛋。"

"你听我的，你收购公司用的还是我们投资人的钱，你把我的投资款给我，或者给我点股票。"

浮华

"去你的!"庄琪气急败坏地说,"你投那点儿钱就想赖上我,休想!你这个吃软饭的,你给我滚!"庄琪越说越气,对刘文亮拳打脚踢,想把他赶下床。刘文亮觉得这女人疯了,事情闹大了对他没什么好处,便提起裤子套上衣服摔门而去。

撵走刘文亮后,庄琪已被他气得上气不接下气。她捂住胸口大口大口地喘气,试图让自己的心情尽快平复下来,然而,积郁已久的愤懑总是需要一个导气孔发泄出来,忍无可忍、憋无可憋的时候,她终于趴在床上号啕大哭。刘文亮那张刻薄的利嘴深深刺到了她的痛处,她每天都因为蛇吞象欠下的债务痛不欲生,他却偏偏在她伤口上大把地撒盐。跟这货的关系,她想得很明白,不过是一对露水夫妻罢了。这个挑三拣四的家伙根本不会在她这个半老徐娘身上收心的,除非给他很多钱养着他。但是,她现在也是缺钱的主,尽管有时大手大脚的,出手很阔绰,实际上是在不断地累积债务。她之所以能跟他将就在一起,无非是体验了几场酣畅淋漓的性生活后,能够忘却烦恼地睡个好觉。人就是这么矛盾,没钱的时候为了有钱昼思夜想,睡不好觉;有钱了,又为到期的债务心力交瘁,夜不能寐。现今她最需要的并不是养个身体强壮的面首,而是拯救她于水火之中的白衣骑士。可是,他在哪儿呢?

很快,啼哭就停止了,随之被鼾声取代。不一会儿,鼾声没了,她浑身哆嗦了一下,又醒了。她知道,今夜又是一个不眠之夜。因为,只要她一合眼,噩梦便接踵而至。

庄琪翻了个身,懒得擦去流在胳膊肘上的泪水和口水。她尽可能地躺舒服了一些以后,随手摸过手机翻看微信上有什么信息。突然,她眼前一亮,看见晚上新加的好友孟华已经给她发了好几条留言。

"庄老板,本周五我跟宝鼎市政府洽谈国际节能环保装备产业

第二十五章　惶恐

园的建设规划项目，作为环保类上市公司，你有没有兴趣一起参与？""如果你对这个项目感兴趣，可以以贵公司为发起单位，跟地方政府要政策、要资金。""地方政府对这个项目非常重视，书记牵头、市长落实，一路绿灯。只要协议签好，配套政策很快就会落实到位。一旦项目开工，很多事情便迎刃而解。"

庄琪看了一眼始发信息的时间，掐指一算，正好是她跟刘文亮欢爱的时候，难怪她没有及时看到。"该死。"她一声低骂，两脚后蹬腰下使力，上身就起来了，然后赶紧给孟华回信息："太好了，作为污水处理行业的排头兵以及污水处理装备制造的佼佼者，我们绿能宝一定要深入地参与到这个项目中来。非常感谢孟总能够给我们这么重要的机会，我代表我们公司对您表示万分感激，期望于今后的合作中互利共赢。"

正在一个神秘会所的泡池里赤身裸体享受美女按摩的孟华，看到手机里庄琪发来的微信，嘴角扬起，微微一笑。

3

刘文亮被债主们逼得走投无路，想到庄琪那里躲几天。他打电话给庄琪，被庄琪断然拒绝，并被她毫不留情地挂断了电话，气得刘文亮大骂她。再打时，庄琪已经关机了。刘文亮预感到庄琪肯定跟那天吃饭的孟华搞在了一起，想甩了他，于是便满世界地找她。可是无论他怎么找，都看不见她的踪影，电话——当然是他所知道的号码，也始终处于关机状态。

刘文亮几近崩溃，他最怕债主们找到俱乐部，搞得俱乐部把他开除了，影响他入国家队的选拔，急得四处找人借钱。可是熟悉他的人都知道他染上了赌瘾，想戒都难，没人肯借他。何况，他把队友的钱也赔了，大家还找他追债呢。他把身边所有跟他有关联的人数了又数,唯有庄琪是欠他钱的人。他还是琪石投资的股东,当时要退股又没退。那时他有钱,100万对他不算什么。

一连几天,无论用什么办法,都找不到庄琪,这让刘文亮心急如焚、焦躁不安。这天晚上,他终于在她家门口堵住了她。

"你怎么在这儿?"庄琪显然没有料到刘文亮会在她家门口等她。

"你这几天去哪儿了?为什么关手机?"刘文亮铁青着脸说。

"出差了,要谈一个重要的项目,不想被打扰。"

"是不是跟孟华?"

"不是,"庄琪愣了一下,为脱口而出的胡说八道感到吃惊,"跟谁在一起,跟你有关系吗?"

"怎么没有?你不是我女朋友吗?"

"不是,你不要搞错了,我不是你女朋友。"

"不是?这是什么?"刘文亮气急败坏地翻出藏在手机里他们俩在床上的照片说。

"你从哪儿弄的?"庄琪大吃一惊,没想到他手里还有这些东西。她仔细回忆了他们欢爱时的场景,有那么几次,这个无耻之徒确实一边干活儿一边拍摄。她大声质问:"你怎么没删掉?不是说好要删了的吗?"

"删了?我为什么要删了?"刘文亮得意扬扬地说,"我还要拿它去卖钱呢。"

庄琪突然感觉被一双大手卡住了脖子,知道他要借机勒索。"你这个无赖,真是卑鄙下流。"她嘴上骂着,心里飞快地思考应对之策。这次一旦被他拿捏住了,以后就会被牵着鼻子走,没完没了。

"随便你怎么骂,"刘文亮死皮赖脸地说,"今天不把话说清楚了,我马上把这东西卖给黄色网站。"

第二十五章　惶恐

"说什么？"

"这几天到哪去了？"

"徐州，去上市公司了。"

"那是去找张幼军去喽？"

"关你屁事，你想干什么？"

"去徐州？可是我这里怎么显示你在宝鼎，住在华美达酒店？是不是跟孟华在一起？"

庄琪一下子涨红脸，恼羞成怒地说："你查我？凭什么？"

"找不到你当然要查了，万一你被人绑架了，我做男朋友的责任就大了。"刘文亮理直气壮地说。

"你是从哪儿弄到的这些东西？"庄琪突然柔声细语地说。

"找专门干这事儿的公司买的。"

"什么样的公司？我怎么不知道？"庄琪知道他没什么心机，故意引诱道。

"这你哪能知道，"刘文亮颇为得意地说，"我也是通过朋友跟手机运营商的设备服务商买的。"

"花了多少钱？"

"两三千块钱吧。"

庄琪得到了她想要的信息后，突然提高了声调，口气也变得强硬："你想花多少钱就去花，想干什么就去干。我再次强调一遍，我跟你没什么关系。你把门给我让开，我要回家。"

刘文亮被她反杀的气势震慑住了，又气急败坏地翻出那些淫秽照片说："你不怕我把这些照片传播得到处都是？"

庄琪轻蔑地盯住他的双眼，淡淡地说："我怕，但是你更怕。"她摆出咄咄逼人的样子说："刘文亮，我不相信一个争夺荣誉的人会干出这么下作的事情。这些东西传播出去，你遭受的损失远比我

397

大得多，因为你比我更有名——你可是世界冠军。如果你想拿这些东西来胁迫我，就打错了算盘。老娘欠了几十亿都不怕，还怕你这点小伎俩？"

庄琪说完就开门进屋，迅速反锁上，把刘文亮丢在外面。她倚靠在门背后，满头大汗，隐隐约约听到刘文亮在外面哭泣。

经此一闹，庄琪决定彻底甩掉刘文亮这个累赘。她判断刘文亮绝对不会善罢甘休，一定会找邓爷给她施加压力说和，于是她决定先下手为强，找邓爷说清楚，断了他的后路。

"邓爷，刘文亮沾上了赌博，输了很多钱，不但把从我这里拿的几百万输光了，还欠了亲戚朋友好多钱。我怎么劝都劝不听，他一意孤行，想赢把大的，把以前欠的钱都还上。这就是个无底洞啊，谁能知道下一把是输还是赢？他找我要钱，我不给，他就对我拳打脚踢，用尽各种手段逼我就范。我现在决定跟他分手，如果他找上您，让您给我们说和，您可千万别搭理他。"庄琪跟邓爷如是说道。

果然不出所料，几天后，刘文亮借着跟邓爷打球的机会，装出一副可怜巴巴的样子，哭丧着脸对邓爷说："邓爷，您跟庄琪说说，叫她不要跟我分手，我还是很爱她的。"

邓爷严肃地说："你可要想好了，你是爱她的钱，还是爱她的人？"

刘文亮顿时羞愧万分，掩面而走。

4

圣宴的丁文一笃信佛教。据说他在多年前游历甘南拉卜楞寺的时候被一个云游的喇嘛相中，那喇嘛认为他骨骼清奇、宽肩大耳、星目闪耀，是修行的好材料，要收他为徒。丁文一眷恋红尘，舍不

第二十五章 惶恐

得抛下家里的娇妻和万贯家财，于是就对喇嘛说，我贪财好色又杀生，做不得好和尚，还是等老了忏悔心起，再来跟大师学习修行。那喇嘛说，无妨，你就在红尘中修行，该干什么就干什么，只要记住每天有时间时盘腿静坐冥想就行了。丁文一心想，原来修行可以这么简单，于是赶紧跪下给喇嘛恭恭敬敬地磕了三个头。

喇嘛将他带到一间小房间里，教了他一大段经文。这喇嘛的确没有看错，丁文一只用了半小时就将经文背熟，连丁文一自己都感到吃惊。上小学时，老师让他背《爱莲说》，他背了十天都没有背下来，而这次只用了半小时就把几千字的经文背下来了，惊诧之余，便问其故。喇嘛抚掌大笑说：你有佛性。这不是你现在才念的，而是你上辈子念了一辈子。丁文一问其意，喇嘛不说，让他慢慢体悟，便起身而去。丁文一急忙追出去，拉着喇嘛的衣袖问，师父，我们是什么派？喇嘛说是噶举派。丁文一又跪下恭恭敬敬地磕了三个头，等他抬起头来的时候，那喇嘛已不知去向。从此以后，丁文一便认定自己是白教弟子，时时参禅悟道。

那年，香山脚下的洼里乡在拆迁搞开发，他通过关系盘了一块地，建了一座以徽派建筑风格为特色的酒店，并在其中修了几间供奉各路神佛的佛堂。2019年是农历的亥猪年。春节长假期间，丁文一请黎元梓一家到洼里的圣宴吃饭。开饭前，窦艳就被旁边的佛堂吸引了，嚷着非要进去拜佛。

"你也信佛？"丁文一问她。

"信，咋不信？"窦艳说，"告诉你吧，你黎哥就是我跪在佛前磕头磕出来的。我给佛烧的香没有低于250块的。"

"我不是不让你进去，"丁文一指着大冷天腿上只穿着丝袜的窦艳说，"里面没有暖气，我是怕冻着你。"

"没关系的，文一，我不怕。只要心中有佛，到处都是暖和和的。"

丁文一见她如此，便没有过多言语，开门带他们进去。

这是个两进的四合院建筑，有四五百平方米。一进去就是南厢房，左边供奉的是笑口常开的弥勒佛，右边是玉皇大帝和王母娘娘。黎元梓看了东西两边的神佛后，哑然失笑：这都哪儿跟哪儿啊。窦艳见了佛就要点香下拜，被丁文一把拉住，说等参观完了，从上屋开始拜。出了南厢房，左边的西厢房供奉着地藏王菩萨、药师佛、迦蓝菩萨；右边的东厢房供奉着观世音菩萨、普贤菩萨、文殊菩萨。中间的大殿里供奉的是佛祖释迦牟尼。大殿的后面是一处很浅的水池的景观，四周有插香火的地方。正北面的厢房里，完全按照喇嘛教的风格供奉着四尊佛像，窦艳看不懂供的是谁，丁文一给她说了半天她也没听明白，于是就说："你记着他们四位分别代表喇嘛教的红教、花教、白教和黄教就行啦。"窦艳这才开始一尊一尊地烧香拜佛。

等将里面供奉的神佛全都拜完了，窦艳已经冻得直流鼻涕。丁文一看她的样子很狼狈，但是态度很虔诚，心里很感动，于是对他们说："黎哥、窦姐，今年的正月十五恰好是观音菩萨的圣诞。每年的这一天，颐和园的佛香阁要给里面供奉的观音菩萨通风换气，俗称'晒佛'。那是拜谒菩萨最好的时机。要知道，那里头的菩萨是专给慈禧老佛爷拜的。当时，恐怕除了皇帝，其他的王公大臣根本就没有参拜的机会。里面有我一个朋友，可以带我们进去拜拜。里面的菩萨十分灵验，我每年都进去。如果你们有诚心，我跟他打个招呼，把你们也带进去。"

"当然愿意啦，文一，你赶紧跟那个朋友说一下，我们愿意去！"没等黎元梓说话，窦艳就迫不及待地说，"去过颐和园的人千千万，在佛香阁上香的，寥寥无几。"

第二十五章　惶恐

"好吧，三个人。孩子就不去了，我再带个人去。"黎元梓说。

"谁？"窦艳紧跟着问。

"庄琪。"

窦艳看了他一眼，又低头思索了片刻，说："好吧，就三个。"

庄琪不信佛，她信邪。她从小到大看着她母亲烧香拜佛，祈求升官发财，可是从来没有灵验过，就不信这玩意儿了。她认为，既然我给你烧香磕头了，你就要兑现我的请求。可是烧了那么多香，一点儿好处都没见着，谁还相信啊。因此，窦艳跟她说要带她去佛香阁拜观音的时候，她满不在乎地问她为什么要拜菩萨，气得窦艳大骂："你别傻了，你以为那是人人都能拜的菩萨？那是只有慈禧老佛爷才能拜的菩萨，法力无边！别人就是磕上一万个响头，也休想沾上一点儿边。"

"我跟你们去吧，窦姐。谢谢啦。"庄琪一听是慈禧的专属叩拜菩萨，当即答应跟他们一起去参拜。

正月十五一大早，黎元梓带着窦艳、庄琪跟丁文一会合后，在他朋友的带领下上了佛香阁。窦艳为了表示虔诚，前一天特地去SKP买了一身喜庆的红色套装，外面套了一件MaxMara的驼色羊绒大衣。庄琪穿了一件厚实的红色连衣裙，裹一件黑色羊绒大衣。丁文一穿了一身运动衣，上身又穿一件带帽的羽绒服。刚一进到佛香阁里供奉观音菩萨的大殿，还没等黎元梓、窦艳、庄琪适应环境看清里面的状况，就见丁文一扑通一下，平展展地趴在地上给观音菩萨磕起了长头。黎元梓、窦艳被他突如其来的动作弄蒙了，不知道接下来该怎么做。庄琪则心头一喜，悄悄地看着窦艳，想看她怎么做。

窦艳在心里不知把丁文一责备了多少遍，你磕头就磕头，磕什么长头啊？衣服弄脏了怎么办？这可是花了不少钱买的啊。这个该死的丁文一。窦艳的心都麻了。可是又一想，只要菩萨显灵，让她老公赚好多钱，这身衣服又算得了什么呀！于是，她也学着丁文一认认真真地趴在地上磕了一个长头。庄琪看着窦艳趴着磕长头，心中窃喜，然后双膝跪地、双手合十，恭恭敬敬地拜了三拜。拜完以后，她把注意力放在观音菩萨座前的童男童女上。她想，如果真如那个大师所说，萧冬昇是善财童子转世的话，她希望她是那个小龙女。可如果自己是小龙女，有多少钱才算多呢？一时间她又方寸大乱。

不一会儿，头磕了、香上了，观音也拜完了。窦艳掸了掸身上的土，但还是没有掸干净，看着灰头土脸的。庄琪说："窦姐，你身上的土没有掸干净，我帮你擦擦吧。"说着掏出手绢就要帮窦艳擦土。

"别、别、别！"窦艳急忙阻止道，"这是老佛爷身上掉下的土，我要带些回家，沾沾她老人家的贵气。"

第二十六章
别姬

1

"老头儿,知道吗?李定西被正式批捕了。"

黎元梓颓废地躺在书房的沙发上,点点头,然后仰望天花板,神色黯然。

"你知道是为什么吗?"窦艳又问道。

黎元梓还是不开口,只是轻轻地摇摇头。

"听说他和萧冬昇把鹿城银行掏空了。他在帮萧冬昇从鹿城银行里转出1500亿的过程中,自己又偷偷摸摸地转出去500亿,导致鹿城银行资金枯竭,直接破产了。萧冬昇转出这1500亿是到集团做资金池搞投资,李定西转出去的钱干什么去了?"

黎元梓还是茫然地摇头不说话。

窦艳急了,嚷嚷道:"你怎么啥都不知道?你可是那里的法人啊。"

黎元梓一拍沙发,坐起来说:"这才是问题的关键。要不是因为我是银行的法人,他们捞多少钱跟我有什么关系。反正银行是萧冬昇他们家开的,他想咋弄就咋弄。"然后他拼命地喘了一口气,后悔地说:"当初就不应该做他们的法人。现在鹿城银行就要被托管了,我还要去配合调查。"

"啊？专案组通知你了？"窦艳吃惊地问。

黎元梓无奈地点点头，面如死灰。

"哎呀，老头儿，你有没有从里面拿钱？或者他们挪钱的时候，你有没有也挪一份儿出来当小金库？"

"我在集团的地位你又不是不知道，最多算个吉祥物，根本不碰具体的业务。何况，银行系统的资金都在萧冬昇和周筝的严密控制之下，没有这两位的授意，谁敢私设小金库？"

"我就是想不明白，李定西是怎么背着他们俩转出去500亿的呢？到现在都不知道他把那些钱用在什么地方了。"

"用在什么地方我也弄不清楚。如果想挪出去，那还是有办法的。这么大一笔钱不可能是一次性挪出去的，肯定是蚂蚁搬家，一笔一笔慢慢挪出去的。"

"有道理，监守自盗。"窦艳不无惋惜地说，"可惜了，为了拿下鹿城银行，我们付出了多大的代价啊。本来以为在我们的手上会把它经营得更好，谁知道萧冬昇竟然拿它当吸储的平台，把银行资金直接划到集团层面来运作。"

"他投资银行、保险，不就是因为那里的资金是最便宜的嘛。信托、理财融来的钱成本太高，收益覆盖不了。所以，他的资金池总是在银行和保险之间倒来倒去。他总说，'八个坛子七个盖，盖来盖去不穿帮'。谁知道，他也有玩儿不转的时候。"

"李定西从什么时候变得那么肆无忌惮的？我是说他从什么时候获得萧冬昇的信任，负责集团的银行业务的？"

"还记得2012年，未来要从汇丰手上接过安平保险15%的H股的事情吗？那可是700多亿啊。萧冬昇为了凑够这700多亿，把我们这些银行、保险的负责人召集到香港。他最初的想法是将保险资金抽出来凑齐后，拿去做收购。毕竟保险的流动性不如银行资金

第二十六章 别姬

那么敏感,抽调这些资金不会导致系统内资金紧张。可是经过我们的分析,保险资金绕过监管投到香港市场困难重重。正在大家一筹莫展的时候,李定西提出一个解决方案,他说你们先把这笔钱存进鹿城银行,再由鹿城银行存进有外资经营资质的大型国有商业银行,然后通过国有商业银行这个平台,将这笔款项采用内保外贷的方式,贷给收购安平保险股权的公司,整个收购链就完成了。萧冬昇大喜过望,称赞李定西懂业务、脑子活,要重奖重用。从此之后,李定西在集团银行业务板块一言九鼎,经常协助萧冬昇、周筝周转资金。"

"他确实有两下子,也赚了不少钱。"窦艳嫉妒地说。

"那当然。当时我们都羡慕极了,按照集团的奖励政策,他那一次至少能拿7亿的奖金。"

"老头儿,他们有没有让你在外面设个小金库什么的?"窦艳盯着他问,"万一这次你进去出不来了,我和孩子的生活怎么办呢?如果他们把这房子也查封了,咱们可是一无所有了。我去过那种地方,我可不想再去了。咱们得早做打算,在外面存点钱。实际上,现在都有点晚了,早该那么做了。以前觉得万亿资产的帝国大得很,谁能想到说垮就垮,萧冬昇被抓了,周筝也跑了。覆巢之下,安有完卵?咱们得盘点一下还有哪些该有、能有的资产,为出现极端的情况做准备。为了你,为了我,也是为了孩子。我们不能把这个家弄散架了啊。"窦艳边说边哭,神色凄然。

"我干了一件蠢事。"黎元梓的眼角也有泪花闪耀,小声嘀咕道。

"什么事?"窦艳惊讶道。

"也许预感要出事儿,在萧冬昇投案前的半年,他让我在香港偷偷设立了2亿美元的投资基金。这笔钱是从华旦保险出的,基金的管理人是他的第二任老婆冯博士。当时我们三个说好了,这个投资基金由我和冯博士一起投资运营。但是依据集团的奖励政策，这个也有 1%—2% 的奖励。当时我跟你的想法一样，把这笔奖励留在外面，可是还没来得及处理，集团就被接管了，我们也被边控出不去了。可是我心里始终放不下这笔钱，在配合调查期间，我和专案组的人去找萧冬昇对质。这期间，我趁人不备跟他提起了这事儿，希望他想办法跟冯博士说一下，让她到时候把奖金的事情兑现了。我知道，在那种情况下提这种要求是不合时宜的，而且就算提了他也办不了。犹豫再三，最后我还是把这件事说了。他很诧异，完全没料到我会提这样的要求。他举着双手，摆出戴手铐的造型说，我都自身难保了，哪还有心情和能力帮你办这事儿。现在回想起来，当时就不应该提这事儿。明知道他也无能为力，还要强人所难。真是太不应该，寒了他的心。"

"那不对，老头儿。我认为你是对的。该给咱们的就得给咱们，不管他落得个怎样的下场。他临了把他大大小小的老婆安排得妥妥当当，可是对我们呢？口头上说所有的事情都由他一人担当，可他一人能担得起吗？他又不是国家法律，都由他说了算。该是谁的就是谁的，该由谁担就由谁担，法律面前人人平等，不能做交易。"窦艳说，"我完全支持你的做法，这笔奖金我去找那姓冯的女人要，不信她不给。不过，这事儿专案组不知道吧？"

黎元梓说："我只说了该说的。"

"那好，这一两天我就去香港会会那女人去。"

"唉，这事儿我没告诉你，就是怕你知道了去跟冯博士要。你们关系弄得那么对立，没说几句就会吵起来，好事也变坏事了。"

"这个你放心，谁会为钱跟自己过不去？只要她把这笔奖金给我们，就是让我磕头我也没二话。"

黎元梓看她态度坚决、信心满满，就没再说什么，但是心里还是七上八下的。突然,他想起什么来了,问道:"我记得萧冬昇出事前,你和周筝去了一趟香港,自那以后她就直接去新西兰了。他们说什么了?"

"他们啊,"窦艳犹豫了片刻说,"交代后事。"

2

在萧冬昇投案前的一个月,窦艳陪同周筝去了趟他在香港四季酒店的四季荟。萧冬昇和周筝的关系非常奇特。他们从最初郎才女貌的恋人,发展成为形影相随的亲密爱人,并在此期间联手创办了未来金融控股集团。这是一个万亿资产的庞大金融帝国,就连他们两个初创者也没有想象到亲自缔造的帝国大厦竟然达到如此体量。它很大、很神秘,像一张网,密密麻麻、纵横交错,又若隐若现、不着痕迹。他们是这张网上的双核驱动器,竭尽所能地驱动着所有业务向外延展、扩张,一刻都不敢停歇,也不可能停歇。但是无论多么亲密的关系,天长日久地大眼瞪小眼也是很容易厌倦的。因此,当他们的婚姻出现裂痕,需要彼此保持一定距离、空间的时候,他们无奈地发现,他们才是这张网里被捆得最紧最牢的两个人,无论怎么挣扎,系统的设定就是双核——谁也逃离不了。这就是命运,把情人、情侣变成了战友。

萧冬昇的住处还是一如既往地乱,就是在天堂恐怕也是如此。宽大奢华的房间里横七竖八地扔了好几双运动鞋;红色和黄色的运动服随处摆放,这里一件上衣那里一条裤子,脏兮兮的好像是穿了又穿的样子;白色的袜子,东一只西一只,窗台上还挂着一只。窦艳刚进去的时候,差点儿被臭衣服、臭鞋、臭袜子散发出来的气味恶心死。她强忍着不适,用手捂着鼻子说:"老板,你怎么还是老样子,到哪儿都弄得跟学生宿舍似的。"萧冬昇对她的冷嘲热讽浑不在意,把沙发上的东西往旁边一扔,招呼她们坐下来。

周筝对此习以为常,很自然地坐在沙发上,看着萧冬昇一言不发。窦艳坐不下来。她屏住呼吸,快速地把萧冬昇的一些脏东西收进洗手间,又是开窗又是换新风的,忙碌了好一阵,才把房间收拾得像人住的一样。"你看,收拾出来是不是不一样了?"萧冬昇和周筝都没有说话,而是彼此看着对方。窦艳知道这里不需要她了,便轻轻地关上房门,去了隔壁房间。

窦艳出去后,萧冬昇先是沉默了一会儿,然后看着周筝,搓着双手说:"崩了,玩儿不转了。窟窿太大了,补不上了。上面很重视,怕我们的崩溃引发整个金融行业的系统性风险,因此,成立了由国安部、银监会、保监会、证监会等部门组成的专案组,对我们进行系统性的盘查和监管。我们这边得有人对此负责。叫你来的目的是告诉你,我们这边儿,我去主动投案自首,你在外围一边维持公司的运作,不要让它一下垮掉,一边配合专案组对集团的资产情况进行清理整顿,希望把损失降到最低。"

周筝对萧冬昇所说的一切一点儿也不感到吃惊,甚至还有一点儿如释重负的快感。实际上,她比萧冬昇更清楚他们栽下的树能结出什么样的果。他们是一个系统里的正负极,一个醉心筹谋,一个负责执行,心有灵犀、珠联璧合。她知道这是迟早要发生的事情,只是跟大多数人一样,在没有发生之前还抱有希望,真的发生的时候只能被迫接受,希望变成绝望。但是,绝望好歹也算一种解脱。

她神思恍惚,久久不语。萧冬昇怕刺激到她,也跟她一样沉默不语。半晌后,只听得她嗓音沙哑地说:"萧冬昇,《红楼梦》里说贾宝玉是天下最淫之人,而我说你是天下最邪之人。"萧冬昇不明白为何她拿他跟贾宝玉相比,真是有点风马牛不相及,但是他还是耐心地听她说。"你能最大限度地煽动和放大人性中的恶,让人更贪婪、更自私、更疯狂、更恐惧，争名夺利、唯利是图。你是最善于使用钱财追名逐利的人。从上大学用饭票贿选学生会主席开始，你就通过学生会主席的位子结交人脉，投机钻营。"

萧冬昇没有想到这个一向配合默契的老伙计，在说正事的时候突然揭开了他的老底，让自视甚高、目空一切的他脸上有些挂不住了。他说："你当初是怎么看上我的？"

"一开始，我压根儿就没看上你，甚至还鄙视你。你以为你当时拿着饭票到处拉票贿选的事情别人不知道？别自以为是了，学校里敢明目张胆贿选的，你是第一人。"

"那是过去的事儿了，你提这个干什么？"萧冬昇到底还是心虚了，红着脸说，"你知道我那么不堪，怎么还被我追到手了？"

"因为你有点鬼门道。"周筝说，"我们学生会里所有人都没有想到你居然能参与学校的信息化设备的采买，而且还利用这种机会倒买倒卖发大财。当然，你当时赚的那点钱现在看起来微不足道，但是在那个时候还是相当可观的。这种捞黑钱的机会可不是谁都能够争取到的。"

"那时候百废待兴，经济发展如火如荼，只要把握住机会，人人都有钱赚，这怎么能叫捞黑钱呢？"萧冬昇不以为然地说。

"并不是所有的人都像你一样，有商业头脑。"周筝说，"我们大多数人自诩为象牙塔里的天之骄子，对经商、搞关系那一套既鄙视又羡慕。虽然大家兜里根本没几个钱，生活基本靠家里接济，但是能够低下头颅和身段，跟在别人后面跑前跑后赚到钱的，却鲜有其人。"

"你是对我赚钱的门道有兴趣？"

"是的，虽然不光彩，但确实很有效。钱对任何人都有很强的诱惑力，特别是看到你周边的人发了财的时候。"

"能赚到钱就行了,至于手段嘛,有那么重要吗?不是说为达目的可以不择手段吗?"萧冬昇狡辩道,"那时候,市场上的空白点多,人人都在跑马圈地赚快钱,谁的关系广、谁的路子野、谁的门道多,谁就获得竞争优势。大家不都是这样赚钱的吗?在一切向钱看的社会发展阶段,道德、法律统统都不重要,重要的是你比别人更快地抢占制高点,守住财路。"

"你所谓的财路就是谄权媚贵、攀龙附凤?"

萧冬昇哑口无言,他心里承认,口上却始终说不出来。

"你还记得孟德斯鸠所说的人类社会存在的'十种恶'吗?我知道你说不出来,我也说不出来。而我们走的就是这条路。"她看着萧冬昇,显得异常睿智、理性,"我最近一直在思考我们走过的路,我们做出了可能是世界上最庞大的公司,却想方设法地将它隐藏、掩盖起来,让它神秘得像鬼魂一样见不得光。这究竟是为什么?"

"这跟孟德斯鸠的'十种恶'有关系吗?"

"不道德的商业。"周筝说,"所有的商业都应该符合社会的公序良俗。那种依靠权力'寻租'钻营搞投机、煽动贪婪恐惧等人性之恶获得利益的方式注定是不长久的。就像沙滩上的城堡,无论看起来多么宏伟高大,都经不起大浪的冲刷。"

"没有人性的政治、没有思想的崇拜、没有人文的科学、没有道德的商业、没有良知的知识、没有真实的历史、没有独立的精神、没有自由的幸福、没有劳动的富裕、没有制约的权力。"萧冬昇喃喃自语,"难道我们错了,当初就不应该出来,而应该安心做个教师?可是,我不甘心啊!"

"问题不在于从事什么行业、干什么工作,而是穷的时候能够安贫乐道,富贵荣华后要造福社会,既不能贪图享乐,更不能践踏法律、破坏纲常。"周筝深情地回忆起了往事,"当初证券市场还处于起步阶段,股市、股票、股份制这些名词对绝大多数人来说还十分陌生。而地处我们西北的鹿城,懂得将企业进行股份制改制的人更是凤毛麟角。我利用家里在当地的社会关系,把你从军校调到鹿城化工厂做股改上市的工作。你脑子活、路子宽,从监管部门申请了企业上市指标,并很快将鹿城化工做上市,接着又将做甜菜制糖的公司包装成高科技企业做上市,这就是未来科技——我们未来金融控股集团的前身。当时,我们都想着将企业做上市,并利用资本的力量做大做强,谁承想竟然成了搞金融、玩资本的。"

"那时候的社会经济还处于市场经济的初级阶段,"萧冬昇跟她一起回忆他们的创业史,"市场由自由竞争和行政引导两种方式并行运作,也就是所谓的双轨制。由于市场经济发展还不充分、监管制度还不完善,给善于把握机会的人留下了很多的运作空间,同时,也给权力'寻租'创造了条件。那时候,企业的上市指标就是最好的标的物,谁争取到上市指标,谁就能发财。同样地,谁掌握了上市指标,谁就能将权力变现。这是那个历史阶段的必然产物,不仅我们如此,世界上其他的国家也有类似的情况。对我们而言,这就是那个时代对我们最好的馈赠。我不认为这有什么不对。"

"可是,我们不能总干这事情,不能总是通过权力'寻租'获取利益。"周筝说,"本来应该是坦坦荡荡的事情,最后都干成鬼鬼祟祟、见不得光的事情。"

"一旦沾上权力的边,就像沾染上毒品一样,再也戒不掉了。而规范经营、竞争求发展,又何其难、何其慢。"

"所以,你要搞金融、玩资本。"

"只有这样才能适应资本的扩张要求,搞实业太慢。我的愿望是通过资本运作,推动中国企业的产业升级,而我成为中国的

J.P. 摩根。"

"但是，你弄了那么多金融牌照，却从来没有一家公司成为你心目中的 J.P. 摩根公司。"周筝不无嘲讽地说。

"'天下熙熙皆为利来，天下攘攘皆为利往。'天下所有的一切，都是交易。而金融就是交易的媒介和手段。只要卡住了这条咽喉要道，就能最大限度地调动和支配各种资源。"萧冬昇霸气地说，"在一个相对封闭的经济体里，什么是最优质的资产？不是金，不是银，也不是矿，而是牌照。这个世界上稀缺的不是什么金银珠宝、矿产资源，而是开采权、经营权。只要是需要审批而不是自由竞争的，沙子也可变黄金。所以，你手里真正值钱的，不是拥有多少家上市公司、银行和保险，而是有多少张金融牌照。"停顿了一下，他意味深长地对周筝说："你要设法保住那些牌照，那是你最重要的筹码，只有把它们控制在你手上，才能跟他们讨价还价，而他们也会因此更加重视你。"

萧冬昇的声音不大，却炸得周筝的耳朵嗡嗡作响。她知道这是他以他的方式交代任务。她的目光越过萧冬昇的头顶，怅然若失地看着窗外。维多利亚港灯光闪耀、繁花似锦。眼前的一切既真实又虚幻，思绪在现实和梦幻之间往来游走，变幻不定。

"真是可笑，我们处心积虑、费尽周折，甚至丧失尊严建立起来的金融帝国，说塌就塌了。这一切就像是一场梦，一场真假难辨、好坏不分的梦。原以为钱多了会更自由，关系广了会更安全，规模越大、隐藏更深，就能屹立不倒，哪知道一夜之间就输得如此彻底——不但一无所有，还要亡命天涯。"周筝的眼中噙满泪水，被窗外的霓虹灯映照得闪闪发亮，眉宇间透出一股苍凉与无奈。

萧冬昇也无奈地叹了一口气，强打精神，宽慰她道："'时来天地皆同力，运去英雄不自由。'一个时代结束了，不幸的是，我

第二十六章　别姬

们从弄潮儿变成了弃儿,死在沙滩上了。我们几乎享受了这个时代,或者说这个经济上行周期所有的红利,但最终还是折戟在转折点上。"

"转折点出现在什么时候?"周筝问。

萧冬昇深吸一口气,面色狰狞,语调深沉地说:"那场股灾。让所有人都刻骨铭心的股灾。"

"接下来呢?我们是最大的牺牲品吗?"

"股灾是个信号。股灾让我们这个如此庞大的经济体都难以承受,随着资产泡沫的破灭而倒下。今后还会有一大批前期狂飙突进的企业相继爆雷,挡也挡不住。"

"但是还有一些企业在逆势扩张。我们是否还有一战之力?"

"没有了,不要再有幻想。我们捅出的窟窿已经够大的了,资产覆盖不了负债,大到我们自己都处理不了,需要借助国家力量才能解决的地步。所以,不要再心存侥幸。我知道你心有不甘,我也一样。但是机会已经不在我们这边,无论你怎么努力挽救大厦于既倒,都无济于事。"萧冬昇心灰意冷地说,"谁在这个时候还不知死活地扩张,谁将死得更惨。往后看,我们不是最惨的,一定还有比我们更大更猛的大雷出现,对国家和社会生活的冲击力更大。"他的眼中又冒出狡黠的光,意味深长地说:"接受招安不是坏事。我们解决不了的事情由政府解决,弥补不了的窟窿由国家弥补,因此我们要积极配合,防范风险恶化外溢,影响国家整体金融系统的安全。但是,一定要记住,这样的机会只有一次,一旦被我们占了,别人就没机会了。现阶段,我们虽然是最坏的那一个,以后却未必是。恶贯满盈的大有人在。"

周筝有些失神地看着他说:"你总是这么自以为是、嚣张跋扈。"

萧冬昇闻言,猛地站起来,望着窗外的大海,满含热泪地低吟

浮华

了一段京剧："力拔山兮气盖世，时不利兮骓不逝。骓不逝兮可奈何，虞兮虞兮奈若何。"然后，他又低着头，对周筝说："我萧冬昇有经天纬地之才，吞吐天地之志。奈何晋升无门，跻身商贾之列，行投机钻营之事，博蝇营狗苟之利，巧取豪夺，累万贯家财，富可敌国。然此，固非我之愿也。如今，势单力孤，时不我与，为之奈何？"

"我最讨厌你这副自命不凡的样子。这都什么时候了，你还有闲情逸致发古之幽思？"周筝怒其不争地说，"你自比管仲、乐毅，有经天纬地之才，实际上不过是精致的利己主义者。你疯狂地聚敛社会财富，何时想到过回馈社会？你控制了那么多的金融机构，不是为了规范经营，而是拿来掠夺百姓的财富。你自诩为高雅清冷之士，但我看更像是鸡鸣狗盗之徒。"

萧冬昇被她一顿训斥，就像霜打的茄子，颓然地坐在沙发上，弱弱地说了一句："天下至私则至公。"

"你少来这一套，动不动就'天下、天下'的。你都自身难保了，还满嘴都是'天下'。真可笑。"周筝对萧冬昇的性格了如指掌，也唯有她可以毫不留情地对他冷嘲热讽后，让他乖乖地安静下来。看着他垂头丧气地摇头叹息，她的心一软，柔声说道："我们走吧，离开这个是非之地。目前到手的资金，完全够我们在别的地方重新开始。用不了几年，我们又能做出一个巨无霸公司。这里烂就烂了，谁愿接就给谁，丢了也没什么可惜的。"

"去哪儿？"萧冬昇心事重重，茫然地问。

"去新西兰啊，"周筝说，"我们办移民不就是为了这天吗？"

"你真是聪明一世、糊涂一时。"萧冬昇说，"事已至此，哪能说走就走？就是走了，那也是跑得了和尚跑不了庙。你的根在这里。我们不可能挖国家的墙脚，赚国家的钱，而受他国的庇护。干

第二十六章 别姬

了这种吃饭砸锅的事情,就是你走遍天涯,也得不到别人的同情和庇护。"

萧冬昇又缓缓地站起身来,望着灯光璀璨的维多利亚港湾,深沉地说:"再说,这种东躲西藏、颠沛流离的生活,我已经厌倦了。这不是我想要的生活。我不想再做一个黑衣人,成天提心吊胆的,怕得罪这个、讨好那个,还要提防他人暗算。纵使富甲天下又如何?没有自由的日子,生不如死。"他回过头,看着周筝说:"你能体会到我每天面对这港湾、这既熟悉又陌生的环境,是怎样一种孤寂落寞吗?你知道这种逃亡式的生活,什么是最可怕的吗?"他伸出颤抖的双手问周筝,十根手指的指甲被他啃噬得光秃秃的。

周筝已是泪流满面,默默地摇摇头。

"是时间。看不见尽头的时间。"萧冬昇举着颤巍巍的手,神色可怖地说,"时间是流沙,是长不尽的指甲——长着长着就长出来了。我拔呀拔,怎么都拔不完。"

周筝站起来,"哇"的一声,和萧冬昇抱在一起,失声痛哭。

这对往日的结发夫妻也不知多久没有抱在一起了,彼此都从对方的身上找到了熟悉的味道。哭着哭着,周筝突然感到萧冬昇在解她的衣服,不禁让她大吃一惊,想不到萧冬昇对年近半百的她还有兴趣。他可是情场老手,有过数不清的女人。她就是因为受不了他的胡作非为,毅然决然地跟他离婚了。她极力想要推开他,却被他抱得死死的,怎么都挣脱不开,而且被他轻车熟路地带到床上。周筝还想挣扎,却突然想起她跟萧冬昇第一次发生性关系的情景。那还是在燕大上学的时候,萧冬昇把她骗到宿舍,一手拿着《红楼梦》讲贾宝玉如何梦游太虚幻境,一手慌乱地解她的衣服扣子。

当然,现在他在这方面的技术早就炉火纯青了,但也许是压抑已久，萧冬昇来也匆匆去也匆匆。周筝还没有体会到快感，他便缴械投降了。就像当初第一次一样，周筝感觉好似被强暴了，气得她想破口大骂，但是又考虑到他的处境，不免有些心痛，就问他："跟我做爱是什么感觉？"

办完交割的萧冬昇已经彻底放松了，迷迷糊糊地说了一句："回家！"倒头就睡。

周筝掩面而泣。如今家已散，人逃亡。真不知道处心积虑地赚钱、赚钱，疯狂地聚敛财富究竟是为了什么！

萧冬昇在睡梦中仿佛又回到了年轻的时候。他在军校的讲台上挥舞着双臂，对那些青年军官激情洋溢地说："我们是人民的子弟兵，要听党的话、跟党走！"

3

周一早晨，庄琪在上班的路上，接到柳青打来的电话。

"老板，刚才一大早公司里来了四五个警察。说他们是山东烟台的警察，要求我们配合，查封黎总在我们这里的东西。现在该怎么办呢？"

庄琪听说警察上门来了，吓得花容失色，急忙叫司机把车停在路边，问柳青："他们现在干什么呢？"

"办公室主任董鹏正带他们在黎总的办公室清查他的东西呢。"

"就查黎总的吗？有没有说还要查其他人的？"

"没有。现在怎么办？"

"还能怎么办？积极配合吧。"庄琪提高声调，故作镇定地说，"你们就对警察说，他是我们这里的临时顾问，平时都不来公司，也不在公司领薪水。我们是因为他年纪大了，为了照顾他，才给他一间办公室的。他也是偶尔来一下，至于他究竟干什么，我们也不

第二十六章　别姬

知道。知道吗？要把我们跟他择干净。"

"好的，知道了。"

庄琪放下电话，喘着粗气，捂着胸口，对旁边的孟华说："妈呀，吓死我啦。公司来了几个山东的警察，正在查抄黎元梓的东西。你赶紧给窦姐打个电话，了解一下情况。我怕现在她的电话被监听了，会惹祸上身。"

孟华没好气地说："你怕惹祸上身，难道我就不怕？"

庄琪讪讪一笑，说："我还有其他事情。"然后，她给圆明御墅的宏祥打电话问："你们那里有没有警察？"

宏祥一头雾水地说："警察？没见着啊，出什么事儿了？"

"你别问了，赶紧把咱们在那里的锅碗瓢盆打包收拾好，我一会儿派车来接你。要快，必须马上就办。另外，凡是我们掏钱买的，一律打包带回来。"

庄琪放下电话，就听到孟华说："窦姐的电话关机了。"

庄琪的额头上冒出汗珠，惴惴不安地说："怎么办？会不会牵扯到我们这儿？"

"应该不会，"孟华显然在这方面有经验，较为淡定地说，"肯定还是未来系的事儿。他才到你这儿几天，除了吃，什么事儿都没干过。要干也是过去干过的事儿，跟你扯不上啥关系。放心吧。"

"我还是不放心，最好去哪儿躲几天。"

孟华眼珠子一转，说："去珠海吧。"

"好啊。"庄琪爽快地同意了。

第二十七章
浮华

1

窦艳在香港尖沙咀君悦酒店57层的旋转咖啡厅依窗而坐,这座被誉为东方之珠的繁华喧嚣的国际化大都市在这里一览无余。感受着从窗户飘进来的略带咸味的徐徐海风,她忽然有种恍如隔世的感觉。

这里也是承载她梦想的地方。20多年前,她是较早的一批内地券商派驻香港的业务代表。那是个激情燃烧的岁月。她的眼睛光芒四射,心潮澎湃。过去的美好时光就像电影一样,一帧一帧地浮现在眼前。初来乍到的她,对这个花花世界充满了好奇。她在这里生活了近两年,把这里的每座高楼大厦、每条大街小巷逛了个遍,什么犄角旮旯有什么好玩儿的、好吃的,她都了如指掌。

现在想起来——她一边望着窗外,一边整理思绪——这个城市给她的震撼不仅仅是高楼林立、霓虹闪耀、纸醉金迷,这些都是表象而物质的。真正触动她内心的,是这里的商业文化、市场氛围、法治环境和契约精神等,这些是需要通过细微观察才能体悟到的东西。在这个异常发达的商业社会里,经济繁荣的背后是规则意识和公平竞争的精神。她觉得这里生活节奏快、金钱至上、优胜劣汰,但是并不觉得累。生活在这里的人们,虽然看似忙忙碌碌、

第二十七章　浮华

疲于奔命，但是脸上充满自信，洋溢着笑容。

尽管这里的一切都是那么自由和美好，让人迷恋，但是公司招她回去的时候，她还是义无反顾地离开了此地。她至今也想不明白，当初选择回去是因为这里的一成不变、按部就班远不如内地波谲云诡的社会转型、经济转轨有更多的发展机会，还是因为他乡虽好终是客，故里才是魂归处。这种矛盾心理至今都无法令她释怀。每当她踏进这个地方的时候，心里总是夹杂着莫名的自卑感、愧疚感、自豪感，甚至还有一点儿优越感。这种五味杂陈的怪异感让她难以融入其中。因此，在随后的日子里，她但凡到此，除了工作就是疯狂地消费，也许唯有通过物质的享乐，才能填补内心的缺失。然而，至今为止，她都弄不清楚她的内心究竟缺的是什么。

一生皆是命，半点不由人啊！她轻轻地举起碟盘，将咖啡杯放置在口鼻处，深吸一口气，希望浓郁的香气能抚平内心的凌乱。这时，她看见从电梯口出来一位身材高挑、曲线玲珑、着装时髦、气质高雅的青年女性。她出了电梯后，没有丝毫的犹豫便向咖啡厅的门口走来。到了咖啡厅，她略有停顿，扫视一圈后才看见靠窗而坐的窦艳，便向她款款走来。

她是萧冬昇的第二任妻子冯珊珊，是周筝和萧冬昇燕大的师妹，小他们十几岁，跟庄琪年龄相仿，她们是同一辈人。看见她的第一眼，窦艳的心里就滋生出一种莫名的情愫，比对香港的情绪还要复杂。不知是羡慕还是嫉妒，亲切还是仇恨，喜悦还是酸楚，总之，矛盾得连她自己都搞不清楚。也许是有人天生好命，别人奋斗了一辈子都得不到的东西，有的人轻而易举就得到了，无论是凭运气还是靠颜值。以前她看在萧冬昇的面子上，对她退避三舍、敬而远之，如今为了自己的事情，不得不放低姿态。

"珊珊，好久不见，你还是这么漂亮、优雅、知性，真是太让我羡慕啦！"窦艳看她走过来，急忙起身迎上去，一边恭维一边略显亲密地拥抱。

"比周筝如何？"

"啊？"

窦艳被她突如其来的问题惊得愣在当场，不知该如何回答。冯珊珊也对自己脱口而出的问题没有心理准备，脑子瞬间空白，不知道这个傻问题缘何而来。场面一度十分诡异。好在两人都是聪明人，相视一笑，打个哈哈就遮过去了。

"你也不错，还是那么精干。黎总还好吗？"冯珊珊坐好后，优雅地并拢双脚，让身体的曲线完美地展现出来。

"不好也不坏。"窦艳隐瞒了黎元梓又被带去配合调查的事情，模棱两可地说，"你也知道，他也是身不由己的人，随时要被叫去配合调查。要不是因为被边控了，这次就是他来找你了。"

冯珊珊听她如此一说，顿时紧张起来，神经兮兮地问："艳姐，出什么事儿了吗？找我干什么？"

窦艳本来是想先联络一下感情，等一切铺垫好了再切入正题的，哪想节奏没有控制住，再要绕回去，就显得有些矫情了，索性把心一横，径直说道："也不是什么大事儿。就是专案组对我们的调查越来越深入，我们的一些资产账户都被冻结了。什么时候解冻、会不会解冻都是个未知数。我们的孩子在美国学习生活，目前还没有能力自己养活自己，需要我们的扶持。你也知道，现在国外的生活成本很高，我们在海外也没有多少积蓄。思来想去，想到在你这里还有一笔提成没有拿。在萧冬昇回去自首的前半年，他让黎元梓在这里设立了2亿美元基金的事情，你不会忘了吧？"

冯珊珊听说她是来要钱的，一颗悬着的心又放下了。她端起咖

第二十七章　浮华

啡杯轻轻地抿了一口,咽下去压了压惊,答非所问地说:"你对周筝那么好,还替她坐了一年半载的牢,难道她走的时候没有给你安排好吗?"

"那都是什么时候的事情了啊,你提它做什么?"窦艳看这女人的架势,知道她要赖账,不禁紧张起来,"再说,当时也是为了集团收购鹿城银行,不搞定一些关系,银行怎么能落到我们手里。如果她进去了,后面的事情谁来办?权衡以后,只有让我先扛下这个脏活儿、累活儿。这还不都是为了公司嘛!"

"所以我才为你感到不值。"冯珊珊悻悻地说,"你为她做出那么大的牺牲,可她对你一点儿安排都没有。真让人心寒。"

"为了让我出来,他们也花了不小的代价,我没什么好抱怨的。这都是以前的事情了,你说这些究竟想要干什么?"

"艳姐,你还记得我和萧冬昇结婚的时候,你送我一辆宝马X3吗?"

窦艳脸色一滞,故作镇定地说:"记得啊。"

"你什么意思?"

"那不就是辆代步工具吗?"

"别以为我看不出来。"冯珊珊气愤地说,"你是替周筝出气,骂我是小三!我对你的这种侮辱铭记在心。我把那辆X3用金箔裱成金色,放在车库里,时时提醒自己一定要比周筝强,一定超过她。"她坐直身体,挺胸抬头,傲娇地说:"我本来就比她强。"

窦艳看她搔首弄姿的样子,不由得怒气上升,但是因为还有求于她,必须克制火气,慢慢跟她周旋。"你想多啦,我听说你开不了大车,才买了一辆小车送你。"窦艳说,"你都是哲学专业的博士后了,这些问题都看不透吗?即便我是小肚鸡肠,但是在你这个哲学大家的眼里,不也是小儿科?你至于牢记至此吗?"

浮华

"但我也是女人。从小到大,我还没有被人这样侮辱过。"冯珊珊情绪激动,有些歇斯底里,但是看得出,她也在尽力地克制自己的情绪,"我承认有那只基金,而且我还是基金管理人。但是你要拿提成是不可能的,这里的法律不认。如果你想要,找萧冬昇要去。现在树倒猢狲散,找他也不是那么好要的。除非……"

"除非什么?"窦艳就要按捺不住,张口大骂时,听说还有缓和的余地,急忙刹住嘴,继续压住脾气,耐心地问。

"除非你我合作。你在内地搞关系找项目,把以前萧冬昇、周等他们掌握的那些领导子女、亲属的关系利用起来,找到投资的好项目,我在香港给你提供资金。只要我们里应外合,过不了几年,又能做出个巨无霸公司出来。他们能做到的,我们也能做得到。"

窦艳大吃一惊,想不到她还有如此的野心,劝她道:"你难道还没从未来、萧冬昇的身上看出来吗?这是一条不归路啊。不要把你的自由、幸福寄托在权力人物身上,也不要把获取财富的方法用在权力'寻租'上,那无异于与虎谋皮,不是谁都玩得起的。"

"那就没办法了。"冯珊珊环抱双臂,跷起二郎腿,一副悠然自得又挑衅的样子。

窦艳的怒火被她轻佻的样子彻底点燃了。她刻意压低了嗓音,先以一种含混不清的语调说:"就你这样,难怪萧冬昇娶了又离。"

"什么?"冯珊珊虽然听不真切,但是猜也猜得出来,不禁心里一颤,预感到暴风雨要来了,战战兢兢的。

"你不过是被萧冬昇找来配种的,有什么可骄傲自满的?别以为多看了几本书、多拿了几个学位就目中无人了。你连萧冬昇是什么样的人都分辨不清,就在这沾沾自喜地以为钓了个金龟婿,成了人上人。狗屁不是!萧冬昇跟很多女人生了很多孩子,恬不知耻地自诩为传播优秀基因。你跟这种人结婚不觉得恶心吗?你这不是自

第二十七章 浮华

轻自贱、自我侮辱吗？你连自己是个什么货色都认识不清，还需要别人来侮辱你吗？你自己就够了。不要老跟周筝比，你给她提鞋都不配！"

冯珊珊瞬间被窦艳猛烈的炮火打得体无完肤，兴不起半点反击的念头，迅速溃败。这次对她的打击已经远远超出了上次送车的羞辱。她生平从未听到过如此恶毒的语言，更没有应对泼皮无赖的经验，遭此大辱，自然手足无措。她气得脸色苍白，羞愤得差点晕厥过去，而后跟跟跄跄地站起身，随着胃部一阵痉挛，哇哇地吐了几口胃液，就朝着来时的方向，狠狈而去。

窦艳茫然地望着窗外，天空灰蒙蒙的，一片死气。她的心情跟天气一样糟糕，没有一丝喜悦。这种口惠而实不至、没有希望的争强好胜，对她而言毫无意义。她形单影只，与弥漫的迷雾渐渐地融为一体，一时竟不知身在何处。

2

庄琪跟孟华来到珠海，下了飞机，一坐进孟华的迈巴赫，俩人就搂抱在一起，毫无顾忌地摸来摸去，全然不把开车的司机红乾当回事，让他面红耳赤，心猿意马地难以专心开车。当他们的车驶进孟华开发的宝裕花园小区的时候，突然一群中年妇女冲上来把车团团围住了。几个彪悍且手脚利索的女人拉开车门，不等他们反应过来，孟华已经被拽出迈巴赫，狠狠地摔在地上。他圆滚滚的身体严重影响了行动的灵活性，四脚朝天地躺在地上，半天起不来。

"孟华，你这个臭不要脸的黑心人，竟敢把我们的房子抵押给银行，难道不知道我们背后都是什么人吗？"

那些妇女根本不给他爬起来的机会，围住他就破口大骂。还有人乘其不备，狠狠地踢了他几脚，疼得他痛苦哀号。稍远处，一群花枝招展的女子一边纷纷叫好，一边拿着手机幸灾乐祸地拍照。

庄琪被这突如其来的变故吓坏了，急忙示意司机红乾把车挪在一旁，躲在里面不敢出来。

"这就是梁小民养在这里的女人？"庄琪问红乾。

"这哪是，"红乾微笑着，指着那些看热闹拍照的女子说，"那些才是。这些是她们的妈妈。"

庄琪一听是小三们的母亲，知道这个年纪的女人不好惹，更不敢出去了，缩在车里打听情况。

"这是怎么回事儿，她们为啥闹啊？"

红乾幸灾乐祸地捂着嘴说："孟总把她们住的那栋楼拿给银行抵押贷款，她们办不了产权证。"

庄琪从红乾的言行中迅速判断出，此人的忠诚度绝对有问题。但是她并没有指责他，而是不动声色地继续从他嘴里套话："就押了那一栋吗？这个小区一共几栋楼？"

"押了两栋，她们住的那一栋和前面就要封顶的那一栋。"红乾指着前面搭着脚手架、还没有贴墙砖的水泥墙、快要封顶的那栋楼说，"这个小区一共5栋楼，是孟总和别人联合开发的。孟总是小股东，只有这两栋楼是他的。另外那3栋早就盖好销售完了，业主的产权证也办下来了。"

"新盖的这栋楼什么时候开始销售？产权证怎么办？"

"已经在销了，差不多卖完了。反正是期房，产权证拖着慢慢办呗。"

"你是哪儿的人？跟孟总几年了？"庄琪感觉大致情况了解得差不多了，就转移话题，关心起他的私生活。

"东莞的。差不多有十年了。"

"他给你多少钱？"

第二十七章 浮华

"个把万吧,每个月。"说到收入,红乾的语气变得僵硬,脸上的笑意也没有了。

"在这地方1万元恐怕是少了点吧?"

红乾气冲冲地点了一根中华烟,打开车子的天窗,说:"我家是拆迁户,不指着这点钱生活。在这儿就是跟着孟总学做生意,顺便赚点零花钱。"

庄琪憋着没有笑出来,把身体往前一探,两只胳膊一左一右,搭在前面的座椅上,故作亲切地问:"孟总还跟他的前妻们有来往吗?"

红乾警觉地回头看了她一眼,又看着前面被一群妇女围攻的孟华,低头吸烟默不作声。

"我跟你们孟总虽然是刚开始交往,但是我很看重这份姻缘,希望能修成正果。"庄琪还是决定采取怀柔策略,动之以情、晓之以理,"他给你的这点钱确实有点少,在经济发达的珠三角,就是当零花钱也不够啊。这样吧,我再给你加一份儿——他给你多少我给你多少,只要你把他在这里的行踪一五一十地告诉我就行了。但是你知道的,这事儿只有你知我知,绝不能让他知道。可以吗?"

在庄琪糖衣炮弹的攻势下,红乾没有丝毫犹豫就迅速投靠了她。

孟华好不容易摆脱了那些妇女的纠缠,狼狈地钻进汽车,急忙命令红乾开出小区。他的身上沾满了可乐,把一身昂贵的西服弄得一塌糊涂,眼看着穿不成了。

"咱们去哪儿?身上怎么都是可乐?"庄琪见状,急忙问道。

"先去深圳躲一躲吧,再不跑,说不定就要浇汽油了。"孟华惊慌失措地看了一眼身后,心有余悸地说,"这些女人疯了吗?下手这么狠。"然后他气冲冲地质问红乾:"她们怎么知道今天我要来,是不是你告诉她们的?"

"老板,她们天天蹲守在小区门口,就等你来,根本不要我通风报信。"

"你怎么不早告诉我?"

"没找到机会。"

孟华气愤地说:"怎么没机会?"

这时庄琪突然一拉他,转移了他的注意力。"你是怎么摆脱那些女人的?"想到刚才的一幕,她就觉得好笑,不禁追问。

"还能怎么弄?答应尽快给她们办产权证呗。"孟华稍稍缓了一口气,情绪也平静了下来,"我说你们把我弄死了,你们的房子就被银行拿去拍卖了。你们想要产权证,给我两个月时间,等我把银行的钱还了,把房子解质押出来,就给你们办。好说歹说,这些女人才把我放了。"

"你给她们办产权证吗?"

"办个锤子。"他也学着高衙内的语气说,"她们又没给我钱,我凭什么给她们房子?"

"那你把她们撵出去不就得了吗?反正萧冬昇和梁小民都被抓了。"

孟华哭丧着脸说:"哪有你说得那么轻巧,还有没被抓的呢。"说到这里,他突然想到什么,后背一凉,打了一个哆嗦:"得罪不起啊!"

"那怎么办?"庄琪有种自家东西被人占了,很憋屈的感觉。

"还能怎么办?先让她们住着,也许还有大用处呢。"

庄琪见他神神秘秘的样子,猜他可能会拿她们背后的人做文章。因为有红乾在,庄琪就没有在这方面刨根问底。她问道:"那两栋楼你抵押了多少钱？用哪儿了？"

"抵押了5亿，去年在深圳前海拍了一块地。我们现在就过去看看，看能不能尽快动工。"

"5亿在这儿能拍多大块地？"

"也是跟人凑一起拍的，两人合计10亿，20万平方米。拍完就没钱搞后续的开发了。"

"那怎么办？"

"跟你借。"

"我没钱！"庄琪觉得自己幻听了，忍不住叫出声来。随即气愤地说道："我还到处找钱呢！"

孟华微微一笑说："我帮你去找。"

3

庄琪不知道孟华的葫芦里卖的什么药，想急切地翻底牌，可转念一想，这么机密的事情有第三人在肯定说不清楚，就强忍着好奇心，想得空再跟他仔细聊。于是，她又跟孟华腻歪在一起，就像大小两只皮球粘在一起，随着路面的颠簸，晃来晃去，害得红乾死死把住方向盘，才不至于让车失控。

孟华绕道带庄琪到前海看了一眼他拍的地，站在一片荒芜的盐碱地上，给她大谈特谈他的未来智慧城市的构想。庄琪对他的理想城市一点儿兴趣都没有，只想着让他赶紧从哪里弄点钱，把项目启动起来，再稍微包装一下，坑更多的人、骗更多的钱。

看完他的待建项目，孟华突然心血来潮地把庄琪带到深圳的一家甲鱼馆吃饭。这家店是他给他的第三任妻子开的，她是当地最有名的歌舞团的歌手。饭桌上，当孟华得意扬扬地介绍这位进来敬酒的高雅丽人是这家店的老板娘，也是他前妻的时候，庄琪勃然大怒，一摔筷子就跑了。孟华无奈地看着盆里吃了一半的红烧甲鱼，使劲地咽了一口吐沫，追了出来。他知道庄琪在这里人生地不熟，没有可去的地方，所以追到酒楼门口就抓住了她，好说歹说才把她哄进旁边的酒店住下。

"都多大年纪了，还像小姑娘一样争风吃醋。"到了房间后，孟华摸着尚未填饱的肚子，打趣道。

"我愿意，我喜欢，我就是爱妒忌，怎么着？你喜欢你那臭婆娘怎么不跟她一起过？离了干啥？是不是没钱被人嫌弃，蹬了你？"庄琪自然是得理不饶人，心中的不满倾泻而出。

负债累累的人对钱最敏感，特别是说他们没钱的时候，就像挖了他们的心肝一样难受。孟华脸色铁青地说："不许上纲上线，进行人身攻击。"

说别人没钱固然很解气，但它同样也是自己的软肋。拿同样伤害自己的语言攻击别人，无异于自残，因此，她也没有底气穷追猛打。房间里死一般沉闷。

"说吧，你怎么搞钱？"最终，还是她打破僵局率先开口说话。当然，这种情况下谁先开口谁就是弱势的一方。

孟华先用饱含责备的眼神瞟了她一眼，用沙哑的口气说："这才是正事儿。"然后坐直身体，清了清嗓子说："还得从宝鼎的产业园上想办法。"

听到如何搞钱，她当即急切地问："怎么搞？"

"上次咱们一起去见宝鼎市的书记、市长，他们对我们落户产业园的项目规划十分感兴趣。"孟华胸有成竹地说，"那次为什么把你抬得那么高？就是要给地方领导一个好印象，让他们记得还有你这么一个有理想、有情怀的上市公司的年轻女企业家热衷于环保事业，投身环保产业。我们的目的是获得他们的情感认同和政

第二十七章 浮华

策扶持。"

在那场见面会上,庄琪紧张得连做了些什么都忘了,只记得会后就被孟华骗上了床。

"现在地方政府最重要的工作任务就是搞经济促生产,考核的指标之一就是 GDP。要想让 GDP 持续增长,产业落户就是重中之重。上次见面后,地方领导对我们的项目非常重视,希望我们尽快拿出计划方案,早日启动项目入园。"

"这得投资多少?我们哪有项目落地?"说到投资,庄琪又感到气短心慌。

"你听我把话说完。"孟华早就料到她有如此表现,不急不缓地说,"这次帮我们运作入园项目的人是市长的侄儿,他已经帮我们在市长那里做了很多沟通工作。只要我们的项目规划得足够好、足够大、足够吸引人,他就能帮我们争取到很多的优惠政策。"孟华看她没有再那么冲动,就接着说:"我是这么规划这件事情的:咱们给地方政府提供一个项目规划报告,说我们要在他们的产业园内搞一个总投资 200 多亿的'绿能宝国际环保装备产业中心'。这个产业中心有研发中心、装备制造中心、信息交流中心、国际会展中心、物流中心及总部大厦中心等板块,占地 1000 亩。"

"这么大规模的项目,我们哪有钱投啊?"庄琪听得心发慌,终于还是忍不住打断了他的话。

"这太好办了,"孟华胸有成竹地说,"这么大的项目,地方政府一定很重视。这时,我们就可以提条件了。一般在申请建设项目用地的时候,还可以相应地申请房地产项目开发用地,也就是政策配套用地。因此,我们在申请产业园 1000 亩项目建设用地的同时,还可以要求地方政府在城市中心位置给 500 亩的房地产开发用地。然后,我们将其中的 200 亩或 300 亩反手卖给别的房地产开发商。

如果每亩地按 100 万算的话，200 亩至少是 2 亿。2 亿不就随随便便到手了吗？"

"太好了、太好了。"庄琪喜笑颜开，激动得要跳起来，"这简直就是空手套白狼啊！"

"这还不是最吸引人的地方。"他看着庄琪一副手舞足蹈、急不可耐的样子，暗自发笑，"我们拿这 2 亿，让地方政府再出 2 亿，共同发起设立 40 亿的产业投资基金。这不就圆了你的基金梦了吗？"

庄琪神色迷离地说："40 亿规模的基金，管理费就是 8000 万。有这 8000 万，还怕券商逼债吗？咱们赶紧回去找股东们商量一下，尽快启动这个项目。"

4

庄琪兴冲冲地找来穆星和张幼军商量投资产业园的规划，并把孟华介绍给了他俩。张幼军轻而易举地从他们俩的举动里看出了端倪，心里沉甸甸的，像洪荒巨兽挣脱牢笼般的压抑。穆星对他们空手套白狼的计划感到心惊肉跳，坚决不同意拿这个弱不禁风的公司去冒险："这个项目的风险太大了，咱们没有实力，也没有能力去操作此事。自从收购绿能宝以来，上市公司已经连续亏损两年。去年，也就是在张幼军的不懈努力下，公司才勉强实现了赢利。咱们手里既没有用于投资的资金，也没有新的技术项目，已有的技术还面临被市场淘汰的风险。我们拿什么去完成那么宏大的建设规划？"

"前期又不需要我们投资多少，只是以公司投资的名义'产业购地'，把商业用地拿到手，然后以开发带动建设——一边卖地卖房，一边投资建设产业园。这不是两全其美的好办法吗？"庄琪不以为然地说。

第二十七章 浮华

"越是不出钱的项目越要谨慎,那都是陷阱,掉进去就出不来了。"穆星语重心长地说,"当年裴明海不就是因为投资产业园把公司搞黄了,才被我们收购了吗?现在你再这么搞,岂不是重蹈覆辙?"

庄琪顿时哑口无言。一想起裴明海她就不寒而栗,总觉得终有一天他要提刀见她。她把目光转向孟华,希望他能说服他们。

"咱们有关系。那边书记、市长的工作我们已经做好了,只要咱们这边把立项报告递过去,那边走个程序就通过了,紧接着就能拿地搞开发了。"孟华说话的时候,想极力表现出一副尽在掌握的气势,可是在这两人面前,远不如在庄琪面前轻松自如,说话磕磕巴巴的,显然是在虚张声势。

"那得有多么牢靠的关系,才能在一点儿投入都没有的情况下,让你白白地拿地啊?"穆星对搞地产的人一向不感冒,觉得他们就是一帮酒桌上的骗子,因此不留情面地讽刺道,"你找的是皇亲国戚吗?你说什么就是什么?你以为地方政府都是傻子,说骗就骗?"

孟华一张脸被怄得跟猪肝似的,努力争辩道:"公司靠现有的业务,啥时候能把业绩搞上去,把市值做大?要做大市值、搞好业绩,解决大股东股权质押的后顾之忧,就要谋划大项目。"然后,他对着庄琪说:"我们必须做到收入过百亿、市值过百亿。"

一直沉默不语的张幼军问他:"你怎么让收入过百亿、市值过百亿?"

孟华大言不惭地说:"当然是通过大量的收并购!"

"你这个傻子,你知道什么是收并购吗?你做过收并购项目吗?你是谁啊,恬不知耻地在这儿胡言乱语?"张幼军终于忍不了他的信口雌黄,跳起来怒骂。

"谁是傻子?你怎么能骂人呢?"

孟华尽管心里发虚，但是也不得不站起来应对。于是，两人你一言我一语地互相攻击，谁也放不过谁，眼看着就要打起来了，最后被庄琪一句"我要报警啦"弄得不欢而散。

穆星和张幼军走后，孟华气喘吁吁地质问庄琪："你跟他睡过？"

庄琪支支吾吾，避而不答。

"反正就是这么回事儿，"孟华没好气地说，"你要么选择相信他们，一步一步来；要么相信我，一口吃个大的，一劳永逸地解决你的大问题。究竟怎么做，你自己看着办。"

庄琪思考了半响，把心一横说："我还是相信你。"

"那你把张幼军开了，让市长的侄儿当上市公司总经理。另外把公司的业绩粉饰得漂亮点，我就不相信我做不了收并购。"

张幼军还是在交易所的网站上得知自己被免职的消息的。他异常愤怒，打电话找庄琪质问，手机关机；找穆星，穆星也感到莫名其妙。按程序，如此重大的任免决定，不仅需要在决定的前三天告知本人及董事会成员，还必须经过公司董事会的讨论形成决议才能对外公告。而庄琪在没有告知其他董事会成员的情况下，就一纸公告把张幼军免了，让市长的侄儿马保国取而代之，简直是欺人太甚。张幼军忍无可忍，跑到证监会证券犯罪局把庄琪举报了。因为是内部人举报，证券犯罪局迅速立案，对庄琪展开犯罪调查。

庄琪同样是接到证券犯罪局的立案通知才知道张幼军把她举报了，顿时万念俱灰，如丧考妣。庄琪不是没有考虑过惹毛张幼军的后果，她是赌他是跟她上过床的男人，能顾及那么一点点情面，纵容她的任性。谁知她把别人逼得走投无路的情况下，别人也将她推向了悬崖。张幼军的反叛无疑是推倒了多米诺骨牌，引发了一连串的危机。股票市场在得知她被调查的消息后，上市公司绿能宝的股价连续跌停，很快就让她的质押爆仓，券商只好将其挂到股权拍卖

第二十七章　浮华

网站上。绿能宝的原股东——洁能科技及琪石投资的股东们纷纷向法院提交了起诉书。大唐基金还以其私刻公章为由向公安机关报案。一时间，庄琪陷入四面楚歌的境地。

正在她焦头烂额之时，刘文亮又找上门来了。

"你来干什么？我都成这样子了，你还来跟我要钱？"

"张幼军也把我举报了，说我跟你在收购绿能宝时串通一气，搞内幕交易。"刘文亮垂头丧气地说，"证券犯罪局已经给我发了立案通知。我是想过来跟你商量一下，接下来该怎么办。"

"这个浑蛋。"庄琪气得破口大骂，"我真是瞎了眼，怎么跟他上床呢。"当她看到刘文亮神色不善地斜眼看她的时候，忽然灵机一动，说道："咱们赶紧去找邓爷，看他在证监会那边有没有关系铁的人，给咱们疏通一下，兴许能够从轻发落。"

但是，邓爷听说了他们被举报的情况后，问道："这些被举报的事情是不是事实？你有没有干过？"

庄琪无言以对，她不想承认，但又不敢不承认，于是装出楚楚可怜的样子，说："那都不是我一个人干的，我也是被逼无奈才干的。"

邓爷没好气地说："你出去吧！你跟那个人一样，都迷信自己的那一套，攀龙附凤、投机取巧，跟魔鬼做交易。你们费尽心机通过不正当手段拿到的东西，始终都不是你们的，迟早是要连本带利地还回去的。"

邓爷下了逐客令，庄琪自觉没脸赖在那里，管都没管刘文亮，就转身出去了。

等庄琪出去了，刘文亮迷迷瞪瞪地问邓爷："你刚才说的那个人是谁？"

"萧冬昇。"邓爷说。然后他又意味深长地说："卿本佳人，奈

433

何做贼！"刘文亮满脸惭愧，不知道邓爷说的究竟是谁。而后，又听邓爷轻声低吟："浮名浮利浓于酒，醉得人心死不醒。举世皆从忙里老，几人肯向死前休。"

5

庄琪虽然身陷绝境，但是又不肯轻易引颈受戮，因此到处罗织关系网，想极力保住上市公司绿能宝，避免它被摘牌退市。否则她就真的一无所有、负债累累了。她不分昼夜地四处奔波，竟然忘了孟华的存在。直到有一天晚上她疲惫不堪地回家后，接到司机红乾打来的电话，才想起来，所有的一切还是因他而起，而他居然消失了很长一段时间。

"庄姐，孟总正在收购你的公司呢。"

庄琪顿时惊出了一身冷汗："他是怎么说的？"

红乾说："他说你借上市公司的钱收购上市公司，还私自挪用客户保证金，在自己管理的基金之间互倒，还私刻公募基金的公章，弄虚作假，粉饰上市公司业绩，搞内幕交易，等等，条条状状都是死罪。他还说，现在股价那么低，而你又被立案侦查，上市公司就是无主之物，与其便宜了别人，不如他来收。他还要借上市公司完成产业勾地呢。"

"他哪儿来的钱呢？"

"他把前海那块地的股权低价转给他的合作伙伴了。"

"他人呢？"

"回北京了。"

"知道了。"

庄琪挂了电话就瘫软在地。她万万没有想到，孟华竟是个蜜里藏刀、心狠手辣的笑面虎，一步一步地将她逼上绝路。这可真是画

第二十七章 浮华

虎画皮难画骨,知人知面不知心啊。她千方百计地算计他人,最终还是被别人暗算了。

正当她欲哭无泪、心乱如麻地思考着将要如何应对的时候,孟华带着一身的酒气进来了。

"这几天你干什么去了?"庄琪故作镇定地问。

"跟宝鼎市谈产业园建设的事啊。"孟华一边浑不在意地拉过一把椅子坐下,一边使唤她说,"陪领导酒喝多了,给我倒杯果汁来。"

庄琪不动声色地从厨房的冰箱里倒了杯橙汁,顺便瞄了一眼放厨具的刀架。

孟华接过杯子一饮而尽,又摸着圆滚滚的肚子,头往后仰,惬意自在。

庄琪等他放松了以后,问道:"公司被证监会立案调查了,那项目还能干吗?"

"能干,当然能干,就等它翻身呢,怎么不干呢?证监会是对你大股东、实控人的立案调查,跟上市公司关系不大。上市公司该开展业务还开展业务,无非是股东换了个人而已,不影响上市公司的正常投资。"

"那就是说,你已经跟券商谈好了,把我的那部分股份接过去,你成为上市公司的大股东、实控人?"

孟华这才意识到酒后失言,被她套出话来。同时,他也惊出一身冷汗,知道她收买了身边人,时刻掌握他的行踪,不禁酒醒了大半。

"那怎么办呢?"孟华知道筹谋已经败露,掩饰毫无必要,不如打开天窗说亮话,"公司股价这么低,如果我们不收,就被别人收走了。与其便宜别人,不如我们自己来。"

"那就是你捡了便宜，我背了一身的债呗。"

孟华不置可否地说："这是目前最好的方案，除此之外别无他法。反正你的就是我的，我的也是你的。"话音刚落，他就乐起来了。

"我以前跟你说过，上市公司是我的命根子，我会千方百计地保住它，就像保住自己的孩子一样。谁要跟我抢夺上市公司，我就跟谁拼个鱼死网破。"庄琪目露凶光，声音幽幽地说。

孟华被她凶神恶煞的样子弄得有些不知所措，想走又找不到理由，只能硬着头皮说："你现在这种情况，根本没能力保住上市公司，说不定还要坐牢呢。因此，被我收了是最好的解决办法，等你出来了，看在现有的情分上，说不定我还给你保留点股份。"

"你有没有爱过我？"

"我们这种人还有什么爱不爱的，无非就是跟谁睡的问题。爱对于我们来说不是幼稚就是奢侈。"

"你等着。"庄琪说完之后，便转身进了厨房。

孟华顿感不妙，起身要走，但是已经来不及了。只见庄琪提着一把刀，灵巧得像一只花豹，几步就跨到他跟前。那把刀30厘米长，铜把手，三角尖，一面开刃，刀刃上有细密的锯齿。孟华大惊失色，看出那是她常用来剔骨的，她用它用得异常熟练，已到人刀合一的境界。

"你别胡来啊，杀人可是罪加一等。"孟华厉声说道。

庄琪毫不犹豫地对准他的肚子，扑哧就是一刀。孟华还没有任何反应，刀子已经扎进身体。他惊恐地看着庄琪，脑子里一片空白，不知是生是死。他后悔为什么当初非要找这么一个胸大无脑的女人，为了占便宜反而害了自己。他怕死，不想死，更不想死在一个女人手上。他想叫，却又不敢叫，怕叫出来就像气球一样瘪了。

第二十七章 浮华

直到腹部传来火辣辣的感觉,仿佛血液在燃烧,他这才凄厉地喊了一声"杀人啦",便捂着肚子夺门而逃。临了还拉倒了那把椅子,阻止庄琪追上来。

庄琪捅了孟华一刀后,自己先泄了气。还没等她弄明白怎么说捅就把人捅了的时候,就听孟华一声惨叫,比农村过年杀的猪的叫声还难听。随后她看见他跑了,还掀翻了她一张椅子。

她再次瘫软在地,透过硕大的落地窗,失神地望着窗外。她手上还紧紧地握着那把刀,刀上的血渍顺着刀尖一滴一滴地滴在地上,变成一摊。她神情恍惚,眼前的玻璃窗慢慢地开始晃动,幻化成波光粼粼的水面,仿佛是多年前她跳河时水面的景象。穿过点点星光,便是无尽的黑暗,她的七魂六魄似乎深陷其中,不能自拔。直到刺耳的警笛声由远及近,她才慢慢回过神来,僵尸般的脸上突然邪魅地一笑,喃喃自语:"我不想杀人。我只是体验一下杀人的感觉而已。"

但是,当一副冰冷而锃亮的手铐套在她手上时,她才知道那个想法是多么可笑。

图书在版编目（CIP）数据

浮华 / 可汗著. -- 北京：东方出版社，2025.8.
ISBN 978-7-5207-4494-2

I. I247.5

中国国家版本馆 CIP 数据核字第 2025AV2592 号

浮华
FUHUA

作　　者：可　汗
责任编辑：吴晓月
出　　版：东方出版社
发　　行：人民东方出版传媒有限公司
地　　址：北京市东城区朝阳门内大街 166 号
邮　　编：100010
印　　刷：鸿博昊天科技有限公司
版　　次：2025 年 8 月第 1 版
印　　次：2025 年 8 月第 1 次印刷
开　　本：660 毫米 ×960 毫米　1/16
印　　张：27.75
字　　数：358 千字
书　　号：ISBN 978-7-5207-4494-2
定　　价：78.00 元
发行电话：（010）85924663　85924644　85924641

版权所有，违者必究
如有印装质量问题，我社负责调换，请拨打电话：（010）85924602　85924603